文春文庫

その女アレックス

ピエール・ルメートル
橘明美訳

JN267028

文藝春秋

パスカリーヌに
ジェラルドへ、友情を込めて

目次

第一部　9
第二部　187
第三部　335
謝辞　451
訳者あとがき　453

その女アレックス

主な登場人物

アレックス……………………………監禁された女　非常勤の看護師
カミーユ・ヴェルーヴェン…………パリ警視庁犯罪捜査部班長　警部
ルイ・マリアーニ……………………同犯罪捜査部　カミーユの部下　富裕な着道楽
アルマン………………………………同右　倹約家
ジャン・ル・グエン…………………パリ警視庁犯罪捜査部部長　カミーユの上司
ヴィダール……………………………予審判事
ジャン゠ピエール・トラリユー……誘拐犯　パスカルの父親　廃病院の管理人
パスカル・トラリユー………………ジャン゠ピエールの息子
ベルナール・ガテーニョ……………硫酸で死亡した男　エタンプの工場主
ステファン・マシアク………………同右　ランスのビストロ店主
ジャクリーヌ・ザネッティ…………トゥールーズのホテルの女主人
フェリックス・マニエール…………ＩＴ機器の会社のサービスマン
ボビー(ロベール)・プラドリー……セミトレーラーの運転手
キャロル・プレヴォ…………………アレックスの母親
トマ・ヴァスール……………………アレックスの異父兄
イレーヌ・ヴェルーヴェン…………カミーユの妻　故人
モー・ヴェルーヴェン………………カミーユの母親　高名な画家　故人
ドゥドゥーシュ………………………カミーユの飼い猫

第一部

1

アレックスはその店で過ごす時間が楽しくてたまらなかった。今日も先ほどから一時間も、とっかえひっかえ試してみている。一つ着けてみて、どうかしらと迷い、試着室を出てほかのを選んできて、また着けてみる。その店にはヘアウィッグとヘアピースがいくらでもあり、毎日でもここに来て午後を過ごしたいくらいだった。

その店を見つけたのは数年前のことだ。ストラスブール大通りを歩いていて立ち寄ったのだが、そのときアレックスはべつにかつらを探していたわけではなく、冷やかしに入ってみただけだった。ところが、試しに赤毛のをかぶって鏡を見たら、まるで別人のような自分がいたので驚き、こんなに変われるものなのかと感動してその場で買ってしまった。

アレックスはどんなファッションでもだいたい着こなしてしまう。それはアレックスが美人だからだ。それもかなりの。とはいえもともと美しかったわけではない。十代半ばまではがりがりに痩せていて、お世辞にもかわいいとは言えなかった。ところがいったん羽化が始まるとあっという間にチョウになり、映画のなかの変身シーンのように数か月で一気に女ぶりが上がった。そんなことになるとは周囲の誰も予想していなかったし、アレックス自身にも思いもよらないことだったので、実を言えばいまだに実感がない。

そんなわけだから、そのときもまさかウィッグが、それも赤毛のウィッグが似合うとは思いもしなかった。一種の発見だったし、それほど印象が変わるというのも驚きだった。かつらなど見せかけにすぎないと思っていたのに、実際にかぶってみたらその瞬間、自分自身の中身まで変わったような気がしたのだ。

ただし、その最初のウィッグは家に帰ってからよく見たら安物だったので、結局出番がなかった。不自然だし、不格好だし、貧相に見えると思い、投げ捨てた。ごみ箱にではなくてチェストの引き出しに。それでもたまに取り出して家のなかで着けてみることがあり、するとそのたびに、確かに貧相で見るからに〝安物の合成繊維〟なのに、鏡のなかの自分がなんだかいけそうと思えるのが不思議だった。そこである日、そのウィッグ・ショップに舞い戻り、今度は時間をかけて吟味した。高級ウィッグとなると非常勤の看護師には贅沢すぎるものもある。とはいえ大事なのは実際に使えるかどうかだ。そこでアレックスは上等のものを買い、実際に使いはじめた。

最初は勇気がいった。元来がコンプレックスのかたまりということもあって、思い切って外へ出るまでに半日もかかってしまった。ウィッグに合わせて化粧も、服も、靴も、バッグも変えなければならない。買いそろえる余裕などないので、手持ちのものから引っ張り出してきてコーディネートする。そして気持ちを切り替える。そこまでがひと苦労だ。でもそれさえできれば、あとは通りに一歩踏み出すだけで別人になれる。いや、別人は大げさだろうが、少なくとも気分はそうだ。本当に人生が変わるわけではないとしても、そんな気分が味わえれば楽しい。もはや人生に期待などしていない身としては、楽しめるだけでもありがたい。

こうしてアレックスはいくつもウィッグを買い、それぞれを使いこなすようになった。買うのはイメージがはっきりしたものと決まっている。それだけで相手にメッセージが伝わるようなもの。たとえば、「なんでもお見通しよ」とか、「数学も得意なんです」といったメッセージが。その意味で言えば、今日着けているのは「わたしはフェイスブックなんかじゃ見つからないわよ」といったところだろうか。

アレックスはなおも物色を続け、次は都会の衝撃《アーバン・ショック》と銘打ったウィッグを手に取った。そのとき、ショーウインドーのガラス越しにその男が見えた。向かいの歩道に立ち、誰かを、あるいはなにかを待つふりをしている。先ほどからこれで三度目だ。ということはやはりわたしが目当てらしい……と思ったとき、まずアレックスの頭に浮かんだのは、なぜわたしを？　という疑問だった。それはなにも、自分が男性を惹きつけることなどありえないと思っているからではない。これまでにも地下鉄で、バスで、通りで、店で、あらゆるところで男たちの視線を感じてきた。しかも三十歳という年齢のせいだろうか、あらゆる年代の男性を惹きつけてしまうようだ。それでもやはり、なにかそういう発見があるたびに驚いてしまう。もっとすてきな女性が大勢いるのになぜ、と思ってしまう。それはアレックスがコンプレックスのかたまりだからだ。子供のころからずっとそうだった。そのせいである時期には言葉がつかえることもあったほどで、今でも焦ると言葉が出なくなる。

その男は顔見知りではなかった。かなり目立つ体格なのに見覚えがない。それにどう見ても五十代だ。三十の女のあとをつける五十代の男……。いや、男女間の年齢差を問題にしているのではない。アレックスはそんなことは気にしない。ただ単純に驚いただけだ。

ウィッグに視線を戻した。そして迷うふりをしながら歩道がよく見えるところまで移動した。男は筋肉質でがっしりしている。服がきつそうだし、目方もありそうだ。今日最初に見かけたのはどこだっただろう？　アレックスはプラチナブロンドのかつらを撫でながら考えた。そう、地下鉄だった。車両の奥にいた。偶然目が合って、その男が微笑んだ。いい印象を与えようとしたのだろうが、アレックスはむしろ逆の印象を受けた。顔にいくつか気に入らない点があった。まず、思い詰めたような目をしていること。次に、なんといっても唇が薄いこと。唇の薄い人間はどうしても信用できない。秘密か、あるいは悪意が隠れているように思えてしまう。そして張り出した額。もっとよく目を見ればよかったのだが、地下鉄のなかでは無理だった。目にはその人の真実が出るとアレックスは思っている。だから相手を見極めるときは目を見ることにしている。だが、地下鉄のなかでは目をそらすしかない。アレックスは男に背を向けてバッグのなかのMP3に手をやり、「ノーバディーズ・チャイルド」をかけた。そのときふと、前にもあの男を見かけたのではという思いが頭をよぎった。昨日かおととい、アパルトマンの下で……。でも記憶があいまいではっきりしなかった。もう一度顔を見ればわかるかもしれないが、わざわざ振り向く勇気はない。結局そのときは目をそらしたまま地下鉄を降りた。ところが三十分後に、今度はストラスブール大通りで見かけたのだ。アレックスは一度ウィッグ・ショップを通り過ぎ、それからやっぱりあのウィッグを見よう、褐色のセミロングでメッシュの入ったのがよさそうだからと思ってきびすを返した。そのとき男が少し後ろからついてきていたのに気づいた。男は慌てたように立ち止まり、ショーウインドーに張りついた。だがそこは女性服の店で、興味などないのは明らかだった。

アレックスはプラチナブロンドのかつらを棚に戻した。なぜだかわからないが手が震えた。馬鹿馬鹿しい。あの男はわたしを気に入ってあとをつけてきて、様子をうかがっているだけよと自分に言い聞かせた。通りで襲ってくるわけじゃなし、なにを震えることがあるだろう。アレックスはわけのわからない恐怖を振り払うようにかぶりを振った。そしてもう一度歩道のほうを見たら、男の姿が消えていた。首を伸ばして左右も見たが、いない。どこかへ行ってしまった。アレックスは自分でも驚くほど大きく息を吐いた。また馬鹿馬鹿しいと思ったが、急に呼吸が楽になったことは認めざるをえなかった。店を出るときも思わず足を止め、左右を確認した。今度は姿が見えないことが不安になり、われながら本当に馬鹿げていると思った。

アレックスは腕時計に目を落とし、それから空を見上げた。気持ちのいい夕暮れだった。日没までに小一時間あるし、まだ帰りたくない。食料品店に寄ろうかと思い、冷蔵庫になにが残っていたか思い出そうとした。でもよく覚えていなかった。そういうことには無頓着なのだ。ではなにに関心があるかというと、まずは仕事、それから気晴らし（これにはこだわりがある）。そして、あまり大きな声では言えないが、服、靴、バッグ。もちろんウィッグも。そんなものより恋愛だと言いたいところだが、残念ながらそうはいかない。恋愛はすでにアレックスの人生の〝損なわれた領域〟に属しているので関心の対象になりえない。恋にあこがれ、愛を求めたこともあるが、もうあきらめた。今はそんなことに気を取られたくないので、できるだけ考えないようにしている。ただし、恋愛をあきらめたからといってむやみに食欲に走らないこと、太り過ぎないこと、ある程度スタイルを保つこと、それだけは気をつけている。それに、独り身でも孤独を感じることはあまりない。今は計画のことで頭がいっぱいだし、時間もとられるからだ。恋愛はだめだったけれど、もう仕方がない。それに独りでいくと覚悟を決めてからかえって気が楽になった。たとえ独りでも、普通にちゃんと暮らし、人生を楽しもうと思っている。ちょっとした楽しみを見つけることなら自分にもできる。そう思うことがアレックスの心の支えになっている。だからこの日も楽しみを優先させることにした。食料品を買って帰るのはやめて、ヴォージラール通りの〈モン＝トネール〉に食事に行くことにした。

思っていたより少し早く着いた。〈モン＝トネール〉はこれが二回目だ。一回目は先週で、そのときも今日と同じ赤毛のかつらで来て、一人で食事をした。店員はそれを覚えていて、アレックスが入ると常連客のように迎えてくれた。ウェイターたちが肘をつつき合い、おずおずと話しかけてくる。微笑み返すと、ますます好意をもってくれたようだ。アレックスは前回と同じ席を頼んだ。テラスを背にして店内を広く見渡せる席。そしてワインも前回と同じ、よく冷やしたアルザスのハーフボトルを頼んだ。さあ、お待ちかねの食事よと自分にささやいた。アレックスは食べることが好きだ。同時に、気をつけなさいともささやいた。食べ過ぎるとすぐに太る。十キロや十五キロは簡単に増えてしまって、これまた別人のようになってしまう。だが幸いなことに太ったままということはなく、二か月もすると元の体重に戻っているから不思議だ。だがいずれそうもいかなくなるだろう。

アレックスは本を取り出すと、ページ押さえ代わりにもう一本フォークを頼み、食事をしながら読めるようにした。先週同様、正面やや右手の席に栗毛の男が座っている。また仲間との食事のようだ。今のところ二人だが、じきにほかの連中も来るような話をしている。その男はアレックスが店に入ったときすぐこちらに気づき、その後もしきりにこちらを見ていた。いかにも思わせぶりな視線だが、アレックスは気づかないふりをした。今夜はずっとこうだろう。メンバーがそろえば仕事や女の話でますます盛り上がり、代わる代わる自慢話をするのだろうが、それでも栗毛の男はこちらに視線を送りつづけるだろう。アレックスはこういう状況が決して嫌ではない。だがこちらから相手に気をもたせるようなことはしたくない。見た目は悪くない男だ。四十か、四十五といったところで、若いころハンサムだったのがよくわかる。少々アルコールに頼りすぎているのか、顔つきが悲しげだ。そしてその顔が、アレックスのさまざまな感情を呼び起こす。

食事が終わり、コーヒーも飲み終えた。アレックスは立ち去り際、男のほうに一度だけ視線を投げた。強すぎず、弱すぎず、なんの色もつけない視線。それでいい。うまくできた。視線が絡んだのはほんの一瞬だが、それでも相手の欲望が手に取るようにわかり、つらくなった。悲しみの予感がしたときのように胃がよじれた。こういうとき、人生そのものにかかわるこうした局面には、アレックスの頭のなかから言葉が消える。フィルムの回転がふいに止まったときのように、映像だけが残って言葉が消える。しかもフィルムが映写機に引っかかってしまっていて、巻き戻してもう一度ストーリーを語ることができない。言葉を見いだすことができない。次にこの店に来るときに、もう少し遅くまで残っていれば、男は外で自分を待つかもしれないとアレックスは思った。まあやってみなければわからない。だが、まずそうなるだろう。そしてそのあとのことはよくわかっている。だいたいいつも同じようなものだ。男たちとの再会がきれい事で終わったためしはない。でもそれはすでに見た映画の一部のようなものだから、もう頭に入っている。だからなんとかなる。

日はとうに暮れて夜気が心地よかった。バス停に近づくと、ちょうど一台停まったところだった。アレックスは足を速め、それをバックミラーで見たのか運転手が待ってくれた。よかったと思いながら昇降口に駆け寄った。だがそのとき不意に気が変わり、少し歩きたくなった。もっと先の停留所からバスに乗ればいい。アレックスが身ぶりで伝えると、運転手はそりゃ残念、でも人生そんなもんさというように肩をすくめた。そしてわざわざドアを開けて、教えてくれた。

「でもお客さん、これが最終だよ」

アレックスは微笑み、ありがとうと軽く頭を下げた。アパルトマンまで歩けばいい。ファルギエール通りを行けば、ラブルースト通りはすぐその先だ。

アレックスは三か月前から十五区のヴァンヴ門に近いところに住んでいる。その前は十八区のクリニャンクール門の近くで、そのまた前はやはり十五区のコメルス通りだった。アレックスはよく引っ越しをする。世の中には引っ越し嫌いの人もいるが、アレックスにとって引っ越しは必然だ。それに、楽しみでもある。ウィッグと同じで人生を変えられるような気がするからかもしれない。そう、いつか人生を変える、それがアレックスのライトモチーフだった。

数メートル先で白いバンが片輪を歩道に乗り上げて停まった。その分歩道が狭くなったので、アレックスは建物に身を寄せて通り抜けようとした。そこでふと人の気配を感じたが、振り向く暇はなかった。肩甲骨のあいだを殴られ、息ができなくなった。ぐらりと前に倒れ、バンの車体に額が当たって鈍い音がした。なにかにつかまろうとしたが、手は空をかき、と同時に相手がアレックスの髪をつかみ、それがかつらだとわかって悪態をついた。男の声だ。大きな手が今度は地毛をわしづかみにし、腹部に拳が食い込んだ。痛烈な一撃で、アレックスは声も出せずに二つ折りになり、吐いた。男はとてつもない腕力の持ち主で、軽々とアレックスを仰向《あお》けにして片腕で押さえ、無理やり布きれを口に詰めて喉の奥まで押し込んだ。そのときにあの男だとわかった。地下鉄とストラスブール大通りで見かけた男。一瞬目が合った。アレックスは足で蹴ろうとしたが、万力のような力で締め上げられていてどうにも動けない。今度は引き倒されてバンの荷台に転がされ、腰のあたりを蹴られて荷台の奥へと飛ばされた。顔が床をこすった。男は後ろから乗り込んできてアレックスの腹を膝で蹴り、顔を殴った。それも手加減なく……。相手は本気だ、殺される。殴られた衝撃で頭が床に当たって跳ね返った。ひどい衝撃、そこが……頭の後ろのところ、なんだっけ、そう、後頭部、そうだ後頭部……。その言葉以外にはただ一つのことしか頭に浮かばなかった。死にたくない。こんなことで死にたくない。今はまだ死にたくない。口が反吐《へど》で詰まり、アレックスは胎児のように身を丸めた。頭が割れそうに痛む。両腕が引っ張られ、後ろ手に縛られた。続いて足首も。まだ死にたくない。扉が乱暴に閉められ、エンジンがかかり、バンは勢いよく飛び出した。まだ死にたくない。

もうろうとしながらも、アレックスは自分の身に起きたことを理解していた。涙が流れ、その涙が鼻に詰まって息が苦しい。なぜわたしなの？　なぜ？

死にたくない。今はまだ死ぬわけにいかない。

2

ル・グエンは選択の余地をくれなかった。

「そっちの精神状態なんかかまっちゃおれん。ほかにいないんだ、誰も！　わかるか？　誰もだ！　車をやるからすぐ現場へ行け」そこでひと呼吸置き、おまけをつけた。「もううんざりだ！」

そして電話を切った。いつもの癇癪《かんしゃく》だとカミーユは思った。普段なら気にも留めない程度のものだ。実際カミーユは、部長のル・グエンとはおおむねうまくやっている。

だが今回はそれですませることはできなかった。ル・グエンは誘拐事件と言ったのだ。

誘拐事件はやらないとカミーユは何度も言ってきた。自分にはもう無理だと思うものが二、三あり、その筆頭が誘拐事件だと。なぜなら、妻のイレーヌを誘拐され、殺されたからだ。イレーヌは八か月の身重で誘拐された。そしてカミーユが自ら捜査し、ようやく見つけたときには惨殺されていた。カミーユは打ちのめされ、言語を絶する苦しみを味わった。文字どおりぼろぼろになった。何日も動けず、幻覚にとらわれ、ついにはうわごとを言うようになって病院に入れられた。その後は病院と療養所を転々とした。死なずにすんだのが不思議なほどだった。

職場でも、カミーユ・ヴェルーヴェンはもう戻れないだろうと誰もが思っていた。だがそのおよそ一年後にカミーユは復帰した。それも以前と変わらぬ様子で。少々老けたことは否めないものの、それ以外は前と変わらなかったので周囲は驚いた。ただし復帰以来、カミーユは第一級殺人の捜査を断っている。引き受けるのは情痴殺人、同僚による殺し、隣人による殺しといった第二級や第三級の殺人。過去の死を扱うのみで、未来の死を阻止するのでないものだけだ。つまり今のカミーユにとっては、事件の被害者は死んでいなければならない。疑いの余地なく死んでいなければならない。そして誘拐はそれに当てはまらない。

「だがな」と今の電話でル・グエンに言われた。「生きてる人間を避けてちゃどうにもならんぞ。それじゃ葬儀屋と同じだろう」

「いや、もともとここの仕事は葬儀屋みたいなもんだ」とカミーユは答えた。

ル・グエンはカミーユのためによかれと思っていろいろ言ってくる。カミーユもそれはわかっている。二人は二十年来の付き合いで、互いに一目置いているが、どちらも言いたいことはずけずけ言う。ジャン・ル・グエンは犯罪捜査部の部長だが、言うなれば現場を離脱したカミーユのようなものだ。逆にカミーユは権力を放棄したル・グエンと言えばいいだろう。つまり二人は本質的には同じで、ただ二段階の階級差と、約八十キロの体重差と、三十センチの身長差によって隔てられているにすぎない。とはいえ後者二点は大きな違いで、二人が並ぶとほとんど風刺漫画だ。ル・グエンの背が高すぎるのではなく、カミーユが小さすぎる。カミーユは身長が百四十五センチしかない。だからいつも十三歳の子供のように世界を下から見上げている。それは母親のせいだった。亡き母、モー・ヴェルーヴェンは著名な画家で、今でも世界各地の十ほどの有名美術館にその絵が展示されている。ところがこの母は偉大な画家であると同時に重度のニコチン依存症で、いつも煙草の煙に包まれていた。あの青みを帯びた煙なしに母の姿を思い出すことはできない。その母からカミーユは二つの特徴を授かった。いや、押しつけられたと言うべきか。一つは画才で、もう一つは低身長。ニコチン依存症の女性が妊娠すると、胎児が栄養不足に陥ることがある。

だからカミーユはいつも相手を見上げている。見下ろせるような相手に出会ったことはないに等しい。百四十五センチは単なるハンディキャップですむレベルではない。それは二十歳で屈辱となり、三十歳で呪いとなった。しかもどうにもならないことは最初からわかっている。つまり運命だ。そしてその運命を背負わされた者は、大言でも吐いて生きていくしかない。

だがイレーヌと出会って、そのコンプレックスがある種の力に変わった。イレーヌがカミーユの心のなかの身長を伸ばしてくれたので、かつてないほど強くなれた。イレーヌがいてくれたからこそ、自分はあれほど……。カミーユは言葉を探したが出てこなかった。イレーヌがいないと言葉さえ浮かばない。

一方、ル・グエンのほうは横方向への成長が止まらなくなっている。体重が何キロなのかもう誰も知らない。本人は決して言わないし、周囲の推測では百二十とか百三十といった数字が挙がる。いやもっとあるだろうという声もあるが、もはや数字の問題ではない。とにかく巨体だ。馬鹿でかい。しかも頬がハムスターのように膨れている。だが目は澄んでいて知性を感じさせる。だからだろうか、いや実のところよくわからないが、どういうわけか女にもてる。男は誰も認めたがらないが、ほとんどの女性はル・グエンのことをとても魅力的だと言う。

今の電話であいつはかなり頭にきていたなとカミーユは思った。だがル・グエンの癇癪は今に始まったことではない。もう慣れっこだ。そこで少し時間を置いてからおもむろに受話器を取った。

「ジャン、現場には行く。ただしモレルが戻り次第あいつに回してくれ。なぜなら、おれはこういうのは……」そこからは一音ずつ区切って脅しを利かせた。「や、ら、な、い、か、ら、だ！」

カミーユ・ヴェルーヴェンはめったにどならない。いつも毅然としている。背が低く、痩せていて、しかも禿げているが、肝が据わった男だということは誰もが知っている。それもあってか、ル・グエンはなにも言い返さなかった。口さがない連中はカミーユがル・グエンを手玉にとっていると言う。そしてそれは、二人にとっては笑い飛ばせる冗談ではなかった。カミーユは電話を切ってからひと言吐いた。

「くそったれ！」

ついてないにもほどがある。メキシコでもあるまいし、このパリで誘拐などそうしょっちゅう起きるわけではない。それがなぜよりによって今？　なぜこっちがほかの事件で忙しいときか、休暇でパリを離れているときに起きてくれなかったのか。カミーユは机を拳でどんどんたたいた。ただしゆっくりと。なぜならなにごとも節度が大事だからだ。自分にいつもそう言い聞かせているので、他人に対してもつい節度を求めてしまう。そこが問題だと自分でも思う。だがとにかく、感情を爆発させるやつは好かない。自分も含めて。

だがぐずっている暇はなかった。誘拐事件は時間が勝負だ。カミーユは立ち上がり、コートと帽子を取って階段を駆け下りた。小柄なわりには足音が大きい。イレーヌが生きていたころはそんなことはなく、むしろ足運びが軽かった。イレーヌにもよくこう言われた。

「鳥みたいに歩くのね。飛んでっちゃいそうっていつも思うんだけど」

イレーヌが死んでから四年……。

カミーユの前に車が停まった。すぐに乗り込んだ。

「きみ、名前は？」

「アレクサンドルです。ボ……」

その若手はボスと言いかけて舌をかんだ。カミーユはボスと呼ばれるのを好まない。犯罪捜査部でそれを知らないとしたらもぐりだ。テレビドラマじゃあるまいしとカミーユはいつもこぼす。そうした辛辣《しんらつ》な物言いがつい口を衝いて出る。カミーユは非暴力主義者だが、暴言は吐く。めったにどならないものの、腹を立てることはしばしばだ。もともと頑固なところに、年齢とやもめ暮らしが重なって怒りっぽくなってきた。いや、要するに元来こらえ性がないということだろう。イレーヌにもよく、「どうしていつも怒ってるの？」と言われた。そういうときは少し高いところからものごとを見て――百四十五センチなりの高いところから――驚きとともに答える。「ほんとだ……。怒る理由なんかないな……」。節度を重んじるかと思えば怒りっぽく、柔軟な駆け引きが得意かと思えば暴言も吐く。だから初対面の人間はカミーユを理解できないし、好感をもつこともない。その上性格も明るくはないので、とっつきが悪い。そもそもカミーユ自身、自分のことがあまり好きではない。

職場に復帰してそろそろ三年になる。そのあいだカミーユは実習生を一手に引き受けてきた。余計な荷物をしょい込みたくない管理職連中にとっては願ったり叶ったりの話だったが、カミーユがそうしたのは自分の班を再結成したくないからだ。ヴェルーヴェン班はイレーヌの事件を最後にばらばらになった。

カミーユはアレクサンドルのほうに目をやった。どう見ても、かのマケドニアの大王の名にふさわしい顔ではない。こっちより頭四つ分くらい背が高いのは立派だが、それはこいつの手柄じゃないし……と思っていたら、指示しなくてもすぐに車を出した。どうやらこの若造、少なくとも気合は入っているようだ。

アレクサンドルは飛ばした。運転好きらしい。GPSでも追跡できないと思えるほどのハンドルさばきで、おれにいいところを見せたいのだろうかとカミーユは思った。車はサイレンを鳴らし、どの道も、交差点も、大通りも、遠慮なく走り抜けていく。カミーユは足が下に届かないので、右手でシートベルトにつかまって体を支えた。十五分もかからずに現場に着いた。夜九時五十分。まだそれほど遅い時間ではないが、その界隈はすでに静かで、これといって危険も感じない。女性が誘拐されるような場所ではなかった。被害者が女性だというのは警察に通報してきた男がそう言ったのでわかっている。その男はかなり興奮していて、「女が連れ去られた！　おれの目の前で！」と叫んだそうだ。無理もない。誘拐を目撃することなどめったにあるものではない。

「少し手前で止めてくれ」とカミーユは言った。

車を降り、帽子をしっかりかぶった。アレクサンドルはすぐに走り去った。

そこは通りの端で、最初の通行止めバリケードまで五十メートルほどのところだった。誘拐現場はさらにその先、第二のバリケードのところだ。あえてそこまでの距離を歩く。時間が許すかぎり、なにごとも全体像を見わたすことから始めるようにしている。それがカミーユの流儀だ。現場の全景の第一印象は多くのことを教えてくれるし、いったん現場に足を踏み入れれば山ほどの細部と格闘することになり、もう後ろに下がって全体をながめる余裕などなくなる。とはいえ、それは表向きの理由で、本音は現場に行きたくない、それだけだった。

行く手には何台もパトカーが停まっていて、回転灯が周囲の建物を赤と青に染めていた。カミーユはそちらへ向かいながら、自分の精神状態を客観的に見極めようとした。

胸の鼓動が速い。

気分が悪い。ここを離れさせてくれるなら、定年まであと十年の仕事をふいにしてもいいと思えるほどに。

できるだけゆっくり歩いたが、しょせん無駄な抵抗で、すぐ最初のバリケードに着いた。四年前の事件がよみがえる。イレーヌは自宅前に停まっていた車に乗せられ、連れ去られたが、あの通りもここと感じが似ていた。カミーユが家に戻ったときにはイレーヌはもう連れ去られたあとだった。イレーヌはもうじき男の子を産むはずだった。あの夜、カミーユはイレーヌを探して走り回ったが、助けられなかった。あの悪夢は今このときと似たような瞬間から始まったのだ。だから鼓動が速くなり、激しくなり、耳鳴りもする。ようやく静まったと思っていた自責の念がにわかに波立ち、吐き気を誘う。今すぐ逃げろという声がする一方で、立ち向かえという声もして、胸がきりきりと締めつけられる。もうだめだ、倒れると思った。だがカミーユの手足は無意識に動き、バリケードを動かして規制区域内に入っていた。現場近くの見張りの警官がカミーユに気づき、手を上げて合図した。顔見知りの警官ではない。だが警官ならたいていはカミーユ・ヴェルーヴェンを見分けることができる。伝説とまでは言わないが、とにかく身長が身長で……しかも四年前の事件は有名だから……。

「あれ、あなたが？」

「おれで悪かったな」

カミーユがそう返すと、ルイは慌てて手を振った。

「いやいやいやいや、そういう意味じゃありません」

カミーユはにやりとした。こうやってルイを慌てさせるのは以前からカミーユの特技だ。ルイ・マリアーニは長いあいだカミーユの部下だった男で、お互い長所も短所も知り尽くしている。

イレーヌが殺されて、カミーユが入院したとき、ルイは何度も見舞いに来た。だがカミーユはなにを話せばいいのかわからなかった。当時はスケッチだけが日課で、ほかのことはできなかった。それも楽しみのために描くのではない。ただの暇つぶし、それも唯一の暇つぶしだった。だから一日中描いていた。デッサン、スケッチ、クロッキー。それが毎日増え、病室に積み上げられていく。ほかにほとんど私物はなく、ただ積み上げられた絵だけがカミーユの病室だということを示している。そんな状態だったので、見舞いに来たルイには居場所がなかった。二人は視線を交わすこともなく、片方が窓の外を見ているときはもう片方が足元を見た。言葉も交わさない。心のなかではいろいろなことを考えていたが、それを言葉にできなかった。この状況で意味をもつ言葉とはなんなのか、まるでわからなかった。それはカミーユだけではなく、ルイも同じだっただろう。そしてある日、カミーユはもう来なくていいと言った。自分の悲しみに他人を引きずり込みたくないんだと説明した。「それに、うじうじしてる刑事なんか訪ねてくるのは気が重いだろう」と言った。だがそういう形で別れたことがどちらにも傷を残した。やがて時が経ち、カミーユは回復に向かったが、そのときはもう遅かった。悲しみを乗り越えたとき、カミーユにはもうほとんどなにも残っていなかった。

だからルイを近くで見るのは久しぶりだ。もちろん仕事に復帰してから会議やブリーフィングですれ違うことはあったが、親しく話をするようなことはなかった。そのせいだろうか、カミーユはなかなか真正面から目を合わせることができず、ちらりと見てあまり変わっていないなと思った。とはいえ、ルイはずっとこのままだろう。若々しいまま年を重ねていける人間もいる。そして、相変わらず服の趣味がよかった。前にカミーユはこう言ったことがある。「こっちが正装してても、おまえと並ぶと浮浪者だな」。はっきり言えば、ルイは金持ちだ。いくら持っているかは誰も知らないが、ル・グエンの体重と同じで、数字がわからなくても巨額だということはわかる。しかもそれは増えつづけているに違いない。ルイは金利だけで生きていけるだろうし、おそらくは四、五世代先の子孫まで残せるほどの資産があるだろう。それにもかかわらず、ルイは刑事になった。しかも、しなくてもいい勉強を山ほどしていて、その知識の豊富さにはカミーユも再三舌を巻いてきた。ルイ・マリアーニという男は好奇心のかたまりだ。

カミーユがにやりとしたのにつられたのか、ルイも少し顔を崩した。思いがけず仕事で一緒になって、妙な感じがするのだろう。

「あそこです」と言って、ルイが第二のバリケードに囲まれた現場のほうを指差した。

カミーユはルイのあとからついていきながら、後ろ姿を見てふと思った。こいつは何歳だ？　若い若いと思っていたが、もう若造じゃない。

「おまえいくつになった？」

ルイが振り向いた。

「三十四ですけど……なにか？」

「いや、なんでもない」カミーユはすぐ視線をそらした。

ここはブールデル美術館のすぐそばだとカミーユは気づいた。『弓を引くヘラクレス』が目に浮かぶ。怪物を退治する英雄ヘラクレス。カミーユは彫刻はやらない。体力的に無理がある。油絵も長いこと描いていない。続けているのは素描だけだ。素描だけはあの長い苦しみから這い出たあとも続けている。それはなにかしら自分の心よりも強いもので、自分の根幹を成すものの一部だという気がする。だから鉛筆が手放せず、なんでもすぐにスケッチする。素描は、言うなればカミーユが世界を把握する手段だ。

「ブールデル美術館の『弓を引くヘラクレス』を知ってるか？」

「ええ」と答えてから、ルイは小首をかしげた。「あれ、ブールデル美術館でしたっけ？　オルセーじゃなくて？」

まったくとカミーユは目をつぶった。オルセーにもあるが、ブールデル美術館にもある。

「相変わらずうるさいやつだ」

ルイはまたちょっと笑った。こういうセリフが親愛の情の表れだとわかっているのだろう。

要するにカミーユが言いたかったのはこういうことだ。時が経つのは早いな。おれたちも長い付き合いだ。おれがイレーヌを死なせたときからあまり顔を合わせなかったが、それがまた同じ現場に立つとは、妙なもんだ……。とそこまで思ったところで、そうだ、これだけははっきりさせておかなければと思った。

「おれはモレルが戻るまでのつなぎだ。今誰もいないらしい。それでル・グエンに頼まれた」

ルイはうなずいたが、それでも驚きだという顔をしていた。確かにカミーユ自身、たとえつなぎでも誘拐事件など引き受けるつもりなどなかったのだから。

「ル・グエンに電話しろ」カミーユは迷いを振り払うように指示を飛ばした。「応援を寄こすように言え。人手が要る。大至急だ。時間が遅いから大したことはできないが、やれることはやる……」

ルイはうなずき、携帯電話を取り出した。ルイも同じことを考えていたなとカミーユは思った。こういう場合、捜査の対象は二つだ。誘拐犯と被害者。誘拐犯はどこのどいつかわからない。だが被害者は、もしかしたらこのあたりの住民かもしれない。家の近くでさらわれた可能性が高い。それはなにもイレーヌがそうだったからではなく、統計からわかっていることだ。

ファルギエール通り。先ほどのブールデルと同じく、ファルギエールもまた彫刻家の名だった。どうやら今夜は彫刻家に縁があるらしい。通りはバリケードで封鎖されているので、二人はそのど真ん中を堂々と歩いた。周囲の建物を見上げると、ほとんどの窓に明かりがついていて、そのどれにも住人が張りついていた。今夜のお楽しみは誘拐現場の見物ということらしい。

ルイはこうしてヴェルーヴェン班長と現場に立っていることがまだ信じられず、驚きと戸惑いとうれしさで少し胸がどきどきした。だがもちろん、仕事はいつもどおり冷静にこなす。まずは班長に言われたとおり部長への連絡を終え、続いてすでにわかっている情報を班長に伝えた。

「目撃者が一人います。その話によれば、被害者を連れ去った車はあそこに停まっていたそうです。鑑識ももう来るはずです」

そこへちょうど鑑識の車両がやってきた。警官たちが慌ただしくバリケードをどけ、車をファルギエール通りに入れる。ルイは合図して車を呼び寄せ、誘拐現場を示して説明した。歩道沿いの、前後を二台の車にはさまれた一台分のスペースだ。鑑識官は四人で、すぐ器材を手にして車から降りてきた。

「で、その目撃者ってのはどこだ?」ヴェルーヴェン班長が訊いた。

やはり機嫌が悪いなとルイは思った。ここに長居したくないのだろう。そのとき班長の携帯に電話が入った。

「……いえ、検事殿、それは不可能でした」電話に出た班長が答えた。「十五区の警察署から連絡が入ったときには、すでに非常線を張るには遅すぎました」

検事相手にしては、許容範囲ぎりぎりの素っ気ない口調だ。ルイは聞き耳を立てるのはみっともないと思い、少し離れた。いずれにせよ班長の言うとおりだ。被害者が未成年ならとっくに誘拐警報を出しているところだが、今回は成人女性なのだから、警察だけでなんとかするしかない。

「それもまた非常に困難だと言わざるをえません」

声がまた一段と低くなった。しかも口調がゆっくりだ。カミーユ・ヴェルーヴェンをよく知る人間は、そういう話し方がある兆候だということも知っている。

「おわかりでしょうが、こうしている今も……」班長は建物のほうへ目を上げた。「……優に百人は窓から現場を見下ろしていますし、周辺にも警官が出ていますから、あと二、三百人はもう事件を知っていると言っていいでしょう。こういう状況で、事件を知られないようにする方法をご存じでしたら、ぜひご教示願いたいのですが」

ルイは声を立てずに笑った。そしてこれでこそ班長だ、よかったと思った。以前の班長はまさにこういう調子だった。この四年で明らかに老けたが、相手が誰だろうが遠慮しないところは前のままだ。だがそれが時には、上層部ににらまれる原因にもなる。

「もちろんです、検事殿。了解しました」

その口調から、〝了解〟したことを守るつもりなどないことは明らかだった。少なくともルイにはそれがわかる。班長は電話を切った。口元をゆがめている。今の電話でますます機嫌が悪くなったようだ。

「まったく、おまえのモレルはどこに行った！」

ルイは驚いた。〝おまえの〟と言われるとは思わなかった。自分の意志でモレル班に加わったわけでもないのに心外だ。だが、ルイには班長の気持ちが理解できた。誰の判断か知らないが、この種の事件を班長のような体験をした人間に押しつけるとは……。

「リヨンです」ルイは気を静めて答えた。「欧州セミナーに出てます。あさって戻りますよ」

カミーユは苛立《いらだ》ちを抑えられなかった。だが今さら仕事を投げ出すわけにもいかない。ルイに案内させ、目撃者が待っているところへ向かった。だが歩きながらまたひと言吐いてしまった。

「くそったれ！」

ルイは黙っていた。カミーユは立ち止まり、足元に目を落として言った。

「すまん、ルイ」

それからまた建物の窓を見上げた。周囲の建物の多くはアパルトマンで、どの部屋の住人も現場を見下ろしている。どの窓からも人が首を出して同じ方向を見ているというのは、まるで駅を出ていく列車だなとカミーユは思った。ルイがなにか言いたそうだが、あえて言わずに待っている。判断するのは捜査責任者だと思ってのことだろう。カミーユはようやく勇気を出し、ルイの目を正面からとらえた。

「さて、おれたちのやり方でいくか？」

ルイが前髪をかき上げた。右手で。ルイの場合、前髪をかき上げる動作は言語と同じだ。それが右手であれば「了解」の意味になる。そして、さあ仕事だとばかりに早速指差した。その先に、制服警官につき添われた目撃者が待っていた。

その男は四十代だった。犬の散歩中だったそうで、間抜け面の犬が足元に座っている。この犬は神がひどくお疲れのときに造りたもうた生き物に違いない。だが、評価が低いのはお互いさまだったようで、その犬はカミーユを見たとたんにうなり、それから情けない鳴き声を上げて飼い主の足にすり寄った。しかも、飼い主のほうはもっと驚いていた。カミーユを見ると目を丸くし、こんな人でも捜査の指揮がとれるのかと問うような顔をルイに向けた。

「ヴェルーヴェン警部です」カミーユは言った。「身分証がないと信じていただけませんか?」横でルイが笑いをこらえたのがわかった。そこから先のやりとりをよく知っているからだ。

カミーユが今のように切り出すと、たいていの目撃者はこう返す。

「いえ、その、けっこうです……。ただ……」

カミーユがすかさず訊く。

「ただ……なんですか?」

相手はしどろもどろになる。

「その、意外だったもので……まさかこんな……」

今回もそのとおりになった。そこから先は二つのバージョンがあり、一つは手厳しい方法で、そのまま圧力をかけつづけ、相手が許しを請うまで手を緩めないというもの。もう一つは穏やかな方法で、聞き流す。今回は後者にした。誘拐事件なのだからタイムロスは避けたい。

早速話を聞いた。その目撃者は犬を散歩させていた。そして女性が目の前で連れ去られるのを見た。

「夜九時というのは間違いありませんか?」カミーユが確認した。

その男も多くの目撃者と同じで、なにかについて話そうとしても結局は自分の話になるというタイプだった。

「ええ。九時半には『ノーリミット』を見ることにしてるんで。カーアクションとか好きなんですよ。だからその前に犬の散歩をすませないと」

誘拐犯の特徴を訊いた。

「真正面から見てないからなあ……。でもとにかく、背が高いやつでしたよ。ごついっていうか」

貴重な情報を提供していると信じて疑わない顔つきだった。カミーユは早くも失望した。するとそれを見て取って、ルイが先を続けてくれた。髪の色は？　年齢はどれくらい？　服装はどうでした？　――うーん、よく見なかったけど、なんていうか、普通の服で……。

「そうですか。じゃあ、車は？」ルイが相手を励ますように問いかけた。

「白いバンです。職人とかがよく乗ってるやつ」

「どういう職人？」カミーユが割って入った。

「さあ、そこまでは……。わかんないけど、まあ職人の車って感じで」

「なぜ職人だと思ったんです？」カミーユは必死で苛立ちを抑えた。

男は口を半開きにして考えていたが、結局こう言っただけだった。

「だって職人って、みんなバンみたいのに乗ってるでしょ」

「確かに」とカミーユが応じた。「車体に名前と電話番号と住所が書いてあったりしますね。それが宣伝代わりです。あなたが見たバンにはなんと書いてありました？」

「えっと……いや、なにも書いてなかったな。っていうか、見えませんでした」

カミーユはメモ帳を取り出した。

「要点を控えさせてもらいます。つまりあなたは……これといって特徴のない女性が、これといって特徴のない背の高い男につかまえられ、これといって特徴のない白いバンに乗せられて、連れ去られたのを見た。ということですね？」

男はたじろぎ、唇を震わせた。そしてルイのほうを向き、なんとかしてくれ、こんな扱いはないだろうと目で訴えた。

カミーユはメモ帳を閉じた。疲れを感じ、あとはルイに任せようと目撃者に背を向け、少し離れた。今のところ目撃者はこの男だけで、しかもこいつは肝心なことをなにも見ちゃいない。だがそれでなんとかやっていくしかない。カミーユは背を向けたままやりとりの続きを聞いた。

「どのメーカーのバンでしたか？」

「フォードかなあ……。車には詳しくなくてね。もうずっと乗ってないし……」

「誘拐されたのが女性だというのは確かですね？」

「あ、それは間違いないです」

だがその女性についても、連れ去った男についても、あいまいな証言しか出てこない。

「男は一人でした。ほかには誰もいませんでしたよ」

あとは手口だが、どうやらかなり手荒だったようだ。

「女性は叫んで、必死で抵抗してて……。そしたら男が腹を殴ったんですよ。荒っぽい一撃だったな。それを見てこっちも叫んじゃって。いや、だから、そいつをひるませようと思って……」

カミーユにはその一語一語が身に刺さるようで、自分が殴られたような衝撃を受けた。イレーヌのときも商店主が目撃していたが、やはりあいまいな証言で、これといった手がかりは得られなかった。同じだ。さてどうするか……。カミーユは男のところに戻った。

「正確に言うと、あなたはどこで目撃しました？」

「すぐそこで……」

ルイが目を伏せた。この先の展開を読んだのだろう。男は腕を伸ばして歩道の少し先を指差した。

「実際にそこに立ってみてくれますか？」

ルイが目を閉じた。やはりわかっているのだ。おそらく同じことを感じている。だが、自分ならそこまではしないというつぶやきが聞こえてくるようだった。

男は犬を連れ、カミーユとルイにはさまれて歩道を進み、やがて立ち止まった。

「この辺かな……」

カミーユは距離を測るかのように左右を見、眉をひそめ、ついでに口元までゆがめてみせた。そして念を押した。

「ここですか？　もっと遠くではなく？」

「いや、間違いありません」男は勝ち誇ったように断言した。「足蹴りも加えてましたよ。とにかく乱暴で……」

「なるほどね」とカミーユはうなずいた。「あなたはここに立っていた。ということは距離で言うと……」カミーユは問いかけるように男を見た。「四十メートル？」

「そんなとこですね」男はその目測に同意してうなずいた。

「つまりあなたは、四十メートル先で女性が殴られ、連れ去られるところを見ていながら、なんとも勇敢なことに、ただ叫んだ」

男は目をぱちくりさせた。なにかに感極まったときのように。

カミーユはそれ以上なにも言わず、ため息をつき、飼い主と同じくらい勇敢そうな犬に一瞥《いちべつ》をくれてその場を離れた。心のなかではその犬を蹴り飛ばしていた。

自分が今感じたものはなんだろうとカミーユは考えた。言葉が見つからない。ある種の苦悩、いやなにかしらもう少し……強い感情。やはりイレーヌがいないと言葉が見つからない。カミーユは振り向き、警官以外に人気《ひとけ》のない通りをながめた。そのとき不意にわかった。そして背筋に冷たいものが走った。自分はここに来てからこの瞬間まで、ただ技術的に、整然と、段取りよく任された役を務めてきた。だがたった今ようやく、犯罪を生身のものとして感じたのだ。この場所で、ほんの一時間前に生身の女が誘拐された。女は叫び、抵抗したが、バンに押し込まれた。囚われの身となった女は恐怖で気も狂わんばかりになっただろう。おそらくはひどく痛めつけられていて、一刻も早く救出しなければ危ないだろう。それにもかかわらず、自分はぐずぐずしている。なぜなら誘拐事件から距離を置き、自分を守りたいからだ。仕事をしたくないからだ。自分で選んだ仕事なのに。しかもイレーヌが死んでもなお続けることにした仕事なのに。もっと違う態度で臨めたはずなのにそうしなかった。たとえどういう事情があろうとも、今この瞬間ここにいるからには、為《な》すべきことはたった一つしかないというのに！　そう、それは誘拐された女性を見つけることだ。

めまいがした。カミーユは歩道沿いの車のボンネットに片手を突いて寄りかかり、もう片方の手でネクタイを緩めた。あんなにも簡単に不幸に打ちのめされた男にとっては、やはりこの仕事は荷が重いのかもしれない。ルイが駆け寄ってきたが、だいじょうぶですかといった陳腐な言葉は口にしない。ただそばに立ち、あらぬ方角を見ている。そして評決を待つかのように、忍耐と、複雑な思いと、心配を胸にじっとしている。ルイはそういうやつだ。

めまいが治まると、カミーユは改めて自分に活を入れた。そして三メートル先で作業していた鑑識官二人に声をかけた。

「なにか見つかったか?」

そして喉の詰まりを解消しようと咳払いしながら二人に近づいた。現場が路上の場合の問題は、ある範囲内に落ちているものをなんでもかんでもすべて拾い集める必要があるということで、しかもそのなかのどれが事件に関係するかはわからない。

二人のうちの背の高いほうが顔を上げて答えた。

「吸い殻と、硬貨……」そこでアタッシュケースの上に置かれたビニール袋のほうにかがみ込み、「外国の硬貨ですね。それから地下鉄の切符。少し離れたところにティッシュ、使用済みのやつです、あとはプラスチックのボールペンのキャップ」

カミーユは地下鉄の切符が入ったビニール袋を手に取り、照明に当ててよく見た。

「それと」と鑑識官がつけ加えた。「どうやらひどく殴られてますね」

車道の端の排水溝に吐瀉物が残っていて、それをもう一人が殺菌スプーンで慎重に採取しているところだった。

またバリケードがどけられる音がして、応援の制服警官たちが足早に近づいてきた。ル・グエンが送り込んできたのは五人だった。

ルイがすべて心得ているので、カミーユは黙って任せた。作業を三手に分ける。まずルイが全員に必要な情報を説明し、この界隈を区画割りする。時間が遅いので範囲はあまり広げない。そして聞き込みの要点を指示する。これまで一緒に数えきれないほどやってきたことで、ルイはもうベテランだ。五人のうちの一人とルイがもっとも重要な区画を担当する。つまり現場近くの建物の住人たちに下りてきてもらい、話を聞く。


夜十一時近くになってから、この通りで唯一、一階に管理人室のある建物が見つかった。昔はどこもそうだったが、今ではこういう建物はめずらしい。女管理人は〝女殺し〟ルイの魅力にひと目で参ってしまい、その瞬間から管理人室が臨時の司令部になった。次いでカミーユに気づくと、女管理人は捨てられた小犬でも見るように拳に手を当て、「まぁ、まぁ、まぁ」と繰り返した。気の毒に、なにかしてあげなきゃという思いが全身からあふれ、脚まで震えている。そして、生々しい傷口を目にして痛みを分かち合おうとするように目を細め、眉間に皺《しわ》を寄せてカミーユの様子をうかがい、それからルイにこっそり声をかけた。

「警部さんのために小さい椅子をご用意しましょうか？」

まるでカミーユが急に縮んでしまって、どうにかしなければ大変だとでもいうかのように。

それを聞くと〝礼儀正しき〟ルイは目を伏せ、「ご親切にありがとうございます。でもどうぞご心配なく」と答え、最後に笑顔をサービスした。

すると女管理人は道徳心のはけ口を椅子からコーヒーに移し、ポットにいっぱいコーヒーをいれてきて、一人一人に注いでくれた。カミーユには小さいスプーンを添えることを忘れずに。

制服警官たちは全員聞き込みを続けていた。カミーユは慈愛に満ちた女管理人に見守られながらコーヒーをすすった。ルイが考え込んでいる。それが〝インテリ〟ルイのやり方だ。じっくり考え、理解しようとする。

「身代金目的か……」ルイが慎重に切り出した。

「男女関係のもつれ……」とカミーユが応じた。「あるいは行きずり」

犯罪心理上はあらゆる動機が考えられる。破壊欲、支配欲、反抗、征服欲……。二人ともあらゆる種類の殺意を目にしてきた。ところがその二人は今、アパルトマンの管理人室でじっとしている……。これといって打つ手もなく。

現場近くの聞き込みは終わった。住人に下りてきてもらって話を聞き、証言、うわさ、意見などを集めて突き合わせる作業のことだ。めぼしい情報があればすぐに誰かをやって確認したが、結局は無駄足だった。

まだなにも出てきていない。被害者はこの界隈の住人ではないのかもしれない。少なくとも現場近くの住人ではない。該当しそうな女性は三人挙げられたが、いずれも旅行中か、用事で家を空けているかで、パリにいるはずはなかった。

すでに誘拐から何時間も過ぎたが、突破口になるような手がかりはなにも見つかっていなかった。

3

アレックスは寒さで目が覚めた。いや、ぶつかった衝撃かもしれない。手足を縛られているので車が揺れると体が転がり、荷台のあちこちにぶつかる。バンはなおしばらく走った。そしてアレックスが打ち身だらけになったころようやく停まり、男がドアを開けた。アレックスは防水シートのようなものをかぶせられ、その上から紐をかけられ、担ぎ上げられた。こうして荷物のように扱われるのがどれほど恐ろしいことか、アレックスはこのとき初めて知った。しかも、これから自分は人間を荷物として扱う男の意のままにされる。そう思うといっそう恐ろしかった。この先なにが起きてもおかしくない。

男は終始無言のままで、アレックスに声もかけずにいきなり地面に下ろし、引きずり、階段を転がした。階段の角が肋骨に当たり、頭も守るすべもない。アレックスは痛みにうめいたが、無視された。そして二度目に後頭部を打ちつけたところで、アレックスはふたたび気を失った。

それからどのくらい時間が経ったのか、アレックスにはわからない。

ふと気づくと、そこは静かな場所で、肩と腕がひどく寒かった。足は凍《こご》えてほとんど感覚がない。しかも手足を粘着テープできつく縛られているので血が通《かよ》っていない。アレックスは目を開けた。いや、開けようとした。だが開いたのは右目だけだった。口も開けられない。いつの間にか喉の詰め物がなくなり、代わりに口に粘着テープが貼られていた。

アレックスは横向きに床に転がされていた。両手を後ろ手に縛られ、足首も縛られ、体重が腰にかかる姿勢なので腰が痛くてたまらない。意識が戻るにつれ、まるで交通事故にでもあったかのように体中が痛みだした。ここはどこだろう？　腰を動かしてどうにかあおむけになると、肩に激痛が走った。ようやく左目も開いたが、なにも像を結ばない。目を潰されたのかとぎくりとしたが、少しするとぼんやり見えてきた。何光年も離れた星から届いたような心もとない像だった。

アレックスは鼻が頼りの呼吸に神経を集中し、そうすることによって心を落ち着かせ、頭を働かせようとした。ここは倉庫かなにかのようだ。がらんとした大きな空間で、光が上から射している。床は硬いが、濡れている。腐った雨水のような、よどんだ水のにおいがする。寒いのはそのせいだろう。この場所には雨水かなにかが漏れている。

それから不意に男のことを思い出した。抱え込まれたときにかいだきつい体臭がよみがえった。動物的な汗のにおい。人は絶望のなかではくだらないことしか思い出せないのだろうか。そういえば髪も引き抜かれた。あの男が手につかんだ分だけ抜けたとしたら、頭に大きな禿げができてしまっているだろう。そう思ったら泣けてきた。いやもちろん、禿げた頭を想像したから泣けたというよりも、疲労と苦痛のせいだ。そして恐怖……。アレックスは泣いたが、テープで口をふさがれているので泣くのも容易ではない。苦しくなり、咳をしたが、これもまともな咳にはならず、ますます苦しくなった。涙があふれた。続いて吐き気が突き上げてきたが、これもまた出口がない。口のなかまで出てきた胃液を、また飲み込むしかない。それには恐ろしいほどの時間がかかった。においもひどかった。

アレックスは懸命に呼吸しようとした。懸命に理解し、分析しようとした。どんなに絶望的な状況でもパニックになったら負けだ。冷静なら助かるというものでもないが、冷静さを欠いたら待っているのは破滅だけ。だからアレックスは心を静めようとし、心拍数を下げようとした。そして自分の身になにが起きたのか、どういう状況に置かれているのか、なぜここにいるのかを理解しようとした。

体中が痛くて苦しい。だが心を静めてみたら、膀胱《ぼうこう》が張っていることもその苦しみの一因だと気づいた。もう限界に近いほど張っている。もともとアレックスは尿意を長くこらえられるほうではない。二十秒待たずに決め、そのままの姿勢で尿を静かに放った。長々と。自分で決断したからには、これは失禁ではない。こうしなければ苦しみが続いただろうし、何時間も苦しんだ挙句、結局は同じことになっていただろう。それに、今はほかに山ほど問題があるのだから、尿意を我慢してもなんの得にもならない。ただし、数分すると濡れたせいでますます寒くなってきた。その点は思い至らなかった。アレックスは震えた。だがもう寒さのせいなのか恐怖のせいなのかもわからない。男の顔が浮かんだ。地下鉄の車両の奥で微笑んだ顔と、襲ってきて自分を抱え込んだときの顔。そう、抱え込まれたすぐあとでバンの荷台に蹴り込まれたのだった。あのとき、顔が荷台にこすれてひどく痛かった。

遠くでかちりと金属音がした。その瞬間涙が止まり、体がこわばった。神経が張りつめて切れてしまいそうな気がした。アレックスは腰を動かしてまた横向きになり、目を閉じ、衝撃に備えた。男はまた殴ったり蹴ったりするだろう。そのために誘拐したのだろうから。アレックスは息も止めた。男の足音が近づいてくる。静かだが、重い足音だ。その足音がすぐ横で止まった。薄目を開けると靴が見えた。大きな靴で、防水加工されている。男は黙っている。黙ったままじっと立っている。こちらを見下ろしているのだろう。眠りを見守るかのように。男がそのまま動かないので、とうとうアレックスは覚悟を決め、目を開けて男を見上げた。男は両手を背中で組み、顔を下に向けてこちらを見ていた。まったくの無表情で、物を見るようにこちらを見ている。下から見上げると、男の顔は大きく、異様だった。濃い眉が張り出し、目が半分その影に隠れている。そして眉以上に目立つのが額で、顔の半分以上を占めていて、張り出しているというよりはみ出ていると言ったほうが近い。それがどこか原始的で未発達な印象を与える。こういう顔をなんと言うんだったか、言葉を探したが見つからなかった。

アレックスはなにか言おうと思ったが、ガムテープが邪魔をしていた。それに、たとえ話せたとしても「どうかお願い……」くらいしか言えないだろう。なんと言えば拘束を解いてくれるだろうか。懇願する以外になにか手はないかと必死で考えたが、なにも浮かばない。いい質問も、いい要求も浮かばない。思考が止まり、言葉が出てこない。ただ漠然とした疑問がわくだけだ。わたしをさらって、縛って、ここに転がして、それからどうしようというのかと。

また涙が出てきた。いったん流れ出すと止まらない。男は黙ったまま離れていき、部屋の隅まで行った。そして一気に防水シートをまくった。だがシートの下からなにが現れたのかは見えなかった。アレックスは頭のなかでまじないを唱えるように、殺されませんように、殺されませんようにと繰り返した。

男はアレックスのほうに背を向けたまま足を踏ん張り、なにか重い物を動かしはじめた。木箱かなにかだろうか。コンクリートの床にこすれてきしむ音がする。男の服装はダークグレーのズボンに縞模様のセーター。セーターはかなり着古したもののようで、型崩れしている。

その木箱のようなものを数メートル引きずり寄せたところで、男は手を放し、位置を確認するように天井を見上げた。そして腰に手を当てた。どういうふうにしようかと考えているようだ。しばらくするとアレックスのほうを振り返り、じっと見た。そして近寄ってきた。身をかがめて膝をつき、腕を伸ばし、足首に巻かれていた粘着テープを引きちぎった。それから口をふさいだテープに大きな手をかけたかと思ったら、一気に引きはがした。アレックスは悲鳴を上げた。男は片手で軽々とアレックスを引っ張り上げて立たせた。アレックスは決して大柄ではないが、それにしても片手で人一人持ち上げるとはとんでもない怪力だ。急に立たされたので血圧が下がり、めまいがした。頭痛がして体がふらつく。こうして近くに立ってみると、アレックスの目の位置は男の胸にしか届かなかった。男に肩をぐっとつかまれ、無理やり後ろ向きにされた。声を上げる間もなく、手首に巻かれたテープが引きちぎられた。

アレックスはそこで勇気を振り絞り、なにも考えず、ただ口に出てきた言葉を発した。

「お、お願い……」

自分の声とは思えなかった。それに言葉がつかえた。子供のころのように。そして思春期のころのように。

アレックスは最後の審判を受けるような思いで男のほうを向いた。なにしろこの男は自分をどうにでもできる。そう思うとあまりにも恐ろしくて、今すぐ死ぬほうがましだと思えた。ひと思いに殺してほしい。待っているこの状態のほうが恐ろしい。想像ばかりがふくらむこの時間が耐え難い。これからなにをされるのかと思いながら目を閉じると、もう床に倒れている自分が見える。先ほどまでの自分と同じように横向きに倒れている肉体。傷だらけで、血が流れ、痛々しい、自分のものではないような肉体。だがそれは自分で、もう死んでいる。

寒い。尿のにおいがたちこめている。アレックスは羞恥心と恐怖の両方と闘っていた。男はなにをするつもりだろうか。殺さないで。どうか殺さないで。

「脱げ」と男は言った。

妙に落ち着いた、太い声だった。どなったわけではないものの、有無を言わせぬ命令だった。アレックスは口を開こうとしたが、言葉を発する前に強烈な平手打ちが飛んできて、よろめいた。続いてもう一発飛んできて、張り倒され、頭が床に当たった。男はのっそり近づいてくると、今度は髪をつかんでアレックスを引っ張り上げた。あまりの痛みに、このまま髪が全部抜けるのではないかと思い、思わず両手で髪を押さえようとした。すると無意識のうちに脚に力が入り、アレックスはまた立っていた。そこへまたしても平手が飛んできたが、今度は髪をつかまれたままなので、体が倒れるのではなく宙で揺れ、首が九十度回った。衝撃で頭がしびれ、なにも感じなくなった。

「脱げ、全部」

男はそう言うと手を放した。アレックスはよろめき、踏みとどまろうとしたが膝をついた。だがうめき声はこらえた。男はアレックスのほうにかがみ込んだ。あの大きな顔がこちらを見下ろしている。馬鹿でかい額に、灰色の目……。

「わかったな?」

男がまた手を上げようとしたので、アレックスは慌てて「はい」と答えた。殴られるのが恐ろしくて、はいはいはいと言いながら立ち上がり、抵抗するつもりがないことを示すためにさっさと服を脱ぎはじめた。服に火でもついたように、手早くTシャツを脱ぎ、ブラを外し、ジーンズのボタンを外した。殴られないためにはとにかく早く脱ぐしかない。アレックスは痛みも忘れて身をよじり、体についているものをすべて取り除いていった。全部、全部だ。早く。そしてとうとう素っ裸になると、完了しましたとばかり両腕を下ろして直立の姿勢をとった。だがそのときになって、今自分が失ったものは二度と戻ってこないと気づいた。敗北を認めたのだ。言われるままに服を脱いだことで自分はすべてを受け入れた。すべてにイエスと言ったことになる。つまりある意味では、自分は今死んだのだ。そう思ったらまた感覚が遠のき、意識が体から離れそうになった。そのせいだろうか、思いがけず声が出た。

「ど、どうしようっていうの……」

男はにやりとした……ように見えた。唇が薄く、ほとんどないに等しいので、笑ったのかどうかよくわからない。それから問いかけの表情になった。

「そっちはなにをしてくれるんだ?」

その言葉には欲望が表れているように思えた。ものにしたいという欲望。それはアレックスにはわかりやすい言葉だった。いや、すべての女にとってそうだろう。アレックスは唾をのんだ。殺すつもりはなさそうだ。そうだ、そうに違いない。脳がその考えにしがみつき、あらゆる反論を排除しはじめる。それでもまだ頭のどこかで、結局は殺されることになるぞという声が聞こえていたが、やがてその声もどこかに追いやられてしまった。

「キ、キスしても……いいわ」アレックスは言った。

いや、違う、そんなことじゃない。

「好きにしていいわ……犯しても」と続けた。「好きにして……」

男は顔を少し引きつらせ、後ろに一歩下がった。そしてアレックスの体をながめはじめた。足から頭へ。アレックスは腕を広げてみせた。どうぞ、ご自由に、降参よと言わんばかりに。そう、こいつに身を任せよう、好きにさせてやる。そうやって時間を稼ぐ。それしかないと思った。この状況では時間がすなわち命なのだから。

男は黙って観察を続けた。一度上がった視線がまたゆっくりと下りていき、腰で止まった。じっと見ている。アレックスも動かなかった。すると男はどうかなというように首をかしげた。アレックスはこんなふうに自分をさらけ出すのが恥ずかしくてたまらなかった。だがもし気に入ってもらえなかったら、男が満足せず、得るものはないと判断したら、そのときはどうなるのだろう？　男はがっかりしたように首を振った。期待外れだ、これじゃだめだと。だが続いて、まあもう少し考えてみようかと手を伸ばし、アレックスの右の乳房を親指と人さし指でつまんだ。と思ったらいきなり強くひねり、アレックスは痛みに身をよじって思わずうめいた。

男は手を放した。アレックスは右胸を手で押さえた。目が飛び出るほどの痛みで、息が止まった。頭がぼうっとし、足元がおぼつかなくなり、また涙が出た。アレックスはたまらずに訊いた。

「い、いったい……どうしたいの？」

男は決まってるじゃないかという顔でにやりと笑った。

「淫売がくたばるところを見てやる」

そして、さあこちらをご覧くださいと示す芸人のように一歩横に動いた。

男の背後にあったものが見えた。床に電気ドリル。そしてその横に木枠の箱。あまり大きくはない。ちょうど人一人が入るくらいの大きさだった。

4

カミーユはパリの地図の上にかがみ込んでいた。管理人室の前には十五区の警察署の警官が立ち、野次馬に向かって「事件について重要な情報をおもちの方以外は帰ってください！」と根気よく声をかけていた。誘拐事件はちょっとしたアトラクションだ。ショーのようなものだ。主演女優はもうさらわれてしまっていないが、そんなことはかまわない。舞台があればそれだけで血が騒ぐ。そしてどうなるかというと、誰もがその話題で盛り上がり、小さい村の住民同士のように口々に伝え合う。——誘拐だってさ。え、ほんと？　で、誰、誰がさらわれたって？　知らないよ、女だってさ。聞いた話じゃな。どこの女？　おれたちが知ってる女？——そして話が広まるにつれ、尾ひれがついていく。この時間にはとっくに寝ているはずの子供たちまで通りに出ている始末で、とにかく界隈の誰もが思わぬ事態に興奮していた。テレビは来るのかとまた誰かが訊いた。さっきから何人も同じことを訊いている。そしてなにを待つのかもわからずに待っている。なにかが起きたときにその場にいたいがために待っている。しかし待っても待ってもなにも起らず、次第に興奮が冷めてくる。もう夜も遅いし、なにか起きるならそろそろ起きてもらわないと困るぞ……。こうなるとアトラクションもただの混乱になり、やがて上の窓から静かにしろと声がかかる。もう寝る時間だ、騒ぎはもうたくさんだと。

「警察を呼べばいい」カミーユは吐き捨てた。

ルイは相変わらず落ち着いている。

カミーユは被害者がたどった経路を割り出そうと思い、可能性のある通りに印をつけていった。四方向考えられる。南のファルギエール広場から、北のパスツール大通りから、西のヴィジエ＝ルブラン通りから、あるいは東のコタンタン通りから。バスに乗ったとすれば八八番か九五番。地下鉄の駅はかなり離れているが、その距離を歩いたという可能性も排除できない。その場合に考えられる駅はペルネティ、プレザンス、ヴォロンテール、ヴォージラール……。

このままなにも手がかりが得られなければ、明日は聞き込みの範囲を広げることになる。かなりの範囲で綿密な捜査をしなければならない。ということは人手が必要で、本部の連中が目を覚ますまで待つしかない。逆に言えば、それまでまだ時間がある。

誘拐というのはある意味では特殊な犯罪だ。殺人事件のように目の前に被害者の死体があるわけではない。だから被害者を想像しなければならない。カミーユはそれを試みることにした。鉛筆で描きながら考える。通りを歩く女……。少し目を離して見る。違うな、これじゃ上品すぎると思った。上流の〝ご婦人〟になってしまう。被害者はもっとカジュアルで今風だろう。

だがそういう女性を描くのはこの年では難しいかもしれない。途中で電話が入るたびに描きかけの絵をくしゃくしゃと線で消し、電話が終わるとまた新たに描く。カジュアルで今風ということは若い女だ。なぜそう思うのかはわからないが……いや一理ある。年輩の女性がさらわれることはあまりない。そこでカミーユは想像の対象を〝女〟から〝若い女〟に絞り込んだ。ファルギエール通りで誘拐された若い女。カミーユはまた手を動かした。ジーンズ、ショートヘア、ショルダーバッグ……。いや、違う。また描き直す。タイトスカート、大きなバスト……。これも違う。カミーユは苛立ち、また線で消した。若い女を描こうとしているのに、どうしても別の女性が浮かんでしまう。イレーヌだ。

イレーヌを失って以来、カミーユには特別な女性はいない。カミーユの身長で、しかもある種の罪悪感と自己嫌悪に悩まされていて、かつふたたび人を愛することに恐怖を抱いている男に、女性との出会いが訪れることはまれだ。よほど多くの偶然が重ならなければ実現しない。だから、誰もいない。いや、とカミーユは思い出した。一度だけ例外があった。

カミーユは半年ほど前に、ちょっとしたトラブルを起こした女を助けた。そのとき女の目に浮かんだのは安堵だけで、それ以上のものではなかった。だがその翌日、女は警視庁の近くで待っていた。二人は食事をし、なんとなくその気になり、〝最後の一杯〟に誘い、女がカミーユのアパルトマンに上がり、そして……。普通なら、廉潔な刑事はそういうことはしない。だがその女は本当に、こちらがいささか驚くほど優しく、心から感謝し、カミーユのためになにかしたいというふうだった。とはいえ、それはあとからカミーユがこじつけた自己弁護であって、実際には二年以上も女性に触れていなかったからというのが正直なところだ。だがカミーユはそれだけでは自分が許せないような気がする。自分は正しくないことをしたのだと思っている。穏やかで静かな晩で、二人とも恋愛感情うんぬんはこの際脇に置いてもいいという気になっていた。彼女はカミーユの身に起きたことをすでに知っていた。イレーヌが殺された事件のことだ。あれだけの騒ぎになったのだから、まあ、誰でも知っている。だがその晩、彼女はそのことには触れず、日常のなんでもないことを話し、それからそばで服を脱ぎ、なんの前置きもなく身を委ねてきた。二人は見つめ合い、カミーユはやがて目を閉じて彼女を抱いた。ほかにどうしようもなかった。それ以来、時々通りで出会う。近くに住んでいるからだ。四十くらいだろう。背はカミーユより十五センチ高い。アンヌという。アンヌは感性が鋭い。その晩もカミーユのアパルトマンに朝までいたわけではなく、夜のうちに帰っていった。そのほうが寂しさを感じさせずにすむとわかっていたようだ。そして次に会ったときは、なにごともなかったかのように自然に振る舞った。最近すれ違ったときは、人込みのなかだったが、握手までしてくれた。それにしても、なぜ今アンヌのことなど思い出したのだろう。男がさらいたくなるようなタイプの女性だということだろうか?

そこでカミーユは視点を変え、今度は犯人について考えてみた。殺人事件は手口も動機もさまざまだが、誘拐事件はだいたい似通ったものになる。しかも確かなことが一つあり、それは準備が必要だということだ。急に思いついて、あるいは怒りにかられて人をさらったという例もなくはないが、あくまでも例外であり、しかもすぐに失敗する。ほとんどの事例において誘拐犯は事前に計画を練り、周到に準備している。しかも統計データは非情で、事件発生から救出までの時間が勝負だとわかっている。時間が過ぎるにつれ被害者の生存率は急速に下がる。

人質は扱いが難しく、足手まといにもなるので、犯人がなるべく早く厄介払いしようとするからだ。


最初の手がかりを見つけたのはルイだった。夜七時から九時のあいだに近くを走っていたバスを調べるため、先ほどから該当する運転手に片っ端から電話をかけてベッドから引きずり出していた。そのルイが送話口を押さえて言った。

「八八番の終バスの運転手です。夜九時ごろ、若い女性がバス停に駆け寄ってきたが、気が変わったのか乗らなかったと言っています」

カミーユは鉛筆を置いて顔を上げた。

「どの停留所だ?」

「パスツール研です」

背筋にぴりりときた。

「なぜ覚えている?」

ルイがその質問を運転手に伝え、また送話口を押さえて言った。

「美人だったから。かなりの美人だったそうです」

「ほう……」

「九時ごろというのは確かだそうです。女が乗らないと合図したので、これが最終だと言ってやったそうです。でも女はファルギエール通りを歩いていったと」

「どっち側だ?」

「右です。下りです」

方向は合っている。

「女の特徴は？」

ルイが運転手に顔の特徴や服装を訊いたが、残念ながら空振りだった。

「はっきりしません。よく覚えていないそうです」

それが美人の場合の問題かもしれない。見るほうは思わず惹きつけられるが、その分細部が記憶から飛んでしまう。残るのはせいぜい目か、口か、後ろ姿の印象。あるいはその三つ。だが服装など、それ以外の細部となると……。目撃者が女ならもう少しはっきりするのだが、男ではだめだ。

カミーユはこのあとしばらくそんなことを考えていた。


午前二時三十分、やれることはすべてやった。こうなると、あとは新たな展開を待つしかない。手繰れるような糸が出てくるか、あるいは身代金の要求がきて新たな突破口が開けるか、さもなければ死体が発見されて万事休すとなるか……。とにかく手がかりが欲しい。前に進むための足がかりが欲しい。

言うまでもなく、緊急の課題は被害者の特定だった。通報センターにも再三確認しているが、被害者に該当する捜索願いは入ってきていなかった。

現場周辺にはなにも手がかりがない。

事件発生からすでに六時間が過ぎようとしていた。

5

それは格子状の木箱だった。板と板のあいだに十センチほどの間隔があり、なかが見える構造だが、今のところなにも入っていない。

男はまたアレックスの肩をわしづかみにし、その木箱のそばまで引っ張っていった。だがそこで手を放すと背を向け、アレックスの存在など忘れたかのように作業に没頭した。電気ドリルに見えたものは実際には電動ドライバーで、男はそれを使って箱の蓋の部分の板のねじを外している。まず一枚。続いてもう一枚。男は前かがみになっている。太く赤らんだうなじが汗に濡れている……。ネアンデルタールという言葉が頭に浮かんだ。

アレックスは男から一歩引いたところに裸で立っていた。こんな状況だというのに羞恥心に逆らえず、片手で胸を、もう片方の手で下腹部を隠していたが、考えてみたら馬鹿馬鹿しい。アレックスは寒さに震えながら、ただ無気力に待っていた。だがそのうち少しだけ頭が働きはじめ、今がチャンスではないかと思った。でもどうする？　男に飛びかかる？　殴る？　走る？　倉庫は広いが、十五メートルくらい先に開口部がある。もともとは何枚かの引き戸があったのだろうが、今はなにもなく、ただ四角く開いている。男はねじを外すのに夢中になっている。アレックスは必死で頭を働かせた。逃げる？　なにかで男を殴る？　それともドライバーを奪う？　男はねじを外してからどうするつもりだろうか。くたばるところを見てやるというのは、具体的にはどういうことだろう。どうやって殺そうというのだろう。そう考えているうちに、アレックスはほんの数時間前まで「死にたくない」と心のなかで叫んでいたことを思い出した。それがいつの間にか「ひと思いに殺してほしい」に変わってしまっている。いけない。こんなことではいけない。そう気づいたとき、二つのことが同時に起きた。一つはアレックスの頭に明確な意志が浮かんだこと。思うようにはさせない。受け入れてはいけない。抵抗しろ。戦え！　そしてもう一つは、男が振り向いたこと。男は電動ドライバーを足元に置き、アレックスの肩に手を伸ばしてきた。その瞬間、頭のなかでなにかがはじけて全身にスイッチが入り、アレックスは走りだした。男は驚いて一瞬躊躇《ちゅうちょ》し、その一瞬を突いてアレックスは床に置かれた物を飛び越え、裸足のまま全力で走った。寒さも恐怖もどこかに吹っ飛び、もう逃げることしか頭にない。コンクリートの床は冷たく、硬く、濡れていて滑りやすく、凹凸もあったが、一切かまわず走った。全身が足になったように走った。雨水が大きな水溜りになったところを走り抜けると水しぶきが散った。振り向かず、ただ「走れ、走れ、走れ！」と自分を叱咤する。男が追ってきているのかどうかもわからない。そうだとしても自分のほうが速いはずだ。若いし、身軽だから。だいじょうぶ、助かる！　アレックスは開口部まで来ても立ち止まらず、一瞬で左奥に次の開口部があるのを見て取ってそちらへ向かった。だがその開口部も前のものと同じに見えた。同じような部屋が続くだけなのだろうか？　外への出口はどこに？このまま素っ裸で外へ出るのかといった迷いは浮かびもしなかった。アレックスの心臓は破裂寸前だった。振り返って男がどこまで迫っているのか見たかったが、それよりも外に出たいという気持ちのほうが強かった。そして第二の開口部を抜け、第三の部屋に入った。だがそこで足が止まった……。そんな、あんまりだと思ったとたんに息が切れ、その場に崩れそうになった。どうにかまた走りはじめたものの、早くも涙が出てきた。どうやらここが建物の端のようで、出口と思われるものが見えている。だがそれは……。

ふさがれていた。

外側から大きな赤レンガが積み上げられていて、つなぎのセメントが目地からはみ出したまま均《なら》されていない。ただ入口をふさぐためだけの急ぎの仕事だったのだろう。アレックスはレンガに触れてみた。床と同じくじっとりしている。外には出られない。気力が萎えると同時にぞくぞくする寒さが戻ってきた。アレックスはレンガをたたきながら叫んだ。外に届くかもしれない。誰かが気づいてくれるかもしれない。「助けて！　ここから出して、お願い！」だがその叫びはうめき声にしかならなかった。もっと強くたたこうとしたがとうとう手の力も抜けてしまい、仕方なく全身でしがみついた。木の幹にしがみつくように。あるいはレンガのなかに溶け込んでしまいたいとでも言うように。もううめき声も出ない。ただ声のかけらが喉の奥に引っかかるだけだ。アレックスはレンガの壁にポスターのように貼りついたまま、声もなく泣いた。だが不意に人の気配を感じて涙をのんだ。男がすぐ後ろまで来ている。足音がゆっくりと近づいてくる。アレックスは動けなかった。もう逃げようがない。足音が止まった。男の息づかいが聞こえたような気がしたが、それはアレックス自身の恐怖心のざわめきでもあった。男はなにも言わずにいきなり髪をつかんだ。それがこの男のやり方だ。大きな手で髪をわしづかみにし、いきなり後ろに強く引いた。アレックスは後ろに飛び、背中から床にたたきつけられ、一瞬息が止まった。息ができるようになると思い切りうめき声を上げたが、男は容赦しなかった。脇腹に鋭い足蹴りが食い込んだ。アレックスがなおも動けずにいると、さらに強い足蹴りが加えられた。「ひとでなし!」とアレックスは声にならない声で叫び、また蹴られると思って力を振り絞り、体をよじって逃げようとした。だがそれがまずかった。逃げようとすればいくらでも攻撃が続く。今度は腰に靴の先がめり込んだ。アレックスはあまりの痛みに耐えかね、肘をついて身を起こし、片手を上げて降参だと合図した。すると男は足蹴りをやめ、ただ黙ってアレックスを見た。こちらが為すべきことを自分でするのを待っているのだ。アレックスはよろよろと立ち上がり、歩きだした。だがまっすぐ歩くこともできず、歩みはのろかった。すると後ろから蹴られ、数メートル飛んで前のめりに倒れた。アレックスは歯を食いしばって起き上がり、膝から血が流れるのもかまわず前より早く歩いた。男はそれ以上なにもせず、ただあとからついてくる。そして開口部を二回通って最初の部屋に戻った。もうどうしようもない。アレックスは力を使い果たし、両手をだらりと下げて木箱の横に立った。男はじっとしている。さっきなんと言ったのだったろうか? 「淫売がくたばるところを見てやる」だっただろうか?

男が木箱を見た。アレックスも見た。この先はもう引き返せなくなるとアレックスにはわかっていた。これから自分がしようとしていること、受け入れようとしていること、それは取り返しのつかないことだ。二度と元には戻れない。強姦されるのだろうか。それとも殺される? まず殺してから犯す? それとも殺すのはあと? 長く苦しめるつもりだろうか。いったいこの非情な男はなにが望みなのか。だが、その答えは訊かなくてもどうせもうすぐわかる。だとすれば残る疑問は一つだけ。

「教えて……お願い」

アレックスはわめくのではなく、打ち明け話のようにささやいた。

「なぜわたしなの？　なぜ？」

男は眉をひそめた。フランス語がわからないというかのように。アレックスは無意識に手を後ろにやり、指先で木箱に触れた。ざらざらした荒削りの木だった。

「なぜわたしなの？」

男はゆっくり口の端を上げた。唇のない口が笑う……。

「おまえがくたばるのを見たいからだ」

言うまでもないという口調だった。それで十分な答えになっていると疑いもしない口調だ。

アレックスは目を閉じた。涙がこぼれた。これまでの人生を振り返ろうとしたが、なにも頭に浮かんでこない。指先で触れていた箱を、今度はしっかりつかんで体を支えた。そうしなければ倒れてしまいそうだった。

「さあ……」男はしびれを切らしたように言い、木箱を指差した。

覚悟を決めて木箱のほうを向いたとき、アレックスはもうアレックスではなかった。誰のものかわからない脚が木枠をまたぎ、ただの抜け殻でしかない体が木枠のなかに身をかがめた。

アレックスは側面の板に足を当てて踏ん張りながらしゃがみ、膝を両腕で抱えた。これは棺桶ではなく、避難場所なのだと自分に言い聞かせながら。

男が近づいてきて、箱のなかにうずくまったアレックスをながめた。見事な絵画を鑑賞するように、あるいはめずらしい昆虫を観察するように目を大きく見開き、満足気な表情を浮かべた。

そして鼻から大きく息を吐き、電動ドライバーを手にした。

6

午前三時を過ぎた。女管理人はとっくに部屋に下がり、その後は元気ないびきが聞こえていた。応援の警官たちも全員仕事を終えて引き揚げたところだった。事件発生から六時間、得られた情報は数えるほどもない。カミーユとルイもいったん引き揚げることにし、コーヒー代として少し金を置いて管理人室を出た。ルイは感謝の言葉を書き添えるのも忘れなかった。カミーユはルイと歩道に出た。それぞれ家に帰ってシャワーを浴び、それからまたすぐ本部で落ち合うことになる。

タクシー乗り場まで来た。

「乗ってくれ」とカミーユが言った。「おれはもう少し歩く」

二人はそこで別れ、カミーユは一人で歩きだした。

今夜カミーユは、捜査の合間に数えきれないほど被害者の想像図を描いた。歩道を歩く若い女。バスの運転手に手を挙げている若い女。だがどう描いてもどこかイレーヌに似てしまい、そのたびに描き直した。イレーヌのことを考えるだけで苦しくなる。カミーユは誘拐されたのはイレーヌじゃないと自分に言い聞かせながら、歩みを速めた。

そこには決定的な違いがある。被害者がまだ生きているという違いが。

午前三時過ぎのファルギエール通りは無表情だった。車もたまにしか通らない。

カミーユは論理的に考えようとした。論理こそこの事件の冒頭からカミーユの頭に引っかかっていたものだが、ここまでじっくり追求する時間がなかった。誘拐は偶然の産物ではない。ほとんどの場合、犯人は被害者を知っている。親しいとまでは言えない場合でも、誘拐の動機が生じる程度には知っている。ということは被害者の住所も知っている。そこまでは一時間以上前から考えていた。カミーユはさらに足を速めた。犯人は女の住所を知っていた。それにもかかわらず女の家で、あるいは家のすぐ前で誘拐しなかったということは、それが不可能だったからだ。理由はわからないが、それは不可能だった。そうでなければこの通りで誘拐するわけがない。公道の路上で誘拐するのはリスクが高いのに、男はあえてここで誘拐したのだから。

歩みを速めると頭の回転もよくなる。

路上で誘拐するとなれば方法は二つしかない。女のあとをつけるか、待ち伏せするかだ。だがバンであとをつけられるだろうか？　女はバスに乗らずに歩いていた。それをバンでつけるとなると、最徐行で車を走らせながら機会をうかがうことになるが……。ありえない。

待ち伏せしかない。

犯人は女を知っていた。どの道を通るかも知っていた。あとは女が歩いてくるのが見える場所、そしてチャンスが来たらすぐに近づけるような待ち伏せ場所があればいい。この通りは一方通行だから、その場所は誘拐現場より手前のはずだ。犯人はその場所から女が来るのを待ち受けた。女はその場所を通り過ぎる。犯人が追いつき、誘拐する。

「こうやって考えりゃわかるんだ」と思わず声が出た。

カミーユが独り言を漏らすのはめずらしいことではない。妻を亡くしてまだ数年だが、男はやもめになると独身時代の習慣にすぐ戻る。それに、チームワークを離れ、長く殻に閉じこもってうじうじと自分のことばかり考えていたせいで、一人にならないと頭が働かない。だからルイを先に帰したのだが、こんなことではいけないと自分でもわかっている。こんなふうになってしまった自分が嫌だった。

待ち伏せのことを考えながらさらに歩いた。ある考えを思いつくと、それが間違いかもしれなくてもいつまでも固執する人間がいるが、カミーユもその一人だ。そういうこだわりは友人としては願い下げでも、警官としては長所になる。横道を一本過ぎ、さらに進んでまた一本過ぎたがまだぴんとこない。だがそこから数歩進んだところでひらめいた。

ルグランダン通り。

それは三十メートルほどの袋小路だが、車が両側に駐車できるだけの幅がある。自分が犯人ならそこに車を停めて待つ。カミーユはルグランダン通りと交差する地点まで行った。

角に建物があり、一階が薬局になっている。

顔を上げた。

二台の監視カメラが通りのほうを向いていた。

白いバンが映っていることはすぐにわかった。薬局の店主のベルティニャックは度が過ぎるほど低姿勢で、警察に協力するのがうれしくてたまらない様子だった。カミーユはその手の人間がどうも苦手だ。今二人は店の奥の部屋にいて、ベルティニャックがパソコンの前に座り、巨大なモニターを見つめている。薬剤師はどういう風貌と決まっているわけではないが、それでもベルティニャックにはいかにもという雰囲気があった。カミーユにそれがわかるのは父が薬剤師だったからだ。引退してからも、父はいかにも引退した薬剤師という感じだった。その父が死んでからまだ一年も経たない。そういえば遺体を見たときでさえ、いかにも死んだ薬剤師だと思ったのではなかっただろうか。

とにかくベルティニャックは協力的だった。午前三時半に起こされたというのに、警察だとわかるといそいそとカミーユを迎え入れたのだから。

話を聞くと、この薬局は五回も泥棒に入られたことがあるという。だがベルティニャックは根にもつタイプではないようで、薬剤を狙う密売人たちに対しても、テクノロジーで対抗するという穏やかな方法を選択した。つまり盗みに入られるたびに監視カメラを増やしていった。だから今では五台あり、二台が屋外、三台が店内を監視している。屋外の二台は店の前の歩道をほぼカバーしていた。録画は二十四時間で、それを超えると自動消去される。ベルティニャックはこの監視システムがお気に入りのようで、カミーユが頼みもしないのに熱心に説明してくれた。屋外カメラの映像はすぐ画面に現れたが、残念なことに、ルグランダン通りの歩道に停まっている車は下のほうしか映っていない。それでも二十一時四分に白いバンが来て停まったのはわかった。ファルギエール通りに鼻面を出すような停まり方だ。これなら運転手はファルギエール通りを見張ることができる。だがカミーユが期待したのはその程度の情報ではない。もちろん自分の推理が当たったのはうれしいが、情報としては不十分だった。これでは車体の下部とタイヤしか見えない。犯人がここに車を停めて待っていたことと、ここを出た時間、つまり犯行時間はこの映像からわかるが、犯人に関する手がかりがない。カミーユはテープを巻き戻させた。

まだあきらめる気にはなれなかった。せっかく犯人の車が映っているのにと思うと悔しくてたまらない。だが監視カメラがとらえているのは意味のない細部ばかり……。二十一時二十七分、バンがルグランダン通りを出る。そのときはっと気づいて叫んだ。

「そこ！」

ベルティニャックがテレビ局の技術者気取りで映像を少し戻し、再生し、そこで止めた。バンが通りを離れる瞬間にカメラがとらえたボディの映像だ。カミーユはモニターに顔を寄せ、拡大してくれと頼んだ。ベルティニャックが操作し、問題の部分が拡大された。ボディ側面には明らかに上塗りされた跡があり、下の緑色のレタリングの一部がわずかに見えている。だが文字は読み取れない。字体が凝っていてわかりにくいし、上がカメラの画角で切れてしまっていて、ごく細い帯状に映っているだけだ。カミーユは印刷を頼んだ。するとベルティニャックは印刷のみならず、USBメモリに映像を丸ごとコピーしてくれた。コントラストを最大にした印刷画像はこうなった。

まるでモールス信号だ。

どうやらどこかで車体をこすって、下のレタリングが顔を出したらしい。

これ以上の解析は専門家に任せるしかない。


カミーユはようやく帰宅した。

昨夜からの仕事がかなりこたえていたが、それでも階段を足で上がった。アパルトマンは五階だが、エレベーターは使わない。そういう主義なのだ。

できることはすべてやった。捜査班にとってはそのあとがもっともつらい仕事になる。待つことだ。女性が行方不明だと誰かが通報してくるのを待つ。それは明日か、明後日か、あるいはもっと先かもしれない。そしてそのあいだに……。イレーヌのときは十時間後に見つけたが、もう殺されていた。すでにその半分以上の時間が過ぎている。鑑識からまだなんの連絡もないということは、目ぼしい発見はなかったということだろう。ここから先のもどかしい時間をカミーユは熟知している。手がかりと思えるものを一つ一つ照合していく気の遠くなるような作業。陰鬱でテンポの遅い音楽のように、神経を衰弱させる時間との闘い。

カミーユは今夜のことをあれこれ思い返した。もうくたくただったが寝る時間はない。シャワーと、コーヒーを何杯か飲むだけで朝になる。

カミーユはイレーヌと暮らしたアパルトマンに住みつづけることができなかった。なにを見てもイレーヌを思い出すようではつらすぎる。そこに踏みとどまるには相当の努力が必要で、それならその努力を別のものに向けるほうがいいと思った。だがすぐに引っ越したわけではない。イレーヌを失ってもなお生きつづけることは努力や意志の問題なのかとか、そもそも身近な人をすべて失ったとき、人は独りで生きていけるものなのだろうかなどと考え、ぐずぐずしていた。このままでは絶望の淵に沈んでいくだけだとわかっていたし、同じアパルトマンにいるかぎりそこから抜け出せないともわかっていたが、それでもなかなか決心できなかった。カミーユは父親に相談した。いつでも正直な意見をくれるからだ。それからルイにも相談した。するとルイは、「手放し難きを手放せば、得難きを得る」と答えた。老子の教えだというが、カミーユにはいま一つぴんとこなかった。するとルイはこう言い換えた。

「ラ・フォンテーヌの『オークと葦《あし》』みたいなものです」

そのほうがわかりやすかった。

それでようやく踏ん切りがつき、カミーユはアパルトマンを売って引っ越した。三か月前から十区のヴァルミー河岸に住んでいる。

五階にたどりついた。アパルトマンに入るとすぐドゥドゥーシュが寄ってきた。そうだ、こいつがいたじゃないか。ドゥドゥーシュはカミーユが飼っている小さい雌のトラ猫だ。

「男やもめに猫なんて、とってつけたようでみっともなくないか?」とカミーユはルイに訊いたことがある。「なんだか極端じゃないか?」

「猫によるんじゃないでしょうか」とルイは答えた。

だがまさにそこが問題だ。飼い主への思いやりか、バランスを考えたのか、単なる模倣か、それとも遠慮か知らないが、ドゥドゥーシュは大きくならない。顔立ちはいいし、カウボーイのようなO脚も愛らしいのだが、とにかく小さい。ドゥドゥーシュはなぜ大きくならないのか、それは大きな謎で、これに関してはルイでさえ理由を思いつかない。

「しかしなあ、こいつも極端だと思わないか?」とカミーユはルイに訊き返した。

獣医に相談したこともあるが、当惑顔を向けられただけだった。小さいカミーユが小さい猫を連れてきて、この猫はなぜ小さいんでしょうかと聞いたのだから、相手が面食らったのも無理はない。

カミーユの帰りが何時になろうとドゥドゥーシュはすぐ迎えに出てくる。だがこの夜は、いやもう朝だったが、ドゥドゥーシュの首の後ろをちょっとかいてやっただけで、それ以上相手をする気になれなかった。この一日で多くのことがありすぎたせいだ。

まず女が誘拐された。

そして、その状況のなかでルイと久しぶりに仕事をした。まるでル・グエンがわざと……。

カミーユはそれ以上考えるのをやめた。

「あんちくしょう……」

7

アレックスは木箱のなかに入り、背中を丸めてうずくまった。

男はその上から板をかぶせて電動ドライバーでねじ止めすると、一歩下がって出来栄えをながめた。

アレックスは満身創痍《まんしんそうい》で、体の震えが止まらなかった。ところが、その状態にはおよそ似つかわしくないことながら、ある意味ではこの箱に入ってほっとしている自分もいた。ここがシエルターのように感じられる。男につかまってからというもの、自分をどうするつもりだろう、なにをされるのだろうかとそればかり考えてきた。だが今はとりあえず箱のなかにいて、手足をもがれたわけでもない。確かにひどい暴力を振るわれ、さんざん殴られた。平手打ちがあまりにも強くてまだ頭が痛む。だが、それがどれほどひどい暴力だったとしても、結局のところレイプされたわけではないし、殺されもしなかった。そう思ったとき、また頭の片隅で、いや、それはこれからだぞという声がしたが、アレックスはあえて無視した。たとえ一秒でも、稼いだ時間は自分の時間であり、逆にその先の時間はまだ現実ではないのだから。アレックスはそう思いながら深い呼吸を心がけた。男はまだ作品を鑑賞している。男の大きな靴が見える。作業用ブーツだ。そしてズボンの裾。男はこちらをじっと見ている。「淫売がくたばるところを見てやる」と男は言った。詰まるところそれしか言っていない。ということは、やはりそれが目的なのだろうか。わたしを殺すことが？　わたしが死ぬのを見たいということ？　ではどうやって殺すつもり？　アレックスにはもう理由などどうでもよかった。どうやって、いつ殺すつもりなのか、それだけが問題だった。

それにしても、この男はなぜここまで女を憎むのだろうか。こんなことを企て、これほど激しく女を殴るのには、いったいどんな理由があるのだろうか。体がますます冷えてきた。気温そのものよりも疲れ、痛み、そして恐怖が身に染みる。体を動かさないと感覚がなくなってしまいそうだ。そこでアレックスは少し姿勢を変えようとしたが、それは難しかった。背を丸め、膝を抱え、その上に頭を乗せているという姿勢だったが、まわりを見ようと少し上体を起こしただけで悲鳴を上げるはめになった。肩に長いとげが刺さったのだ。手を回せないので歯で抜くしかなかった。動ける空間がない。しかも木枠は荒削りで、あちこちがささくれ立っている。どうすれば体の向きを変えられるだろう。両手で支えて体を持ち上げる？　腰を軸にして体を回す？　まず足先を動かそうとした。ところが動かないので恐怖が体を這い上がってきた。アレックスは悲鳴を上げ、体をあらゆる方向にねじってみたが、木枠に当たるばかりで痛くてたまらない。それでもこのままでは気が狂いそうなのでじたばた暴れた。ところが、その結果動けたのはほんのわずかでしかなく、頭のなかが真っ白になった。

アレックスの視界に男の顔がぬっと現れた。

アレックスは反射的に身を引こうとして頭を木枠にぶつけた。男は唇のない口を大きく開けて笑った。それは気味の悪い、喜びのかけらもない笑いで、すごみがなければ間が抜けて見えたかもしれない。その喉の奥からヤギが鳴くような笑い声が漏れた。男はなにも言わず、これでわかったかというようにうなずいた。

「あなた……」とアレックスは言いかけたが、なにを言えばいいのか、なにを訊けばいいのかわからない。

男は間の抜けた顔で歯を見せたまま、またうなずいた。頭がどうかしてるとアレックスは思った。

「あ、頭がおかしいんじゃ……」

そこまでしか言えなかった。男が唐突に遠ざかり、視界から消えたからだ。男の姿が見えなくなると一気に不安が高まり、ますます体が震えた。なにをするつもりだろう。首をねじってみても姿は見えず、ただ遠くのほうで音がして、それががらんとした室内に大きく響いただけだった。と思ったら、動いた。わずかだが木箱が揺れた。木がきしむ音がする。腰を限界までひねって横目で上を見ると、ロープが見えた。それまで気づかなかったが、蓋にロープが結びつけられている。アレックスはどうにか身をよじり、片腕を上の板の隙間から出した。手で探ると金属の輪があり、ロープの結び目があった。結び目は大きく、固く締まっている。

やがてロープが震え、ぴんと張った。すると木箱がうめき声を上げて上昇しはじめた。床を離れると少し横に揺れ、それからゆっくり回転した。アレックスの視野も回転し、ふたたび男の姿をとらえた。男は七、八メートル先の壁際にいて、二つの滑車に巻きつけたロープを力いっぱい引いている。だが木箱は少しずつしか上がらず、ぎしぎし音がして今にも壊れそうだ。男は身動きもとれずにいるアレックスをじっと見ている。そして木箱が床から一メートル半くらい上がったところでロープを固定し、反対側の開口部の近くまで行って、そこに置いてあった荷物のなかをひっかき回して携帯電話を拾い、アレックスのほうに近づいてきた。

木箱が吊り上げられたので、今度は男がかがまなくても互いの目の位置が合った。男は携帯電話をアレックスのほうに向けた。写真を撮るつもりだ。アングルを探して左右に動き、少し後ろに下がり、シャッターを切った。一回、二回、三回……。そして画像を確認し、気に入ったものを選んで残りを削除しているようだ。それからまた壁のほうに戻ってロープに手をかけた。木箱はまた上昇し、二メートルほどの高さになった。

男はふたたびロープを固定し、見るからにうれしそうな顔をした。

それから革のジャンパーをはおり、忘れ物はないかと確認するようにポケットをたたいた。もうアレックスのことなど眼中にないようで、木箱のほうを一瞥しただけで背を向けた。作品の出来には十分満足しているようだ。そして仕事のために家を出るような足取りで歩きだした。

男は立ち去った。

もうなんの音もしない。

ロープで吊り下げられた木箱はまだ少し揺れていた。冷たい風が吹き込んできて、凍えたアレックスの体を包むように渦を巻いた。

アレックスは一人になった。裸で。閉じ込められて。

そこでようやくわかった。

これは箱じゃない。

檻《おり》だ。

8

「あんちくしょう……」

長年にわたり、カミーユはなにかといえばル・グエンに食ってかかってきた。それに対してル・グエンもあらゆる言葉で反撃してきた。「また大口をたたきやがって……」、「おれが上司だろうが！」、「おれの立場にもなってみろ」、「少しは言葉を磨いちゃどうだ。おまえのはもう聞き飽きたぞ」……。ところが少し前から、ル・グエンは同じことを繰り返してもらちが明かないと思ったのかあまり応じなくなり、カミーユも気勢をそがれてしまった。仕方がないので、ここ最近カミーユはノックもせずいきなりル・グエンのオフィスに踏み込み、仏頂面で上司の前に立つという方法で抗議の言葉に代えている。するとル・グエンは肩をすくめるか、悪びれたふりをして目を伏せる。いずれにせよ二人は長年連れ添った夫婦のようなもので、言葉がなくてもわかる。だがそれは、五十歳にして独身の二人にはどちらも負けということかもしれない。ただしル・グエンの場合、独身といってもとりあえず今は独りだというだけのことで、去年四度目の離婚をした。前回の結婚式のときにカミーユは、「それにしても、同じ女と何度も結婚するっておかしくないか？」と言ってやった。「癖になってるからしょうがないんだ」とル・グエンは答えた。「だから立会人も変えてないだろ？　いつもおまえだ！」そしてぶつぶつと、「それにまた結婚しなきゃならんのなら、同じ相手のほうがましだよ」とつけ足し、あきらめの極意においては誰にも負けないところを示した。

そんなわけで、その朝カミーユがル・グエンに食ってかからなかった第一の理由は、お互いなにも言わなくてもわかるからだ。今回のことはル・グエンの策略だったとカミーユにはすでにわかっている。ほかの班長に振ることもできたのに、ル・グエンはあえて手が足りないと嘘をついた。だが、カミーユはその小賢《こざか》しいやり口を責めたりはしなかった。それよりむしろ、自分がすぐ気づかなかったことのほうがショックだった。なぜ気づかなかったのかと思うと、不安さえ覚える。そして、食ってかからなかった第二の理由はというと、昨夜寝ていないのでくたくたで、無駄なことにエネルギーを消耗したくないからだ。なにしろモレルに引き継ぐまで、まだ丸一日この事件を追わなければならない。

朝七時半、疲れた顔の警官たちが庁舎内を慌ただしく行き交っている。誰かを呼ぶ声やドアの開閉音、どなり声などがひっきりなしに聞こえてくる。廊下には長時間待たされている人々がいて、放心状態になっている。パリ警視庁本部もまた徹夜明けの朝を迎えていた。

ルイがカミーユのオフィスに顔を出した。やはり寝ていないとわかる顔だ。カミーユはルイの服装に目をやった。ブルックスブラザーズのスーツ、ルイ・ヴィトンのタイ、フィンズベリーのローファー。ソックスはどこのブランドかわからないが、どうせこちらが知らない名前だろう。いつもどおり地味にまとめているが、やはり粋だ。ひげもきれいに剃っている。だがそのルイでさえ顔色は冴えなかった。

二人はごく自然に握手を交わした。ずっと一緒に働いてきたかのように。昨夜思いがけず再会したものの、まだ話らしい話はしていない。この四年間のことにはどちらも触れていない。秘密だからではなく、当惑と苦悩のせいだ。そもそもあれほどの悲劇を前にして、いまさらなにを言えというのだろう。ルイはイレーヌととても気が合っていた。だからカミーユは、ルイもまたあの事件に責任を感じているのだと思っている。カミーユと同じ悲しみではないにしても、ルイにはルイの悲しみがあるのだろう。だがそのあたりはどちらも口にしない。要するに二人は同じ悲劇に打ちのめされ、どちらも言葉を失った。もちろんあのときは誰もが言葉を失ったが、少なくともこの二人は言葉を探すべきだったのだ。だがそれができなかったために、少しずつ、互いのことを思いながらも、二人は互いを避けるようになっていた。

鑑識からの第一報は期待外れだった。カミーユは報告書に目を走らせながら、読み終えたページをルイに渡していった。ゴム跡からわかったタイヤの種類はもっとも一般的なもので、同じタイヤをはいた車は五百万台を下らない。バンもありふれた車種で、巷にあふれている。被害者が夕食で口にしたのは野菜サラダ、赤身の肉、サヤインゲン、白ワイン、コーヒー……。

二人は続いて大きなパリの地図の前に立った。そこへル・グエンから電話が入った。

「ああ、ジャンか、ちょうどよかった」

「さっきよりはましなあいさつだな」ル・グエンが答えた。

「十五人回してくれ」

「無理だ」

「女性が多いとありがたい」そこでちょっと考え、続けた。「少なくとも二日間はこの人数が必要だ。あるいは、被害者がすぐ見つからないとしたら三日間だな。車ももう一台。いや、二台」

「あのな……」

「それからアルマンも」

「それは問題ない。すぐ行かせる」

「そうか、全部寄こしてくれるか。助かるよ」と言ってカミーユは切った。

地図のほうに向き直るとルイが聞いた。

「で、応援はどれくらいきそうですか?」

「要求の半分ってとこだろう。それとアルマン」

カミーユは地図を見上げた。精いっぱい腕を伸ばしても六区までしか届かない。十九区を指そうと思ったら椅子に乗らなければならない。あるいは指示棒がいる。だが指示棒だときざな大学教授みたいになってしまう。カミーユはこの地図をオフィスのどこに配置するかについて長年悩みつづけてきた。壁のいちばん低いところに貼る。床に広げる。いくつかの地域に切り分けて横に並べて貼る……。だがどれも検討しただけで実行には移さなかった。カミーユに見やすい位置にすると、ほかの全員にとって低すぎ、見にくくなってしまう。それに、なにごとも道具を使えばすむことだ。自宅でも法医学研究所でも同じことだが、ここにもカミーユのためにいろいろなものがそろえてある。スツール、はしご、踏み台、脚立。この種のものについてカミーユが知らないことなどもはやない。このオフィスのファイルや保管記録、事務用品、専門書などを取るときはアルミ製の小さい脚立を使う。そしてパリの地図を見るときは図書館用のスツールと決めている。キャスター付きだが、上に乗ると固定されるようになっている。カミーユはそのスツールを地図の前まで転がしてきて上に乗った。そして現場近辺から各方向に伸びる幹線道路を見ながら考えた。周辺を区分けしてしらみつぶしに聞き込みをするわけだが、問題は範囲をどこまで広げるかだ。カミーユはある地区を指差し、そこでふと足元に目を落とし、ルイのほうを振り向いて言った。

「こんなことしてると自信過剰の〝馬鹿将軍〟みたいじゃないか？」

「あなたの頭のなかでは〝馬鹿〟がつかなくても将軍は馬鹿なんですよね？」

こんなふうに二人が冗談を飛ばし合うとき、どちらも相手の言うことを真剣に聞いているわけではなく、実は事件のことを必死で考えている。

「それにしても……」とルイが思案顔で言った。「あの型式のバンが最近盗まれたという記録がありません。何か月も前から計画していたなら話は別ですが、そうじゃないとすると自分の車を使ったことになりますね。とんでもないリスクを冒したものです」

「頭が空っぽのやつなんじゃないか……」と声がした。

カミーユとルイが振り向くと、アルマンが立っていた。

「だとすると」とカミーユが笑いながら応じた。「行動を予測するのも難しくなるな。ますます厄介な仕事になる」

三人は久しぶりに握手を交わした。アルマンは十年以上もカミーユと一緒に仕事をしてきた仲間で、そのうち九年半はカミーユの部下だった。かなり変わった男で、恐ろしく痩せていて、顔も悲しげだ。しかも病的なまでのしみったれで、それが彼の人生をむしばんでいる。アルマンにとって人生の一瞬一瞬はすべて倹約のためにある。それはアルマンが死を恐れているからではないかというのがカミーユの仮説だ。およそ学問と名がつくものをすべてかじってきたルイに言わせると、この仮説は精神分析の観点からも筋が通っているそうだ。そう言われたとき、カミーユは自分の論理力が未知の領域にも通じたような気がしてうれしかった。一方、仕事の面で言うと、アルマンは疲れを知らぬ働きアリだ。どこかの町の電話帳をアルマンに渡しておいて一年後に戻ってきたら、そのあいだにすべての番号を確認し終えているだろう。

アルマンは昔からカミーユに心酔している。一緒に働きはじめて少ししたころに、カミーユの母親が著名な画家だと知ると、アルマンのカミーユへの尊敬は情熱にまで高まった。だがそれはアルマンが美術愛好家だからではない。作品の良しあしはわからないが、著名だということで尊敬しているだけだ。いずれにせよ、それ以来、アルマンはモー・ヴェルーヴェンに関する新聞記事を切り抜いて集めているし、インターネットで見つけられるかぎりのモー・ヴェルーヴェンの作品をパソコンに保存している。それだけに、その後カミーユの低身長が母親のニコチン中毒のせいだと知ったときにはひどく動揺していた。そしてその後は、著名な画家への憧れと、あまりにも身勝手な母親への嫌悪をいかに融合させるかに腐心していた。だがどれほど屁理屈をこねたところで、これほど大きな矛盾が解消するはずもない。だからアルマンはいまだにもがいているようだ。それでも一度染みついた尊敬の念は消えないらしく、ニュースなどでモー・ヴェルーヴェンという名前が出てきたり、作品が取り上げられたりすると、そのたびに喜ぶ。

「ひょっとしておまえの母親なんじゃないか？」とカミーユはアルマンを下から見上げながら言ってやったことがある。

「レベルの低い冗談はやめてくれ」とアルマンは小声でつぶやき、意外にもユーモアのセンスがあるところを見せた。

カミーユが職場を離れざるをえなくなったとき、アルマンも病院に見舞いに来てくれた。さすがはアルマンで、足代をけちって病院の近くまで誰かの車に乗せてもらってきていたし、毎回なんのかんのと理由をつけて手ぶらで来た。それでもとにかく来てくれた。しかもカミーユの身に起きたことにひどく心を痛めていて、それは上っ面の同情などではなかった。そのときカミーユはつくづく思った。長年仕事を共にしてきた仲間のこととなると、こいつのことはなんでも知っていると思い込みがちだが、実はなにも知らないのだ。そしてある日、事故か事件か病気か死が降ってわいたときに、ようやくそのことに気づく。それまで抱いていたイメージは、たまたま入手した断片的な情報に基づいたものでしかなかったと思い知らされる。カミーユもそのとき、実はアルマンは気前がいいのだと知った。おかしな言い方かもしれないし、確かにアルマンは金に関しては徹底的なけちだ。それでも、アルマンはアルマンなりのやり方で気前がいい。だがそんな話をしても職場では誰も信じないだろう。アルマンから一度ならず金だの物だのを無心されたことのある人間なら——つまり全員ということだが——大笑いするだろう。

アルマンが見舞いに来ると、カミーユはいつも金を渡して、新聞と雑誌、それから自動販売機で二人分のコーヒーを買ってきてくれと頼む。するとアルマンは釣り銭をそのまま自分のものにする。帰っていくときも、窓から見ていると、アルマンは戻ってくる見舞客を駐車場で待ち受け、途中まで乗せてくれる人がいないか探していた。

いずれにしても、こうして四年ぶりにヴェルーヴェン班が集まるというのは、うれしい反面、それぞれにとってなんらかの精神的苦痛を伴うものだとカミーユは思った。もう一人マレヴァルという男がいたが、彼はもう戻ってこない。問題を起こして警察を追われたのだ。しかも数か月拘禁されていた。その後どうしているだろうか……。ルイとアルマンは時々会いに行っているのだろうが、カミーユはどうしてもその気になれない。

三人は大きなパリの地図に向かって立っていた。しばらく誰もなにも言えなかった。だがそのうち黙禱でも捧げているような雰囲気になってきたので、カミーユはたまらずに鼻から息を吐き、地図を指差した。

「よし、ルイ、さっき決めたとおりだ。全員を連れて現場に行ってくれ。しらみつぶしに調べろ」

それからアルマンのほうを向いた。

「おまえの仕事はよりどりみどりだぞ。そこらじゅうを走ってるバンに、誰もが使ってるタイヤに、被害者がとった月並みな食事に、地下鉄の切符……。好きなのからやってくれ」

アルマンはうなずいた。

カミーユも車のキーを手に取った。

モレルが戻るまで、あと丸一日踏ん張らなければならない。

9

男が最初に戻ってきたとき、アレックスは恐怖で心臓が縮み上がった。戻ってきたのは音でわかった。首を十分回すことができず、見える範囲が限られているので、耳だけが頼りだ。男の足音は重く、ゆっくりしたもので、それが脅しのように聞こえた。

最初に戻ってくるまでの時間もそうだったが、その後も男がいなくなるたびに、アレックスは次に戻ってきたらどうなるかとそのことばかり考えた。また暴力を振るわれるのではないか、今度こそレイプされ、殺されるのではないかと気が気ではなかった。木の檻が下ろされ、肩をわしづかみにされ、檻から引きずり出され、殴られる。逃げようとしてもすぐに押さえつけられ、犯され、自分はうめき、そして殺される……そんな場面が何度も頭に浮かんだ。なにしろ男は「淫売がくたばるところを見てやる」と言ったのだ。女を〝淫売〟と呼ぶからには、殺意があるに違いない。

だが、今のところそうはなっていなかった。男は何度か戻ってきたが、アレックスに手をかけようとはしなかった。その前の段階を楽しむつもりなのかもしれない。檻に入れるということは、相手を動物扱いするということだ。相手を畜生に落とし、服従させ、どちらが主人かを思い知らせるということだ。だから男はあれほど激しく暴力を振るったのだとアレックスは考えた。だがそもそも、自分はどうなるのかと考えさせられることが恐ろしい。死ぬことなどなんでもない。だがこんなことを考えながら死を待つ時間はたまらない……。

アレックスは最初、時間の感覚を失うまいと心に決めていた。いつ、どういう間隔で男が戻ってきたかを頭に刻んでおこうと思っていた。だがすぐにわからなくなった。朝、昼、晩、夜はしょせん時間の連続にすぎず、やがて区別できなくなり、感覚が失われていった。

やってくるたびに、男はまず檻の下あたりに立つ。ポケットに手を入れたまま、長いあいだアレックスを見ている。それから革ジャンを脱いで床に置き、檻を目の高さまで下げ、携帯を取り出し、写真を撮る。それから数メートル離れたところに行って腰を下ろす。そこにはいろいろなものが置いてある。水のペットボトルが十本ほど、ビニール袋、アレックスが脱ぎ捨てた服もある。身動きできない状況で、手を伸ばせば届きそうな距離にそういうものが見えているというのがつらい。男はしばらくなにもせず、ただ座ったままアレックスを見る。なにかを待っているようなのだが、それがなんなのかわからない。

やがて不意に、なにがきっかけかわからないが、男は立ち上がる。そして気合を入れるように腰をたたき、檻を元の高さに戻し、最後にまたちらりと檻のほうを見てから出ていく。

男はいつもなにも言わない。アレックスは何度か質問した。もちろん怒らせたくないので控えめに。だが男が答えたのは一度だけで、それ以外はまったく口を開かなかった。頭が空っぽという表情でただ見ている。最初に「くたばるところを見てやる」と言ったとおりに、見ている。

一方アレックスのほうは、言葉にならないほどの苦痛を味わっていた。アレックスが檻のなかで強いられている姿勢はまさしく耐え難いものだった。

もちろん立つことなどできない。そんな高さはない。横になることもできない。長さが足りない。普通に座ることもできない。頭が蓋にぶつかってしまう。結局前かがみになり、膝を抱いて丸くなっているしかない。すぐに体中が悲鳴を上げはじめた。筋肉が攣《つ》り、関節がこわばり、あちこちがしびれる。しかも寒い。体中が硬直したまま動けないので血の巡りが悪くなり、さらに精神的緊張も続いている。看護学校で勉強した身体各部の画像や図が次々と頭に浮かんだ。萎縮した筋肉、硬化した関節……。自分が放射線科医になって、体が衰えていくのをX線写真で見ているような気がした。自分の体が自分のものではなくなりつつある。精神が二つに分裂し、一人のアレックスはここにいるが、もう一人のアレックスはどこかほかの場所にいるような気がする。アレックスにはそれが狂気の前兆だとわかっていた。そしてこのままずっとこの姿勢を強いられれば、やがてはその狂気の餌食になるだけだということも。

アレックスはずいぶん泣いた。そのうち涙も枯れてしまった。うとうとすることもあるが、筋肉が攣って目が覚める。昨夜はとうとう本格的な痙攣《けいれん》が起きて、目が覚めると同時に叫んでいた。片脚が付け根から足先まで激しく攣ったのだ。痛みから逃れようとして、足を木枠に思い切り打ちつけた。全力で、檻を壊そうとするような勢いで。しばらくすると治まったが、それは足を打ちつけたからではない。痙攣というのは治まったりぶり返したりするものだ。足を打ちつけてどうなったかというと、箱が揺れただけのことだった。そして一度揺れると止まるまでに時間がかかり、船酔いのように気分が悪くなる。それからは、いつまたぶり返すかもしれないという恐怖とも闘うことになった。その前兆をとらえようと体のあらゆる部分に神経を配ったが、そうやって心配すればするほど痛みもひどくなる。

ごくわずかな時間眠れたとしても、今度は悪夢に苦しめられる。夢のなかのアレックスは監獄に入れられ、あるいは生き埋めにされ、あるいは溺れている。だから、痙攣や寒さばかりではなく、悪夢でも目が覚めることになる。さらに、数センチしか身動きがとれない状態が数十時間経つと、局所的ではない全身の引き攣りも襲ってきた。それは筋肉が勝手に暴れるようなもので、アレックスにはどうしようもない。手足が木枠にぶつかり、またしても悲鳴が出た。

体を伸ばせるなら死んでもいいと思った。一時間でもいいから、体を伸ばして横になりたい。

何回目に戻ってきたときのことだろうか、男はもう一本別のロープで籐《とう》のかごを吊り上げ、檻と同じ高さで止めた。かごはかなり長く揺れていて、それからようやく止まった。それほど離れてはいないものの、アレックスがそこまで手を伸ばすにはかなりの努力が必要だった。板の隙間から手を出し、あちこちがすりむける痛みをこらえて必死で伸ばすと、ようやくかごの中身の一部に手が届いた。水のペットボトルとドッグフードのようなもの。いやキャットフードかもしれない。どっちだろうがかまわない。アレックスはなにも考えずに口に入れた。水も一気に飲み干した。そのあとでようやく、男が毒でも入れていたらどうしようと思った。アレックスは震えはじめた。だがその原因が寒さなのか、疲労なのか、渇きなのか、恐怖なのか、もうまったくわからない。ドッグフードは空腹を満たしてはくれず、喉の渇きが強くなっただけだった。だからその後はドッグフードを食べる量をできるだけ抑え、空腹がこらえきれなくなったときに少しだけ食べるようにした。飲み食いの弊害はほかにもある。排泄《はいせつ》だ。尿はともかく……。初めは抵抗があった。だがどうしようもない。それは大きな鳥の糞のように、檻の真下に落ちてつぶれた。羞恥心はすぐに消え失せた。これほどの痛みに苦しめられながら、身動きもできず、あとどれくらい閉じ込められるのかもわからず、死ぬまでこのままなのかと思いながら何日も生きていくという恐怖に比べたら、恥ずかしさなど気に留めるにも値しない。

それにしても、この状態で死んでいくとしたらあとどれくらい時間がかかるのだろうか。

初めのうち、アレックスは男が戻ってくるたびに泣きついた。どうか許してと声ですがった。なにを許してもらうのかもわからずにそう懇願した。一度など、どうか殺してという言葉までぽろりと出てしまった。ずっと眠れず、渇きにさいなまれ、胃がドッグフードを受けつけずに吐いてしまい、尿と反吐のにおいが体に染みつき、姿勢を変えられないことで頭がおかしくなりそうだったので、死んだほうがましだと思ったのだ。だがすぐに後悔した。なぜなら、死にたくなんかないからだ。まだ死にたくない。こんなふうに死ぬわけにはいかない。まだやらなければならないことが残っている。だが、アレックスがなにを言おうが、なにを懇願しようが、男は黙ったままだった。

ただ一度の例外を除いて。

それはアレックスが長い時間泣いたあとで、涙が枯れ、精神が揺らぎはじめ、脳が自由電子となって制御不能になり、切り離され、位置情報を失っていたときのことだ。男は例によって檻を少し下げて写真を撮った。アレックスはもう何度訊いたかわからない質問を口にした。

「なぜわたしなの？」

するとそのときだけ、男はその質問を初めて聞いたかのように顔を上げた。そして檻に顔を近づけた。格子を隔てて二人は数センチの距離で見つめ合った。

「それは……おまえだからだ」

思いもよらない答えだった。その答えを聞いたとたん、すべてが止まったような気がした。神がなにかのスイッチを切ったかのように、アレックスはなにも感じなくなった。痙攣も、渇きも、胃の痛みも、骨の髄まで凍るような寒さも。そしてアレックスの全神経は次の質問に対する男の答えに集中した。

「あなたは誰？」

だが男はにやりとしただけで、急いで檻を上げ、革ジャンをはおり、いつものように振り向くことさえせず、まるで腹を立てたかのようにさっさと出ていった。しゃべりすぎたと思ったのかもしれない。あるいは普段から口数が少なく、ほんの数語口にしただけでうんざりしてしまったのだろうか。

そのあとしばらく、アレックスは男が補充していったドッグフードに手をつける気にもなれなかった。ペットボトルを取って少し水を飲むだけで、あとはずっと男の答えについて考えた。だが考えるといっても限界がある。これほど体の節々が痛むと、思考にまでエネルギーが回らない。

それからアレックスは腕を上に伸ばし、手でロープの大きな結び目をにぎったりなでたりしながら何時間も過ごした。結び目は握り拳ほどの大きさで、固く締まっている。

その次の夜、アレックスはとうとう昏睡に近い状態に陥った。精神がふらふらとさまよい、体中の筋肉が溶けて骨だけになったような、全身が収縮して一つの大きなかたまりになってしまったような気がした。アレックスはその日まで体をほぐす努力を重ねてきていた。ほんの少ししか動かせないものの、丹念に、ほぼ一時間おきに運動を繰り返していた。足の指を動かす。足首を右に三回、左に三回まわす。ふくらはぎに力を入れたり抜いたりを片方ずつ繰り返す。脚をできるだけ伸ばしたり縮めたり。これも左右三回ずつ。ほかにもさまざまなストレッチで全身をほぐそうとした。だがそれも、今となっては実際にやったのか夢だったのかわからない。うめき声で目が覚めたが、それもはや他人の声としか思えなかった。腹から出てきたうめき声。聞いたことのない音……。

それまでは眠りたくてもあまり眠れなかったが、とうとう目覚めていたくても完全に目覚めていることができなくなってきた。呼吸するごとに自分の体から漏れ出てくるうめき声を止められない。
そんな状態でも、はっきりわかることが一つだけあった。死が近づいているということだ。

10

四日経った。捜査が足踏み状態のまま四日が過ぎた。分析結果はどれもむなしく、目撃証言も勘違いばかり。白いバンを見たというので行ってみると、緑のバンだった。隣人の女性が行方不明だというので調べてみたら、職場にいた。妻の姿が見えないというので話を聞きに行ったら、もう家に戻っていた。妻は妹の家に行っていただけで、夫は妻に妹がいることさえ知らなかった。それを聞いてカミーユは思わず悪態をついた。

検事が予審判事を指名した。若く、精力的で、ものごとが着々と前に進むことを好む世代の代表だった。一方、メディアはこの事件にほとんど関心を示していなかった。新聞の社会面に載っただけで、すぐ日々のニュースに埋もれて消えていった。四日間の捜査の結果をまとめるとこうなる。犯人の居場所も身元もまだわからない。被害者の身元もまだわからない。捜索願や失踪届をすべて洗い直したが、被害者に該当する女性は含まれていない。ルイは捜査範囲をパリ全体に広げた。失踪についても数日前、数週間前、数か月前とどんどんさかのぼって調べたが、結果は同じだった。いくら調べても、どこを調べても、若くて、美人で、パリ十五区のファルギエール通りを通ることがありうる女性というのが出てこない。

「親しい知人が一人もいないってことか？　四日も姿が見えないのに、心配する人間が一人もいないのか？」

夜の十時になろうとしていた。

カミーユとルイとアルマンはベンチに横並びに座り、サン・マルタン運河をながめていた。仲よく並んだ三人の刑事たち。絵になりそうで、ならない。カミーユは新しく来た実習生を連絡係に残し、ルイとアルマンを連れ出して夕食をすませたところだった。本部を出るとき、二人を誘ったのはいいが、どの店に行けばいいのかわからず当惑した。カミーユはそういうことには想像力も記憶力も働かないほうで、どこかいい店がなかったかと頭をひねってもなにも出てこない。だがアルマンもルイも頼りにならない。どちらも訊くだけ無駄だ。アルマンは誰かにおごってもらうときしか外食をしない。だから前回行った店を覚えているとしてもはるか昔の話で、とうに店をたたんでいるだろう。ルイは店を知っているが、どれもカミーユの財布では払えない。晩飯にちょっと寄る〝食堂〟が三つ星のタイユヴァンかル・ドワイヤンなのだから。仕方がないので、ヴァルミー河岸の〈ラ・マリーヌ〉にした。カミーユのアパルトマンの目と鼻の先だ。

お互い積もる話があるような気がして誘ったのだが、結局は事件の話になった。以前チームを組んでいたときも、仕事が遅くまでかかるとよくそのあと一緒に食事に行ったものだ。そういうときはカミーユのおごりと決まっていた。というのも、ルイにおごらせるわけにはいかない。ルイは刑事などしなくても食うに困らないということを、ほかのメンバーにわざわざ思い出させるようなものだからだ。アルマンは最初から論外で、アルマンを食事に誘うからにはこっちが払うしかない。残るマレヴァルはいつも金の問題を抱えていた。警察を追われたのもそれが原因だった。

この夜、カミーユは喜んでおごった。口には出さなかったが、ルイとアルマンと食事ができてうれしかった。つい四日前までこんな機会が来るとは思ってもいなかった。

「どうもわからんよ……」カミーユは続けた。

食事を終えてから、三人は通りを渡り、係留された平底船をながめながら運河沿いをぶらぶらした。

「職場でも誰も心配しないのか？　夫も、婚約者も、恋人も、女友達もいない？　家族もいない？　だがこれだけ大きな街で、しかもこのご時世に、誰も探してないってことは……」

以前と同じように、今夜の会話も沈黙をはさんで途切れ途切れに進んだ。それは三人それぞれに思うところがあり、考え、思い返し、集中しているからだ。

「だったらあんたは、親父さんといつも連絡をとり合ってたか？」とアルマンが言った。

とんでもない。数日置きでさえなかった。父は自宅で急死し、発見されるまでに一週間かかった。晩年の父には時々会う愛人がいて、その愛人が見つけて知らせてくれたのだ。カミーユは埋葬の二日前に初めてその女性と顔を合わせた。父がなんとなくほのめかしたのを聞いて、愛人がいることはわかっていたが、それまでは会ったことがなかったし、どういう女性かも知らなかった。だがかなり親しくしていたようで、その女性が父の家に置いていた荷物を運び出すのに車で三往復もしなければならなかった。小柄で、色つやのいい丸顔にバラ色の頬、皺まで若々しく、ラベンダーの香りがする、そんな女性だった。この人が母に代わって父とベッドを共にしていたとはどうにも信じられなかった。母と似ているところが一つもない。母とは別世界の住人だ。だがそもそも、父と母もそうだったのではないだろうか？　両親にどういう共通点があったかと訊かれたら、なにもないと答えるしかない。なにしろ母は芸術家で、父は薬剤師。カミーユ自身いつも不思議に思っていた。その意味では、父の相手には丸顔でラベンダーの香りがする女性のほうがまだしも自然な感じがする。どこをどうひっくり返してみても、父と母が似合いの夫婦だったとは思えない。それはさておき、埋葬から数週間後に、その女性がわずか数か月で父の財産のかなりの部分を吸い上げていたことがわかり、カミーユは大笑いした。その後二度と会っていないのは残念なかぎりで、あれは並みの女ではない。

「おれの親父は」とアルマンが続けた。「施設に入ってたからな。でも独り暮らしの人間が死んだとなると、よほど運がよくなきゃ、すぐに見つけてなんかもらえんさ」

そう言われてカミーユは複雑な思いがした。そしてある話を思い出し、二人に聞かせた。ジョルジュという男が死んでから五年ものあいだ誰にも気づかれなかったという話だ。いろいろな偶然が重なって、ジョルジュがいないことを、あるいは連絡がとれないことを、誰もおかしいと思わなかった。支払いが滞って水道を止められ、電気も止められたが、行政も企業も気づかなかった。アパルトマンの管理人もジョルジュは一九九六年から入院したきりだと思い込んでいた。だが実際には退院し、その後アパルトマンで死んだのだ。死体が発見されたのは二〇〇一年のことだった。

「その話が書いてあったのは……」タイトルが出てこない。「エドガール・モランの、ほら、

『パンセ』みたいな感じの」

「『文明の政治のために』」ルイがぼそりと言った。

そして前髪をかき上げた。左手で。その仕種を訳すと「すみません……」になる。

カミーユは笑った。

「またこうして集まれてよかったな」カミーユは素直に言った。

「今回の事件じゃ、アリスのことを思い出しちまって……」アルマンがこぼした。

そうだ、アリスもそうだったとカミーユはうなずいた。アリス・ヘッジ。アメリカのアーカンソー州生まれの若い娘で、ウルク運河で作業していた浚渫《しゅんせつ》機の泥すくい《バケット》のなかから死体が発見されたが、身元が判明するまでに三年かかった（ヴェルーヴェン三部作の一作目に登場する被害者の一人）。つまり、誰にも気づかれずに人が姿を消すというのはそれほどめずらしいことではない。それでもカミーユは、サン・マルタン運河の緑がかった水面を見つめながら、考え込まずにいられなかった。この事件もこのままいくと、あと数日で捜査が打ち切られるかもしれない。ということは、身元不明の女が一人姿を消したことは、結局誰にもなんの影響も与えなかったことになる。その女の人生は、この水面にできる波紋ほどの跡も残さないのだろうか……。

カミーユはあれほど引き受けるのを嫌がっていた事件を、四日経ってもまだ手放していなかった。だが、ルイもアルマンもそのことには触れなかった。おとといル・グエンが電話してきて、モレルが戻ったと言ったとき、カミーユはこう答えた。

「モレルのことなんかもうどうでもいい」

そう答えながら、最初から自分にはわかっていたと気づいた。この種の事件をたとえ一時的にでも引き受けたからには、最後までやり通すしかない。事件を押しつけてきたル・グエンに感謝するべきなのかどうかはわからない。上層部にとって、この事件はすでに重要性を失っている。どこの誰だかわからない男がどこの誰だかわからない女をさらったというだけで、それが事実だと証明するものは、ただ一人の目撃者を除けばなにもない。しかもその目撃者は大したことを言わない。確かに排水溝には吐瀉物が残っていたし、車が急発進する音を何人かが耳にしていたし、ちょうど近くに車を停めた住民がバンが歩道に乗り上げるのを見たと言っている。だがその程度では大事件とは言えない。目の前に死体があり、それをなんとかしなければならないという事態ではない。実際、この程度の事件にルイとアルマンを投入しつづけるのは難しく、この数日何度も文句を言われた。とはいえル・グエンが、いやほかの誰もが、ヴェルーヴェン班の再結成を見て喜んでいるのも事実だったし、捜査もあとせいぜい数日だろうというわけで、今のところルイとアルマンを手放さずにすんでいる。それに、ル・グエンにとっては、たとえこの事件がもう重要ではなくても、投資であることに変わりはないのだろう。

三人は運河沿いをぶらぶらしてからベンチに座った。そして今、仲よく並んで河岸を散歩する人々をながめている。ほとんどはカップルで、あとは犬の散歩。都会とは思えないのどかながめだ。

それにしても妙ちきりんなチームだとカミーユは思った。とんでもない大金持ちと、救いようのないしみったれ。自分は金の問題となにか因縁があるのだろうか？　そこで数日前にオークションの書類が郵便で届いたことを思い出し、それもまた金と関係があると気づいておかしくなった。父の遺品整理で母の絵画を売るのだ。だが、カミーユはその封筒を開ける気になれずにいた。二人にその話をしたら、アルマンが言った。

「ってことは、あんたは本当は売りたくないんだよ。おれも売らないほうがいいと思うけどな」

「そりゃおまえはそうだろう。なんでも手放さない主義なんだから」

特にモーの作品は……。モー・ヴェルーヴェンの作品を手放すなど、アルマンにとっては信じ難いことなのだろう。

「いや、なんでも取っとけっていうんじゃないさ」アルマンが言い返した。「でも自分の母親が描いた絵ってのは、やっぱり……」

「王家の宝石みたいな言い種だな！」

「いや、でも、家族の宝石ではあるだろ？」

ルイは黙っていた。プライベートな話題になるといつもこうして貝になる。

カミーユは話を事件に戻した。

「それで、バンの所有者の調査のほうはどうだ？」とアルマンに訊いた。

「やってる。ずっとやってる」

今のところ、車に関する唯一の手がかりは写真だった。ベルティニャック薬局の監視カメラに映っていた映像から製造元とモデルがわかった。だがそのモデルはそれこそ何万台も走っている。塗装の下から顔を出していた文字らしきものについては、すでに技術職のプロたちが分析し、考えられる固有名詞をリストアップしてきたが、これもAの〝アバジャン〟からZの〝ゼルドゥン〟まで三百三十四もある。それをアルマンとルイが一つ一つ追っている。該当モデルの所有者、過去の所有者、あるいはレンタルした者のなかにこのリストに載っている名前が見つかれば、その人物を、あるいはその人物が転売した相手を調べる。そして事件に関与している可能性があればすぐ誰かに車を見に行かせる。

「他県に売られてたりすると、これがまた厄介でね」とアルマンが続けた。

しかもこのタイプのバンは転売されやすく、次々と人手に渡る。それを片っ端から洗い、人をやって確認しなければならない。しかし、手がかりが少なくて捜査が難しければ難しいほど、アルマンは生き生きしてくる。いや、〝生き生き〟という言葉はアルマンには似つかわしくないのだが……。今朝アルマンの様子をのぞいたときも、例の着古したセーターに身を包み、再生紙を前にし、手には《サンタンドレ・クリーニング店》とロゴの入った販促品のボールペンを握って仕事に没頭していた。

「まだ何週間もかかりそうだな」カミーユはため息をついた。

だがそうでもなかった。

カミーユの携帯が振動した。

本部に残してきた実習生からだった。ひどく興奮していて言葉がつっかえる。しかもカミーユの命令を忘れていた。

「ボ、ボ、ボス？　ホシの名前はト、トラリユーです。わかったんです。部長がすぐ戻れって言ってます」

11

アレックスはもうほとんどなにも食べていなかった。体が衰弱し、それ以上に気持ちが弱りきっていた。体は檻のなかだが、精神は成層圏まで飛んでいる。アレックスのような姿勢を強いられたら誰でも一時間で泣くだろう。一日でもうだめだと思うだろう。二日で頭がもうろうとしはじめ、三日で頭がおかしくなるだろう。今のアレックスには檻に入れられてから何日経ったのかもわからなかった。ただし、もう何日も経ったことはわかる。何日も。

胃は絶えず空腹を訴えていたが、脳はそれさえ感知していなかった。アレックスはうめいた。もう泣く力もないので、代わりに頭を木枠にぶつけた。一回、二回、三回……何度も、何度もぶつけた。そのうちうめきが叫びになり、額から血が流れ、頭のなかを狂気が渦巻いた。今や生きることが耐え難い苦しみで、一刻も早く死にたかった。

アレックスは男がやってきたときだけうめくのをやめる。そしてしゃべり、泣きつき、質問する。だがそれはもはや答えを聞くためではなく（その後男は一度も口を利いていない）、少しでも長く男を引き留めるためだった。なぜなら、男が立ち去ったとたん恐ろしいほどの孤独に襲われるからだ。今のアレックスには人質の気持ちがよくわかる。一人になるのが怖い。一人で死んでいくのが怖い。相手は死刑執行人なのに、なぜか相手がそこにいるあいだは自分も死なないような気がする。

もちろん実際はその逆なのだが……。

そして死ぬのが怖いにもかかわらず、いや怖いからこそ、アレックスは自分で自分を傷つける。

自分の意志で。

なんの助けも得られない以上、自分で死ぬしかないからだ。とはいえ衰弱し、麻痺した体は言うことを聞かず、思うようにならない。今や排泄物は完全に垂れ流しで、痙攣が止まらず、全身がこわばっている。アレックスは絶望し、最後の手段だと木枠の角に足をこすりつけはじめた。焼けるような痛みを感じたが、それでもやめなかった。苦しみをもたらす肉体を憎み、肉体を殺したかった。だから力を振り絞って足を動かし、荒削りの木の尖ったところにこすりつける。痛いところがやがて大きな傷口になるだろう。アレックスは虚空を見つめている。ふくらはぎにとげが食い込むのもかまわず、足を動かしつづける。アレックスは傷口から血が出るのを待っている。血が出てほしい。流れてほしい。全部流れてほしい。そうしたら死ねるから。

自分はこの世から見捨てられ、助けてくれる人は誰もいない。

あとどれくらいで死ねるだろうか。そのあと死体が発見されるまでにどれくらいかかるだろうか。男は死体を隠すだろうか。どこかに埋めるだろうか。どこに？　アレックスは夢を見た。死体が乱暴に防水シートにくるまれ、森に運ばれて、シートごと穴に投げ込まれる。どさりと絶望の音が響く。自分が死んでいるのが見える。死んでいる。そう、アレックスはもう死んだようなものだった。

まだ時間の感覚があったときは——今のアレックスにははるか昔のことに思えるが——兄のことを考えた。考えてうれしくなるような相手ではないが、それでも考えた。兄は自分を軽蔑していた。七つ年上で、その差は一生変わらない。その差の分だけ多くを知っていて、だからなにをしてもいいのだと考えるような人間だ。いつも兄のほうが強かった。子供のころからずっと。そして、妹のしつけ役だった。最後に兄に会ったときも、睡眠薬が入った容器をバッグから出したら、すぐさま取り上げてこう言った。

「こりゃいったいなんだ？」

いつも父親ぶって、監督者のように、支配者のように振る舞う。子供のころからずっとそうだった。

「え？　なんなんだ？」

そして目をむく。ひどい癇癪持ちだ。だからその日、アレックスは兄をなだめようと腕を伸ばし、手をゆっくり髪のなかに入れた。すると指輪が髪に引っかかった。アレックスが慌てて手を引くと兄は声を上げ、すぐにびんたが飛んできた。人前でもすぐ腹を立て、平気でそういうことをする。

自分が行方知れずだと知ったら兄はどうするだろうか……。喜ぶだけだろう。そもそも行方不明だと気づくまでに二、三週間かかるだろう。

母親のことも考えた。あまり話もしない。一か月も電話しないことはざらだ。しかも向こうからかけてきたことは一度もない。

父親は……。こんなときこそ父親がいてくれたらよかったのにとアレックスは思った。助けに来てくれるところを想像したり、きっと来てくれると信じたり、希望をもったりすることで、心が慰められたかもしれない。それともそれは失望につながり、かえって絶望感をあおるだけだろうか？　アレックスにはわからない。父親がいるというのがどういうことなのかわからない。だから普段は父親のことなど決して考えない。

いずれにせよ、そういうことを考えることができたのは、檻に入れられてからしばらくのあいだだけだった。今はもう、二つ以上のことを論理だてて考えることができない。脳は体の苦痛を認識するのがやっとで、それ以上のことを受けつけない。こんな状態になる前は、仕事のことも考えた。アレックスは非常勤の看護師をしていたが、誘拐されたのはちょうど仕事を一つ終えた直後だった。家で、いや人生でやりかけていることがあり、それを終えたかったので、次の仕事をする気はなかった。貯金も少しはあるし、二、三か月は暮らしていける。欲しいものもそれほどない。だから次の仕事を申し込まなかった。つまり、仕事関係でも、自分がいなくなったからといって探してくれる人はいないということだ。過去には職場で友人ができて、電話をかけ合うようなこともあったが、最近はそういう相手もいなかった。

アレックスには夫も、婚約者も、恋人もいない。誰もいない。

誰かが気にかけるとしても、それはアレックスがここで衰弱し、発狂して死んでから何か月もあとのことだろう。

そして今、アレックスにはもうなにを考えるべきなのかもわからない。壊れかけの機械のように、頭がたまに気まぐれを起して動いたとしても、浮かんでくるのはせいぜいこんなことくらいだ——あと何日で死ねるの？　死ぬとき苦しいの？　腐った死体で天国に行けるの？　今のところ、男はただアレックスが死ぬのを待っている。「くたばるところを見てやる」という言葉どおりに待っている。そして、そのとおりになろうとしている。

なぜ？

そして不意に、本当に思いがけなく、数えきれないほど問いつづけてきた「なぜ？」が泡のようにはじけ、アレックスは目を見開いた。無意識かつ無意志のうちに種がまかれていて、それが知らぬ間に根を張り、強い雑草のように芽を出したのだ。そして謎が解けた。頭がもうろうとしているのでなぜ解けたのかはわからない。放電のようなものだろう。

とにもかくにも、アレックスにはわかった。

男はパスカル・トラリユーの父親だ。

息子とは似ていない。まったく似ていない。互いがわからないのではないかと思うほどに似ていない。唯一似ているのは鼻だろうか。その鼻にもっと早く気づくべきだった。とにかく間違いない。パスカルの父親だ。そしてそれは、アレックスにとって最悪の発見だった。これで男が言ったことが真実だとわかった。自分がここに連れてこられたのは文字どおり、ここで死ぬためだ。

男はアレックスの死を望んでいる。

今までは、「くたばるところを見てやる」という言葉どおりだろうと思いながらも、それを完全に信じてはいなかった。だが相手の正体がわかった今、それは確信となり、それ以外の可能性の扉がすべて閉ざされ、最後まで残っていた小さな希望の火も消えた。

「ああ、やっと……」と不意に男の声がした。

アレックスは足音に気づかなかったのでぎょっとした。男のほうを見るために首をどうにか回そうとしたが、その前に檻のほうがかすかに揺れ、静かに回転しはじめた。男の姿が視界に入った。また壁際にいて、ロープを慎重に操作している。檻が少し下がると、男はロープを固定してゆっくり近づいてきた。その様子がそれまでとは違っていたので、アレックスは眉をひそめた。男はこちらを見ているが、自分を見ているのではない。自分の後ろにあるものを見ている。しかも、地雷地帯にでも足を踏み入れるように抜き足差し足で近づいてくる。男がすぐそばまで来た。こうして近くで見ると、頑固そうな顔つきが息子と似ていなくもない。

男は檻から二メートルのところで足を止め、じっとしている。それから携帯を取り出した。上のほうでかすかな音がする。なにかを引っかくような音だ。顔を上げようとしたが、できない。さんざん試してみたことだ。アレックスには完全に顔を上げる姿勢はとれない。

吐き気がするほど嫌な予感がした。

男は写真を撮るために携帯を構え、にやりとした。その笑いが不吉なものであることを、アレックスはもうよく知っていた。また上のほうで小さい音がして、男がシャッターを切った。男はよしよしとうなずいたが、なにが〝よし〟なのかわからない。男は壁際に戻り、また檻を上げた。

檻が元の高さに上がったとき、アレックスの目は籐のかごに釘づけになった。檻の横に吊り下げられたドッグフードを入れたかご。そのかごが不自然に揺れている。小刻みで、不規則な動きだ。まるでかごが生きているような動き。

そして、ようやくわかった。かごに入れられた固形物はドッグフードでもキャットフードでもなく、別の動物のための餌だったのだと。

なぜなら、かごの端から大きな鼻面がのぞいたからだ。それだけではない。檻の蓋の上のアレックスの視界ぎりぎりのところにも別の二匹が走ってきた。その足音こそ、さきほどから聞こえていた引っかくような音だった。二匹は足を止め、板のあいだから下に頭を出した。アレックスのすぐ近くだ。その二匹は籐のかごにいる仲間よりさらに大きく、黒い目がつややかに光っている。

アレックスは無意識のうちに悲鳴を上げていた。肺が破れそうなほどの声で。

かごの餌はそのためだった。アレックスのためではなく、それをおびき寄せるため。

手を下すのは男ではない。

ネズミだ。

12

その廃屋は元病院で、周囲を高い塀で囲まれていた。パリ北西部、十七区のクリシー門に近い。十九世紀の建物で、老朽化が激しく、すでに病院としての役割を郊外にできた大学病院センターに譲りわたしている。

この敷地には再開発の予定があり、あと四か月で工事が始まることになっている。しかしこうした場所を放っておくと無法者やホームレス、不法滞在者などの巣窟になりがちなので、再開発を請け負う企業は管理人を雇っている。管理人は廃屋の一階に住居を与えられ、給料をもらって敷地内を見回り、好ましからざる連中が敷地内に侵入しないように管理している。

管理人の名はジャン＝ピエール・トラリユー。五十六歳。元病院の清掃員。離婚歴あり。前科なし。

トラリユーにたどりついたのはアルマンだった。技術職のプロが出してきた三百三十四のリストのなかに〝ラグランジュ〟という名前があり、樹脂製の窓の設置を専門にするラグランジュという職人が問題の型式のバンに乗っていたことがわかった。ラグランジュは二年前に引退し、その際にバンも含めて商売道具を売り払っていて、そのバンを買ったのがジャン＝ピエール・トラリユーだった。バンのボディ側面にはロゴが描かれていたが、トラリユーはその上から雑にスプレーをかけただけですませていたようだ。アルマンは例の車体下部の写真を十七区の警察署にメールで送り、その署の警官が車を確かめに行った。シモネという巡査部長だ。指示された住所は帰り道に近かったので、ほかの仕事を片づけてから、その日の勤務の最後にそこへ向かった。そしてシモネはこれまで携帯電話を買わずにいたことを後悔するはめになった。そのまま帰宅するわけにいかなくなり、電話もできないので、署まで走って戻ることになったからだ。でも仕方がない。病院の廃屋の前に停められたトラリユーの車には、写真とまったく同じ緑色のロゴが顔をのぞかせていたのだから。

そして今、カミーユは一隊を率いてその敷地の塀の外にいる。ここの管理人が誘拐犯だというのはもう間違いないものの、カミーユは確証が欲しかった。なんの確認もせずに〝アラモ砦の戦い〟の火ぶたを切るわけにはいかない。そこで警官の一人に塀を乗り越えてなかの様子を見てこいと命じた。戻ってきた警官は、暗いので写真は撮れなかったが、バンがいないのは確かだと報告した。また建物には明かりが見えず、人がいる気配はないという。だとすれば、十中八九トラリユーはここにいない。

カミーユはトラリユーが戻ってくるのを待ち伏せして逮捕すると決めた。包囲網が敷かれ、準備が整った。

私服警官も全員配置につき、息を潜めた。

だがそこへ予審判事がル・グエンを連れて現れた。

正門から数百メートルのところに停められた覆面パトカーのなかで急遽作戦会議が開かれた。予審判事は三十前後で、ヴィダールという。ジスカール・デスタンかミッテランのときの大臣にヴィダールというのがいた。おそらくその孫だろう。言うことがあまりにも馬鹿げていて、カミーユは真面目に聞いていられなかった。だから観察した。スリムで、クール。細縞のスーツ、金のカフス、ローファー。そうした細部は多くを語る。ネクタイを締めて生まれてきたに違いない。裸でいるところなど想像もできない。将来の政界入りが約束された若者によく見られるタイプで、濃い髪を七三に分け、背筋を伸ばし、自分には相手を魅了する力があるとうぬぼれている。こういうやつはいずれ女たらしになるに決まっている。

このタイプの男を見かけると、イレーヌは口に手を当てて笑い、こっそりこう言ったものだ。

「まあ、なんてハンサム！　どうしてこういう人と結婚しなかったのかしら？」

しかもこの判事、かなりおつむが弱そうだ。遺伝だろうとカミーユは思った。ヴィダールは結果を急ぎ、即刻突入を主張した。祖先に大臣だけではなく歩兵大将もいたのかもしれない。とにかく今すぐにでもトラリユーと一戦交えたいらしい。

「できません。馬鹿げてます」

もう少し言葉を選んで相手の感情を害さないように言うべきだっただろう。だがこの間抜けな判事がしようとしていることは、すでに誘拐から五日が経っている被害者の命にかかわるのだと思うと、カミーユは言葉を繕《つくろ》ってなどいられなかった。するとル・グエンが割って入った。

「判事、ヴェルーヴェン警部は時にやや……言葉足らずなことがありますが、要するに、トラリユーが戻るまで待つほうが確実なのではないかと言おうとしたのです」

だがヴィダールはカミーユの反応など意に介していなかった。むしろ、自分が何者をも恐れぬ果断の人であることを示すチャンスだと思ったようだ。いや、それ以上に戦略家として一目置かれたいのかもしれない。

「今すぐ建物に踏み込み、人質を救出し、そのまま建物内部で犯人を待ち受けるべきでしょう」とヴィダールは美しき戦略を披露した。そして反応がないのを見ると、説明を加えた。

「犯人を罠にかけるんです」

カミーユもル・グエンも唖然とした。だが判事はその表情を〝感嘆〟と解釈したようで、満足そうだった。カミーユはこらえきれずに訊いた。

「なぜ人質がなかにいると思われるんです？」

「トラリユーが犯人だというのは確かなのでは？」

してここに監禁されている（と判事はのたもうた）女性を救出できるかと問うと、ノルベールは地図と建物内部の図面を精査し、八分もかからずに答えを出した。「突入は可能です」。作戦としての妥当性は別問題であり、自分はその点に言及する立場にありませんということだ。それがはっきりわかる答えだった。こいつはできるとカミーユは思った。

　もちろんカミーユにも、このままトラリユーの帰りを待つのは人道的につらいことだとわかっている。被害者が犯人によって拘束されていて、それもひどい状況に置かれているかもしれないときに、ただ待つというのはつらい。それでも待ったほうがいいと思った。

　ノルベールが発言を終えて一歩下がると、ヴィダールが一歩前に出た。

「トラリユーを待つことになんの問題があるんです？」カミーユは訊ねた。

「時間が失われます」ヴィダールが答えた。

「しかし、慎重を期して悪いことはないでしょう」

「いや、それでは人命が失われる。おそらくはね」

ル・グエンももう仲裁役を買って出ようとはしなかった。形勢が逆転し、カミーユは二対一の一のほうになった。結局突入すると決まった。

　突入十分前。隊員たちが小走りに配置につき、最終確認が行われた。

　カミーユは一人離れ、先ほどなかを探りに行かせた警官を呼んだ。

「なかの様子をもう一度聞かせてくれ」

　警官は戸惑っている。なにを答えればいいのかわからないらしい。カミーユはいらついた。

「だ、か、ら、なにが見えたんだ？」

「いや、べつにこれといって……。ですから工事用の機材ですよ。コンテナと、工事現場用のプレハブがあって、解体用の機材がいろいろ。パワーショベルとか……」

それがなんとなく引っかかった。機材とかパワーショベルというのが。

ノルベールを先頭に特別介入部隊《RAID》は全員配置について合図を送り合っている。ル・グエンは部隊の後方に控えた。カミーユは正門付近に残った。

ノルベールが突入の合図をした。カミーユは時間をメモした。午前一時五十七分。暗い建物のあちこちで光の点が動いたり消えたりし、走り回る音も聞こえてきた。

カミーユはまだ考えていた。工事用の機材……。

「おい、ここには人の出入りがあったんじゃないか？」カミーユは車のなかのルイに言った。

ルイがなんのことかと問うように眉をひそめた。

「作業員とか、技術者とか……工事現場には詳しくないが、要するに解体工事に必要な機材が運び込まれていた。おそらくは現場打ち合わせも行われていた。つまり……」

「被害者はここにはいない」ルイが引き継いだ。

だがそれに相づちを打つ暇はなかった。トラリユーの白いバンが通りの先に現れたのだ。

そこからは目まぐるしかった。カミーユが飛び乗るのと同時にルイがアクセルを吹かし、カミーユは無線で指示を飛ばした。バンは警察に気づくと慌てて逃げ出し、追跡が始まった。カミーユがバンの逃走経路を逐次無線で伝える。市外に向かっている。だが幸いなことにバンのスピードは上がらない。かなりの中古でパワーがない。いくら吹かしても七十キロ以上は出ないだろう。それに相手は肝の据わったドライバーとは言えなかった。バンはどの道を行くか迷い、うろうろと逃げまどう。そのあいだにカミーユは包囲網を狭めた。こちらはパワーも判断力も度胸も上で、ルイは余裕で後ろについている。ほかの車両も回転灯をつけ、サイレンを鳴らして周囲から迫りつつある。相手は逃げられない。あとは時間の問題だ。カミーユは無線連絡を続け、ルイは距離を縮めていく。ヘッドライトは全灯。これ以上逃げても無駄だと前の車に知らせるためだ。警察車両が右から一台、左から一台迫っている。さらにもう一台、逆方向からも来るのが見えた。平行する道を先回りして環状線《ペリフェリック》の上を渡り、道の先に回り込んだのだ。ル・グエンが電話してきた。カミーユはシートベルトにしがみついたまま応答した。

「捕まえたか？」ル・グエンがどなった。

「もうすぐだ！」カミーユもどなり返した。「そっちは？」

「逃がすな！　こっちに女はいない！」

「知ってる！」

「なんだと？」

「その話はあとだ！」

「こっちは空《から》だ。聞こえたか？」ル・グエンが叫んでいる。「誰もいないんだ！」

そこからの展開は映画のシーンのように断片的にカミーユの脳裏に焼きつくことになった。冒頭シーンは環状線《ペリフェリック》の上を渡る橋。その橋の真ん中でバンが急停車した。後ろから警察車両が二台、前からも一台来て逃げ道をふさぎ、警官たちがドアを開け、それを盾にして銃を構える。カミーユも銃を手にして車を降りた。そしてバンに向かって観念しろと叫ぼうとしたとき、そこから男が出てきてどたどたと欄干《らんかん》まで走り、奇妙なことにその上に座った。警官たちを招くかのようにこちらを向いて。

だがすぐに誰もがその意味を理解した。男は橋の内側を向いてコンクリートの欄干に座り、脚をぶらぶらさせている。その周囲から警官たちが銃を構えてじわじわと迫る。男は近づいてくる警官たちのほうを見ている。その場面が記憶に刷り込まれる。

男が重大発表でもするように大きく腕を広げた。

そして脚を高く上げた。

そのまま後ろ向きに落ちた。

警官たちが欄干に駆け寄るよりも先に路面に当たる音がした。続いてトラックがはねる音、複数のブレーキ音、クラクション、車体がぶつかる音。下を走る環状線《ペリフエリック》は交通量の多い高速道路で、玉突き衝突は避けられなかった。

カミーユは欄干に走り寄って下を見た。車のヘッドライトとハザードランプの海が見えたが男の姿はない。すぐさま反対側に走り、欄干から身を乗り出した。男はセミトレーラーに轢《ひ》かれていた。車体の下から体が半分出ている。頭が割れ、アスファルトに血だまりがゆっくり広がりつつあった。

カミーユの脳裏に焼きついた第二のシーンはその二十分後の場面だった。環状線《ペリフエリック》は封鎖され、カミーユの周囲には現実離れした光景が広がっていた。回転灯、サイレン、クラクション、救急車、消防車、救急隊員、警官、ドライバー、野次馬……。カミーユは橋の上の車のなかにいる。横でルイが携帯にかじりつき、アルマンが読み上げるトラリユーの情報を書き取っている。カミーユはゴム手袋をはめてトラリユーの携帯を調べている。トラリユーが身に着けていたが、奇跡的に無傷だった。

写真が六枚保存されていた。板の間隔が広い木箱のようなものが写っている。木箱は吊り下げられていて、なかに女が閉じ込められている。若い。三十くらいだろう。汚れた髪がべたりと顔に貼り付いている。全裸で狭い箱のなかに無理な姿勢でうずくまっている。六枚とも女は撮影者のほうを見ている。目の下に隈ができ、目つきがうつろだ。だが顔立ちはほっそりして、黒い瞳が美しい。頬がひどくそげているが、そうでなければかなりの美人だろう。だが美人かどうかはこの際問題ではない。六枚の写真からわかる重要なことは一つだけ、女が死にかけているということだけだった。

「これは〝少女《フィエット》〟ですね」ルイが横から写真をのぞいて言った。

「なんだと？　どう見ても三十は超えてるだろうが」

「いえ、女性じゃなくて檻のことです。〝少女《フィエット》〟というんです」

意味がわからずカミーユが首をひねると、ルイが説明を加えた。

「立つこともできなければ普通に座ることもできないような檻のことですよ」

だがそこまでで口をつぐんだ。カミーユが知識をひけらかす人間を嫌うのを知っていて、遠慮しているようだ。だが今はそんな場合じゃない。カミーユは早く話せと身ぶりで促した。

「ルイ十一世の時代のもので、確かヴェルダンの司教を閉じ込めるために考案されたんだったと思います。十年以上も閉じ込められたそうですよ。直接には力を加えない種類の拷問ですが、効果は確実です。関節が固まって、筋肉が萎縮し……じきに発狂します」

女は両手で木枠を握りしめている。見ているだけで胸が悪くなる光景だ。しかも最後の一枚には女の顔の上半分と、さらにその上が写っていて、檻の上に三匹の太ったネズミがいるのがわかる。

「なんてこった！」

カミーユはやけどでもしたように携帯をルイに放り投げた。

「日付と時間を見てくれ」

カミーユはその手の操作が苦手だ。ルイは四秒で見つけた。

「最後の一枚は三時間前です」

「通話は？　通話記録だ！」

ルイが目にも止まらぬ速さで指を動かしている。カミーユはもしかしたら通話時の位置情報が記録されているかもしれないと期待した。

「最後の通話は十日前……」

誘拐してから一度もかけていないということだ。

二人とも黙り込んだ。

この若い女が誰なのかも、どこにいるのかもわからない。

それを知っているただ一人の人間は、たった今セミトレーラーに轢かれて死んだ。

カミーユは六枚の写真のなかから二枚選んだ。一枚はネズミが写っているものだ。

そしてその二枚を添付してヴィダールにメールを送信した。ル・グエンにもコピーを送った。

《加害者が死んだ今、どうやって被害者を救出したらよろしいでしょうか？》

13

ふと目を開けると、目の前にネズミがいた。顔からわずか数センチの距離で、あまりにも近すぎて実際より三、四倍も大きく見えた。

アレックスが悲鳴を上げると、ネズミは驚いて籐のかごに飛び移り、その勢いでロープを少しよじ登って止まった。鼻をひくひくさせている。次の行動に移る前に危険を見極めようとしているのだろう。あるいはこの状況をどう利用しようかと考えているのかもしれない。アレックスは罵声を浴びせたが、ネズミはそれ以上逃げようとはせず、ロープにしがみついて頭を下に向けたままじっとこちらを見ている。ピンクの鼻、光る目、てらてらした体毛。白いひげが長く、尻尾も驚くほど長い。アレックスはまた恐怖に駆られて声をかぎりに叫んだが、途中で息が切れてしまった。それ以上は声が出ず、仕方なくネズミと無言でにらみ合った。

そのネズミはアレックスから四十センチ足らずのところにいる。しばらくじっとしていたが、やがてゆっくりとかごまで降りてきて、ちらちらとアレックスのほうを見ながら餌を食べはじめた。時々危険を察知してすばやくロープに戻るが、少しすると降りてくる。どうやらアレックスのことを危険ではないと判断したようだ。ネズミはかなり空腹らしい。堂々たる大人のネズミで、優に三十センチはある。アレックスは少しでも離れようとして檻のなかで身を縮めた。

そしてこっちに来るなと威嚇するようにネズミをにらみつけたが、そんなものはなんの効果もない。ネズミは餌を食べるのをやめると、今度はロープに戻らずに近づいてきた。アレックスはもう声も出せなかった。目を閉じ、そのまま泣いた。しばらくして目を開けると、ネズミはいなかった。

それにしても、パスカル・トラリユーの父親はどうやって自分を見つけ出したのだろう？　これほど頭の働きが鈍っていなければ、アレックスはその答えにたどりつけたかもしれない。だが、今は断片的な静止画しか浮かんでこず、その静止画に動きを加えることができない。それにこの状況では、答えがわかったところでどうなるものでもない。いや、交渉はできるかもしれない。そうだ、交渉しようとアレックスは思った。なにか話をでっち上げてこの檻から出してもらう。あとはその場で考えればいい。そこでアレックスはあらゆる記憶を集めて案を練ろうとしたが、その思考は第二のネズミが現れたことで中断された。

さっきのネズミよりさらに大きい。

こいつがリーダーだろうか。ほかのネズミより毛並みが濃い。

そのネズミはかごを吊るしたロープからやってきたのではなく、檻を吊るしたロープから直接降りてきた。ほかのネズミとは違い、アレックスが叫ぼうが罵声を浴びせようがまったく動じない。小刻みに立ち止まりながらも、まっすぐ降りてきて、前足を蓋の板の上にかけた。ひどいにおいがする。ぞっとするほど大きく、毛並みのつやも、目の輝きも、ひげの長さも群を抜いている。尻尾の長さも尋常ではなく、それが不意に板のあいだから垂れ下がり、肩に触れた。

アレックスはその瞬間また悲鳴を上げた。だが毛並みの濃いネズミはゆっくりアレックスのほうを向いただけだった。そして板の上を歩きはじめ、何度か行ったり来たりした。時折足を止めてアレックスのほうをじっと見て、また歩く。獲物の大きさを測るかのように。アレックスは恐怖で動けなくなり、ただ目だけでネズミを追った。息ができず、心臓は破れんばかりだ。

自分のにおいのせいかもしれないと思った。垢と尿と反吐のにおい。ネズミにとってはすでに死体のにおいなのだろうか。

そのネズミが後ろ足で立ち上がり、上のほうに鼻面を向けた。

アレックスは目の端でロープのほうを見た。

さらに二匹のネズミが降りてくるところだった。

14

元病院の敷地内は映画のロケ地に様変わりしていた。特別介入部隊《RAID》はすでに引き揚げ、今は複数の三脚付き投光器にこうこうと照らされている。鑑識チームが何十メートルもケーブルを引いてきて設置したもので、おかげで深夜だというのに影が一つもない。鑑識官たちは証拠収集に余念がない。それ以外の捜査官のために、現場を汚染することなく行き来できる通路も設けられ、赤と白のテープがその目印になっている。捜査員の関心事は、トラリユーが被害者を一度ここに連れてきたかどうかに移っていた。

カミーユはルイとアルマンと三人で建物の前に立って話をしていた。アルマンは一本の煙草をしつこく吸いながら、慌ただしい人の動きをちらちらながめている。煙草は残り一センチを切っていて、指をやけどしそうだ。

アルマンはこうして仕事で人が集まる場所を好む。人がたくさんいれば、煙草の調達に不自由しない。アルマンはまず日ごろせびっている同僚のあいだをすばやく回ると、続いて彼らが警告するよりも早く新顔のあいだも回り、すでに四日分の煙草をせしめていた。

「それで？　判事はさっさと帰ったんだな？」カミーユが言った。

アルマンはなにか言いたそうだったが、結局言わなかった。アルマンはどこか達観したところがあり、忍耐の徳というものを知っている。カミーユは続けた。

「環状線《ペリフェリック》にも顔を出さなかった。残念だ。犯人がセミトレーラーに逮捕されるなんて、めったにあることじゃないのにな。だが……」

カミーユはわざとらしく腕時計を見た。アルマンは相変わらず黙って下を向いている。ルイもパワーショベルの造形に心を奪われたかのように見入っている。つまり、二人ともカミーユから目をそらしている。

「だが……」とカミーユは続けた。ルイとアルマンに無視されても、言いたいことは言う。「朝の三時となりゃ、判事殿にはお休みいただかんとな。当然だ。あれだけの馬鹿をしでかしたんだから、さぞかしお疲れのこったろう」

アルマンがわずか数ミリになった吸い殻をとうとう捨て、ため息をついた。

「なんだ? おれがなんか言ったか?」カミーユがからんだ。

「いや、なにも」とアルマンは答えた。「で、どうする? 仕事するか?」

そうだ、仕事だとカミーユも思った。ここで愚痴っていてもしょうがない。そこでルイを連れ、人をかきわけながら、トラリユーの住居になっていたところを見に行った。だがそこも鑑識作業の真っ最中で、あまり広くないので互いに道を譲り合わなければならない。

カミーユは例によってまず全体を一望し、それから細部を見ていった。こぢんまりしたアパルトマンで、どの部屋も掃除が行き届いている。食器類もそれなりに片づいているし、道具類にいたっては店の陳列棚のようにきれいに並んでいる。目立つのは大量のビールのストックで、ニカラグアなら国民全員を酔わせることができそうな量だ。だがそれを除くと、書類のたぐいはなにもない。本もないし、ノートもない。読み書きができない人間の住まいかと思うほどだ。

カミーユの興味を引いたのは子供部屋だった。

「息子の……パスカルの部屋ですね」ルイがメモを見ながら言った。

ほかの部屋とは異なり、ここだけは長く掃除の手が入っていないようだ。閉め切った部屋特有のにおいがして、シーツ類も湿っていてかび臭い。ゲーム機のXbox360のコントローラーが転がっていて、ジョイスティックがほこりまみれになっている。この部屋でほこりをかぶっていないのは高性能のパソコンと大型のモニターだけで、そこは袖かなにかでほこりを払ったような跡がある。ちょうど情報処理専門の技術者がハードディスクの内容をざっと確認しているところだった。あとは持ち帰って徹底分析することになる。

「ゲーム、ゲーム、ゲーム。そればっかりだな」と技術者が言った。「あとは接続ソフトと……」

カミーユは鑑識官たちがカメラを向けているクローゼットの中身に目を走らせながら、技術者の話にも耳をかたむけた。

「で、アクセスしてたのはエロサイト」技術者が続けた。「ゲームとエロサイト。うちの息子と一緒」

「三十六歳です」とルイが言った。

その部屋にいた全員がルイのほうを振り向いた。

「パスカル・トラリユーの年齢ですよ」

「となると……」と技術者が言った。「少々話が違ってくるな……」

一方、クローゼットは父親のほうのトラリユーの武器庫のようになっていた。どうやらジャン＝ピエール・トラリユーは再開発予定地の管理人という仕事に生真面目に取り組んでいたようだ。そこにあったのは、野球のバット、荒縄、ナックルダスター等々。相当ハードな見回りをしていたらしい。ピットブル（闘犬）がいないのが不思議なくらいだとルイがつぶやいた。

「いや、ここじゃトラリユー自身がピットブルだったのさ」とカミーユが教えてやった。

それからまたパソコンに話を戻して技術者に訊いた。

「ほかには？」

「Eメールですね。何通かだけですが。いやしかしスペルがひどいな……」

「それもおたくの息子と同じ？」

すると技術者は顔をしかめた。ということは違うらしい。

カミーユもモニターをのぞいてみた。確かに技術者の言うとおりで、文章は凡庸だし、スペルは発音そのままだ。

続いてカミーユはルイが差し出してくれたゴム手袋をはめ、鑑識が整理だんすの引き出しで見つけたというパスカルの写真を手に取った。冴えない男で、かなり背が高く、痩せている。顔はぶさいくで、鼻がやけに長い。檻に閉じ込められた女の写真を思い浮かべた。やつれていても美人だった。パスカルとは釣り合わない。

「こいつは救いようのない馬鹿に見えるな」とカミーユはつぶやいた。

15

ネズミを一匹見たら、十匹いると思え――どこかでそんな言葉を耳にしたような気がする。だがアレックスはもう七匹見た。ということはここにいるのは七十匹？　その七匹は今、ロープの支配権をめぐり、いやそれ以上にかごのなかの餌の所有権をめぐって争っている。不思議なことに、大きいからといって餌をむさぼり食うとはかぎらない。大きいのはどちらかというと戦略家で、悠然と構えている。なかでも二匹、とりわけ大きいのがいて、この二匹はアレックスが叫ぼうが罵倒しようが身じろぎもしないし、檻の上に平気で居座っている。恐ろしいのはこの二匹が後ろ足で立ち、においを嗅ぐように鼻をひくひくさせるときだ。しかも、この二匹に誘導されてのことなのか、時間が経つにつれてほかのネズミたちも少しずつ大胆になってきた。アレックスをもはや危険とは見なしていないらしい。一度など、檻の上にいた中くらいの大きさのが一匹、仲間たちを乗り越えようとして足をすべらせ、アレックスの背中に落ちてきた。アレックスはぞっとして全身がひきつり、悲鳴を上げた。するとネズミの群れは散り散りになったが、それも一瞬のことで、数分後にはまた元の場所に戻っていた。さらにもう一匹、しつこい若いネズミがいる。せっかちで貪欲なやつだ。すぐ近くまでやってきてアレックスのにおいを嗅ぐ。アレックスが距離をとろうとして身を縮めると、こちらが引いた分だけそいつは前に出る。思い切り大声で威嚇したり唾を吐きかけたりするとようやく下がるが、すぐまた戻ってくる。

今回はトラリユーが戻ってくるのに時間がかかっていた。少なくとも丸一日……あるいは二日経っているだろうか。あるいはもっと？　よくわからない。アレックスにとって時間はもはやただの連続でしかなく、区切りというものがない。せめて日にちや時刻がわかったらもう少しちゃんと考えられるのに……。それにしてもおかしい。これまでの間隔で言うと三、四回分戻ってきていないような気がする。このままだと水がなくなる。なるべく飲まないように心がけているし、幸いなことに昨日はあまり喉が渇かなかったので、まだボトルに半分残っている。だが餌のほうは早く補充してほしかった。餌があるうちはネズミたちもまだおとなしいが、餌がなくなると落ち着きがなくなる。

理屈に合わないことだが、アレックスが今なによりも恐れているのはトラリユーに見捨てられることだった。このまま檻のなかで、ネズミたちの視線にさらされながら飢えと渇きで死んでいくかと思うとあまりにも恐ろしい。しかも、ネズミたちがこのままいつまでも我慢しているとはかぎらない。すでにリーダー格の二匹の目は危険な光をたたえていて、その意図は明らかだった。

最初の一匹が顔を見せて以来、近くにネズミがいない状態が二十分以上続いたことはない。とにかく入れ代わり立ち代わりやってきて、檻の上を歩いたり、ロープにぶら下がったり、かごのなかをのぞいたりしている。そして今、そのかごにはもう餌がない。揺れるかごのなかから数匹が顔を出し、こちらをじっと見つめた。

16

午前七時。

カミーユはル・グエンに脇に呼ばれた。

「いいか、今日はおとなしくしてろよ」

カミーユは黙っていた。

「先が思いやられるな……」ル・グエンがつぶやいた。

カミーユも自重しようと思ってはいた。だがヴィダールの顔を見たとたんに我慢できなくなり、わざわざドアを開けて迎え入れると、早速壁のほうを指差しながらこう言った。

「被害者を重視される判事殿のことですから、これならご満足いただけるはずです。ほら、素晴らしいでしょう」

その壁には、トラリユーの携帯に保存されていた写真を引き伸ばしたものが貼り出してあった。そのせいで、のぞき趣味のサディストの部屋のようになっている。どの写真も直視に堪えない。板の隙間からこちらを見ている女の目はすでに常軌を逸している。全身が写ったものを見ると、檻が小さいために不自然な姿勢を強いられ、腰を曲げたまま頭も上げられずにいるのがわかる。手の部分のクローズアップを見ると、爪から血が出ている。板をかきむしったのだろう。水のペットボトルを持っている写真もあるが、ボトルが大きくて板の隙間を通らない。これではどんなに喉が渇いても、手のひらですくって少しずつ飲むしかない。檻は汚物にまみれていて、もう何日もここに入れられたままだとわかる。全身に打ち身や傷がある。さんざん殴られたり蹴られたりしたに違いないし、おそらくはレイプされているだろう。しかもまだ生きているだけに、いっそう哀れでたまらない。この先どうなるのかは考えたくもない。

しかし、そうした写真を目にしても、またカミーユが挑発したにもかかわらず、ヴィダールは動じなかった。落ち着いた様子で一枚ずつ丁寧に見ていく。

全員押し黙っていた。全員というのは、アルマン、ルイ、そしてル・グエンが駆り集めてきた六人の刑事のことだ。昨夜からの短時間でこれだけ集めるのは容易なことではなかったはずだ。

ヴィダールは謙虚かつ厳《おごそ》かな表情で写真の前を歩いていく。写真展の初日に顔を出した大臣といったところだ。カミーユは心のなかで、ろくでもないことしか考えない愚かな若造めとののしっていた。だがそのとき、ヴィダールが堂々とカミーユのほうを振り向いたので、愚かな若造も度胸だけはあることがわかった。

「ヴェルーヴェン警部」とヴィダールは切り出した。「あなたが昨夜の突入の件を不満に思っているのは知っていますが、わたしのほうも本件のあなたの捜査手法に当初から不満でした」

そしてカミーユが言い返そうとすると、間髪を入れず手を高く挙げてそれを制した。

「つまりわれわれには意見の相違があるわけですが、決着をつけるのはあとにしませんか。今はとにかく被害者を見つけることが最優先だと、わたしは思いますが」

なるほど。愚かではあるが、抜け目はないようだ。そのまま数秒が過ぎ、ル・グエンが咳払いした。ヴィダールは今度は刑事たちのほうを向き、なおも演説を続けた。

「それから、部長、ぜひともあなたの優秀な部下たちをたたえさせてください。手がかりが少なかったにもかかわらず、これほど早くトラリユーを割り出したんですから。見事なものです」

あまりにもわざとらしい。カミーユはこらえきれなかった。

「おや？　選挙キャンペーン中ですか？」と嫌味が口を衝いて出た。「それとも、これがあなた流のあいさつ？」

ル・グエンがもう一度咳払いし、ふたたび沈黙が訪れた。ルイが口をすぼめて笑いをこらえている。アルマンは下を向いてにやにやしている。六人の刑事たちはわけがわからずぽかんとしている。

「警部」とヴィダールが応じた。「あなたの勤務状況はよく承知しています。もちろんあなたの身に起きたことも。それが職務と密接にかかわっていることも」

ル・グエンとルイとアルマンの顔がこわばった。カミーユの神経は最高度の警戒態勢に入った。ヴィダールがカミーユに近づいてきた。ただし見下ろすような位置になるほど近づきはしない。

「あなたがこの事件を……なんと言いましょうか……プライベートにあまりにも大きな影響を及ぼすものだと思うなら、もちろんそれは理解できます」

それが警告であることは明らかで、脅しといってもいいほどだった。

「その場合にはル・グエン部長が、この事件と個人的なかかわりのない班長を指名してくれることでしょう。しかし、しかしですよ……」と今度は雲でもつかむように両手を大きく開いた。

「その判断は、警部、あなた自身にお任せします。全面的に」

これではっきりしたとカミーユは思った。こいつは桁外《けたはず》れの大間抜けだ。

これが人生で何度目かはわからない。覚えていないほど多いのだが、とにかくこのとき、カミーユは逆上して相手を殺した人間の気持ちが理解できた。殺すつもりはなかったが怒りにわれを忘れ、理性を失い、殺してしまったという殺人犯をカミーユは何十人も逮捕してきた。妻の首を絞めた夫、夫を刺し殺した妻、父親を窓から突き落とした息子、友人を撃った男、隣人の息子を轢き殺した男……。はて、そのなかに、犯罪捜査の指揮官がピストルを抜いて予審判事の額をぶち抜いたという例はなかっただろうか？　だがカミーユはこの場で自ら判例を作るのはやめ、黙ったままうなずいた。とはいえ、イレーヌを軽んじるような発言をそのままのみを抑える力がわいたのかもしれない。いや違う、そうではない。イレーヌが関係するからこそ、自分を抑える力がわいたのかもしれない。これは誘拐事件で、女性が誘拐され、カミーユはイレーヌの名にかけて助け出すと心に誓ったのだから。そしてヴィダールはそれも見抜いている。こちらの沈黙の意味を理解した上で、それを利用しているに違いない。

「けっこう」とヴィダールは満足気に言った。「エゴが職務に場所を譲ったところで、さあ、皆さん、仕事に戻ってください」

いつか殺してやる。必ず殺してやるとカミーユは心のなかでうめいた。その時が来るまでまだ時間がかかるだろうが、いずれにせよ、殺してやる。このおれの手で……。

ヴィダールはル・グエンのほうを向き、加減を測った口調でこう締めくくってから出ていった。

「では部長、以後、状況は逐次ご報告いただけますね？」


「緊急課題は二つだ」カミーユは捜査チームを前にして言った。「第一は、トラリユーが何者だったのかを明らかにすること。彼の人生を洗い出せ。そのなかに被害者への手がかりが隠れているはずだし、そこから身元も割り出せるだろう。今最大のネックはそこにある。われわれは被害者についてまだなにも知らないということだ。どこの誰なのかもわからない。当然のことながらトラリユーに誘拐された理由もわからない。そして第二は、唯一残されている手がかりを追うこと。トラリユーの携帯電話と息子のパソコンに残された連絡先だ。あのパソコンも父親が使っていたと考えられる。通話記録を見るかぎり最新のものではない。数週間は前のものだろう。だが、今のところそれしかないからな」

それにしても手がかりが少なすぎる。今確かにわかっているのは被害者の命が危ういことだけだ。トラリユーが女をあんな檻に閉じ込めた理由は誰にもわからないが、とにかくトラリユーが死んだ今、女に残された時間が短いことだけははっきりしている。だが、これからどういう事態が女を待ち受けているかについては、誰もあえて口に出さなかった。脱水症や飢えによる緩慢な死がどれほど苦しいものかは、その場の誰もが知っている。しかもネズミがいる……。最初に口を開いたのはマルサンだった。技術職員で、ヴェルーヴェン班と鑑識チームのあいだの橋渡し役だ。

「生きているうちに見つけられたとしても、脱水症で神経をやられているかもしれません。見つけたが植物状態だったということもありえます」

マルサンはいつもはっきり物を言う。しかも彼の言うとおりだ。だがカミーユにはそういうことは言えない。恐ろしいからだ。だが恐怖を抱いていては女を探し出すことはできない。カミーユは身震いした。

「それで、バンからはなにか出たか？」

「昨夜のうちに徹底的に調べ上げています」マルサンが手帳を見ながら答えた。「毛髪と血痕が採取されました。つまり被害者のＤＮＡはわかりますが、データベースにないので、身元は不明のままです」

「モンタージュは？」

トラリユーは内ポケットに息子の写真を入れていた。遊園地で撮られたもので、息子が若い女の首に手を回している。だがその写真は血まみれになっていたし、少し遠くから撮ったもので顔がはっきりしない。その女はどちらかというと太っていて、被害者と同一人物かどうかはわからない。捜査のためには携帯電話の写真のほうが役に立ちそうだった。

「かなりいいのができそうです」マルサンが言った。「携帯は安物で画質がよくありませんが、顔が複数の角度から撮られているので、合成にはもってこいです。今日の午後には上がってきます」

もう一つ重要なのが場所の特定だが、写真はいずれも寄りのカットで、場所を示すヒントがほとんどない。専門家がすでに写真をスキャンし、写真計測、画像分析など、あらゆることを試みていた。

「建物の種類はまだわかりません」マルサンが続けた。「撮影時刻と光の具合から、部屋が北東向きであることはわかりますが、それ以外これといった特徴はありません。写真は奥行きをとらえていないので、部屋の広さもわかりません。光は上のほうから注いでいて、天井まで少なくとも四メートルはあると思われます。もっと高いかもしれません。床はコンクリートで、どこかから水が漏れているようです。どの写真も自然光で撮られているので、電気設備はないのかもしれません。犯人が使った道具類ですが、これも写真からは大したことはわかりません。まず被害者が閉じ込められている檻ですが、荒仕上げの、ごく一般的な板をビス留めしただけのものです。檻を吊るための輪はステンレスで、これも標準的なもの。その上のロープも同様で、どこでも売っている麻のロープです。また、写真に写っているネズミですが、飼育されているものとは思えません。以上のことから、おそらく使われていない建物、廃屋のたぐいではないかと思われます」

カミーユが説明を追加した。

「写真の日付と時刻から、トラリユーは日に二回のペースでここに行っていたことがわかる。つまり範囲はパリ近郊に絞られる」

誰もがうなずいている。カミーユは今、もう誰もが承知していたことを言ったのだ。われながら情けない。心が一瞬その場を離れ、自宅で猫のドゥドゥーシュと一緒にいるところが浮かんだ。これ以上この場にいたくなかった。やはりモレルが戻ってきたときに引き継げばよかった。カミーユは目を閉じ、冷静になろうとした。

するとルイが助け舟を出してきた。建物と部屋に関するこれまでの情報をアルマンにわかりやすくまとめてもらい、それをイル＝ド＝フランス地方の全警察に配布し、緊急事態だと念を押して探させてはどうかと提案したのだ。カミーユはもちろんだと同意した。だが期待はできない。わかっている情報が少なすぎるので、廃屋の五棟に三棟くらいが該当してしまう。それに、アルマンがすでに各警察署から集めた情報によれば、イル＝ド＝フランス地方には〝工業跡地〟とされる場所が六十四あり、それ以外にも廃用になったビルや各種の建物が何百とある。

「記者になにか流すか？」カミーユはル・グエンに声をかけた。

「冗談だろ」とル・グエンが言った。


廊下に出ていったルイが、すぐに思案顔で引き返してきた。

「それにしても……」とカミーユに言った。「〝少女〟を作るなんてかなり凝ってますよね。トラリユーにしては高尚すぎると思うんですが」

「いや、違う。トラリユーにしてはおまえが高尚すぎるんだ！　あいつは〝少女〟を作ったわけじゃない。おまえは学があるから、あれを歴史上の呼び名で〝少女〟と呼ぶ。だがあいつはそうじゃない。ただ檻を作ったんだ。それが小さすぎただけだ」

ル・グエンは部長室の肘掛け椅子の背にもたれ、目を閉じてカミーユの報告を聞いていた。寝ているように見えるが、そうではない。これが彼流の集中法だった。

「ジャン＝ピエール・トラリユー、一九五一年十月十一日生まれ、五十六歳。組立工の国家資格を取得。以後、シュド・アビアシオン社を皮切りに、二十七年間航空機関連の工場で働いてきた。一九九五年に不況で解雇され、二年間失業。その後ルネ・ポンティビオー病院のメンテナンスの仕事に就いたが、二年後にふたたび解雇されて再失業。二〇〇二年に病院跡地の管理人として雇われ、アパルトマンを出てあの場所に引っ越した」

「暴力は？」

「かなりのものだ。人事記録に殴り合いのたぐいが多数載っている。要するに短気だ。少なくとも女房はそう思っただろう。ロズリーヌとは一九七〇年に結婚、同年息子のパスカルが生まれている。そこからが面白いんだが、それについてはまたあとで」

「いや」とル・グエンが口をはさんだ。「今言え」

「息子は失踪している。去年の七月に」

「どういうことだ？」

「実はまだいくつか確認を待っている点があるんだが……まあざっと話しておくよ。パスカルはずっと落ちこぼれだった。小学校、中学校、職業高校、職業訓練、仕事、全部だ。失敗を数え上げたらきりがない。単純労働や運送の仕事をしたが、どれも続かなかった。その後、父親の口利きで同じ病院のメンテナンスの仕事に雇ってもらい、親子は同僚になった。それが一九九八年のことだ。だが働くのも一緒ならクビになるのも一緒で、翌年そろって解雇された。二〇〇二年に父親が病院跡地の管理人になると、息子もそこに身を寄せた。言っとくが、このときもう三十二だからな、パスカルは。ところが息子の部屋に残されていたものはゲーム機とサッカーのポスターとパソコン。しかもパソコンでアクセスしてたのはアダルトサイトばかり。ベッドの下に空のビール缶が転がってたのを除けば、ティーンエージャーの部屋としか思えない。ところが二〇〇六年七月、突然その息子がいなくなり、父親が警察に泣きついてきた」

「捜索は?」

「まあ、おざなりにだな。父親は心配していたが、警察は事件性はないと考えた。状況から見て、パスカルは女と逃げたとしか考えられなかったからだ。身の回りのものを持って出ていたし、しかも父親の口座から金を下ろして持ち逃げしていた。六百二十三ユーロ。こりゃどう考えても……ってわけで、警察は事件としては取り上げず、父親に《家族の要請による捜索願》を出させた。そして、まずはパリ地方を探したが、見つからない。二〇〇七年三月に範囲を全国に広げたが、やはり見つからない。父親はうるさく催促してきた。はっきりさせろと。それで八月初めに、つまり失踪後一年経ったところで、警察は父親に《捜索活動終了通知書》を送った。要するに、探しましたが見つかりませんでしたということでけりをつけたわけだ。息子の行方は今もわかっていない。父親が死んだことを知ったら出てくるかもしれないが」

「母親は？」

「ジャン＝ピエールは一九八四年に離婚している。というより、女房のほうから離婚したんだ。理由はＤＶ、暴言、酒乱。息子は父親に引き取られた。この父子は妙に馬が合っていたらしい。少なくとも息子が出ていくまではね。母親は再婚してオルレアンにいる。現在の名前は……」

カミーユはメモをめくったが、すぐには見つからなかった。「まあいい。とにかく迎えに行かせている。こっちで話を聞くつもりだ」

「ほかには？」

「トラリユーの携帯電話は仕事用のものだった。いつでも連絡がとれるように雇い主が持たせたものだ。トラリユーも私用では使わず、通話のほとんどは雇い主とのやりとり、あるいは業務上のものだった。ところが、あるときから急に私用で使いはじめた。回数は多くないが、初めての相手にかけている。十数人分の新しい番号が急に通話記録に現れ、ある期間続いて、また消えた。それも一回ではなく、数回ずつかけている……」

「それで？」

「それでだ、それが始まったのが、息子に関する《捜索活動終了通知書》が発行されてから二週間後で、終わったのが誘拐事件の三週間前」

ル・グエンは眉をひそめた。カミーユは先に自分の考えを言った。

「つまり、トラリユーは警察がこれ以上なにもしてくれないと知って、自分で息子を探しはじめた」

「じゃあおまえは、檻のなかの女が息子と逃げた相手だと考えてるんだな？」

「ああ」

「しかし、パスカルと写ってた女は太ってたと言ってなかったか？　被害者のほうは太っちゃいないぞ」

「いや〝太ってる〟といっても程度問題で……その後痩せたんだろう。そのあたりはわからない。いずれにしても同一人物だとおれは思う。だがパスカルがどこにいるかとなると、そいつはなんとも……」

17

アレックスは誘拐されてからずっと寒さに苦しめられてきた。今年の九月は例年に比べれば暖かいほうだが、全裸で、動けず、しかも衰弱しているとなれば、当然のことながら寒さが身に沁みる。しかも恐ろしいことに、この日は一段と厳しい寒さになった。ほんの数時間で季節が秋へと変わったのだ。それまで感じていた寒さは半分くらい衰弱によるものだったかもしれない。だが今は、一気に数度下がった気温そのものが、直接アレックスの体に爪を立ててくる。先ほどからガラス越しに注ぐ光も弱くなり、空が雲に覆われたのがわかった。気温とともに光まで弱まってしまったかのようだ。すると、不意に風の音がして、アレックスがいる部屋にまで冷たい風が吹き込んできた。それは獣がほえるような音で、死にゆく者の絶望の叫びにも聞こえた。

ネズミたちも鼻面を上げ、これまでになく小刻みにひげを震わせている。と、そこへ今度は、天の底が抜けたかのように土砂降りの雨が降りだした。建物全体が不気味に共鳴し、沈没寸前の船のようにきしんだ。その雨に喜んだのがネズミたちだ。アレックスが気づいたときには、ネズミたちはすべて壁を伝って床に下り、流れ込んできた雨水にわれ先にと鼻を突っ込んでいた。全部で九匹いる。だが前と同じネズミなのかどうかはわからない。たとえば、ひときわ目立つ黒と赤茶のまだらのネズミは、最初からいたわけではない。そのネズミはほかのネズミたちから恐れられていて、今も水溜りの一つを占領してのうのうと体を伸ばしている。ほかのネズミはその水溜りには近づかない。ロープの上に戻ってきたのもそのネズミがいちばん早かった。それははっきりと意志をもったネズミだった。

濡れたネズミは乾いたネズミに輪をかけて恐ろしい。べったりした毛並みは忌まわしく、目つきもいっそう凄みを増し、貪欲な飢えを感じさせる。濡れた尻尾はくねくねと単独の生き物のように動いている。そう、ヘビのように。

雨は嵐となり、湿気は冷気になった。アレックスの体は凍りつかんばかりで、ますます体を動かすのが難しくなり、やがて皮膚が波を打つような感覚にとらわれた。それはもう身震いではなく引きつけに近く、姿勢を変えられないことからくる引き攣りに、とうとう凍えによるものまで加わった。歯がかちかちと音を立て、舞い込んできた風に揺られて檻もゆっくり回った。

一匹だけ先に戻ってきたまだらのネズミは、しばらく檻の上を悠然と歩いていたが、やがて後ろ足ですっくと立ち上がった。するとそれが集合の合図だったのか、ほんの数秒で残りのネズミのほとんどが戻ってきて、アレックスのまわりはまたネズミだらけになった。蓋の上も、右も、左も、揺れているかごのなかも。

稲妻が光った。ネズミたちが一斉に鼻を突き上げて立った。そして一瞬、感電したかのように動きを止めたが、次の瞬間には四方八方へめまぐるしく跳ね回りはじめた。嵐に怯えているのではない。一種のダンスだ。ネズミたちは興奮している。

だがまだらのネズミだけは騒がず、アレックスの顔の近くの板の上でじっとしている。首をアレックスのほうに伸ばし、目を大きく見開いている。少しするとまた立ち上がり、赤茶色の大きな腹を見せた。そしてきいきいと鳴きながらピンク色の前脚をさかんに動かした。アレックスの目はその爪に釘付けになった。

ネズミたちは頭がいい。飢え、渇き、凍えときたら、あとは恐怖を加えるだけでいいことを知っている。そして、そのために今度は一斉に甲高い声で鳴きはじめた。どこかから漏れている雨水が、風に飛ばされてアレックスの顔にも落ちてくる。アレックスはもう泣くこともできず、ただ震えた。死んだら楽になれると思っていたが、ネズミにかじられるとなると話は別だ。このネズミたちが自分をむさぼり食うのかと思うと……。

九匹のネズミにとって、人間一人は何日分の餌になるのだろう?

アレックスは身の毛もよだつ思いで泣き叫んだ。

ところが、喉からはかすれた声しか出てこなかった。

もはや声さえ出ないほど、アレックスは衰弱していた。

18

ル・グエンは肘掛け椅子から立ち上がり、カミーユの報告を聞きながら部屋のなかを少し歩いた。それからまた椅子に戻って腰を下ろし、脂肪太りのスフィンクスのように宙を見つめた。カミーユはル・グエンが微笑みらしきものを押し隠したのに気づいた。いつもの運動を今日も忘れなかったという満足の微笑みだろう。日に二、三回はやっている。立ち上がり、ドアまで歩き、戻ってくる。四回繰り返す日もある。ル・グエンにとってはそれが規律に則ったトレーニングらしい。

「ジャン＝ピエール・トラリユーの通話相手のなかに七、八人ほど興味を引くのがいる」カミーユは報告を続けた。「いずれもジャン＝ピエールのほうからかけている。何人かには数回かけている。内容はどれも同じ、いつも同じ質問だ。要するに息子の行方を探していたんだ。ジャン＝ピエールはそのうちの何人かに直接会いに行き、例の遊園地の女と一緒の写真を見せていた」

カミーユ自身が直接話を聞いたのはそのうち二人で、残りはルイとアルマンが担当した。その結果を知らせようとル・グエンのところに寄ったが、そのために本部に戻ってきたわけではない。パスカルの母親の元トラリユー夫人が到着したと連絡があったからだ。オルレアンから憲兵が連れてきてくれた。

「連絡先は、息子のEメールから探し出したようだが、これがかなり雑多なメンバーでね」カミーユはメモを見ながら言った。「たとえば、ヴァレリー・トゥケ、三十五歳、学校時代の友人で、パスカルが十五年も尻を追いかけ回していた相手らしい」

「しつこいやつだな」

「ジャン＝ピエールはヴァレリーに何度も電話して、息子の行方を知らないかと訊ねていた。ヴァレリーによれば、息子のパスカルはかなりいかれた〝ださいやつ〟だったそうだ。さらにつついたらこう言った。『頭からっぽだったわ。馬鹿話で女の子の気を引くことしか考えてなかったもの』ということで、どうやら正真正銘の間抜けだったようだな。だがおとなしい男だったそうで、そこが父親とは違う。いずれにしても、ヴァレリーは彼がどこへ行ったのか見当もつかないと言っている」

「ほかには？」

「パトリック・ジュピアン、クリーニング会社の配達員で、パスカルの競馬仲間。だがこいつもパスカルの行方を知らない。写真の女にも見覚えなし。それから中学時代の同級のトマ・ヴァスール、セールスマン。あるいは仕事の同僚だったディディエ・コタール、通販会社の倉庫係。ほかにも何人かいるが、話はどいつも同じだ。パスカルの父親が電話をかけてきて、さらには押しかけてきて、ああだこうだと難癖をつけて帰っていったと言っている。そして誰もが、パスカルからはもう長いこと連絡がないと言っている。ただ、何人かは女の話を聞いていた。あのパスカル・トラリユーに女ができたというので、ちょっとしたうわさになったらしい。ヴアスールはその話を聞いて『あいつにとっちゃ一生に一度のことだろうから』と大笑いしたそうだ。ジュピアンによれば、パスカルはまわりがうんざりするほどナタリーという女の話をしていたそうだが、じゃあどういう女だったのかとなると、わからない。パスカルは女を誰にも会わせていない」

「そりゃまた妙な……」

「いや、それほどおかしくはない。パスカルがナタリーに会ったのは二〇〇六年六月半ばで、失踪の一か月前だ。友人に紹介する暇もなかったんだろう」

カミーユはそこでいったん口を閉じた。メモに目を落とし、読み直すふりをした。正直に言うべきかどうか迷っていた。まだ証拠があるわけではない……。迷いながら窓のほうをちらりと見て、またメモに目を戻した。だがどうせ、言わなくてもル・グエンにはわかるだろう。案の定、少しするとル・グエンが言った。

「なんだ。言っちまえ」

そう言われてもなお、カミーユは迷った。自分でもめずらしいことだと思った。

「いやその、正直なところ……。この女はどうもうさんくさい」

そう言ったと同時に、カミーユは両手を顔の前に挙げて防御の姿勢をとっていた。ル・グエンの罵倒が飛んできそうな気がしたからだ。

「わかってる、ジャン。わかってるって」と先に言った。「女は被害者だ。被害者を悪く言うべきじゃない。言えと言われたから答えただけだよ」

するとル・グエンは姿勢を正し、両肘をテーブルに置いて手を組んだ。

「しかし、それはあまりにも飛躍しすぎじゃないか？」

「わかってる」

「女はもう一週間も鳥のようにかごに入れられて、二メートルの高さに吊られ……」

「わかってる」

「……しかも写真から見るかぎり、死にかけていて……」

「ああ」

「……しかも誘拐したのは読み書きの程度も怪しい乱暴者で、酒乱で……」

カミーユはため息をついた。ル・グエンは続けた。

「……女をネズミの餌食にしようとしていて……」

カミーユは苦し紛れにうなずいた。

「……女の居場所を知られるくらいなら環状線《ペリフェリック》に身を投げたほうがましだと思うようなやつだが……」

カミーユは目を閉じた。ちょっと突いたところから傷口がどんどん広がっていくのを見るような思いだった。

「……それなのにおまえは『この女はどうもうさんくさい』と思うのか？　その考えをもう誰かに言ったか？　それともおれのための特ダネか？」

カミーユはなにも言わなかった。自己弁護はしなかった。自分なりに理由があるとき、そして自分の直感がそうだと告げているとき、カミーユはむやみに反論しない。ル・グエンもそれを知っている。だから、また二人とも黙り込むことになった。

少ししてからカミーユはゆっくり言った。

「もう一週間になるのに、あの女が行方不明だと誰も言ってこないのはおかしい」

「おい、勘弁してくれ！　孤独な女ならそれこそ……」

「……ごまんといる。わかってる。何千という人間が人知れず消えていってることはわかってる。けどな……あいつは、ジャン＝ピエールは頭がいいわけじゃない、だろ？」

「ああ」

「頭脳明晰にはほど遠い」

「だから？」

「それなのに、あの女にあれほど腹を立てたのはなぜだ？　あんなことをするほどに」

ル・グエンが目を上げてこちらを見た。顔に疑問符が浮かんでいる。

「とにかく、まがりなりにも」とカミーユは続けた。「あいつは必死で息子の行方を調べた。そしてわざわざ板を買ってきて檻を作った。何日も女を隠しておけるような場所を探した。そして女を誘拐し、閉じ込め、じわじわと苦しめ、その効果を確認するかのように女の写真を撮った……。それなのに、これが気まぐれな犯行だとでも言うのか？」

「そんなことは言っちゃいない」

「いや、言ってる。女が単なる被害者なら、結局はそういうことになるだろ？　ジャン＝ピエールがひょいと思いついたってことに。あいつのすかすかの脳みそにこう浮かんだことになる。そうだ、息子をたぶらかした女を見つけよう、そして木の檻に閉じ込めよう。しかも驚くべき偶然が起きて、警察にもまったく身元がわからない女をその間抜けなジャン＝ピエールがいとも簡単に見つけた。おれたちにできないことを、ジャン＝ピエール・トラリユーが軽々とやってのけたことになるんだぞ？」

19

アレックスはもうほとんど眠っていなかった。恐怖は限界に達していた。どうにもならないほど苦しくて、檻のなかでむやみに身をよじった。ここに閉じ込められてからずっと姿勢を変えていないし、まともな食事もまともな睡眠もとれていない。手足を伸ばしてほんの数分体を休めることさえできない。しかも今やネズミたちが……。

意識がもうろうとする時間も多くなっていた。何時間も視覚と聴覚が働かない状態に陥ることがある。像がぼやけ、音もはっきりしない。どこかはるか遠くからなにか聞こえてくるが、実のところそれは自分の腹の底から上がってくるあえぎ、うめき、かすれた叫びでしかない。アレックスは急速に衰弱しつつあった。

頭ががくんと落ちて、はっとしてまた頭を起こした。先ほどからその繰り返しだ。疲労と睡魔と苦痛で意識が飛び、とりとめのない映像が浮かび、そこらじゅうにネズミがいて……またはっと目覚める。

だが今度は突然、なぜかはわからないが、トラリユーはもう二度とここに来ないとはっきり思った。自分は見捨てられたのだ。少し前から、アレックスはトラリユーが戻ってきたらすべて話すつもりになっていて、頭のなかで呪文のようにこう繰り返していた。どうか戻ってきて。そしたら全部言うから。聞きたいことを全部話すから。だからそれで終わりにして。殺して。早く殺して。ネズミに食われる前に殺して……。

その日の朝……たぶん朝、ネズミたちはきいきい鳴きながら一列になってロープを降りてきた。彼らにはもうわかっていた。この人間はすでに自分たちのものだと。

こちらが死ぬまで待つ気はないだろう、その前にしびれを切らすだろうとアレックスは思った。興奮状態を見ればわかる。かごの餌がなくなってからネズミ同士が争うことはなくなっていたのだが、それが今朝からまた始まった。しかも今まで以上に近くまできてさかんににおいを嗅いでいる。こちらが抵抗できないほど衰弱するのを待っているようだが、すでに群れ全体が殺気立っている。なにを合図に襲ってくるだろうか？　なにが判断材料になるのだろう？

そう思ったとき、不意に頭がすっきりして、状況が見えた。

そうだ、「くたばるところを見てやる」というのは、「くたばったおまえを見てやる」ということだ。だからトラリユーはもう戻ってこない。自分が生きているうちには戻ってこない。

檻の上では、群れのなかでもっとも大きい、あの黒と赤茶のまだらのネズミが後ろ足で立ち、鋭い鳴き声を上げている。長い、牙のような歯をむき出している。

ほかに方法はない。アレックスは熱を帯びた手を動かし、床板のささくれている部分を指先で探った。斜めのとげになっていて痛いので、体が触れないように気をつけていた場所だ。そして探り当てるや否や、爪で引っかきはじめた。とげの周囲を引っかきながら、その下に指を入れていく。一ミリ、また一ミリと入れていくと、板がきしんで少し裂ける。それを繰り返す。指先に全神経を集中し、できるかぎりの力を込めた。時間のかかる仕事だった。途中で指が動かなくなると、少し休んでまた始める。だが根気よく続けると、とうとう木片が板からはがれ、十五センチほどの細い木片が手に残った。先がナイフのように尖っている。アレックスはその木片を握りしめ、上を見た。板の隙間の、金属の輪の近く、ロープの結び目の近くを。そしてさっと手を伸ばし、そこにいたネズミを木片で突き飛ばした。ネズミは檻の端に引っかかってもがいたが、きいっと鳴いて二メートル下に落ちていった。続いてすぐ、アレックスは木片を自分の手に突き立て、うめきながらナイフのように動かした。

血が流れだした。

20

ロズリーヌ・ブリュノーは前夫の話などしたくないようだった。一年以上前に失踪した息子がどうなったのかを知りたい、それしか頭にないようだ。

「いなくなったのが七月十四日（革命記念日）で」と、その日付に象徴的な意味でもあるかのように眉をひそめた。

カミーユはデスクを離れ、ロズリーヌの傍らに腰かけた。

以前、カミーユのオフィスには特別な椅子が二脚あった。標準より脚の長い椅子と、標準より脚の短い椅子。心理的効果がまったく異なるので、状況に応じて使い分けていた。だがイレーヌがそうした小細工を嫌ったので、カミーユは使うのをやめた。二脚の椅子はしばらく部内に置かれていて、新人をからかうときなどに使われたが、思ったほどには受けなかった。そしてある日、どこかへ行ってしまった。カミーユはアルマンが持っていったのだと思っている。そして時々想像する。アルマンが自宅で女房と、脚の長い椅子と短い椅子に並んで腰かけ、食事しているところを……。

ロズリーヌを前にして、カミーユはあの椅子があったらよかったと思った。親近感をもたせるのに役立ったかもしれない。とにかく早く相手の気持ちをほぐして話をさせなければならない。時間がない。カミーユは聴取に集中しようとした。少しでもあの檻のなかの女のことを考えると、さまざまな映像が浮かんできて頭が混乱し、余計なことまで思い出して動きがとれなくなる。

だが困ったことに、ロズリーヌ・ブリュノーとは馬が合わず、話を引き出すのが難しかった。小柄で痩せた女で、普段はよくしゃべるに違いないが、今は緊張と不安で口が重くなっている。質問しても時折こくりとうなずくだけで、あとは身をこわばらせている。どうやら息子の死を告げられるのではないかと、それを恐れているようだ。ロズリーヌは自動車教習所で事務の仕事をしていて、憲兵がそこまで迎えに行ったのだが、その憲兵の話では最初からずっとこの調子だそうだ。

「あなたの元ご主人が昨夜亡くなりました」

二十年も前に別れた相手とはいえ、それなりにショックを受けたようで、ロズリーヌはぱっと目を上げてカミーユの顔を見た。その表情には恨み（苦しんだのかしら。だったらいいけど）と皮肉（あいつが死んだからって、それがなによ）が表れたが、最終的には不安がすべてに勝《まさ》った。そして、まずはだんまりを決め込んだ。カミーユは鳥みたいな顔だと思った。小さい鼻が尖っていて、目つきも尖っている。ついでに言うと肩も胸も尖っていた。これならすぐ絵に描ける。

「死んだって、どんなふうにです?」ロズリーヌがようやく言った。

書類にあった離婚の理由が正しいなら、ロズリーヌは前夫の死を悼んだりはしないだろう。それより息子の話に戻したいはずだ。そうしないということは、それなりの理由があるに違いない。

「事故死です」とカミーユは答えた。「警察に追われていました」

トラリユーがいくら暴力を振るうひどい亭主だったとしても、ギャングの一味だったわけではない。だが、ロズリーヌは警察に追われていたと聞いても驚かなかった。すぐに事情を察したかのようにうなずいた。だがうなずいた訳は言わない。

「ブリュノーさん」カミーユは粘り強く行こうと思った。急がば回れだ。「あなたの元ご主人の死は、息子さんの失踪と関係があるのではないかと思われます。いや、実はその点はすでにはっきりしています。ですから、質問に答えていただければ、それだけ早く息子さんが見つかるかもしれません」

それは〝ずるい〟手だった。いくら辞書を繰ったところで、これ以上ぴったりする言葉は見つからないだろう。カミーユはパスカルが生きているとは思っていない。それなのに生きている可能性をちらつかせ、それを餌に話を聞き出そうとするのは、どう考えてもフェアではない。だがそれによって別の生きている人間を見つけられるかもしれない以上、迷うべきではないと思った。

「何日か前のことですが、あなたの元ご主人は女性を誘拐しました。若い女性です。そしてその女性をどこかに監禁し、その場所を言わずに死亡しました。女性はまだどこかに監禁されたままで、われわれにはその場所がわかりません。そしてその女性は死にかけています」

カミーユは相手が状況をのみ込むのを待った。ロズリーヌの目がハトのように落ち着きなく動いている。どうするべきか迷っているようだ。矛盾する選択肢があり、そのどちらにするかを迷っている。本当になにも知らないなら、「その誘拐と息子の失踪とどういう関係があるんでしょう?」と訊くはずだ。そうしないということは、すでに答えを知っている。

「ご存じのことを教えてください……いやいや、だめです! 知りませんでは答えにならない。それはいい方法じゃありません。決していい結果は生みませんよ。もう一度よく考えてください。あなたの元ご主人は女性を誘拐し、そのことはなんらかの形で息子さんの失踪と関係がある。そしてその女性は死にかけている」

ロズリーヌは右を見て、左を見た。今回は目ではなく、頭を動かした。カミーユは被害者の写真を目の前に突きつけてショックを与えてやろうかと思った。だが思いとどまった。

「ジャン゠ピエールが電話してきて……」

カミーユはほっと息を吐いた。まだ勝利ではないが、一歩前進だ。これでとっかかりができた。

「それはいつですか？」

「さあ、ひと月くらい前だったか……」

「それで？」

ロズリーヌは下を向いた。そして少しずつ話した。トラリユーが警察から捜索打ち切りの通知書を受け取ってひどく怒っていたこと。警察はパスカルが家出したと思っている、だからなにもしちゃくれない、だったらおれが自分で探す、おれに考えがある、と言ったこと。

「あの淫売めって……」

「淫売？」

「ジャン＝ピエールがパスカルの相手のことをそう呼んだんです」

「そんなふうに呼ぶ理由がなにかあったんですか？」

ロズリーヌはため息をついた。簡単な話じゃないのよと言わんばかりに。

「もうご存じでしょうけど、パスカルは子供で。なんて言ったらいいか……頭が単純なんです。わかります？」

「ええ」

「悪いこととか、ややこしいことは考えつきもしません。だからジャン＝ピエールに渡したくはなかったんです。案の定、あの人ったら酒だのけんかだの教え込んで……。でも、パスカルは父親を好いてました。どうしてなのかわかりませんけど、とにかく父親にべったりでした。そしてある日、パスカルはあの女と出会って、すぐに丸め込まれたんです。のぼせ上ってました。ガールフレンドなんて、それまでほとんどいませんでしたからね。いたとしてもすぐにふられて終わりだから。付き合い方なんか知りゃしないし。ところがそこへその女が現れて、あの手この手で誘惑したんです。それで、あの子はのめり込んだんです」

「その相手の名前をご存じですか？」

「ナタリーの？　いいえ、ファーストネームしか知りません。会ったこともないし。息子は電話でもナタリーの話ばかりしてました」

「息子さんは彼女をあなたに紹介していなかったんですね？　父親にも？」

「ええ、まだでした。今度連れていくから、母さんもきっと気に入るよとかなんとか言ってましたけど」

とにかくあっという間の出来事だったようだ。ロズリーヌが聞いていたのは、ナタリーと出会ったのが六月だということくらいで、どこでどうやって知り合ったのかはわからない。そして七月にはもう息子がいなくなった。

「最初はそんなに心配しませんでした。あの子のことだから、どうせすぐに捨てられるだろうし、そしたら父親のところに戻るしかありませんから。でもジャン＝ピエールはかんかんになっていて、あれは一種の嫉妬ですよ。とにかくパスカルのことがかわいくてしょうがない人でしたから。夫としては最低だったけど、父親としてはいいところがあったんです」

そう言ってから、ロズリーヌは自分の言葉に驚いたように顔を上げた。それまで無意識のうちに思っていたことが、ふと言葉になって出たのだろう。だがすぐまた下を向いた。

「でも、あの子が父親の貯金を全部持って出たと聞いたときから、わたしもちょっとこの女はって思いはじめて……だってそうでしょ？　父親の金を盗むなんて、あの子にはできませんから」

ロズリーヌははっきり首を振った。その点は確信があるようだ。

カミーユはトラリユーの家で見たパスカルの写真を思い出し、胸が痛んだ。画家の目を持つカミーユは一度見たものを忘れない。片手をブルドーザーにかけて立っているのだが、どこかぎこちなく、ズボンの裾が少し短い。笑っているにもかかわらず、悲しげに見える。頭の弱い子供を持ったとき、あるいはそのことを知ったとき、親はどういう気持ちになるのだろうか。

「それで結局、元ご主人はその女性を見つけたんですね？」

今度はすぐに反応があった。

「知りません！　わたしはなにも知りません。あの人は、自分が女を探すと言っただけです。探し出して、息子がどこにいるか聞き出すって……息子になにをしたのかを」

「息子になにをしたのかを、とは？」

ロズリーヌは窓のほうに目をやった。涙をこぼすまいとしている。それからまたカミーユのほうに向き直って言った。

「パスカルは駆け落ちするような子じゃありません。そんなことは……家を出て長く生きていけるほど利口じゃありません」

非難するような口調だった。だがそれがカミーユを責めているのではなく、自分が今うっかり口にしたことを後悔しているからだというのは明らかだった。

「あの子には知恵がないし、知り合いも少ないし、父親に頼るしかないんです。自分の意志で、何週間も何か月も連絡もせずに家を空けるはずがありません。そんなことは不可能なんです。だから、あの子の身になにかあったとしか考えられないでしょ？」

「元ご主人は正確にはなんと言っていましたか？　どんな計画かを話しましたか？」

「いいえ、そういうことはなにも。長い電話じゃなかったし。いつものように晩に酔ってかけてきて、そういうときは愚痴が多いんです。世の中全体が敵だっていうみたいに。ただ、あの女を見つけ出すって言いました。それで息子の居所を吐かせるからって」

「それで、あなたのほうはなんと言いましたか？」

普通の場合でも、うまく嘘をつくのは人が思うほど簡単ではない。エネルギーと創造力と胆力と記憶力がなければうまくいかない。ましてや相手が官憲であればハードルが上がり、その四つを人並み以上に兼ね備えていなければ難しい。なかでも警察となれば、それはもう……。そしてロズリーヌ・ブリュノーにはその力がなかった。ここまでずいぶん踏ん張ったのだろうが、すでに脇が甘くなっている。カミーユにはその心の動きが手に取るようにわかる。それだけにいっそう疲れを覚えた。カミーユは片手を額に当てて言った。「ブリュノーさん、あなたはその電話でどんな言葉を使ってののしりましたか？　相手は元ご主人だ。遠慮はないでしょう。思っていることをストレートにぶつけたはずだ。違いますか？」

微妙な問いかけだった。〝はい〟と〝いいえ〟でその先が変わるが、それがどう変わるかはわからない、そんな質問だった。案の定ロズリーヌは戸惑った。

「どういう意味でしょう……」

「いや、わかっているはずだ。わたしが言いたいことはおわかりのはずです。その晩、あなたは思ったことを口にした。つまり、警察が探してもわからなかったのに、あなたなんかに見つけられるわけがないといったことを。いや、もっと強く言ったでしょう。どういう言葉を使ったかは知りませんが、徹底的に責めたはずです。たとえば『この間抜け、役立たず、能無し』といったところでしょうか」

ロズリーヌが口を開きかけたが、カミーユは反論の隙を与えなかった。椅子から飛び降りて語気を強めた。堂々巡りはもうここまでだ。

「さて、ブリュノーさん、ここでわたしがあなたの携帯電話を取り上げて、メールの中身を見たらなにが出てくるでしょう」

ロズリーヌは下を向いたまま動かなかった。ただ口がまたわずかに開いた。鳥がくちばしで地面をつつこうとして、その場所を迷っているかのように。

「わたしが答えましょう。元ご主人から送られてきた写真が見つかります。ごまかしは利きませんよ。通話記録がありますから。そしてその写真には檻に閉じ込められた女が写っている。けしかけたのはあなただ。元ご主人をののしって、尻をたたいたつもりだった。だが送られてきた写真を見て怖くなった。共犯になるのではないかと怖くなった」

そこで、いや、少し違うなとカミーユは思い、足を止めた。

「あるいは……」

カミーユはうつむいているロズリーヌに近づき、身をかがめ、下からのぞき込んで相手の目をとらえた。それでもロズリーヌは動かなかった。

「くそっ」っとひと言吐いて身を起こした。

こういうとき、カミーユはこの仕事が嫌になる。

「なるほど、警察に通報しなかったのは恐れからではなかった。あなたは共犯になることを恐れたわけじゃない。それはあなたもまた、この女のせいで息子が消えたと思ったからだ。写真を見ても放っておいたのは、あなたもまた、この女はこういう目にあうのが当然だと思ったからだ。そうですね？」

カミーユは長いため息をついた。疲れがひどい。

「さて、この女性を生きているうちに見つけられるといいんですがね。もちろんその女性のためにでもそれはあなたのためでもある。もし死んでいたら、虐待と加重暴行による殺人の共犯者としてあなたを逮捕しなければなりません。ほかにも見つけられるかぎりの罪状をくっつけますよ」

部屋を出たカミーユは時間との闘いに押しつぶされそうになっていた。時があまりにも速く過ぎていく。

今のでなにがわかったんだと自問した。

なにも……。カミーユは唇をかんだ。

21

今いちばんずうずうしいのは、例のまだらのネズミではなく、太った灰色のネズミだった。このネズミは血を好む。仲間を蹴散らしてでも前に出ようとする。気性が荒く、情け容赦がない。

アレックスは数時間前から一瞬たりとも気を抜かずに戦いつづけていた。すでに二匹殺した。ネズミたちを怒らせ、興奮させるため。またこちらの力を見せつけるためでもある。

最初の一匹は、唯一の武器である先の尖った木片で串刺しにし、それから足で押さえつけて死ぬのを待った。ネズミは地獄の亡者のごとく暴れた。断末魔の鳴き声を上げながら足に噛みつこうとした。アレックスはぞっとして、思わずその鳴き声をかき消すような声で叫んでいた。驚いたネズミたちがそこらじゅうを走り回り、アレックス自身も声が出たことに驚いた。どこから力がわいてきたのだろう。ネズミはなおも力を振り絞り、大きな魚のように激しく身をくねらせた。死にかけると驚くほどの力を出す。だからアレックスも足の力を緩めなかった。だが不愉快だったのはむしろネズミが動かなくなってからで、血を流し、うめき、あえぎ、目をむき、口をぱくぱくさせ、それでもなお噛みつこうと歯を見せる様子を見てたまらなくなり、最後はそのネズミを蹴り落とした。

それが宣戦布告であることは、ネズミたちにもわかっただろう。

二匹目はもっと引き寄せた。そのネズミは血のにおいを嗅ぎわけ、ひげをすばやく動かしながらやってきた。かなり興奮しているが、警戒心も強い。アレックスは辛抱強く近づいてくるのを待った。優しい声さえかけた。ほら、おいで、お馬鹿ちゃん、こっちにおいで……。そして手元まで寄ってきたところで板の上に押さえつけ、首に木片を突き立てた。ネズミは宙返りでもするように反り返った。アレックスがそのまま板のあいだから投げ捨てると、ネズミは床に伸び、首を串刺しにされたまま一時間以上も鳴いていた。

武器がなくなった。だがネズミたちはそれを知らない。今彼らはアレックスを恐れている。

次は餌をやった。

アレックスは残っていた水で手から出た血を薄め、それをロープに染み込ませた。そして水がなくなると、今度は直接血を塗りつけた。水で十分湿ったロープに血が染み込み、ネズミたちは早くも鼻を動かしはじめた。最初の傷口から血が出なくなると、また別の場所を刺した。あの大きな木片はもうないが、もっと小さいのをまた板からはぎ取った。それは小さすぎてネズミを殺す役には立たないが、自分の脚だの腕だのを刺して血を採るには十分だ。時折耐え難い痛みに襲われたが、アレックスにはその痛みが現実なのか想像なのかももうわからない。めまいがすると、血を失い過ぎたのだろうかと思うが、それもはっきりしない。またしてもどっと疲労が押し寄せてきた。それでもアレックスは続けた。

血が出てきたら手に取り、その手を上に伸ばして板のあいだから出し、ロープになすりつける。それを繰り返す。

ロープはたっぷりと血を吸った。

大きいネズミたちが集まってきていた。自分を狙っているのだろうか。それとも……。アレックスが手を引っ込めると、ネズミたちは先を争ってロープに飛びかかった。そして新鮮な血を求め、ロープにかじりついた。嬉々として。

いったん血の味を覚えると、ネズミたちは止まらなくなった。味わったのはアレックスの血だ。

アレックスの血がネズミたちを狂わせた。

22

パリ郊外のシャンピニー＝シュル＝マルヌ。

川沿いの赤レンガ造りの大きな一軒家。トラリユーが誘拐前に電話をかけた相手の一人がここに住んでいる。名前はサンドリーヌ・ボントン。

その朝サンドリーヌは面食らった。朝食をすませて家を出ようとしたところへ、刑事が訪ねてきたのだ。なんだかよくわからない捜査に協力を求められ、仕方がないので上司に電話を入れて少し遅れますと言ったが、理由が説明できない。すると、ルイ・マリアーニというそのハンサムな刑事が代わりに電話口に出てくれて、〝緊急の捜査〟にご協力いただきたいのだと説明し、終わり次第職場までお送りしますからと言った。そのあとはとにかく目まぐるしかった。

今サンドリーヌはイケアのソファの隅に腰かけて、驚くほど背の低いカミーユ・ヴェルーヴエンという警部の質問に答えている。

「その人……トラリユーっていう人ですけど……何度も電話してきて、しつこくて……」サンドリーヌはまごつきながら言った。「とうとうここまで押しかけてきたんです。わたし怖くなって……」

だがサンドリーヌが今怖いのは警察だった。特にこの警部が怖い。こっちが上司だ。ハンサムな若いほうが電話で呼んだら、二十分で飛んできた。見るからに焦っている。サンドリーヌに質問しておきながら、答えなど聞いていないかのように部屋から部屋へとうろうろし、キッチンから大声で質問してきたかと思ったら、二階に上がり、またすぐ降りてきた。ぴりぴりしていて、猟犬がにおいを嗅いで回っているみたいだ。顔を合わせるなりいきなり「時間がないんです」と言ったくせに、こちらが答えに詰まるとすぐ口をはさんでくるので、かえって時間がかかってしまう。一生懸命考えをまとめようと努力してるのに、こう矢継ぎ早に質問されてはまとまるものもまとまらない。

「この人ですか？」

その警部が女の似顔絵を出してきた。映画とか新聞で見るモンタージュみたいなものだ。サンドリーヌにはひと目でナタリーだとわかった。でも自分が知るナタリーとは違うとも思った。実物より美人で、気取った感じで、痩せている。それにきちんとしている。髪型も違う。目も少し違う。ナタリーの目はもっと青かった。だから、彼女だとも言えるし、そうじゃないとも言える……。でも警官というのは〝はい〟か〝いいえ〟のどちらかしか受けつけず、中間を認めようとしない。仕方なく、サンドリーヌは迷いを振り切ってきっぱり答えた。

「やっぱりナタリーです。ナタリー・グランジェ」

二人の刑事が顔を見合わせた。警部が「グランジェ？」と疑うような調子でつぶやき、若いほうが携帯を手にして庭に出ていき、戻ってきて首を横に振ると、警部がうなずいた。「だめでした」、「やっぱりな」という意味だろう。

それからサンドリーヌは、ナタリーがヌイイ＝シュル＝マルヌのラボで働いていると言っていたことを話した。街なかのプラネ通りにあるラボだ。

すると若いほうがすぐそこへ出かけていった。三十分くらいしてから警部の携帯に電話が入ったが、たぶん若いほうがラボからかけてきたのだろう。警部は電話の内容が気に入らない様子で、「そうか」ばかり繰り返していた。この人といるとこっちまでいらいらしちゃうとサンドリーヌは思った。警部もこちらが不愉快な思いをしていると気づいているようなのだが、態度を改めようとしない。とにかくその電話の内容は期待外れに終わったようだ。そして若いほうが戻ってくるまでのあいだ、警部はいっそう多くの質問を浴びせてきた。

「ナタリーはいつも髪が汚れていました」

たとえ警官相手でも、やはり男性には話したくないこともある。でもナタリーは本当にだらしなかったので、サンドリーヌはつい言ってしまった。部屋を掃除しなかったり、テーブルの上を片づけなかったり。一度などバスルームにタンポンが落ちていて……思い出すだけでも不愉快だ。一緒に暮らしたのは短いあいだでしかなかったが、それでも何度もけんかになった。

「彼女とあれ以上ハウスシェアリングを続けられたかどうか、自信がありません」

ナタリーがこの家で暮らすようになったのは、サンドリーヌがシェアリング・パートナー募集の広告を出したのがきっかけだった。それにナタリーが応募してきて、家を見に来た。感じのいい女性だった。そのときはだらしなくなんかなかったし、この家の庭と屋根裏部屋を気に入ってくれた。「屋根裏部屋ってロマンチックよね」と言っていた。真夏になると蒸し風呂のようになるのだが、サンドリーヌはそのことは黙っていた。

「屋根の熱が直接伝わるんです……」

警部は無表情な顔でサンドリーヌを見ている。これがポーカーフェイスというものかしらとサンドリーヌは思った。話を聞きながら、頭のなかでは別のことを考えているような顔だ。

家賃についてはナタリーはきちんとしていて、いつも現金で早目に払っていた。

「募集したのは六月に入ってすぐです。彼が突然出ていったので、急いでハウスシェアリングのパートナーを探さなきゃいけなくなって……」

サンドリーヌの〝彼〟の話が出ると、警部はすぐに顔をしかめた。彼とは大恋愛で、ここで一緒に暮らしていたのだが、二か月後になにも言わずに出ていった。それ以来会っていない。理由はわからないが、どうやらサンドリーヌは生まれつき捨てられる運命にあるようで、最初が彼、次がナタリーだった。どちらもなんの前触れもなく、不意に出ていってしまった。ナタリーが出ていったのは、そう、七月十四日だ。

「だから彼女がここにいたのはほんとに短いあいだだったんです。越してきたと思ったらすぐに彼ができて、そうなると当然、ね……」

「当然、なんです?」警部がいらいらした様子で訊いた。

「決まってるじゃないですか。ここを出て彼と住みたくなったんです。それが普通でしょ?」

「ほう……」

警部はまた疑問をもったようで、サンドリーヌには「ほう、出ていった理由はそれだけですか?」の意味に聞こえた。最初からそうだろうとは思っていたけれど、やはり女のことなんかまるでわかっちゃいないようだ。そうこうするうちに、若いほうがサイレンを鳴らしてラボから戻ってきた。この刑事は先ほどからてきぱきと仕事をこなしているけれど、それでいて慌ただしい感じがしない。身のこなしがエレガントだからだろうか。なんだか優雅に散歩してるように見える。しかも、服装がこれまたエレガントで、全身ブランド品で固めている。それも高級ブランドだ。靴にいたってはサンドリーヌの給料二か月分はするだろう。刑事がそんなに稼いでいるなんて驚きだった。テレビに出てくる刑事はみんなしみったれてるのに。

二人の刑事は小声でやりとりを始めた。若いほうが「誰も見たことはないそうです」とか「そうです、やはり訪ねてきたそうです」とか言っているのが聞こえたが、あとはわからなかった。

やりとりが終わるのを待って、サンドリーヌは話を続けた。

「ナタリーが出ていったとき、わたしはここにいませんでした。毎年夏は叔母のところで過ごすので……」

警部はますますいらついている。思うように捜査が進んでいないからだろうが、それはこっちのせいじゃない。警部はため息をつき、ハエでも追い払うように手を振った。サンドリーヌはもう少し礼儀正しくしてくれてもいいのにと思ったが、それが顔に出たのか、若いほうがこちらを見て微笑んだ。いつもこうですから、気にせず話を続けてくださいとでも言うように。そして、今度はその若い刑事が写真を差し出した。

「そう、この人です。パスカル。ナタリーの恋人です」

間違いなかった。そしてもう一枚、遊園地の写真も見せられた。前に見たものよりぼけていたが、先月トラリユーが来たときに見せられたのと同じ写真だった。トラリユーは息子だけではなく、ナタリーのことも探していたので、サンドリーヌはラボの住所を教えた。だがその後トラリユーからはなんの連絡もなかった。

写真からもわかるように、パスカルは頭がいいほうではない。ハンサムでもない。それに服装ときたら……こんなのどこで売ってるのとあきれるほどの代物だった。ナタリーは少し太めだったとはいえ顔立ちは悪くなく、その気になればけっこう美人になれそうだったのに、パスカルのほうは……なんていうか……。

「ちょっと弱いというか」

サンドリーヌはあまり賢くないという意味でそう言っておいた。そして、そのパスカルはナタリーにべた惚れだった。ナタリーが何度かここにつれてきたが、パスカルはいつもとろんとした目で、よだれを垂らさんばかりの顔でナタリーを見つめていた。パスカルが待っていたのはただ一つ、〝いいわよ〟のサインだけだというのは見え見えだった。でもナタリーが彼をここに泊めたことはなかった。そもそもサンドリーヌにはこの二人が一緒に寝るところなど想像もできなかった。

「とはいえ例外が一度だけあって、ほんとに一度だけ、パスカルがここに泊まったことがあるんです。七月の、ちょうど叔母のところへ行く直前だったので、よく覚えてます」

でも、サンドリーヌにはその夜〝音〟が聞こえなかった。

「わたしはすぐ下の部屋で寝てたので、聞こえるはずなんですけど」

そこまで言って、しまったと思った。これでは聞き耳を立てていたと白状したようなものだ。

サンドリーヌは顔を赤らめ、それ以上は言わなかった。言わなくても刑事たちにはわかっただろう。サンドリーヌにはなにも聞こえなかったが、それは聴いていなかったからではないということが。二人がなにもしなかったなんてありえない。だったらどうやって？　立ったまま？　それとも、ナタリーが嫌がったのでなにもしなかった？　だとしたらナタリーの気持ちはわかる。だってあのパスカルは……。

「わたしだったら、ちょっと……」サンドリーヌは取り繕って言った。

警部がそこまでの話をまとめ直した。サンドリーヌはそれを聞いて、背は低いけれど馬鹿じゃない、それどころかかなり切れる刑事だと思い、ちょっと見直した。

そのあと、ナタリーは二か月分の家賃をキッチンテーブルの上に残して出ていった。さらに一か月分の諸費用を十分カバーできる額まで足してあったし、それ以外にも、身の回りの品をたくさん残していった。

「身の回りの品？　どんなものですか？」

警部が急に興味を示したのでサンドリーヌは驚いた。だがどれも処分してしまって残っていない。ナタリーはサンドリーヌの倍くらい太っていたから、服はどれもサイズが合わなかったし、そもそもあんな悪趣味な服は着られない……。バスルームには拡大鏡が残されていた。でもそのことは警察には言わなかった。だって、にきびとか鼻毛とかを手入れするときに使うもので、警察には関係ないし。でもそれ以外のものは思い出せるかぎり言った。電動コーヒーメーカー、牛の形のティーポット、貯水タンク、マルグリット・デュラスの本。ナタリーはデュラスしか読まなかったのか、ほぼ全作品そろっていた。

するとと若いほうが口をはさんだ。

「ナタリー・グランジェ……。デュラスの作品に出てくる名前ですね」

「そうか?」と警部が訊いた。「どの本だ?」

若いほうが遠慮がちに答えた。

「映画がありました……『ナタリー・グランジェ』という」

警部はおれはなんて馬鹿だと言わんばかりに額をたたいたが、サンドリーヌには単なるジェスチャーにしか見えなかった。

それから警部が話を戻し、ナタリーが残していった〝貯水タンク〟とはなんのことかと訊いたので、サンドリーヌは説明した。

「外に置いてあるプラスチックのタンクのことです。雨水を溜めるための」

サンドリーヌはエコロジストなので、以前から雨水がもったいないと思っていた。この家の屋根は数十平方メートルもあり、集まる雨水もかなりの量になる。そこで不動産屋にも家主にも話をもちかけたが、賛同してもらえなかった。そのことをナタリーにも話したことがある。

だがエコロジーの話も警部を苛立たせたようだ。いったいなんの話をすれば喜んでくれるのだろうかとサンドリーヌは当惑した。

「ナタリーがここを出る直前に買ってくれたみたいで、叔母のところから戻ってきたら置いてありました。書き置きに、《急に出ていくことになってごめんなさい》とあったから、タンクはそのお詫びみたいなもんだと思います。サプライズプレゼントってところです」

すると警部が反応した、〝サプライズプレゼント〟が気に入ったのだろうか？

警部は早速庭に面した窓まで行ってモスリンのカーテンを開けた。庭の一隅に緑色の大きなプラスチックタンクが据えられていて、そこに雨どいから水が流れ落ちるようになっている。まあ、見た目が少々グロテスクなのは確かで、いかにも素人細工だ。だが、警部は食い入るように見つめている。しかももうサンドリーヌの話を聞いていなかった。それがわかったのは、こちらが説明を続けている最中に携帯電話をかけ、こう言ったからだ。

「ジャン？　トラリユーの息子を見つけたかもしれん」

だいぶ時間が経ったので、サンドリーヌはまた上司に連絡しなければならなかった。だが今度も若い刑事が代わって説明してくれた。今回は〝緊急の捜査〟ではなくて、「これから採取するところでして」とかなんとかあいまいな表現を使っていた。サンドリーヌもナタリーと同じようにラボで働いているので、なにが〝採取〟よと思ってしまった。そういえば、ナタリーは仕事の話を一切しなかった。「職場を一歩出たら仕事のことは忘れることにしてるから」と言っていた。

その二十分後、家のなかも外も大騒ぎになった。前の通りが封鎖されたと思ったら、宇宙服みたいなつなぎを着た男たちがぞろぞろ現れ、庭に機材を運び込んだ。アタッシュケース、投光器、防水シート……。庭の花はみんな踏みつぶされてしまった。男たちは貯水タンクの寸法を測り、細心の注意を払って水を抜きはじめた。地面に水がこぼれるのを避けたいようだ。

「じきに見つかるはずだ」と警部が若いほうに言うのが聞こえた。「間違いない。それまでちょっと休ませてもらう」

そしてサンドリーヌにナタリーが使っていた部屋はどこかと訊き、サンドリーヌが教えると、ちょっと借りるよと言って階段を上がっていった。

若いほうの刑事は作業班と一緒に庭に残った。

それにしてもこの刑事はすてきだと、サンドリーヌは改めて見とれた。容姿だけじゃなくて服も、靴も……身のこなしも！　そこで、少しでも個人的な会話ができないかと思い、庭に出てさり気なく近づき、この家は一人で住むには広すぎて……といった誘いをかけてみたが、まったく乗ってこなかった。

サンドリーヌは、残念ながらこの刑事はゲイだという結論に達した。

貯水タンクがようやく空になると、つなぎを着た男たちは軽くなったタンクを動かして、その下の地面を掘り始めた。すると、さほど深く掘らないうちになにかを掘り当てた。そのなにかはホームセンターで売っているようなビニールシートにくるまれていた。

それを見たときはサンドリーヌもさすがにぎょっとした。だが警官たちに家に入っていてくださいと言われたので、そのあとは窓から見るしかなかった。自分が住んでいる家なんだし、ここからなら文句は言われないだろう。面食らったのは、男たちがそのなにかをビニールシートごと持ち上げてストレッチャーに乗せたときだ。ひと目でパスカルに違いないと思った。スニーカーが見えたからだ。パスカルのスニーカーだった。

男たちはシートを開いてのぞき込んだ。そしてサンドリーヌには見えないものを指差しながら、口々になにか言っている。サンドリーヌは窓を開けて耳を澄ました。

一人がこう言った。

「いや、それだったらこれほどの損傷にはならない」

そこへ警部が二階から降りてきた。

そして庭に飛んでいき、自分も死体を見ながら男たちの議論に加わった。

警部は目の前の光景が信じられないというように首をひと振りし、こう言った。

「おれはブリショの意見に賛成だ。使われたのは硫酸だよ」

23

それは船舶で使われるような化学繊維のロープではなく、昔ながらの麻のロープだった。ただしかなり太い。これだけの重さのものを吊るすのだから当り前のことだ。

ネズミは今十四いる。最初からの顔なじみもいるが、新顔もいる。いったいどこから、なにをきっかけにここにやってくるのか、アレックスにはいまだに謎だった。そしてその十匹が今どういう作戦をとっているかというと、一種の包囲だった。

たとえば檻の上の一角に数匹いるときは、その対角にも必ず数匹いる。それはおそらく、いよいよそのときが来たら前後ないし左右から一斉に飛びかかるためだろう。だが今のところ、なにかがかろうじて彼らを引き留めている。なにかというのは、まがりなりにもまだ残っているアレックスの体力に違いない。それがわかっているので、アレックスはひっきりなしに罵声を浴びせたり、挑発したり、叫んだりしている。そうすることで、檻のなかの生き物はまだ死んでいない、すなわち抵抗があり、戦わなければならないのだということをネズミたちにわからせようとしている。さらに、血祭りに上げた二匹が床に転がっていることもあって、群れも慎重になっている。

ネズミたちは血のにおいを嗅ぐのにも忙しい。後ろ脚で立ち、鼻面をロープのほうに向けて嗅ぎつづけている。そしてそのにおいで興奮し、代わる代わるロープまでやってきては血の染みた個所にかじりつく。その順番がどうやって決まるのか不思議だが、うまい具合に交代する。アレックスのほうはまた新たな傷口を作らなければならなかった。今度はふくらはぎの下のほうの、足首に近いところにした。太い血管が浮き出ているところだ。血の確保もさることながら、ロープに血を塗りつけるときに、いったんネズミたちを遠ざけなければならないのも厄介だった。

ロープの太さはすでに元の半分になっていた。そして戦いはアレックスとロープの我慢比べになっている。時間との勝負といってもいい。

だからアレックスは、ロープに勝つために絶えず檻を揺らしている。そのほうがロープに負担がかかるはずだし、これならネズミたちも、たとえそのときが来ても一斉攻撃しにくいだろう。

さらにもう一つ理由がある。たとえアレックスの狙いどおりに事が運んでも、檻がただ真下に落ちたのでは壊れない。角が当たるように斜めに落ちなければだめだ。だからアレックスは檻を揺らしている。そして揺らしながら、ネズミたちを追い払ってはロープに血を塗っている。どれか一匹がロープにかじりついたら、そのネズミがせっせとかじれるように、ほかのネズミをなるべく遠ざける。だがそうしたことに体力を使うのもそろそろ限界で、喉の渇きもひどい。雷雨が丸一日続いたときから、体の何か所かはもう完全に感覚がなくなっていた。

一方、ネズミのなかにもしびれを切らしかけているのが一匹いた。太った灰色のネズミだ。一時間くらい前からロープには目もくれず、自分の番がきてもロープのほうに行かない。もうそちらには興味がないのだ。

そしてアレックスから目を離さず、ヒステリックな金切り声を上げている。

やがて板のあいだから頭を出し、歯をむき出してヘビのように威嚇してきた。

例のまだらのネズミと同じように、その灰色のネズミもアレックスがいくら叫び、うなり、罵倒しても動じない。そして揺れる檻から落ちないように、板に爪を立ててしがみついている。

そいつはアレックスをじっと見ている。

アレックスもそいつをじっと見た。

回転木馬の恋人同士のように、アレックスと灰色のネズミは揺れる檻の上でじっと見つめ合った。

おいで、とアレックスはささやいた。腰を曲げてできるかぎり強く檻を揺らしながら、すぐ上にいる太ったネズミに微笑みかけた。おいで、おでぶちゃん、おいで、いいものをあげるから……。

24

ナタリーの部屋で仮眠をとるというのは妙な気分だった。なぜそんなことを思いついたのか、カミーユ自身にもわからない。二階へ上がる木の階段はきしみ、踊り場のじゅうたんは擦り切れていて、ドアノブは陶器だった。二階には熱気がこもっている。家族向けの別荘のような造りで、数部屋ある二階は気候のいいときの来客用でしかなく、普段は閉め切っているようだ。

ナタリーが使っていたという部屋は今は物置になっていた。もともと部屋を飾りつけたりはしなかったようで、ホテルか民宿の部屋のように素っ気ない。壁に掛けられたリトグラフが少しかしいでいて、整理ダンスは片脚がとれて代わりに本がはさんである。ベッドはマシュマロのように柔らかく、寝転んでみたらあまりにも深く沈んだので驚いた。カミーユは慌てて身を起こし、なんとか枕のほうに這い上がってヘッドボードに寄りかかった。それからメモ帳と鉛筆を取り出した。庭では鑑識の作業が続いている。カミーユは自分を描いてみた。美術学校を目指して準備していたころには、それこそ何百枚も自画像を描いた。母はいつも、上達への唯一の道は自画像だと言っていた。自画像だけが〝距離のとり方〟を教えてくれるからだと。母自身も何十枚もの自画像を作品として残したが、カミーユの手元に残ったのは一枚だけだ。見事な油彩だが、そのことは今は考えたくない。母の指摘はもっともで、カミーユはいまだに〝距離のとり方〟を会得していない。いつも近すぎるか、あるいは遠すぎる。あるときは深入りしすぎてまわりが見えなくなり、そこで悪戦苦闘するうちにわれを失う。またあるときは慎重に構えて身を引きすぎ、結局なにもわからずに終わってしまう。「要するに肝心なところが見えていないんだ」とカミーユはつぶやいた。鉛筆を動かすうちにメモ帳に現れたのは、顔がやつれ、目がうつろな、不幸に打ちのめされた男の姿だった。

ここは要するに屋根裏部屋で、天井が屋根に沿って傾斜している。カミーユにはちょうどいいが、普通の人間がここで暮らすとしたら頻繁に身をかがめなければならないだろう。カミーユはとりとめもなくいろいろ描き散らしてみたが、それでも頭はすっきりしなかった。気分が悪いし、気が重い。つい今しがたのサンドリーヌ・ボントンとのやりとりを振り返り、反省した。苛立ちと焦りを抑えられなかった。だがそれは、この事件に一刻も早くけりをつけたいからだ。

うまくいっていない理由はわかっている。自分は肝心なことをとらえていない。

そう思ったのは、ナタリー・グランジェのモンタージュをサンドリーヌに見せたときだった。トラリユーの携帯にあった写真は被害者をとらえたもの、つまり誘拐事件を写したものだ。そしてカミーユも写真の女を誘拐事件という枠にはめて見ていた。だがモンタージュには一人の人間が描かれている。写真は写実でしかないが、絵画は現実だ。それは描く人間、描かれる人間、あるいは見る人間の現実であり、その人間の想像や幻想や文化や生き方をまとった現実となる。先ほどサンドリーヌにモンタージュを見せたとき、カミーユは泳いでいる人間を見るように誘拐された女の顔をさかさまに見たのだが、すると不意に別の顔になった。この女がパスカル・トラリユーを殺したのかという点は、おそらくそうだろう。だがそれは今関係ない。カミーユに見えた〝別の顔〟は、なにかしら心を動かすものだった。女は囚われの身で、助かるかどうかはまさに自分たちにかかっている。そう思った瞬間、カミーユは救えなかったらという恐怖に胸倉をつかまれた。イレーヌは救えなかった。今回はどうなのか？　今度もまた死なせてしまうのか？

今回の捜査に当たっては、カミーユははなから感情を封じることに躍起になっていた。だがその感情は今や膨れ上がり、封じるために囲った壁では抑えきれなくなっている。壁にはすでに亀裂が走り、今にも崩壊しそうだ。そうなれば感情が流れ出てきてカミーユをのみ込み、あのときの遺体安置所へ、そして精神療養所へと押し戻してしまう。カミーユはメモ帳に大きな岩を描いた。そしてその岩を押し上げる自分を描いた。自分はシシュフォスのように、この苦役から逃れることができないのだと思いながら。

25

水曜日の朝早く、法医学研究所で司法解剖が行われた。カミーユとルイも立ち会った。ル・グエンはいつものように遅れてやってきた。なんともタイミングよく、概略がわかったころに顔を出した。死体はまず間違いなくパスカル・トラリユーのものと思われた。年齢、身長、毛髪、死亡推定日などがすべて一致する。それに加えてサンドリーヌ・ボントンが、スニーカーはパスカルのものだと神かけて誓うと言っていた。もっともその型のスニーカーは市場に五十万足出回っているのだが……。最終確定にはDNA鑑定を待たなければならないものの、今後の捜査の前提としてはとりあえずこう考えてよさそうだ。すなわち、殺されたのはパスカル・トラリユーであり、殺したのはおそらくナタリー・グランジェであり、ナタリーはまず後頭部をつるはしのようなもので殴り、それからシャベルで頭を何度も殴って殺した。シャンピニーの家にあった庭仕事用の道具はすべて押収済みで、鑑識が早速調べにかかっている。

「ということは、女はパスカルの背後から襲ったわけだな」カミーユが念を押した。

「そうです。少なくとも三十回は殴っています」解剖医が言った。「もう少し調べれば正確な回数が出せるでしょう。何回かはシャベルの縁のところが当たっていますから、鈍い斧で殴られたようなものです」

カミーユは満足した。うれしくなどないが、満足した。検死結果は自分の推理にほぼぴたりと当てはまる。あの間抜け判事がここにいたら演説でもぶってやるところだが、今はル・グエンしかいないので目配せで我慢し、小声でこう言った。

「言ったろ、あの女はうさんくさいと……」

「分析はこれからですが、使われたのは酸です」と解剖医が続けた。

つまりナタリー・グランジェはパスカルを三十回以上も殴った上、かなりの量の酸を喉に流し込んだ。損傷がひどいことから、解剖医は硫酸ではないかという私見を述べた。

「それもかなり高い濃度の」

確かに人体に硫酸をかけるとひどい結果になる。肉が泡のようになって溶けるのだが、その速さは硫酸の濃度に比例する。

そこでカミーユは、昨日死体が発見されてから誰もが気にしているに違いないことを質問した。

「硫酸を流し込まれたとき、まだ生きていたのか？　それとももう死んでいた？」

カミーユはお決まりの返事が返ってくるだろうと思っていた。分析を待たなければわかりませんと。ところが解剖医は別の答えを用意していた。

「体のほかの部分を見るかぎり……特に腕ですが、この男は縛られていました」

しばし誰もが黙り込んだ。

「わたしの考えを言いましょうか？」解剖医が訊いた。

その必要はなかったが、誰もなにも答えないので、解剖医は言うべきだと思ったようだ。

「わたしの考えでは、まずシャベルで数回殴って失神させ、それから縛り、酸を流し込んで目覚めさせた。最後にまたシャベルで殴って完全に息の根を止めた。まあ、そういう微妙な手加減ができたとすればですが……。要するに、愚見では、この男には酸が自分の喉を流れていくのがわかったと考えられます」

そのあたりを正確に想像するのは難しい。とりあえず手口の詳細がわからなくても捜査に支障はない。だが殺されたほうにとってみれば、酸が流し込まれたとき息があったかどうかは大きな違いだったはずだ。

「その違いは陪審員にとっても大きいな」とカミーユが締めくくった。


ル・グエンはカミーユのいつもの悪癖が出てきたと思っていた。こうと思い込んだらあとに引かないという悪癖だ。とにかく突進する。以前にもこう言ってやったことがある。

「いい加減にしろ。フォックステリアだって後戻りするだろうが！」

「うまいね」とそのときカミーユは答えた。「どうせならもっと足の短い猟犬と比べたほうがよくないか？　いや、ちびのプードルでもいいな」

この二人でなければいがみ合いになるところだ。

その〝突進癖〟が昨日からまた出てきている。ル・グエンが様子をうかがっていると、カミーユは時に思案顔で、かと思うとほくそ笑んでいたりもする。廊下ですれ違っても声もかけてこないと思ったら、二時間後にはル・グエンの部屋に居座って出ていこうとしない。なにか言いたいことがあるのに、言えずにいるらしい。だが結局は恨めしそうにこちらを見て、しぶしぶ出ていく。こういうときは忍耐が肝要なので、ル・グエンは昨日一日なにも言わなかった。そして今日、トイレで一緒になったときを見計らって（この二人が並んで用を足すところは、これまた風刺漫画になる）、出るときにひと言「いつでも来い」と言っておいた。要するに、覚悟はできてるからなんでも言ってこいという意味だ。

ルイはランチ・ミーティングだと言われてついていった。するとル・グエン部長も現れたのでこれはなにかあるなと思った。ル・グエン部長、ヴェルーヴェン班長、アルマン、そしてルイの四人で今カフェのテラスに陣取っている。班長が携帯の電源を切ってテーブルの上に置いた。一同に集中を促す合図だ。嵐が過ぎて空は澄みわたり、また穏やかな陽気に戻っていた。アルマンが生のジョッキを一気に飲み干し、その勢いでポテトチップスとオリーブを頼んだ。もちろん自分で払う気がないのは全員にわかっている。

「ジャン、いいか、この女は殺人犯だ」と班長が口火を切った。

「まあ……たぶんな」部長が答えた。「分析結果が出たらそういうことになるかもしれん。だが今のところは推測でしかない。言うまでもないがね」

「だが確率は高いぞ。この推測は」

「かもしれないが……だったらなにか変わるのか？」

部長はそう言ってルイのほうを見た。ルイは突然応援を求められてどきりとした。それも部長から……。

ルイ・マリアーニはこういう瞬間が苦手だ。だが名家の出で、一流校で教えを受け、親戚に大司教もいれば極右の議員もいるという環境で育ってきたので、とっくの昔に道理と現実の切り分け方を身につけている。しかも低学年のころはイエズス会の学校に通っていた。つまり、ものごとには表と裏があることを刷り込まれている。

「部長の言われることはもっともだと思います」ルイは穏やかに言った。「つまり……それでなにか変わるんでしょうか？」

するとすぐに班長が嚙みついてきた。

「おい、ルイ、おまえならわかってるはずだぞ。当然変わるだろうが……取り組み方が！」

三人そろって班長のほうを見た。アルマンなどは隣のテーブルの客に煙草をねだっているところだったのに、驚いて振り向いた。

「取り組み方だと？」部長が訊き返した。「なにをほざいてんだ？」

「なるほど……わかっちゃいないんだな」班長が言った。

いつもならここで茶化したり冷やかしたりするところなのだが、今日の班長の口調にはそういうものを寄せつけない重みがあった。

「わかっちゃいないな……」

班長はそう繰り返してからメモ帳を取り出した。メモ帳といってもいつもスケッチをするのに使っているものだ。なにごとも頭にたたき込む主義だからメモはとらないと前に言っていた。たまにとるとすれば、そのときはページをひっくり返して絵の裏に書く。そこはアルマン流だ。ただしアルマンだったらメモ帳の小口にまで書き込むかもしれない。ルイがちらりと班長の手元をのぞくと、ネズミの絵が見えた。いつもながら見事なものだった。

「この女には興味を引かれる」班長がゆっくり説明を始めた。「硫酸の件も実に興味深い。みんなもそう思うだろ?」

だが誰も賛同の意を示さなかったので、そのまま続けた。

「だからちょいと調べてみた。もちろんまだ詰めが必要だが、大筋は見えたと思う」

「なんだ、早く言え」部長がじれったそうに言った。

そしてジョッキを持ち上げて一気に飲み干し、ボーイのほうに手を上げてもう一杯注文した。するとアルマンもすかさず手を上げた。自分にももう一杯と。

「一昨年の三月十三日、エタンプ近くのモーテル〈フォーミュラ1〉でベルナール・ガテーニョという四十九歳の男が死んだ。濃度八十パーセントの硫酸を飲んで」

「おい、まさか……」部長が愕然とした顔で言った。

「夫婦仲がうまくいっていなかったことから、自殺として処理された」

「そりゃよかった。放っておけ」

「いやいや、まだだ。面白いのはこれからだ。その八か月後の十一月二十八日には、ランスで、ステファン・マシアクというビストロの店主が殺された。この日の朝、店で死体が発見されたんだが、殴られた上に、同じ濃度の硫酸を流し込まれていた。やはり喉にだ。店から盗まれたのは二千ユーロちょっと」

「それがあの女の仕業だってのか?」部長が訊いた。

「それじゃあんたは、自殺するのに硫酸を飲むか?」

「それにしてもだ! その事件が今回の事件と関係するとは言えんだろうが!」部長がテーブ

ルをたたいてどなった。

「了解。ジャン、了解」

班長が降参するように両手を上げた。

微妙な沈黙のなか、ボーイがジョッキを運んできて部長とアルマンの前に置き、空のジョッキをトレーに載せ、テーブルをふいて下がっていった。

ルイにはこのあとの展開が手に取るようにわかった。班長は粘るはずだ。そう書いて封筒に入れ、このカフェのどこかに隠しておいてもいいくらいだと思った。マジックショーみたいに。

アルマンが満足そうに煙草を吸い終えた。もちろん自分で買った煙草ではない。

「ただ一つだけ……」班長が言った。

部長が目を閉じた。ルイは心のなかでにんまりした。部長がいるときは心のなかでしか笑わないことにしている。アルマンも今のところ成り行き任せという顔をしているが、実は常に班長の味方であることはルイも知っている。今の段階でも、三十対一くらいで班長に軍配を上げるだろう。

「これだけははっきりさせておきたいんだが」と班長が続けた。「その前に硫酸による殺人事件があったのはいつのことだか知ってるか？　ジャン、何年前だと思う？」

班長は答えを部長に言わせようとしたが、部長はその手に乗らなかった。仕方なく班長は自分で答えた。

「なんと、十一年前なんだな！　もちろん未解決事件のことだ。そりゃたまにはどこかのふざけたやつが手口の一部に酸を使うことはある。だがそれは〝興を添える〟程度のものだ。しかもそういうやつはすぐに見つかって、逮捕され、とっちめられ、裁かれている。熱心な懲罰者たる国民が黙っちゃいないからな。その国民の意を汲む警察は、こと硫酸にかけては十一年間、きっちり仕事してきたわけだ」

「カミーユ、もうやめとけ」部長がため息をついた。

「ああ、わかってる。部長殿が言いたいことはわかってる。だがどうしろってんだ？　ダントンが言ったように、《事実は頑固なものである》。そして事実がそこにある！」

「レーニンです」ルイはつい言ってしまった。

班長が眉をつり上げて振り向いた。

「なんだ？　レーニンがどうした？」

ルイは身を縮め、前髪を左手でかき上げてから言った。

「《事実は頑固なものである》と言ったのは、ダントンではなくてレーニンです」

「だったらなにか変わるのか？」班長が先ほどの仕返しをしてきた。

ルイは当惑し、どうにか取り繕おうとしたが、部長に先を越された。

「そのとおり！　それでなにが変わるんだ？　十年ぶりの硫酸事件っていうやつが、なにを変えるんだ？　え？」

部長の声がテラスに響きわたった。だが芝居がかった怒声に驚くのはほかの客たちだけで、刑事三人は聞き慣れているのでなんとも思わない。班長もただじっと自分の足元を見ている。その足は地面から十五センチほど浮いている。そして抑えた声で言った。

「十年じゃない……十一年だ」

だが班長の場合、抑えた口調は非難を意味することもある。どちらも芝居がかっているのは同じだが、部長がシェークスピアだとすれば、班長はラシーヌだとルイは思った。

「そして急に二件起きた」班長が続けた。「八か月で二件。どちらも殺されたのは男。言うまでもないが、今回のパスカル・トラリユーを加えれば三件ということになる」

「しかしだな……」

ルイは部長が言葉を投げつけるのを〝おくび〟と呼んでいる。だが今回はその〝おくび〟もそれ以上長続きしなかった。

「それが今回の事件の女とどう関係するんだ？」

「ようやくまともな質問が出たぞ」班長がにやりとした。

だが部長はもうぶつぶつ言うだけだった。

「まったく、うんざりだ……」

そしてそのまま〝うんざり〟を態度で示して席を立ち、まあその件はまたな、おまえの言うとおりかもしれんが、あとだ、あと……とでも言うようにだるそうなしぐさを見せた。部長をよく知らない連中がこれを見たら、本当に気力をなくしたと思うかもしれない。だが、実はそうじゃないとルイにはわかった。部長は金をひとつかみテーブルの上に残すと、三人に向かって陪審員が宣誓するときのように片手を上げ、背を向けて重い足取りで出ていった。

ル・グエンがトラックのような巨体を揺らして立ち去るのを見送り、カミーユはやれやれとため息をついた。結論を急ぐといつもこうだ。ろくなことにならない。だが今回は、自分は間違っていないという自信がある。だからこの嗅覚を信じろとばかりに人差し指で鼻をたたいた。問題はまだ機が熟していないということだ。今はまだ、あの女は被害者以外の何者でもない。つまり、そのために給料をもらっているのに助けられなかったら、ただの失敗ではすまされない。そのときになって実はこの女はシリアルキラーでと言ってみたところで、なんの言い訳にもならない。

三人も席を立ち、仕事に戻ることにした。アルマンはまた別の客から細い葉巻煙草をめぐんでもらっている。その客はそれしか持っていなかったのだ。三人は店を出て、地下鉄の駅のほうへ向かった。

カミーユは歩きながらルイの報告を聞いた。

「チームを組み直したところなんです。第一班は……」

カミーユはとっさにルイの腕に手をかけて止め、耳を澄ました。ルイがヘビでもいるのかというように首をすくめて下を見たが、すぐに気づいて顔を上げ、同じく耳を澄ました。アルマンもそれに倣《なら》った。聞き間違いではなかった。三人はジャングルのなかで獣に怯える探検家のように顔を見合わせた。足元からずん、ずん、ずんと地響きが伝わってくる。おそるおそる、三人そろって振り向いた。すると二十メートルほど先から、大きな物体がかなりのスピードで三人のほうに突っ込んでこようとしていた。三人は一瞬身構えたが、よく見るとル・グエンだった。片手に携帯を握りしめて高く掲げていて、上着の前が開いて実物以上の幅に見えていたのだ。カミーユははっと気づいて自分の携帯に手をやった。さっき切ったまま、電源を入れるのを忘れていた。だがなにをどうするよりも早く、ル・グエンが三人に追いついた。ブレーキをかけるのに何歩か必要だったが、それもきっちり計算されていて、カミーユの目の前でぴたりと止まった。驚いたことに、ル・グエンは息切れしていなかった。そして携帯を指差して言った。

「女が見つかった。パンタンだ。急げ！」

ルイの運転ぶりはいつものように落ち着いたものだったが、スピードのほうは尋常ではなく、おかげであっという間に現場に着いた。

それはかなり老朽化した倉庫で、巨大なトーチカのような黄土色の四角い建物だった。運河に面して建っていて、船のようにも工場のようにも見える。各階に外廊下が走っているところは船のようで、縦長のガラスを並べた窓や屋根があるところは工場のようだ。一九三〇年代のコンクリート建築の典型だった。門に立派なプレートが掲げられているものの、文字は消えかかっていて、かろうじて《総合鋳造所》と読める。

周囲の建物はすでに解体撤去され、この建物だけぽつんと残っているところを見ると、このあたりも再開発の予定があるのだろう。壁はスプレーアートだらけになっている。白、青、オレンジの落書きで埋められた壁が河岸にそそり立っているところは、取り壊し反対派の団結小屋のようにも見える。あるいは、祭りのために全身をきらびやかに装飾され、紙テープや吹き流しの下をゆっくり歩いていくインド象のようだといってもいい。ここに昨夜二人の若者がやってきて、二階の外廊下まで上がってスプレーアートを描いた。建物のなかには入れないように入口が閉ざされているのだが、彼らにそんなものは通用しない。アートが完成したのは夜遅くで、そのとき一人がたまたまガラス屋根の割れ目からなかをのぞいたら、吊るされた木箱のようなものが危なっかしく揺れていて、そのなかに人がいるのが月明かりで見えた。二人は困ってしまった。通報するべきだと思うが、すれば自分たちのこともばれてしまう。結局二人はどうしようどうしようと迷いつづけ、翌日の昼になってようやく匿名で通報した。だが結局、二時間と経たないうちに警察につかまり、昨夜のことを白状させられるはめになった。

もちろん若者たちを探すのとは別に、通報を受けた時点ですぐ犯罪捜査部と消防が動いた。だが現場に来てみると、出入り口はすべてレンガでふさがれていた。ここを買った企業が、何年も前にそうやって建物を封鎖したのだ。そこで、警官と消防隊員は二手に別れ、片方は大きなはしごをかけて直接二階の外廊下に上がり、もう片方はハンマーでレンガの壁を壊しにかかった。

カミーユたちが着いたときには、建物の周囲にはすでに消防隊員、制服や私服の警官、回転灯をつけたパトカー、その他の車両が集まっていた。どこから来たのか野次馬まで押しかけていて、慌てた警官たちがそこにあった工事用の通行止めバリケードを並べ、食い止めようとしていた。

カミーユは身分証の提示を求められることもなく車から飛び降りたが、そこでがれきやレンガの破片に足をとられて転びそうになり、危ういところで踏ん張った。そして壁を壊しにかかっている消防隊員たちを見て叫んだ。

「待て！」

カミーユは建物に近づいた。消防隊長が出てきて止めようとしたが、カミーユは相手に口を利く隙さえ与えず、隊員たちがハンマーで開けたばかりの小さい穴を潜ってさっさとなかに入った。その穴はまだ小さく、ぎりぎりカミーユが通り抜けられるくらいの大きさで、もう少し作業をしなければほかの連中は入ってこれない。

建物のなかはがらんとしていた。大きな空間に緑がかった散乱光が満ちている。その光はガラス屋根や窓からほこりのように落ちてきていた。ガラスはあちこち割れて穴が開いている、水が滴る音と、どこか上のほうで金属がきしむ音が聞こえる。蝶番《ちょうつがい》かなにかが緩んでいるのだろうか。どちらの音も広い空間にこだましている。下を見ると、両足のあいだを水が筋になって蛇行していた。とても居心地がいいとは言えない場所だ。とはいえ、廃墟になった大聖堂と同じように、産業化時代の終わりを告げるこの空間のわびしさは印象的で、どこか神秘的でさえある。そしてその印象と光の加減が、あの写真と同じだった。カミーユの背後では壁の取り壊し作業が続いていて、そのハンマーの音が早鐘のように響いてきた。

カミーユはすぐに大声で叫んだ。

「誰かいるか?」

耳を澄ましたが、なにも聞こえないので走り出した。最初の部屋はかなり大きく、一辺が十五から二十メートルあり、天井も四、五メートルはありそうだ。床に水溜りがあり、壁も濡れている。この場所全体が冷たく重い湿気に支配されている。いくつか部屋が続いているようで、どれも資材ないし製品の保管場所だったと思われる。カミーユは次の部屋に走り込み、さらに第三の部屋へと向かう途中で直感した。問題の場所はその第三の部屋だと。

「誰かいるか？」

その声はもはや普段の声ではなかった。毎度のことながら、犯罪現場に近づくと体が特殊な反応を示す。一種の緊張なのだが、それは腹で感じられ、声にも表れる。今回その反応を引き起こしたのはにおいだった。渦巻く冷気に混じったあるにおい……腐敗する肉、そして排泄物。

「誰かいるか？」

カミーユは走った。遠く、後ろのほうからも足音が聞こえてきた。ようやく壁が取り壊されて何人も入ってきたようだ。カミーユは第三の部屋に駆け込んだ。だがそこで足を止め、腕をだらりと下げて立ち尽くした。

ルイが追いついてきた。カミーユはひと言しか発しなかった。

「ちくしょう……」

木の檻が床に落ちて少しつぶれていた。板が二枚はがされている。おそらく落下の衝撃で割れ、それを女が力ずくではがしたのだろう。腐敗臭はネズミだった。三匹。そのうち二匹は檻の下でつぶれていた。どれもハエがたかっている。檻から数メートルのところに排泄物が堆積し、半ば乾燥して固まっていた。カミーユとルイが顔を上げると、天井に固定された滑車にロープの端が引っかかっていた。引っかかっているのは、その端がぎざぎざに切れて、ほぐれたように広がっているからだ。いったいなにで切ったのか、カミーユには想像もつかなかった。

床のあちこちに血痕がある。

だがそれ以外に女の痕跡はない。

駆けつけてきた警官たちが女の行方を追うためにすぐに出ていった。だがカミーユは首を振った。そんなことをしても無駄だ。

女は消えた。

しかもあれほどひどい状態だったのに……。

どうやって檻から出たのだろうか。その答えはいずれ分析でわかるだろう。ここからどうやって、どこを通って外に出たのか、それもじきにわかるだろう。今の時点ですでにはっきりしているのは、カミーユが助けようとした女は自力で脱出したということだ。

カミーユとルイは言葉をなくしていた。周囲では命令や指示が飛び交い、警官たちの慌ただしい足音が響いている。だが二人は動けなかった。この奇妙な結末をうまくのみ込めなかった。

女はここを出たのに、警察に駆け込んでいない。誘拐事件で被害者が解放された場合、あるいは自力で脱出した場合、まず駆け込むのは警察だ。だがこの女はそうしなかった。

女は人を殺している。一年ほど前に男をシャベルで殴り、硫酸で顔の下半分を溶かし、庭に埋めた。

パスカル・トラリユーの死体が見つかったのは偶然に助けられてのことだ。だとすれば、ほかに何件あってもおかしくない。

それは何件だろうか。

すでに似通った事例が二件見つかっていて、カミーユはパスカルの事件となんらかの関連があるとにらんでいる。

しかもここから自力で脱出したとなれば、女は只者ではない。

女を見つけなければならない。

だが、どこの誰なのかもわからない。

「まあ少なくとも」とカミーユはつぶやいた。「これでル・グエンも、ただの誘拐事件じゃないと思うだろうさ」

第二部

26

意識がもうろうとし、自分がしていることが現実なのかどうかもわからなくなっていた。

それでもアレックスは最後の力を振り絞り、自分を鼓舞するために叫びつづけながら、大きく、高く檻を揺らした。ネズミたちは身をすくめ、爪を立てて必死にしがみついている。観覧車が故障で止まったときのように、ゴンドラならぬ檻は左右に激しく揺れ、部屋の冷気を攪拌《かくはん》した。

助かるかどうかはロープがどの角度で切れるかにかかっている。アレックスは揺れる檻のなかからロープを見上げた。麻のロープは苦しみに身をよじるようにほつれていき、糸が一本また一本と切れていく。そして最後の一本が切れた瞬間、檻は横に飛んだ。だがその軌道は重みですぐ落下に転じ、アレックスが身構える間もなく床に激突した。檻の角がコンクリートの床に突き刺さるように当たり、一瞬そのまま止まるかと思ったが、ゆっくりかしいで、最後は安堵のため息をつくように蓋を横にしてどすんと倒れた。アレックスは蓋にひどく体を打ちつけ、ネズミたちははじき飛ばされた。二枚の板にひびが入ったが、完全に割れたわけではなかった。

アレックスは落下の衝撃で気を失ったが、意識の海のなかでもがくうちにどうにか水面に浮上した。まず頭に浮かんだのはうまくいったということだ。檻は狙いどおりに落ち、一部とはいえ壊れたのだから成功と言っていい。今は上を向いている側面の板が割れかけていて、そこをどうにかすれば出られそうだった。冷えきった体に力が残っているかどうか不安だったが、足で押したり、声を上げながら両手で揺さぶると、とうとう板が外れてぽっかりと穴が開いた。アレックスにとっては旧約聖書の紅海が割れる場面にも等しい奇跡の瞬間だった。

あまりにもうれしくて、しばらく動けなかった。奇策が見事に当たったという興奮と、やり遂げたという感動と、助かったという安堵が一気にこみ上げてきて、アレックスはしばし逃げることも忘れ、檻のなかで身を震わせて泣いた。涙が止まらなかった。

だが少しすると脳が警告を発した。逃げろ！ 早く！ ネズミはすぐには戻ってこないだろうが、トラリユーは？ しばらく戻ってきていないということは、今すぐ現れてもおかしくない。

さあ早く。檻を出て、服を着て、ここから出ろ。逃げろ！

アレックスは立ち上がろうとした。だが体が動かない。これで解放されると喜んだのも束の間、その前にもう一つ拷問が待っていた。体中がこわばっていて動けない。背を起こすことも、片脚を伸ばすことも、両腕で体を支えることもできない。とにかく普通の姿勢をとることができない。体が震える肉のかたまりのようになっていて力が入らない。

ひざまずくだけでも一分、二分とかかった。体中の痛みと思うようにならない悔しさでまた涙が出てきた。泣き叫びながら拳で檻をたたいた。だがすぐに力尽き、また元のように体を丸めた。冷たく、麻痺した、弱りきった肉のかたまりに戻ってしまった。

そこからもう一度動くためには、持てるかぎりの勇気を奮い起こさなければならなかった。アレックスは天を呪いながら手足を動かそうとし、腰を起こそうとし、首を回そうとした。これは戦いだ。死にゆくアレックスと生きようとするアレックスの戦いだ。そして少しずつ、生きようとするアレックスが優勢になり、体が目覚めはじめた。痛みはひどいが、それでも少しずつ動きはじめた。そしてようやく少し腰が伸び、上半身が檻から出ると、アレックスはまず片方の脚を一センチ、また一センチと穴の外に出していった。その脚が床に着くと、もう片方の脚を出そうとしたが、そこでバランスを崩して倒れた。体がこわばっているので棒のように倒れ、ひどく痛かった。だがアレックスは倒れたまま、冷たく湿ったコンクリートに頬をつけ、檻から出られたという喜びにむせび泣いた。

涙が少し治まると、アレックスはどうにか四つん這いになり、近くにあったぼろきれを取って肩に掛けた。そして水のペットボトルが転がっているところまで這っていき、一本つかんでほぼ一気に飲み干した。それから大きく息を吐き、ようやく仰向けに寝転がった。この瞬間をどれほど夢見たことだろうか。もう何日も何日も、いや何日経ったのかもわからないが、とにかくこの瞬間を待ち望んでいたし、もう無理だろうとあきらめかけてさえいた。じわじわと血が巡りはじめ、血管が脈打ち、体の節々が徐々にほぐれ、筋肉が目覚めていくのを感じながら、アレックスは死ぬまでこうしていてもいいと思った。もちろんそのすべては痛みを伴う。凍死寸前で助けられた登山家もこうした痛みを味わうに違いない。でもこれこそ生きている証しだと思うと、心地よくさえ感じる。

だが、〝司令塔〟である脳はそれを許さなかった。今トラリユーが来たらどうする？　さあ逃げろ、早く！

アレックスはペットボトルのそばの荷物の山に目を走らせた。トラリユーの荷物に交じって自分のものがすべてそのままあった。服も、バッグも、身分証や財布も、あの夜着けていたかつらまで。トラリユーはなにも取っていかなかった。望んだのはアレックスの命だけ、死だけだったのだ。アレックスは絶えず周囲を警戒しながら、震える手を伸ばし、衣類を一枚ずつ拾い上げた。それからトラリユーが戻ってきた場合に備えて身を守るものを探そうと思い、転がっている工具類を引っかき回し、大きなバールに目を留めた。トラリユーはこれをいつ使うつもりだったのだろう。自分が死んだときに檻を壊すため？　檻から出して死体を埋めるため？　アレックスはそのバールを手元に置いた。もっと頭がはっきりしていれば、馬鹿げた考えだと思っただろう。いざというときになっても、アレックスにはそのバールを振り上げる力さえなかったのだから。

自分のにおいに気づいたのはいよいよ服を着ようとしたときだった。気が遠くなりそうなにおいだった。排泄物や反吐のにおい、死肉を食らうジャッカルの息のようなにおいだ。そこでボトルを一本また一本と開け、その水と、あたりに落ちていた布やぞうきんを使って体をこすりはじめたが、それもゆっくりとしかできない。それでも、できる範囲でこすったりふいたりしているうちに手足が徐々に動くようになり、体も少し温まってきた。鏡がないので、自分がどんな顔になっているのかわからない。ハンドバッグのなかにコンパクトがあるはずだが、すでに〝司令塔〟が最終警告を発していたので探すのはあきらめた。なにをぐずぐずしている。逃げろ、ここを出ろ、今すぐに！

服を着ると急に暖かくなった。服とはこんなにも暖かいものなのだ。足がむくんでいて靴がきつい。アレックスは二回よろけてからようやく立つと、重いバールをあきらめてハンドバッグだけを持ち、よたよたと歩きはじめた。足をまっすぐ伸ばすとか、首をぐるりと回すとか、背を完全に起こすといったことはもう二度とできないような気がする。老婆のように腰を丸めたまま小股で歩くしかない。

床にトラリユーの足跡が残っていたので、それを追った。前に逃げようとしたときと同じように、それは次の部屋、さらに次の部屋へと続いている。トラリユーはどこから出入りしていたのだろうか。歩きながら探したが、やはり出口らしきものはない。そして結局あのレンガの壁の前まで来た。あのときはここでトラリユーにつかまった。改めて周囲を見回すと、前には気づかなかったものが目に入った。床の壁に近いところに金属の上げ蓋があり、取っ手代わりにより合わせた針金がついている。アレックスはその針金に飛びつき、引っ張った。歯を食いしばって引っ張ったが、びくともしない。また涙が出そうになり、腹からはうめき声が上がってきた。もう一度試したが、やはりだめだった。この上げ蓋以外に出口はないのだろう。だからあのときトラリユーは悠然と構えていたのだ。この上げ蓋を見つけたところで、女の力では開けられないことを知っていた。そう思ったら怒りがこみ上げてきた。どす黒い怒りが突き上げてきた。アレックスは獣のように叫んで走り出した。足を引きずるような恰好で、最初の部屋へと走っていった。ネズミが何匹か戻ってきていたが、アレックスが突進してくるのを見てまた散り散りになった。アレックスは先ほどあきらめたバールと、割れた板を三枚拾い、また上げ蓋のところまで戻った。それだけ持って走れるところが不思議だが、それを疑問に思わないほど怒りに突き動かされていた。とにかくここから出たいのだ。誰であろうが、なんであろうが、邪魔はさせない。たとえ死んでもここから出てやる！　アレックスは上げ蓋の隙間にバールの先を引っかけ、体重をかけて押した。そしてわずかにできた隙間に足で板をはさみ、もう少し上げてまた一枚はさんだ。それからまた追加の木切れを探してきて、徐々に蓋を上げ、とうとうバールを垂直に立てて蓋を支えるところまでこぎつけた。そこにできた空間は四十センチほどで、どうにか体を通すことはできそうだが、バールの支えは不安定で、途中で蓋が落ちて体がはさまれるかもしれない。

アレックスは一瞬動きを止め、〝司令塔〟の声に耳を傾けた。だが今回は警告も助言も聞こえてこない。少しでも滑ったり震えたりして体が触れ、バールが外れたら、この重い蓋が落ちる。だがアレックスはそれ以上迷わず、まずハンドバッグをなかに落とした。すぐなにかに当たる音がした。ということは、それほど深くはない。それがわかるや否や腹這いになり、慎重に、少しずつ体を滑り込ませていった。ようやく足の先が階段のようなものに触れたときには、寒いにもかかわらず汗だくになっていた。そこで足に体重をかけ、首まで穴のなかに沈め、最後に指だけをかけた状態で下を見ようと首を回した。それがまずかった。バールが嫌な音を立てて滑ったかと思うと、上げ蓋が落ちてきてけたたましい音を立てた。アレックスは反射的に指を引っ込め、ぎりぎりで助かったが、肝をつぶして息が止まった。

アレックスは暗闇のなかで階段の上に立っていた。だいじょうぶ、指はつぶれていない。目が慣れてくると、少し下の段にハンドバッグが落ちているのが見えたので、少し下りて拾った。どうやら外に出られそうだ。助かりそうだ……信じられない！　今度はその興奮で息が止まりそうだった。さらに数段下りると鉄の扉があり、押してもなかなか開かない。隙間からのぞくと反対側からコンクリートブロックで押さえてあるのがわかった。アレックスはない力を振り絞り、時間をかけてようやく体が通る幅だけ開けた。そこから尿のにおいが立ち込める通路を抜けていくと、今度は上り階段にぶつかった。そのあたりは真っ暗で、両手で手すりにしがみつき、先のほうに見えるかすかな明かりを頼りに上がっていくしかなかった。トラリユーに運び込まれたとき、頭をぶつけて気絶したのはこの階段だろう。そこを上りきると柵が三つあり、すべて乗り越えると配管用シャフトのような短いトンネルがあった。その先の壁に鉄板がはめ込まれていて、周囲からわずかに明かりが漏れている。鉄板の周囲を指で探ってみると、幸い軽く押しつけられているだけだとわかったので、枠に指をかけて引っ張ってみた。板が動いた。しかもそれほど重くはない。アレックスはそのまま慎重に外して下に置いた。

外だ！

夜の外気が肺に流れ込んできた。ひんやりと湿った空気が新鮮で、運河のにおいがする。人の営みがそこにある。だが暗くてよく見えない。それもそのはずで、その鉄板は地面すれすれの壁のくぼみに位置していた。アレックスはまず外に這い出し、振り返って鉄板を元に戻せるだろうかと考えた。だがもうそんな心配はいらないと気づき、そのまま放置した。あとはさっさと逃げればいいだけだ。老婆のような体が許すかぎりの速さでここから逃げること。大事なのはそれだけだ。アレックスは壁のくぼみから出た。

人気のない河岸を三十メートルほど行くと、小さい集合住宅が何棟かあり、多くの窓に明かりがついていた。それほど遠くないところに大通りがあるようで、行き交う車の音が聞こえる。

アレックスは歩きはじめた。

大通りに出たが、疲れがひどくて遠くまでは行けそうにない。めまいがし、街灯に寄りかかって呼吸を整えた。

時間はわからないが夜更けのようで、電車やバスが走っているとは思えない。

そのとき、タクシー乗り場が目に入った。

待っている人はだれもいない。いや、だめだ。タクシーは危険すぎる。まだわずかに働いていた〝司令塔〟が、足取りをつかまれてしまうぞと警告した。

だが残念ながら、その〝司令塔〟はほかの手を教えてはくれなかった。

27

やるべきことがいくつもあり、どれから手をつけたらいいかわからないときは、《もっとも優先すべきはなにもしないことである》というのがカミーユの考えで、だからその朝もそうすることにした。捜査においては、カミーユは常日頃からできるだけ大局的見地に立つことを心がけているが、これもその変形のようなものだ。警察学校で教壇に立っていたころには、この大所高所に立つ手法を「俯瞰《ふかん》法」と名づけて説明した。だが、身長一四五センチの小男が〝俯瞰〟というのもおかしなもので、聞いていたほうは笑いをこらえていたことだろう。

朝六時、カミーユはすでに起きてシャワーを浴び、朝食も終えていた。書類カバンももう玄関口に置いてある。だが出かける前に猫のドゥドゥーシュを抱いて窓辺に立った。片手で抱え、もう片方の手で背中を撫でてやりながら、ドゥドゥーシュと一緒に窓の外を見下ろした。

少しして室内を振り返ると、封筒に目が留まった。だいぶ前に競売人から送られてきたもので、中身を見る気になれずにいたのだが、昨夜ようやく封を切った。このオークションで父の遺産相続の手続きがすべて終わる。カミーユにとって父の死はそれほどつらいものではなかった。もちろんショックを受け、動揺し、悲しい思いをした。しかし打ちひしがれるというほどではなく、精神的打撃はある範囲にとどまった。父に関しては、なぜかいつもカミーユの予測どおりになり、死でさえもその例外ではなかったからだ。ではなぜ昨夜まで封筒を開ける気になれなかったかというと、その競売が父の人生の幕引きを意味するばかりか、自分の人生まで終わるような気がするからだった。カミーユはもうじき五十になるが、この年で身内をすべて亡くした。まず母が逝《い》き、それから妻が殺され、最後に父も逝った。子供はいないし、これから持つ気もない。こんなふうに、自分が最後の一人になるとは思ってもみなかった。しかも、父が死んだにもかかわらず、その死によって話が終わるのではなく、話がまだ続くというところにカミーユは当惑している。まだ自分が残っている。イレーヌの事件でぼろぼろになったとはいえ、まだこうして生きている。だがもはや、この人生は自分だけのものでしかない。自分が人生の唯一の所有者であり、唯一の受益者になってしまったら、つまり自分が人生の主役になってしまったら、その人生はもうそれほど面白くはない。そして今カミーユが苦しんでいるのは、一人生き残ったというこの馬鹿げた状況だけが原因なのではなく、これほど陳腐なことに自分がすっかり参ってしまっているからでもあった。
父のアパルトマンはもう売却した。あとは父が持っていた母の油彩画だけが残っている。いや、母のアトリエも残っているのだが、これはどうしようもない。カミーユはあのアトリエに近づくことすらできない。なにしろあそこにはカミーユの苦しみのすべてがわだかまっている。母の、そしてイレーヌの……。あの四段を上がり、扉を押し開け、なかに入ることはできない。金輪際できない。（イレーヌはカミーユの母のアトリエで殺された）
だが油彩画のほうは、カミーユもどうにか重い腰を上げてやるべきことをやった。母の美術学校以来の友人に連絡し、作品目録を作ってもらった。オークションは十月七日に行われることになっていて、準備はすべて整っている。競売人から送られてきた封筒に入っていたのは、出品される作品のタイトルや日時などが書かれた確認の書類だった。その日のオークションはモー・ヴェルーヴェンのためだけに開かれ、関係者によるスピーチや思い出話の披露なども予定されている。
母の絵を手元に一枚も残さないことについて、当初カミーユはそれらしい理屈をいくつも並べ立てていた。その最たるものは、母を崇敬するからこそ作品をすべて世に送り出すというものだった。「母の絵を鑑賞するには、わたしもまた美術館に足を運ぶべきだと思いまして」と厳粛に、かつ納得した口調で言ったものだ。だがもちろん、そんなのはでっち上げの屁理屈でしかない。今はもう本当の理由がよくわかっている。要するに、カミーユは母をこの上なく愛していた。だがその愛には尊敬のみならず、恨み、苦しみ、憎しみまでもが入り混じっている。そして独りになった今、その矛盾がかつてないほど大きな葛藤となってカミーユを揺さぶっている。だから、今心静かに生きていくためには母のすべてを遠ざけるしかない。母にとっては絵画こそがすべてであり、そのために母は人生をささげたが、己の人生だけではなく息子の人生まで道連れにした。もちろん全部ではなく、カミーユの人生の一部を道連れにしたにすぎないが、その一部はカミーユにとって決定的なものだった。母は子を宿しながら、その子が人間になるとは思っていなかったのだろうか。カミーユには自分が背負って生まれた荷を降ろすことはできないし、それはもう仕方のないことだが、せめて少しは軽くしたい。そうしなければ生きていけない。それが本当の理由だった。

カミーユが売ろうとしている絵は十八枚で、大半は母の最後の十年に描かれたものだった。ほとんどは純粋な抽象画で、そのうちの何枚かはマーク・ロスコの絵のような印象を与える。色彩が震え、脈打っているとでも言えばいいだろうか。その絵に向かうとき、人は〝生きた絵〟とはなにかを知る。なかでも秀逸を極めるものが二点あり、先買権が行使されて美術館に行くことが決まっている。母が癌の末期に描いた苦痛のうめきに満ちた作品で、母はこの作品で芸術の頂点を極めた。一方、カミーユが最後まで手元に残そうか残すまいかと迷ったのは、母が三十歳のころに描いた自画像だった。まだあどけなさを残しながらも、どこか思案気な、厳かな顔の女。その女は鑑賞者ではなく、その向こうの虚空を見つめている。表情はどこかうつろで、そこには大人の女性性と子供の無邪気さが見事に共存している。かつては若く愛に飢えていたのに、それがいつの間にか酒浸りになっている、そんな女たちに見られるような危うい共存だ。イレーヌはこの絵をとても気に入っていて、カミーユのために写真に撮り、はがきサイズの複製を作ってくれた。その写真は今でもオフィスの机の上に、ガラスの鉛筆立てと並べて置いてある。鉛筆立てのほうもイレーヌが買ってくれたもので、本当の意味の私物としてはカミーユが職場に置いている唯一のものだ。そして、その写真をいつもいとおしげにながめているのがアルマンだった。この肖像画は具象に近いので、アルマンにもわかるからだろう。カミーユはその写真をなにかの機会にアルマンにやろうと思っているのだが、まだ機会がない。そんなわけで、カミーユもかなり迷ったが、結局はこの肖像画も手放すことにした。すべて手放せばきっと気が楽になるだろうと思うからだ。そうすれば、ひょっとしたら、自分をつなぎとめる鎖の最後の環であるあのクラマールのアトリエも、思い切って処分できるかもしれない。結局のところ、その鎖はもうどこにもつながっていないのだから。

睡眠不足からくる眠気とともに、別の映像が頭に浮かんだ。今緊急の課題である事件の映像。身を投げたトラリユー。殺されていたその息子。檻に閉じ込められ、そこから自力で脱出した女。それもまた死のイメージだが、これから起きる死のイメージでもある。まだ理由は明確にできないものの、あの空の檻や死んだネズミを見たときから、カミーユはこの事件には裏があり、まだこれから死者が出ると確信していた。

アパルトマンの下の通りは早朝にもかかわらず騒々しかった。カミーユのようにあまり眠らない人間にはどうということはないが、イレーヌはここでは暮らせなかっただろう。一方ドゥドゥーシュにとってはこれが楽しみのようで、いつも何時間も窓辺に張りついて、運河の水門が開いたり閉じたりする様子をながめている。だから天気のいい日には、外側に張り出した窓台に出してやることにしている。

カミーユは頭の整理がつかないうちは家を出たくなかった。数多くの疑問が渦巻いていて、頭がすっきりしない。

トラリユーはあのパンタンの倉庫をどうやって見つけたのか。それは重要な鍵になるのかならないのか。あそこはもう何年も前から廃墟だったが、ホームレスがすみつくことはなかったようだ。それには雨漏りなど環境の問題もあっただろうが、もう一つ決定的な理由がある。出入り口が一つしかなく、しかもそれが地面すれすれにある小さいもので、かつ鉄板でふさがれていたこと。さらに長い通路を通り抜けなければならず、物を持ち込むのが困難だということ。あの檻が小さかったのも、おそらくはそれで説明できる。トラリユーは長い板を運び込むことができなかった。当然のことながら、女を運び込むのもひと苦労だっただろう。ということは、トラリユーにはかなり強い動機があった。女を最悪の状態に追い込んで、息子の居場所を白状させるつもりだったに違いない。

ナタリー・グランジェ——本名ではないとわかっているものの、ほかに呼びようがないので本部ではみなそう呼んでいる。カミーユは〝女〟と呼ぶほうがいいと思うが、つい〝ナタリー〟と言ってしまうこともある。まあ、偽名と名無しのどちらがいいかなど、迷ってみても始まらない。

予審判事は女の捜索には同意した。ただし、確たる証拠が出ないうちは、トラリユーの息子をつるはしで殴った上に硫酸を飲ませたに違いない女であっても、参考人という扱いしか認めないと言ってきた。シャンピニーの家を共同で借りていたサンドリーヌ・ボントンが、モンタージュの女はナタリーだと正式に証言していたが、それだけでは検察を説得できないからだ。

パンタンの倉庫からは血痕、毛髪、分泌物等々が採取されている。それらがトラリユーのバンから採取されたものと一致することはほどなく確認がとれるだろう。だが、その点はもはや重要ではない。

今ある手がかりを追いつづけたければ、過去の二件の硫酸事件を洗い直し、パスカル・トラリユー殺害の犯人と結びつけられるかどうか検証するしかない。ル・グエンはいまだに懐疑的だが、カミーユには自信があった。三件は同一犯によるものであり、同じ女の犯行だと。当時の捜査資料が今朝届くことになっている。オフィスに行けばもう来ているだろう。

カミーユはナタリーとパスカルというカップルについても少し考えてみた。情痴犯罪の可能性はあるだろうか。いや、あるとしても、その場合は構図がむしろ逆になるのではないだろうか。パスカルのほうが嫉妬にかられ、あるいは別れ話に耐えられず、かっとなってナタリーを殴って殺したというのならわかる。だがその逆となると……。あるいは偶発的な犯行か？ いや、殺され方からして偶発的とは考えにくい。カミーユはとりとめもなくあれこれ考えたが、どれも深く掘り下げることができなかった。なぜなら、ほかに引っかかっていることがあるからだ。ドゥドゥーシュが上着の袖を引っかいている。同じようになにかがカミーユの脳を引っかいている……そう、それは女があの倉庫からどうやって出ていったかだ。具体的にどうやって逃げたのかを考える必要がある。

吊るされた檻から脱出した方法については鑑識が明らかにしてくれるだろう。だがそのあとは？ 倉庫を出てからどうしたのか。

カミーユはその場面を想像しようとしたが、うまくいかなかった。どうしてもわからない部分が残り、映像として完成しない。

女が自分の服を着て出ていったことはわかる。出口に向かう細い通路に女の靴跡が残っていた。誘拐されたときの靴だと考えられる。誘拐犯が新しい靴を持ってくるはずもない。一方、誘拐時に女は暴力を振るわれ、抵抗し、バンに投げ込まれ、縛られた。だとしたら服はどうなる？　くしゃくしゃになり、あるいは破れ、汚れたはずだ。きれいなままだったはずはない。そういう服を着た女が通りに出たら目立つのではないだろうか？

トラリユーが女の服を丁寧に扱ったとは思えない。だがまあ、服のことはひとまず棚に上げるとして、女自身はどうだっただろう？

女は不衛生な状態に置かれていた。痛めつけられた上に、一週間も素っ裸で、床から二メートルの高さに吊られた檻のなかに閉じ込められていた。写真を見るかぎり死にかけていたといってもいい。現場で見つかった固形飼料はハツカネズミやハムスター用のペレットで、女はそれを食べていたと考えられる。そして、ずっと垂れ流しだった。

「かなり疲弊していた……」とカミーユは無意識に声に出していた。「しかも体は汚れきっていた」

また独り言かと言わんばかりにドゥドゥーシュが顔を上げた。カミーユ自身よりも猫のほうが飼い主のことをよくわかっている。

床には水がこぼれた跡があり、湿ったぼろきれがあり、複数のミネラルウォーターのペットボトルに女の指紋が残されていた。つまり女はざっと体を洗った。

「それにしても……一週間も経っていたのに、数リットルの水と数枚のきたないぼろきれでなにができるっていうんだ？」

　そこで重要な問題に戻る。女は誰にも気づかれずにどうやって家に帰ったのか？


「誰も見てないって、なんで言えるんだ？」アルマンが言った。

　七時四十五分。カミーユは本部でアルマンとルイに、女はあの倉庫からどうやって家に帰ったのかという疑問をぶつけたところだった。それにしても、アルマンとルイがこうして並んでいるとあまりにもちぐはぐだ。そんなことを考えている余裕はないのだが、カミーユはつい目を奪われた。今日のルイのいでたちは、キートンのグレーのスーツ、ステファノ・リッチのタイ、ウェストンの靴。一方アルマンはというと、人民救済会《スクール・ポピュレール》（ボランティア団体）の不要品在庫一掃セールで手に入れたものばかり。そのアルマンを上から下までながめ、カミーユは心のなかでつぶやいた。まったく、これ以上けちろうと思ったら、あとはもうサイズを下げるしかないじゃないか！

　だがそこでコーヒーをひと口飲んで気をとり直し、確かに女を誰も見ていないと決めつけることはできないと思った。

「そうだな、そこをもっと考えてみるか」

　倉庫から脱出した女が、誰にも見られず、誰にも気づかれずに姿を消したというのは、やはりどう考えてもありえない。

「ヒッチハイクでもしたんでしょうか」とルイが言った。

　だがそう言ったルイ自身、それはないだろうという顔をしている。若い女が、一時か二時か知らないが、とにかく深夜にヒッチハイク？　車もすぐには停まってくれないし、そのあいだ歩道に立って、親指を上げてずっと待つ？　あるいは歩きながら車に合図する？　娼婦みたいに？

「バスはどうでしょう……」とルイがあらゆる可能性を挙げていく。

その可能性は否定できない。だが深夜で本数は限られるし、よほど運がよくないと乗れないだろう。タイミングよくつかまえられなければ、三十分、四十五分と停留所で待つことになる。女の体力と服装を考えるとやはり考えにくい。

念のため、ルイがパンタン付近のバスの時刻表を確認し、運転手に話を訊くことになり、ルイはそれをメモした。

「では、タクシーは？」

これも……。女はタクシー代を持っていただろうか？　汚れた体、汚れた服という状態で、乗せてくれるタクシーはいただろうか？　だが少なくとも、歩道を歩く女を誰かが見た可能性はある。

そして一つ確かなことは、女はパリ市内に向かっただろうということだ。やはり近隣の聞き込みしかないだろう。バスなのかタクシーなのか数時間でわかるはずだ。

正午にルイとアルマンが出ていった。カミーユはその後ろ姿を見送りながら、またしても妙な取り合わせだとつぶやいた。

それからデスクに向かい、朝のうちに届いていた捜査資料に目を落とした。ベルナール・ガテーニョの事件と、ステファン・マシアクの事件だ。

28

アレックスはこわばった体を動かし、麻痺した脚を引きずり、かつ警戒しながら建物に近づいた。トラリユーが待ち伏せしているかもしれない。自分が逃げたことにもう気づいているかもしれない。だが幸いなことに、入り口のホールには誰もいなかった。郵便受けも人に気づかれるほどあふれてはいない。階段にも、踊り場にも誰もいない。夢のようだ。

階を上がり、アパルトマンの扉を開けてなかに入り、鍵をかけた。

ほっと息をついた。こうして自分のアパルトマンで息がつけるなんてまさに夢だ。二時間前にはネズミに食われそうになっていたのに。そう思ったら急に力が抜けてふらりとし、壁に寄りかかった。

まずは食べたい。

いや、その前に自分を見たい。

アレックスは鏡の前まで行き、愕然とした。ひどい顔だった。十五歳は老けて見える。醜くて、汚くて、老婆そのものだ。深い隈ができているうえに、皺だらけ、あざだらけで、肌が黄ばみ、目が血走っている。

それからキッチンに行き、冷蔵庫の残りものを片っ端から口に入れた。ヨーグルト、チーズ、パン、バナナ。風呂に湯をためながら、遭難者のようにがっついた。そして当然のことながら、トイレに駆け込んで戻した。

少し落ち着いてから、牛乳を半リットル飲み干した。

体中の傷口をアルコールでふいた。手も腕も顔も膝も脚も全部。風呂から出ると睡魔に襲われたが、我慢して傷口に軟膏を塗った。どっと疲れが出てきて、起きているのがやっとだった。もう一度鏡を見てみたが、やはりひどい。体のほうも傷だらけで、誘拐されたときの打ち身は治りつつあるものの、その後できた手足の傷は深く、化膿しているところも二か所ある。要注意だ。でも治療に必要なものはそろっているので心配ない。一か所での勤務の最終日に、いつも薬品をくすねて持ち帰っていて、それが今ではかなりのコレクションになっている。ペニシリン、睡眠薬、抗うつ薬、利尿薬、各種抗生物質、ベータ遮断薬……なんでもある。


ようやく横になると、すぐ眠りに落ちた。

十三時間眠りつづけた。

そして昏睡状態からもがき出るように目を覚ました。

自分がどこにいるのかわかるまでに三十分以上かかり、どこから逃げてきたのか思い出して涙がこみあげた。アレックスは赤子のように身を丸め、泣きながらまた眠りに落ちた。

次に目が覚めたのは五時間後だった。木曜日の夜六時になっていた。

たっぷり睡眠をとったアレックスは、痛みをこらえて体を伸ばした。無理に力を入れずに時間をかけて伸ばし、ゆっくりと柔軟体操をした。相変わらず全身がこわばっていたが、それでも少しずつ筋肉をほぐしていくと動くようになってきた。とはいえ立ち上がるとそうもいかず、ベッドを出て数歩歩いただけでめまいがし、棚にしがみついた。これは空腹のせいかもしれない。また鏡で自分を見た。傷口の手当をしなければと思ったが、身を守るのが先だと脳がささやいた。なにはさておき身を隠すこと。それが最優先だ。

逃げたことがわかればトラリユーは当然追ってくるだろう。それに、帰り道で襲われたのだから、トラリユーは住所を知っているはずだ。もう近くまで来ているかもしれない。アレックスは窓からそっと外の様子をうかがった。通りは静かだった。襲われた日と同じように静かだった。

アレックスはソファーに座り、手を伸ばしてノートパソコンを取って自分の横に置き、ネットに接続して《トラリユー》と打ち込んだ。名前は息子のほうしか知らないが、欲しいのは父親の情報だ。息子のパスカルの情報なら、どこの誰よりもよく知っている。

検索結果の三件目に《ジャン＝ピエール・トラリユー》という名前があった。地元のニュースサイトだ。クリックした。

環状線《ペリフエリツク》の飛び降り自殺は警察の不手際か？

数日前に、五十代の男性がパトカー数台に追われて逃げる途中、ラ・ヴィレット門近くの環状線《ペリフエリツク》上の橋でバンを乗り捨て、欄干を乗り越えて飛び降り、走ってきたセミトレーラーに轢かれて即死した事件で、死亡男性の名前はジャン＝ピエール・トラリユーとわかった。

司法警察局によれば、トラリユーは一週間ほど前に十五区のファルギエール通りで発生した誘拐事件の容疑者として警察に追われていた。捜査は「被害者の安全確保のため」非公開で行われていたという。被害者の身元は明らかになっておらず、その後監禁されていた場所が警察によって突き止められたものの、警察が駆けつけたときにはすでに姿がなかった。被害者の身元が特定されていないため、容疑者の死も――警察によれば「自殺」とのことだが――謎であり、疑わしい点が多い。この件の予審を担当するヴィダール判事はいずれ事件の全容を明らかにすると述べており、すでにパリ警視庁犯罪捜査部のヴェルーヴェン警部がその任に当たっている。

アレックスは頭をフル回転させ、この記事を文字どおり受け取っていいものかどうか考えた。奇跡を前にすると誰でも慎重になる。

いずれにしても、これでトラリユーが戻ってこなかった理由がわかった。環状線《ペリフェリック》で轢き殺されたので、戻ろうにも戻れなかったのだ。しかもあの大男ときたら、警察につかまって倉庫の場所を知られることよりも自殺するほうを選ぶなんて。

馬鹿息子と一緒に地獄に落ちるがいい、とアレックスは呪った。

もう一つ重要なのは、警察がまだこちらの素性を知らないということだ。被害者についてはなにもわからないと書いてある。少なくとも、この記事が書かれた時点ではわかっていなかった。

そこで今度は自分の名前を打ち込んで検索してみた。《アレックス・プレヴォ》――同姓同名の人物がヒットするだけで、自分のことは出てこない。

アレックスは胸を撫で下ろした。

次は携帯電話の着信履歴を見た。八件……。しかもバッテリーが切れそうだ。アレックスは立ち上がって充電器を取りに行こうとしたが、急に動いたので体がついてこなかった。衰弱のあまり重力に逆らえず、ソファーにへたり込んでしまった。目がちかちかして気分が悪い。だが唇を噛んでじっとこらえると数秒で治まったので、今度はそろそろと立ち上がり、ゆっくりした動きで充電器を取ってきて携帯につなぎ、またソファーに座った。着信履歴を確認すると、どれも仕事の関係だったのでほっとした。派遣会社からで、二回かけてくれた会社もある。仕事の紹介だ。留守電メッセージはあとで聞くことにした。


「あら、あんたなの？　いつになったら電話してくるのかと思ってた」

この声……。この咎めるような口調……。アレックスは母親の声を聞くたびに胸がつかえたようになる。こうしてたまに電話をして近況を話すと、母親はすぐさま山ほど質問してくる。娘に対してひどく疑り深いのだ。

「え？　仕事で？　オルレアンに？　で、オルレアンからかけてるわけ？」

その口調にはいつも不信感が漂っている。アレックスはそうよと答えた。でもあまり長く話せないのと。すぐに辛辣な答えが返ってきた。

「だったらかけてこなくてもいいのに」

母親のほうからかけてくることはめったになく、だからと思ってアレックスのほうからかけるといつもこんな調子になる。母親にとって生きるとは支配することらしい。常になにかを見つけて咎めようとする。だから母親と話をするのは試験を受けるようなもので、準備をし、練習し、集中して事に当たらなければならない。

だがこの日アレックスはなにも考えていなかった。

「それで、数日また別の地方に行くから。仕事なの。あ、だから……別の仕事」

「そう。どこへ？」

「だから仕事で」

「それは聞いたわよ。あんた今そう言ったでしょ。仕事で地方に行くって。だからその地方ってのはどこかと訊いてるの」

「派遣の仕事だから場所はまだわからないの。そう……ややこしいの。ぎりぎりで決まるから」

「へえ」と母親が言った。

信じる気はまったくないようだ。一瞬躊躇の間があって、それから母親はこう言った。

「つまりなに、あんたはどこかの誰かの代わりに働くのに、それがどこかも、誰かも知らないってわけ？」

今日だけのことではない。いつもこうだ。だが今日はアレックスもうまく対応できなかった。毒のある言葉をうまくかわすにはあまりにも疲れていた。

「そ、そうじゃないけど……」

もっとも、たとえ疲れていないときでも、結局はしどろもどろになるのだから同じことだ。

「そうじゃないなら、なんなの」

「あ、も、もうバッテリーが切れちゃうから……」

「ああ……。期間もわからないってわけね。あんたは誰かの代わりに働いて、ある日突然、もういいよ、帰っていいよって言われる、そういうこと？」

なにか〝きちんとした〟ことを言わなければならない。母親に言わせればそういうことになるのだが、アレックスにはいつもなにも浮かばない。いや、浮かぶことは浮かぶのだがタイミングが遅い。電話を切ってから、階段だの地下鉄だのでようやく思いつき、しまったと頭をたたくことになる。そしてしくじった個所の会話を思い出し、想像のなかでやり直してみる。時には何日も反芻《はんすう》しつづけることがあって、馬鹿馬鹿しい上に精神的にひどく負担になるのだが、それでもやめられない。アレックスは完璧な応答を練り上げる。そして想像のなかのやりとりはまったく違ったものになり、何度繰り返してもアレックスの勝利で終わるようになり、これならだいじょうぶとまた電話をかけるのだが、残念ながら最初のひと言でＫＯされてしまう。

母親は疑いの沈黙に身を潜め、アレックスの返事を待っていた。仕方なくアレックスのほうから口を開いた。

「ほんとにもう切らないと……」

「あらそう。あ、ちょっと、アレックス」

「え？」

「こっちは元気よ、ありがとう。訊かれもしないのに言うようだけど」

そして電話が切れた。

気持ちが沈んだ。

アレックスは首をひと振りして母親のことを頭から追い出した。今はもっと大事なことがある。そちらに集中しなければ。トラリユーは片づいた。警察も今のところ問題ない。母親には電話した。あとは兄にメールを送ること。

アレックスはまず適当な行き先を考え、それからメールを打った。

《仕事でトゥールーズ。〝皇太后〟に伝えて。電話する時間なくて。――アレックス》

兄が母親に伝えるまでに一週間はかかるだろう。もし伝えるとしても。

アレックスは深く息を吸って目を閉じた。だいじょうぶ、やり遂げられる。疲れてはいるけれど、一歩ずつやるべきことをやっていけばいい。

傷口の手当てをするあいだ腹がぐうぐう鳴った。それからバスルームの鏡で全身を映してみた。まだ十歳は老けてみえる。

シャワーを浴びた。最後は水だけにしたら体が驚いて全身に震えが走った。ああ、生きているんだとアレックスは思った。こんなふうに体が反応するのはなんてすてきなことだろう。そのあとセーターをじかに着てみたらやはり同じように感じた。前はちくちくするから嫌だったけれど、今日はその痛かゆさがうれしくてたまらない。生きている。皮膚までもこうして生きている。それが実感できた。ボトムは麻のパンツにした。ゆったりしたイージーパンツでかっこよくはないが、柔らかいし、そっと包んでくれるような感触がうれしい。カードと鍵を持ってアパルトマンを出た。途中で大家のゲノード夫人とすれ違ってあいさつ。「ええ、戻ってきました。出張で。天気？　最高でした。やっぱり南はいいですね。あ、顔に出てます？　そうちょっと大変な仕事だったんです。ここ数日ほとんど寝てなくて。ああ、首をちょっとひねってしまって。でもだいじょうぶです。転んじゃったんです。馬鹿みたいでしょ？　ほらこのあざも」と額を見せる。ゲノード夫人が言葉を返す。「まあ、それで脚もふらついてるの？　おっちょこちょいねえ」。二人で笑う。「じゃあまた。失礼します。いい晩を」

通りに出た。宵の口の青みがかった空があまりにもきれいで泣けてくる。生きているって素晴らしい。今度は腹の底から笑いがこみ上げてきた。まわりのものすべてが輝いて見える。ほら、いつものアラブ人の食料品店。店員がこんなにハンサムだなんて今まで気づかなかった。なんてハンサム！　思いどおりにしていいのなら、頰を撫で、じっと目の奥をのぞいてみたい。生きる喜びで胸がいっぱいになり、自然に笑みがこぼれてしまう。アレックスはその店でたっぷり食料を買い込んだ。いつもなら我慢するようなものも自分へのほうびのつもりで迷わず買った。ポテトチップ、チョコクリーム、シェーブルチーズ、サンテミリオンのワイン、ベイリーズのリキュールも忘れずに。だがアパルトマンの建物まで戻るとくたくたで、一歩も動けないような気がして情けなくなった。めまいも襲ってきた。だがアレックスは慌てず、じっと我慢してめまいが治まるのを待ち、それから重い買い物袋をいくつも提げてエレベーターに乗った。生きていることがこんなに素晴らしいなんて知らなかった。人生がいつもこうだったら、どんなにいいだろうか。

アレックスは古いだぶだぶのバスローブをはおってバスルームの鏡の前に立った。五歳、いや六歳老けてみえる。だいぶましになった。ここからは一気に回復しそうな気がする。鏡のなかの女から傷口と腫れ、隈と皺、苦難と悲しみを取り除いたら、魅力的な女になる。アレックスはバスローブの前を開いて自分の裸を見た。胸を、下腹部を……。そして自分の人生を見つめながら、立ったまま泣いた。

だが泣いている自分が滑稽《こっけい》で、いつの間にか泣き笑いになった。生きていてよかったと喜んだのではなかっただろうか？　だがよく考えてみると、それが本当によかったのかどうかわからない。なぜなら、生き延びた自分は結局アレックスの人生に戻るしかないのだから。

だが、こんなふうに深みから不幸が顔をのぞかせたときにどうすればいいのか、その対処法はもう心得たものだ。アレックスは鼻をすすり、ティッシュではなをかみ、バスローブを体に巻きつけ、サンテミリオンを大きなワイングラスに注ぎ、トレーに禁断の食べ物を並べた。チョコレート、瓶詰のウサギのパテ、甘いビスケット。

食べて、食べて、食べまくり、それからソファーに身を沈めた。仕上げにベイリーズのリキュールをグラスに注ぐと、体に鞭打って起き上がり、氷を取ってきた。もう倒れ込む寸前だが、バックグラウンド・ノイズのように幸福感が漂っている。

時計を見た。体内時計がすっかり狂ってしまって、時計を見ないと時間がわからない。夜の十時だった。

29

ガソリン、エンジンオイル、塗料……。あまりにも多くのにおいが混じっていて、カミーユにはそれ以上識別できなかった。おまけにガテーニョ夫人のバニラの香水まで加わった。夫人はカミーユとルイを客ではないとひと目で見抜いたようで、二人が整備工場に入っていくと、呼ばれる前にガラス張りの事務所から出てきた。先に出てきていた見習いらしい若造は、夫人の登場に驚いて慌てて引っ込んだ。

「ご主人のことで少々話をうかがいたいのですが」

「どの主人のことかしら？」

先が思いやられる返答だ。

カミーユはワイシャツの襟がきついふりをして顎を上げ、首をかきながら、さてどうしたものかと天を仰いだ。夫人は五十歳前後で、プリント柄のワンピースの上に腕を組み、必要ならこの身を張ってでも守ってみせると構えている。だが、なにを守ろうとしているのだろう？

「ベルナール・ガテーニョさんのことです」

すると夫人はすぐに腕組みを緩め、口を丸くすぼめて突きだした。別の亭主のことを訊かれると思っていたようだ。そこのところをつくと、よくぞ聞いてくれたとばかりにしゃべり出した。ガテーニョ夫人は昨年再婚し、ジョリス夫人になった。再婚相手は年下で、工場一腕の立つ整備士だったが、これが実はとんでもない怠け者だったという。結婚を機に働かなくなり、日がな一日ビストロで飲んだくれているそうだ。夫人は首を大きく左右に振り、〝大はずれ〟だったと嘆いた。

「工場のために仕方なかったんですよ。だって……一人じゃとても……」

それはそうだろうとカミーユも思った。かなり大きな整備工場で、整備士が三、四人に若い見習いが二人いて、ボンネットを開けてエンジンをアイドリングさせている車が七、八台並び、リフトにはエルヴィス・プレスリー張りのピンクと白のオープンカーが載っている。こんな車がエタンプを走っているというのが驚きだ。そこへ、中堅どころの整備士が汚れたぼろきれで手をふきながら出てきて、なにか問題でもと夫人のほうに目で問いかけた。どうやら、ジョリス氏が肝硬変で死んだ場合の後釜はすでに決まっているようだ。その男は背が高く、肩もがっしりしていて、警察ごときになめられてたまるかと言わんばかりに力こぶを見せつけてきた。カミーユはその男を無視し、夫人に話の続きを促した。

「それに、子供たちのこともあって……」

ジョリス夫人はくどくどと再婚の話を続けたが、要するに再婚を急いで失敗し、そのことを自分では認めたくないので、あれこれ理由をつけて正当化しようとしているだけだ。カミーユたちにいきなり身構えてみせたのも、そんな心理が働いたからだろう。

カミーユはジョリス夫人の事情聴取をルイに任せてその場を離れた。右手に中古車が三台並んでいて、フロントガラスに白い塗料で値段が書かれている。事務所は全面ガラス張りで、事務をしながらでも工場内が見渡せるようになっている。カミーユはその事務所のほうに歩いていった。カミーユとルイはいつもこの方法をとっている。一人が聞き取りをするあいだに、もう一人がぶらぶらしてあたりを探る。今回もそのおかげで思わぬ発見があった。

「なにかお探しで？」

先ほどの力こぶの男だ。意外にも高い声でしっかりした発音だったが、敵意がむき出しだ。自分のものでもない縄張りを守ろうとしている。いや、いずれは自分のものということか。カミーユが振り向くと、目の前に相手の胸があった。頭三つ分は身長差がありそうだ。だがそのおかげで前腕がよく見えた。男はバーテンダーのように無意識に手をふきつづけている。カミーユは目を上げて相手の顔を見た。

「フルーリ＝メロジ（エソンヌ県にある刑務所）だな？」

男の手が止まった。カミーユは前腕の入れ墨を指差した。

「これは九〇年代のものだ。何年入ってた？」

「きっちり勤めは終えましたよ」と男は答えた。

カミーユはうなずいた。

「忍耐を学んだってことだな。そりゃちょうどよかった」カミーユは頭を振ってジョリス夫人のほうを示した。「……前回しくじったってことは、次のチャンスまでちょいと長くかかるかもしれないからな」

カミーユがジョリス夫人のところに戻ると、ちょうどルイがナタリー・グランジェのモンタージュを見せたところだった。夫人は目を丸くして、前夫の愛人だと言った。名前はレア。

「いかにも淫売の名前でしょ?」と訊かれてカミーユは当惑したが、ルイは如才なく軽くうなずいた。レアという名だけで名字は知らないという。見かけたのは二回だけだが、「昨日のことのように」はっきり覚えているそうだ。モンタージュより「もっと太って」いて、しかもこんなに優しい顔ではなく、実物は「巨乳の手に負えない女」だと言った。カミーユはジョリス夫人の胸がかなり平らなのを見て、巨乳というのはあくまでも相対的な表現だろうと思った。だが夫人はそれが原因で夫婦仲が破綻したかのようにその点に固執した。

しかしレアに関する話は漠然としたものだった。ジョリス夫人のみならず、当時からここで働いていた整備士たちにも話を訊いたが、大したことはわからなかった。ガテーニョはどこでレアと出会ったのか。それさえ誰も知らない。レアが近くに車を停めて、ガテーニョを待っているところを整備士の一人が見かけていたが、「美人だった」というだけで、モンタージュの女と同一人物かどうかはわからなかった。さすがは整備士で、車のほうは型式も色も年式も覚えていたが、残念ながらその情報は役に立たない。すると別の整備士が「ハシバミ色の瞳だった」と言いだした。引退間近の男で、もう女の尻にも胸にも興味がなく、代わりに目を見たということらしい。だがその男もモンタージュと同じ女かどうかはわからないと言った。鋭い観察眼の持ち主も、しっかりした記憶力がなければ役に立たない。

つまり二人の出会いについては誰も知らなかった。だが、短期間の恋愛だったことは誰もが認めた。ガテーニョは「たちまち」のぼせ上がり、人が変わったようになったそうだ。

「その女は手練手管を知り尽くしてたってことさ」とまた別の整備士が言った。元のボスの噂話ってのも笑えるなという顔をしていた。

レアと出会ってから、ガテーニョはしばしば工場を空けるようになった。ジョリス夫人は「子供たちのこともあって」頭にきて、ある日とうとう跡をつけたそうだ。だがまかれてしまい、その晩ガテーニョは帰ってこなかった。翌日になってすごすご戻ってきたが、するとあろうことかレアが迎えに来たという。「うちまで来たのよ！」とジョリス夫人は叫んだ。二年経った今でもそのときのことを思い出すと冷静ではいられないようだ。レアが庭先まで来て、ガテーニョがキッチンの窓越しにそれに気づいた。そしてキッチンにいる妻と（「それが、運悪く子供たちが家にいなくって……。いたらたぶん止められたのに！」）、庭先の「淫売」（レアことナタリー・グランジェはあちこちで「淫売」と呼ばれていたようだ）のあいだで少し迷ったが、結局は財布とジャンパーをつかんで出ていき、翌日の月曜にモーテル〈フォーミュラ1〉の一室で死んでいるのが見つかった。見つけたのは掃除婦だった。そのモーテルにはフロントがなく、受付係もいないので、客は誰にも見られずクレジットカード一枚でチェックインすることができる。使われたカードはガテーニョのもので、女が一緒にいた形跡はなかった。夫人は霊安室で夫の亡骸《なきがら》と対面したが、顔の下半分が覆われたままで、直視に堪えるものではないから見ないほうがいいと言われたそうだ。司法解剖も行われたが、暴行を受けたり争ったりした形跡はなかった。ガテーニョは服を着て「靴も履いたまま」ベッドに横たわっていて、「バッテリー液のような」硫酸を半リットル飲んでいた。

本部に戻った。ルイが報告書を打っているあいだに（十本の指を使ってすばやく、なめらかに打つので、ピアノの音階練習でもしているように見える）、カミーユは当時の検死報告書に目を通したが、硫酸の濃度については記載がなかった。野蛮極まりない死に方だ。追い詰められて万策尽きたということだろうか。いずれにしても追い込んだのは女だ。その夜、男は工場のものを含めて三枚のクレジットカードを使い、四千ユーロ引き出していて、その金が消えていた。

カミーユは間違いないと思った。レアとナタリーは同一人物で、ベルナール・ガテーニョもパスカル・トラリユーも〝レア＝ナタリー〟と運命的な出会いをした。どちらも金をとられているが、高額ではない。だとすればトラリユーを洗い、ガテーニョを洗えば、必ず共通点が見つかるはずだ。

30

アレックスは回復しつつあった。ずいぶんひどい目にあったが、取り返しのつかない損傷は受けていない。化膿は止まり、傷口はほとんどふさがり、あざも消えつつあった。

アレックスはゲノード夫人の扉をたたき、家の事情で急に田舎に帰らなければならなくなったと説明した。この日の化粧には気を遣い、「若いわりには義理堅い」という雰囲気を作っておいた。

「おやまあ……困ったわねえ……」

ゲノード夫人は驚いた様子を見せたが、要は金の問題だとアレックスにはわかっていた。夫人は以前商売をやっていたそうで、金に細かい。そこでアレックスが現金で二か月分お支払しますと言うと、事情が事情だから仕方ないわねと了解し、こう言った。

「もちろん次の借り手が早目に見つかったら、その分の残額はお返ししますよ……」

この嘘つきめと思いながら、アレックスは感謝の笑みを浮かべた。

「それはご親切に」

だが必要以上には笑わない。なにしろ深刻な事情があって田舎に帰るのだから。

アレックスは二か月分の家賃を払い、転居先として嘘の住所を伝えた。ひょっとしてゲノード夫人が小切手を送ってくるとすれば、それは宛先不明で戻ることになるが、夫人は喜びこそすれ困りはしないだろう。

「部屋の点検はどうしましょう」

「ああ、それは気にしないで」夫人は儲けを計算してそう言った。「あなたがきちんとした方だってことはわかってますから」

鍵は出ていくときに郵便受けに入れておけばいいことになった。

車のほうはなんの問題もない。モリヨン通りに駐車場を借りていて、自動引き落としになっているのでそのままにしておけばいい。アレックスが乗っているのは中古で買った六年落ちのクリオだ。

アレックスはまず地下室にしまっておいた段ボールを十二個持って上がり、それから家具を分解しはじめた。といっても、アレックスが持ち込んだ家具はマツ材のテーブルと本棚とベッドだけだ。テーブルと本棚は、どうしてこんなものをいつまでも取っておくのか自分でもわからない。だがベッドは別で、愛着があり、アレックスにとっては神聖なものだった。全部分解してしまうとずいぶん小さくなり、いまさらながら驚いた。でも結局のところ、一人の人間が生きていくのに必要なものなどたかが知れている。少なくともアレックスの場合はそうだ。トランクルームも二立方メートル借りればいいと思ったが、引っ越し業者は三立方メートルと言い、アレックスはそれで話をつけた。今回も軽トラックで、作業員も一人でいいだろう。アレックスは引っ越し業者のことにもかなり詳しい。トランクルームの料金と、急な依頼に対する追加料金にも同意した。アレックスは引っ越すと決めたら即実行する。それを母親は、「いつも急だから、ろくなことになりゃしない」と非難する。とりわけ調子がいいときにはこうつけ加える。「少しは兄さんを見習ったら……」。兄のほうがアレックスより優れている点などほとんど残っていないのだが、現実がどうあろうとも、母親の頭のなかは変わらない。常に兄が優れていて、妹は愚かなのだ。

体がまだ痛み、疲れもあったが、アレックスは数時間で荷物をまとめた。この機会に不要品の整理もし、特に本を減らした。何冊かの古典は別にして、それ以外は引っ越しのたびに処分している。クリニャンクール門から引っ越したときにはブリクセンとフォースターをすべて処分したし、コメルス通りから引っ越したときはツヴァイクとピランデッロを処分した。シャンピニーを出るときにはデュラスを全部置いてきた。いつもそんな調子で、ある作家が気に入るとその作品を全部読むので――母親に言わせれば「節操がない」――引っ越しのときには本が山になっている。

あとは段ボール箱だけで過ごし、夜はマットレスを床に敷いて寝ればいい。段ボールのなかには二つ《私物》と書かれたものがある。そこに入っているのは思い出の品々だが、どうでもいいようなものばかりだ。小中学校時代のノート、成績表、手紙、はがき、十二、三歳のころにたまにつけていた日記、昔の友達がひと言書いてくれたメモ、その他のがらくた。とっくに捨てていてもおかしくないし、いずれにしてももうすぐ捨てるつもりでいる。こんなものにこだわるなんて子供っぽいと自分でも思う。安物のアクセサリー、乾いてインクが出なくなった万年筆、お気に入りの髪留め、小さいころの夏休みの家族写真、母と兄と一緒に写っている。とにかく全部処分しなければ。なんの役にも立たないし、それどころか持っていると危ない。あとは映画の半券、小説の好きなページを切り取ったもの……。いつか捨てる。全部捨てる。でもとりあえず今回は《私物》と書いた段ボール二つをそのまま残すことにした。

荷造りが終わると、アレックスは映画を見に行き、〈シャルティエ〉で夕食をとり、バッテリー液を買って帰った。それからキッチンにこもり、マスクをし、防護眼鏡をかけた。ドアを閉めて窓を全開にし、扇風機と換気扇を回し、発生する気体がすべて外に排出されるようにした。八十パーセントの濃硫酸を作るにはバッテリーの電解液をゆっくり温め、時間をかけて煮なければならない。アレックスは半リットルの濃硫酸を六本分作り、レピュブリック広場近くの雑貨屋で買った耐酸性のプラスチック容器に入れた。そして二本をそのままにし、四本を仕切りのついたカバンに保管した。

夜中にまた脚がつって目が覚めた。いや、むしろ悪夢のせいかもしれない。あの倉庫から逃げ戻って以来、夢を山ほど見る。生きながらネズミに食われる夢。パスカルの父親が電気ドリルを手に迫ってきて、頭にビスを打ち込まれそうになる夢。パスカルの顔もしょっちゅう出てくる。たとえばあの間の抜けた顔が現れ、口からネズミがぞろぞろ出てくる夢。現実の出来事がよみがえることもある。シャンピニーの家の庭でパスカルが椅子に座っていて、そこへ後ろからシャベルを振り上げて近づく。ブラウスの袖がきつくて邪魔だ。今より十二キロも太っていて、胸も大きかったから……。パスカルはアレックスに夢中だった。だから少しだけブラウスの下をまさぐらせたこともある。だがパスカルが興奮して両手で愛撫を始めたら、厳しい教師のようにぴしりとその手をはたき落とした。程度の差はあれ、シャベルを後頭部に振り下ろすのも同じような感覚だった。夢のなかではシャベルの一撃が驚くほど大きな音を立て、振動が腕から肩にまで伝わった。実際にはそんな音はしなかったが、振動のほうは忠実な再現だ。パスカルは呆然としながらもアレックスのほうを振り向き、驚きの表情を見せる。だがその目は妙に澄んでいて、アレックスへの疑いが入り込む余地はない。だからアレックスは、疑いをたたき込んでやるために七回、八回と殴りつづけ、とうとうパスカルは庭のテーブルにうつぶせに倒れる。それで仕事がやりやすくなった。夢のなかではそこで場面が飛び、硫酸を口に流し込まれたときのパスカルのうめき声が響きわたる。それがあまりにも大きな声で、隣近所に聞こえそうになり、アレックスは仕方なく立ち上がってシャベルの平らな面で顔をたたく。その音の派手なこと！

そんな悪夢や筋肉痛や痙攣に苦しみつづけてはいるものの、体は着実に回復しつつあった。悪夢についてはあきらめるしかない。どうやってみたところで悪夢から解放されることはないだろう。あんな檻に閉じ込められ、飢えたネズミに囲まれて一週間も過ごしながら、なんの痛手も負わずにいられるわけがない。だからせめて体力だけでも取り戻そうと、アレックスは体操やストレッチに精を出し、ジョギングも再開した。朝早くアパルトマンを出て、ジョルジュ＝ブラッサンス公園を走る。すぐに疲れてしまうので休み休みではあったが、それでも数周回って帰ってくる。

翌日、引っ越し業者がやってきて荷物を運び出した。作業員は背の高いうぬぼれ屋で、アレックスの気を引こうとした。だがそういうことにはもう慣れている。

それからアレックスはモンパルナス駅に行き、トゥールーズ行きの指定席を買い、トランクを手荷物預り所に預けた。駅を出て時計を見るとまだ八時半だったので、〈モン＝トネール〉に行くことにした。あの男が仲間と来ているかもしれない。またわいわいやって、馬鹿話で盛り上がっているかもしれない。あのグループが独身男性ばかりで、週に一度集まっていることはもう知っている。ただし、いつも同じレストランかどうかはわからない。

行ってみるとやはりいた。前と同じように仲間でテーブルを囲んでいる。今夜は人数が増えて七人で、ちょっとした集会になっていた。その分騒がしくなって店の雰囲気が損なわれ、店のオーナーはいささか当惑しているようだ。なかにはそのグループのほうを眉をひそめて見ている客もいる。店員たちはもちろんアレックスのことを覚えていた。あの赤毛の美人がまた来てくれたというわけで、特別に気を配り、アレックスをうるさいグループから少し離れた席に案内した。そのせいで前回よりも様子をうかがうのが難しく、アレックスは少し身を乗り出さなければならなかった。すると間の悪いことに、相手もちょうどこちらを見ていて目が合ってしまった。これでは気があると思われてしまう。まあ、それでもいいとアレックスは開き直り、微笑んだ。よく冷えたリースリングを飲み、ホタテガイの料理と新鮮で歯ごたえのある野菜を食べ、デザートはクレームブリュレ、そしてエスプレッソ。するとオーナーが店がうるさかったお詫びにと、もう一杯エスプレッソを出してくれ、さらに食後酒までサービスしてくれた。シャルトルーズはいかがですかと言われたが、アレックスはいかにも女性向きのシャルトルーズを遠慮し、「ベイリーズのオン・ザ・ロックなら喜んでいただくわ」と言った。オーナーはかしこまりましたと微笑んだ。なんて感じのいい客だろうと思ったようだ。

アレックスは席を立って店を出るまでに時間をかけた。本を置き忘れて取りに戻るという芝居まで打った。すると男も立ち上がり、慌てて上着をはおった。それを見て仲間が下品なジョークを飛ばしている。男はアレックスに続いて店を出た。こちらのヒップを見ているのがわかる。アレックスは形のいい尻をしていて、しかもパラボラアンテナ並みに勘がいいのですぐにわかる。十メートルも行かないうちに男が横に並び、「やあ」と言った。アレックスは男のほうを見た……そう、この顔だ。その顔がアレックスの心にさまざまな感情をよみがえらせる。

男はフェリックスと名乗った。ファーストネームしか言わない。結婚指輪はしていないが、指輪の跡が見えた。とっさに外したのだろう。

「で、きみはなんていう名前?」

「ジュリア」とアレックスは答えた。

「いい名前だ」

どんな名前でもそう言うくせに。そう思ったらおかしくなった。

男は親指で後ろを、つまりレストランを指差して言った。

「騒がしかっただろ……」

「ええちょっと」アレックスは微笑んだ。

「野郎ばっかりだとどうしてもね……」

アレックスはそれには答えなかった。そのまま続ければ男は深みにはまる。そして男はそのことに気づいている。

男は知ってるバーがあるから一杯どうと誘ってきた。アレックスは断った。二人はしばらく並んで歩いた。アレックスはゆっくり歩き、相手をよく観察した。量販店で買ったような安物を着ている。しかもシャツのボタンがきつそうなのは食事だけが理由ではなさそうだ。もう一つ上のサイズにしなさいよと言ってくれる人がまわりにいないらしい。あるいはダイエットかスポーツを勧める人が。

「いや、べつに変な意味じゃなくて。ほんとに一杯だけ……」

バーの次は、家がすぐ近くだからそこで一杯やらないかと言ってきた。アレックスは疲れてるから今日はもう帰りたいのと答えた。二人は男の車のところまで来た。アウディだ。車内にいろんなものが散らかっている。

「仕事は何を？」アレックスが訊いた。

「カスタマーサービスの技術者さ」

つまり修理工、とアレックスは頭のなかで言葉を置き換えた。

「スキャナーとかプリンター、ハードディスク……」技術的な言葉を並べればかっこよく見えるとでも思ったのか、男は仕事の内容を細かく説明した。

しかもこうつけ加えた。

「チーム責任者で……」

だがそこで、そういうことを言えば言うほど自ら墓穴を掘っていることに気づいたようだ。男は忘れてくれというように手を振った。だが最後の言葉だけ取り消そうとしたのか、それともこういう話を始めたこと自体を後悔したのかはわからなかった。

男が車のドアを開けると煙草のにおいがした。

「煙草を吸うの?」

頻繁に話を変えるのもアレックスがよく使う手だ。得意技と言っていい。

「まあね」と男は少し困ったように答えた。

身長は百八十前後。肩幅が広く、明るい栗色の髪。目は黒に近い。並んで歩いたときに脚が短いなと思った。体のバランスが悪いようだ。

「でも相手が吸わないときは吸わない」男は紳士ぶってみせた。

だが男は今煙草が吸いたくてたまらないのだ。アレックスには手に取るようにわかる。そして、アレックスのことをすごくいかしてると思っている。「べつに変な意味じゃなくて」と言ったときも、こちらの目を見なかった。実は興奮していて、もうそのことしか頭にない。この男は本質的に色魔で、獣だ。この男の脳にはアレックスがなにを着ているかさえ記憶に残らないだろう。今すぐアレックスが承知しなければ、即座に家に帰って家族を全員撃ち殺す、そんな雰囲気を漂わせている。

「結婚してるの？」

「いや……離婚した。ていうか、手続き中……」

その言い方を聞いただけで、離婚が泥沼化し、高額の慰謝料を請求されているのではないかと想像できた。

「きみは？」

「独身よ」

それは事実なので、そう答えることになんの苦労もない。男は視線を下げた。だがそれは気まずいからでも遠慮からでもなく、アレックスの胸を見るためだった。どんな服を着ていても、アレックスの胸が美しく豊かなのは誰にでもわかる。

アレックスはにっこり微笑み、立ち去り際に言った。

「もしかしたら、今度……」

相手はその言葉に飛びついた。いつ？　いつっ？　そしてポケットのなかを引っかき回した。タクシーが一台来たのでアレックスは手を挙げて停めた。ドアを開けてから、さようならと言おうとして振り向くと、男が名刺を差し出していた。紙がよれていて、だらしなさがそこにも出ていた。アレックスは一応受け取り、どうでもいいんだけどと強調するために無造作にポケットに入れた。発車してからバックミラーを見ると、男は道路の真ん中に突っ立って、走り去るタクシーを呆然と見つめていた。

31

憲兵は自分も同行する必要があるかと訊ねた。

「ぜひ頼む……」とカミーユは答えた。「もちろん時間があればだが」

警察と憲兵隊の関係はぎくしゃくしているとよく言われるが、カミーユは憲兵たちと仕事をするのが好きだ。どこかしら自分と同じにおいがするからかもしれない。たとえば粘り強さ、けんか腰、なにかに食いついたら決して放さないところ、そして愛想が悪いところも。その憲兵はカミーユの申し出を喜んで受けた。名前はラングロワ。階級は軍曹だそうだが、カミーユは慣例にのっとって「シェフ」と呼ぶことにした。そのほうが相手を認めていることになるし、現にカミーユはそういう気持ちでいるのだから。ラングロワ軍曹は四十歳で、昔の銃士のような細い口ひげを生やしている。悪く言えば時代遅れで、やや気取ったところがあるのは否めないが、頭が切れることはすぐにわかる。そして自分の仕事に誇りをもっている。それはぴかぴかに磨き上げられた靴を見ればわかる。

その日はどんよりした天気で、まるで海沿いの街のように空気が湿っていた。

フェニョワ゠レ゠ランスは人口八百人で、街なかには大通りが二本と巨大な戦没者記念碑が建つ広場がある。どことなく陰鬱な街で、天国の日曜日はこんなものかもしれないとカミーユは思った。二人は一軒のビストロに向かった。もちろん食事ではなく仕事のためだ。ラングロワは憲兵隊のパトカーを店の前に停めた。

店内に入ると、スープと安ワインと洗剤のにおいで息が詰まった。嗅覚が鋭くなってきたのだろうか。カミーユはエタンプの自動車整備工場でもジョリス夫人の香水のにおいが気になったことを思い出した。

ステファン・マシアクが殺されたのは二〇〇五年十一月で、今の店主はそのあと店を引き継いだそうだ。

「営業を再開したのは翌年の一月に入ってからでした」

マシアクについても人づてに聞いたことしか知らなかった。事件は街中のうわさになっていたので、正直なところ店を引き受けるのをためらったそうだ。窃盗や強盗ならよくあるし、殺人だって（とそこで店主は同意を促すようにラングロワの顔を見たが、なんの反応もなかった）なくはない。でもあんな事件は……と店主は口ごもった。だがカミーユは店主の話を聞きたいわけでも、質問をしたいわけでもなかった。ただ現場を見に来ただけだ。自分の目で見て、肌で感じて、考えをまとめたかった。捜査資料には目を通してきたので、こうして店主の話を聞くのは確認のためでしかない。ステファン・マシアクは五十七歳のポーランド系フランス人で、独身で、かなり太っていて、アルコール依存症だった。三十年もビストロをやっていれば、よほど自制心が強くないかぎりそうなるだろう。店の外での私生活についてはよくわからない。〈ジェルメーヌ・マリニエとその娘〉——通称〝四つの尻〟——という地元の売春宿に通っていたようだが、それ以外には特筆すべきこともなく、おとなしくて感じのいい男だったらしい。

「店の帳簿にも問題はありませんでした」

店主はそこで重々しく目を閉じたが、どうやらそれは白紙委任を意味するようだった。

それでその十一月の晩に……とラングロワが詳しい話を始めた。二人は店主のおごりを丁寧に辞退してビストロをあとにし、戦没者記念碑のほうへ歩いてきた。台座の上にフランス兵の彫像があり、風のなかで前かがみになって、姿のないドイツ兵を銃剣で突こうとしている。

十一月二十八日の晩、マシアクはいつもどおり夜十時ごろに店を閉め、シャッターを下ろし、店の奥の厨房で夕食のしたくを始めた。でき上がったらテレビを見ながら食べるつもりだったのだろう。店のテレビはいつも朝七時からつけっぱなしになっている。だがその晩、マシアクは夕食をとることができなかった。ラングロワの推測では誰かが勝手口に訪ねてきたものと思われる。マシアクはその誰かを店に入れた。そこでなにがあったのか正確なところはわからないが、とにかく少ししてからマシアクは後頭部をハンマーで殴られ、倒れた。ただしその時点ではまだ死んでいなかったことが司法解剖でわかっている。それから手足を縛られた。縛るのに店にあった布巾が使われていたことから、計画的な犯行の可能性は低いと考えられた。犯人はおそらく金のありかを吐かせようとしたのだろうが、マシアクは口を割らなかった。そこで犯人は勝手口から出て車まで戻り、充塡用のバッテリー液を取ってきてマシアクの喉に半リットルほど流し込んだ。マシアクが死ぬと、犯人はレジに残っていた百三十七ユーロを奪い、さらに二階に上がって金を探した。マットレスを切り裂いたり、たんすの引き出しを全部ひっくり返したりした挙句、とうとうトイレに隠してあった二千ユーロを見つけ、誰にも見られることなく逃走した。指紋を残さないためか、硫酸が入っていた容器も持ち去っていた。

カミーユは話を聞きながら、記念碑に刻まれた戦没者名簿を無意識に目で追っていた。すると〝マリニエ〟という名前が三つ並んでいた。ガストン、ウジェーヌ、レイモン。先ほど話に出た〝四つの尻〟の母娘の身内かもしれない。

「マシアクに女はいなかったのか？」

「一人いたようです。ただ事件に関係していたかどうかはわかりません」

また背筋にぴりりときた。

「シェフ、考えを聞かせてくれ。実際のところなにがあったと思う？　マシアクは十時に店を閉め……」

「正確には九時四十五分です」ラングロワが訂正した。

カミーユが同じようなもんだろうと言うと、ラングロワはちょっと口をとがらせ、そんなことはないと反論した。

「いいですか、警部殿、この手の商売では閉店時間を少し過ぎてから店を閉めることのほうが多いんです。逆に十五分早く閉めたとなれば、そこにはなにか理由があると考えられます」

そこでラングロワは「逢い引き」という言葉を使った。店を早く閉めたのは女と約束があったからではないかというのがラングロワの考えだった。その日の晩、カウンター席に女性客が座り、マシアクと話し込んでいたのを複数の常連客が見ていた。だがその常連たちは午後早くから腰を据えてしこたま飲んでいたので、女について覚えていることはばらばらだった。誰かが若かったと言えば、別の誰かが年増だったと言い、小柄だったと言う者がいれば、大柄だったと言う者もいる。連れがいたかどうかについても意見が分かれたし、何人かが外国訛りだったと言ったが、それがどこの訛りかについては誰にもわからなかった。全員の供述が一致したのは、その女がかなり長いあいだマシアクと話し込んでいて、マシアクが興奮気味だったこと、それが九時ごろで、その四十五分後にマシアクが、悪いが今日は疲れたからもう店を閉めると常連たちに言ったこと、それだけだった。そのあとの展開は報告書のとおりで、ラングロワは近隣のホテルの宿泊記録も調べたそうだが、その女については足取りがつかめなかった。目撃情報も募ったものの、成果は上がらなかった。

「もっと捜査範囲を広げるべきでした」ラングロワは人手が足りなかった等々の言い訳は一切しなかった。

つまりこの事件には一人の女の影がある。だがそれ以上のことはわからない。

ラングロワは相変わらず直立不動に近い姿勢をとっている。

「なにか引っかかってるんじゃないのか？　シェフ？」

カミーユは戦没者名簿を見つめたまま訊いた。

「ええ、まあ……」

カミーユはラングロワのほうを振り向き、相手の答えを最後まで待たずに言った。

「おれが驚いたのは硫酸だ。口を封じるためならともかく、金のありかを吐かせるために硫酸を流し込むというのは……」

その言葉がラングロワの縛りを解いた。一瞬気が緩んだかのように直立不動が崩れ、舌打ちまでした。警察官にはふさわしくないことで、カミーユはちょっとからかってやろうかと思ったが、勤務中のラングロワにユーモアは通じないだろうと思い、我慢した。

「硫酸についてはわたしもおかしいと思いましたよ」ラングロワが言った。「ですが、現場の様子からはごろつきによる犯行と思えました。マシアクが勝手口を開けたからといって、知人だったとはかぎりませんからね。扉を開けざるをえないような理由を考えればいいわけで、さほど難しいことじゃありません。ですから、ごろつきという可能性は否定できませんでした。店に客はおらず、犯人は誰にも見られずに入り、そこにあったハンマーで殴り——マシアクはカウンターの下にメンテ用の工具類を置いていたんです——それから縛り上げた。報告書にもそう書きました」

「だが、硫酸が金のありかを吐かせるためだったという点に納得がいかないとすれば、別のシナリオも考えたんじゃないのか？」

二人は戦没者記念碑を離れ、車のほうに戻りはじめた。不意に風が吹き抜け、秋の終わりを告げる冷気に身が震えた。カミーユは慌てて帽子を押さえ、コートの前をかき合わせた。

「ええ、実はもう少し理屈に合いそうなシナリオも考えました。硫酸を喉に流し込んだ理由はわかりませんが、いずれにしても盗みが目的ではないというケースです。一般的に強盗殺人の場合、犯人はいちばん手っ取り早い方法をとります。殺して、金目の物を盗み、逃げる。たちの悪いのになると被害者を殺す前に痛めつけることもありますが、やり方はだいたいオーソドックスで、残酷とはいえお決まりの方法です。ところがこの事件は……」

「つまり、硫酸についてはどう思ったんだ？」

ラングロワはまた少し口をとがらせ、それから言った。

「一種の儀式じゃないかと。つまりその……」

カミーユには相手の言いたいことがもうわかっていた。

「どういう種類の儀式だ？」

「性的な……」

やはり切れるなと思った。

雨が降り出した。二人は車のなかで話を続けた。フロントガラス越しに記念碑が見えていて、フランス兵の彫像が冷たい雨に濡れている。カミーユは一連の事件のことをラングロワに話して聞かせた。二〇〇五年三月十三日のベルナール・ガテーニョの死、十一月二十八日のマシアクの死、そして二〇〇六年七月十四日のパスカル・トラリユーの死。

ラングロワがうなずいた。

「どれも男ですね」

カミーユもその点に注目していた。これは性的な儀式だ。あの女は――一連の犯行があの女によるものだとすれば――男を憎んでいる。だから出会った男を、あるいは狙った男をまずは誘惑し、それから殺す。そこでなぜ硫酸が使われるのかについては女を逮捕してみなければわからないだろう。

「半年ごとに一人ですね」ラングロワが指摘した。「これが狩りだとしたら恐ろしいですね」

そのとおりだ。その指摘は仮説を一歩進めると同時に、的確な疑問を投げかけてもいる。だが今のところこれが一連の狩りだという証拠がない。これまでにわかっているかぎりでは、エタンプの自動車修理工場主のガテーニョと、ランスのビストロ店主のマシアクと、パリ郊外の無職のトラリユーのあいだに接点はない。死に方が似ているという以外に共通点がない。

「そもそもこの女が何者なのかもわかっていない」カミーユは言った。ラングロワが車を出し、駅に向かった。「ただわかっているのは、男ならこの女には近づかないほうがいいってことだけだな」

32

アレックスはとりあえず最初に目に入ったホテルに一泊した。駅の向かいのホテルだ。だがその夜はまんじりともしなかった。列車の音がうるさいせいもあったが、例によって夢にネズミが出てきたからで、これはどこのホテルに泊まろうと同じことだろう。その夜の夢には、あの黒と赤茶のまだらのネズミが一メートルもの巨体になって出てきた。そしてひげをさかんに動かしながら濡れた鼻面をアレックスの顔に突きつけ、黒光りする目でこちらをじっと見た。口元には鋭い牙がのぞいていた。

翌日、アレックスはお目当ての〈ホテル・プレアルディ〉に移った。イエローページで正確な住所を調べて行ってみると、幸いあまり高くない部屋が空いていた。街なかから少し離れているが、小ぎれいで感じのいいホテルだ。アレックスは明るい光に満ちたこの町が気に入り、休暇で来たかのように散歩を楽しんだ。

とはいえ、チェックインのときにはこのまま背を向けて帰りたいと思った。

このホテルのオーナーのザネッティ夫人のせいだ。「でもね、ここじゃ誰もがジャクリーヌって呼ぶのよ」。いきなりなれなれしく話しかけられ、アレックスはげんなりした。「それであなたは？」と名前を訊かれたのでローラと答えた。

「ローラ？」ザネッティ夫人は目を丸くした。「あらまあ、姪と同じじゃないの！」

そのどこに驚く必要があるのだろう。誰にだって名前くらいある。ホテルの女主人にも、その姪にも、看護師にも。ところがザネッティ夫人にとってはそれが特別の驚きなのだ。誰とでもつながりをもとうとする計算ずくの態度にむしずが走った。もともと社交的だったところに、年齢とともに口達者に磨きがかかり、今や保護者然とした尊大さまで加わったというところだろうか。人類の半分の友であり、残りの半分の母親であると言わんばかりのずうずうしさに、アレックスは苛立ちさえ覚えた。

その顔を見れば、かつての美女がそのままでいたいと望んだためにすべてを台無しにしたのだとわかる。美容整形は時に老いを醜くする。その顔は、どこがどうと特定するのは難しいが、なんとなく全体がずれてしまっていて、顔の体裁をとどめようとしながらも顔としてのバランスを失っている。無理やり引き伸ばした顔面にヘビのような目が埋め込まれていて、ふくれ上がった唇のまわりに無数の小じわが寄っている。額が引っ張り上げられたせいで眉までつり上がり、頰のたるみははるかかなたまで移動させられ、こめかみから巻き毛のように垂れ下がっている。真っ黒に染められた髪は啞然とするほどのボリュームだ。ザネッティ夫人がフロントに姿を現したとき、アレックスは魔女が出てきたのかと思わず身を引きそうになった。ホテルに戻るたびにこの顔が待っているかと思うと、それだけで気分が悪くなり、トゥールーズの仕事はさっさと片づけてパリに戻ろうとその場で決めた。ただし、その晩ザネッティ夫人に一杯いかがと私室に招かれたときには、アレックスは断らなかった。

「ちょっとおしゃべりしてってちょうだいな」

上等のウイスキーだった。客間は狭いが居心地がよく、五〇年代風にまとめられていた。ベークライトの大きな黒電話があり、古いテパーズ社のレコードプレーヤーの上でプラターズ（五〇年代のアメリカのコーラスグループ）のLPが回っている。話してみるとザネッティ夫人もそれほどひどくはなく、昔の客の笑い話をたくさん聞かせてくれた。それに、あの魔女のような顔も慣れてしまえばなんとか我慢できる。要するに忘れることだ。夫人自身も忘れることにしたに違いない。欠点とはそういうものかもしれない。ある時点から本人は忘れ、気づくのは他人だけになる。

ウイスキーに続いて夫人はボルドーのボトルを開けた。「冷蔵庫になにが残ってるかわからないけど、もしよかったらここで食事はいかが？」アレックスはええと答えた。そのほうが楽だ。夜のおしゃべりは楽しく続いた。アレックスは質問攻めにされたが、賢く嘘をついた。こうしたその場限りの会話というのは真実かどうかを問われないし、会話そのものが目的であって、中身はどうでもいいのだから。アレックスがそろそろ休みますとソファーを立ったときにはもう深夜一時を過ぎていた。二人はごく自然に抱擁を交わし、どちらもすてきな晩だったと言った。それは半分嘘だったが、思いがけず時間が速く過ぎたことは確かだ。アレックスは予定より夜更かししたのでぐったり疲れ、またあの悪夢に苦しめられた。

翌日は午前中に本屋めぐりをし、午後ちょっと昼寝をするつもりがぐっすり寝込んでしまい、かえって疲れた。

「客室は二十四あって、四年前に全部改装したの」とジャクリーヌ・ザネッティはのたまわり、「ジャクリーヌって呼んでちょうだいな。あらいいじゃないの、ぜひ」としつこく言った。アレックスの部屋は三階で、ほかの客とすれ違うことはほとんどなかったが、音はいろいろ聞こえてくる。防音工事は改装に含まれていなかったようだ。その日の夕方、アレックスはこっそり外に出ようとしたが、やはりジャクリーヌにつかまってしまった。どこから見ていたのかフロントにすっと現れ、また誘ってきた。それも強引で、どうにも断れなかった。ジャクリーヌは昨夜を上回るハイテンションで、輝く女を装い、笑い、微笑み、さかんに身ぶりを交え、まめに動き回り、おつまみをずらりと並べた。そして十時ごろに三杯目のウイスキーを飲みながら、ようやく手の内を見せた。「ねえ、ダンスに行くっていうのはどうかしら?」。相手がすぐにでも飛びつくことを見越した言い方だったが、アレックスはその手には乗らず、ダンスはあんまり……それにそういう場所ってちょっと……と躊躇した。するとジャクリーヌは少し気分を害したような顔で「あら、そんな」と言い、「踊るだけなのよ、本当よ」と言い張った。アレックスはその言葉を信じたふりをして渋々うなずいた。

アレックスが看護師になったのは母親がそう望んだからだが、実は根っからの看護師でもある。つまり誰かのためになにかをするのが好きなのだ。ダンスに行くことを承知したのも同じことで、相手が自分を誘おうと一生懸命になっていたからだった。ジャクリーヌは串焼きを運んでくると、週に二度は踊りに行っているというそのダンスホールについて熱っぽく語った。「それが、あなた、面白いところなのよ」というわけで、ずっと以前からはまっているという。

そして「もちろん」としなを作りながら言った。「出会いの場でもあるわけ」
アレックスはボルドーワインを飲みながら話を聞いていて、気がついたらテーブルに座って食事もしていた。そして十時半になると、さあ行きましょうと声がかかった。

33

今のところ、パスカル・トラリユーとステファン・マシアクとベルナール・ガテーニョの三人にはなんの接点も見つかっていない。それを改めて説明するというのもしゃくに障るが、カミーユは仕方なく三人の情報を読み上げた。

「ベルナール・ガテーニョ。サン＝フィアクル生まれ。ピティヴィエで技術高校を卒業し、同地で見習い訓練を終了。六年の下積みののちエタンプに作業場を持ち、二十八歳で同じくエタンプの自動車修理工場を親方から引き継ぎました」

犯罪捜査部のオフィス。

カミーユたちは予審判事のヴィダールが報告会《デイブリーフイング》と呼ぶ会議のために集まっていた。ヴィダールが〝ディブリーフィング〟という英語にことさら力をこめて発音するさまは、きざを通り越して滑稽だとさえカミーユは思う。しかも今日のネクタイは目が覚めるようなスカイブルーで、これまたかなり浮いている。だが本人はいたって平静で、両腕を机の上に伸ばして手をヒトデのように開いたまま、じっと耳を傾けている。だがそれもまた、周囲の注意を引きつける技なのだろう。

「ガテーニョはエタンプの半径三十キロ圏内から一度も出ていません」カミーユは続けた。「結婚し、子供が三人。ところが四十九歳にして〝中年の危機〟のせいで女に溺れ、それが死につながりました。トラリユーとのつながりは見つかっていません」

ヴィダールはなにも言わなかった。ル・グエンもなにも言わない。だがどちらも頭のなかでは身構えているに違いない。カミーユ・ヴェルーヴェンがいる以上なにが起きるかわからないと思っているはずだ。

「ステファン・マシアク。一九四九年生まれ。ポーランド系の貧しい勤労一家の息子。移民社会フランスの一端を示す例です」

ヴィダール以外はこれらの内容をとっくに知っている。ヴィダールのためだけに捜査結果を報告するというこの状況にカミーユはじれていた。自分では我慢しているつもりでも、時々そのじれったさが声に出る。するとル・グエンが目を閉じてテレパシーで落ち着けと言ってくる。ルイもやはり目を閉じて祈るような顔になる。カミーユも四六時中いらついているわけではないが、時にこうして忍耐が切れかかることがあり、自分でもどうしようもない。結局ただ読み上げることに飽き足らなくなって少し脱線した。

「マシアクはフランスに同化しすぎてアルコール依存症になりました。ポーランド人らしくよく飲み、その結果よきフランス人にもなったわけです。そうすることでフランス国籍を維持しようとし、必然的にビストロで働きはじめました。皿洗いから始め、ウエーター、やがてドゥミ・シェフとなり、まさに酒量の増加とともに階級を上がっていきました。わが国のような実力主義の国においては努力は必ず報われます。マシアクも三十二歳でエピネ＝シュル＝オルジュのカフェを任されました。そして八年後にはとうとう階段を上《のぼ》り詰め、若干の借金をしてランス近郊のビストロを買い取りました。しかしその後、周知の状況により死亡するに至ったのであります。ずっと独身で、だからかもしれませんが、ある日一人の女性客から好意を示されるところりと参ってしまいました。そして二千百三十七ユーロ八十七サンチーム——店の会計は正確でなければなりませんから——と命を失いました。仕事においては地道に積み上げてきたマシアクも、恋愛においては一瞬で散ったわけです」

　誰もなにも言わなかった。その沈黙がなにを意味するのか、苛立ちなのか（ヴィダール）、落胆なのか（ル・グエン）、忍耐なのか（ルイ）、歓喜なのか（アルマン）わからないが、とにかく全員黙っていた。

「つまりあなたの考えでは」とヴィダールがようやく口を開いた。「被害者に共通点はなく、犯人の女は無作為に殺したということですか？　つまり計画的犯行ではなかったと？」

「計画的犯行かそうでないかはまだなんとも言えません。ただ被害者は互いを知らなかった、したがってその点を追いかけても意味がないと思われます」

「しかし殺すためでなかったとすれば、女はなぜ身を偽ったのか」

「殺すためではなく、殺したからです」

　ヴィダールが投じた小さな問いによって、脱線しかかっていたカミーユは軌道を修正することができた。

「厳密に言えば女は身を偽ったわけではなく、ただ違う名前を名乗っただけで、これは同じではありません。名前はと訊かれて〝ナタリー〟と答えた。あるいは〝レア〟と答えた。誰も身分証を見せろとは言わない。女はすでに人を殺していたので、別の名を名乗った。殺されたのは今のところ三人ですが、ほかにもいるかもしれません。とにかく女は複数の男を殺していて、自分の行動をたどられないようにした」

「その意味では実にうまく立ち回ってきたわけですね」ヴィダールが言った。

「そのとおりです……」

カミーユはそう言いながら窓の外に目をやった。ほかの全員もそうだった。まだ九月末の朝九時だというのに外が暗くなった。不意に雨脚が強くなり、雨粒に鞭打たれて警視庁本部の窓が一斉に音を立てた。この嵐は二時間前から吹き荒れていて、時折こうして雨が激しくなる。しかも徐々にひどくなってきていた。カミーユはわけのわからない不安を感じた。ジェリコーの『大洪水の風景』ほどの荒れ模様ではないものの、今日のパリにはどこか不穏な空気が漂っている。用心しなけりゃとカミーユは思った。人間みたいなちっぽけな存在にとっては、世界の終りもそれほど大げさなものではなく、こんなふうに平凡な嵐で始まるのかもしれない。

「動機は？」ヴィダールが訊いた。「金目当てとは考えられないようですが……」

「ええ、大した金額はとられていません。金目当てならもっと効率よく金持ちを狙うはずです。パスカルの父親の金が六百二十三ユーロ、マシアクはその日の売上とへそくり、ガテーニョはカードの残高、それだけです」

「では金をとったのは単なるついでですか？」

「かもしれません。あるいは目くらまし。強盗に見せかけることで、少しでも捜査を攪乱したかったものとわたしはみています」

「だとすると本当の動機はなんですか？　異常犯罪？」

「ええ、おそらく。いずれにしても動機は性的なものです」

思い切って言った。そこから先はどういう勝負になるかわからない。ヴィダールにもそれなりの考えがあるだろう。経験が多いとは思えないが、大学も出ていることだし、この話題にひるんだりはしないだろう。

「女は……」とヴィダールが言った。「……もちろんこの女が犯人だとしてですが……」

またヴィダールの得意技が出たとカミーユは思った。ほかの事件でもいつもこうなのだろうか。推定無罪の原則を忘れるな、確たる証拠のみに基づく捜査を心がけよ、そうした基本を思い出させることで指導者たる立場を誇示して悦に入っている。そしてこの技を使うとき、つまりまだなにも証明されちゃいないぞと言外に言うとき、ヴィダールは言葉のあとに十分な間をとり、言外の意味が全員に伝わるようにする。だがル・グエンはうなずいている。あとでカミーユが嚙みついたら、ル・グエンはこう答えるだろう。「いいか、少なくともあいつももう大人だ。あいつが子供のころどんなクソガキだったか想像できるだろ？　それよりずっとましだろ？」

「……女は被害者の喉に硫酸を流し込んだ」ヴィダールが続けた。「警部が言うように性的な動機によるものなら、もっと違う使い方をしてもよさそうなものですね？」

それは暗示であり、婉曲だ。現実から距離を置いている。もちろんカミーユはこの機会を逃がさなかった。

「たとえばどういう?」

「そうですねえ……」

間が長すぎる。カミーユは追い打ちをかけた。

「つまり?」

「まあその、硫酸をかけるならむしろ……」

「ペニスに?」とカミーユが代弁した。

「ええ……」

「あるいは睾丸《こうがん》? あるいは両方?」

「ええ、そう思います」

ル・グエンが天井を見上げた。このやりとりを聞くのに疲れたようだ。だがヴィダールはすぐ〝第二ラウンド〟に入った。

「それで、ヴェルーヴェン警部、あなたはこの女をレイプの犠牲者だと考えている、そうでしたね?」

「そうです。それが理由で男を殺しているのだと考えています。男への復讐です」

「だとすると硫酸を喉に流し込むというのは……」

「フェラチオを強要され、それがトラウマになったのかもしれないと考えています。そういうケースもありますから……」

「確かに」とヴィダールが認めた。「しかもそうした例は一般に考えられているより多いですね。だが幸いなことに、それが理由でシリアルキラーになるというものでもないし、ましてやこんな方法をとるとは……」

驚いたことに、そこでヴィダールがにやにやしはじめたので、カミーユは少々たじろいだ。ここは笑う場面ではないし、意味がわからない。

「いずれにせよ」カミーユは切り返した。「理由がなんであれ、女は硫酸を喉に流し込んだわけです。ええ、わかってます、もちろんこの女が犯人だとして……」

そう言ってカミーユは人差し指の先でくるくると円を描いた。決まり文句は聞き飽きたという意味で。

ヴィダールはまだにやついたままうなずき、席を立った。

「いずれにせよ、理由がフェラチオであれなんであれ、女にはなにか喉に、つ、か、え、ることがあった、そういうことですね」

その冗談にはその場の全員が驚いた。いちばん驚いたのはカミーユだった。

34

アレックスは最後にもう一度だけ断ろうとしたが、だめだった。ダンスをするような服じゃないし、こんな恰好じゃ出かけられないし、おしゃれな服など持ってきていないしと言い訳したのだが、ジャクリーヌに「あなたは完璧よ」と言われて決着がついてしまった。ジャクリーヌはアレックスの瞳の奥をのぞき込み、感嘆と羨望《せんぼう》の入り混じった表情でうなずいた。ジャクリーヌはそこに過去の自分を見て、美しくて若いっていいことねと言う代わりに「あなたは完璧よ」と言ったのだ。つまり軽いお世辞などではなかったので、アレックスはなにも言い返せなかった。そしてあれよあれよという間にタクシーに乗せられ、会場に着いた。

それは巨大なダンスホールで、ひと目見ただけでアレックスはみじめな気分になった。サーカスや動物園と同じように、足を踏み入れたとたんに言いようのない悲しみが胸に広がる場所だ。しかも八百人は入りそうな広さなのに百五十人ほどしかいないので、がらんとしてますますわびしい感じがする。アコーデオンや電子ピアノから成るオーケストラの奏者たちはみな五十代で、指揮者の栗色のかつらが汗ですべり落ちそうになっている。周囲を取り巻くように椅子が百脚くらい並んでいて、中央のぴかぴかに磨き上げられたダンスフロアで三十組くらいの人々が左右に体を揺すって踊っていた。その服装はさまざまだが、ボレロダンサー風、結婚式の晴れ着風、フラメンコ風フレアスカート、チャールストン風ショートドレスなど、どれも派手で安っぽい。アレックスから見れば、ここは失意の人々の溜まり場でしかない。だがジャクリーヌはそうは思っていないようで、すっかりこの場所に溶け込んで楽しんでいる。知っている顔がかなりいて、あちらこちらでアレックスのことを「ローラよ」と紹介し、目配せしながら「姪なの」と言って回った。だいたい四十代、五十代の人々だ。ここでは三十代の女はみなしごのように見えるし、三十代の男はうさんくさく見える。ジャクリーヌと同年代で同じくらいハイテンションな女性も十人ほどいた。いずれも負けず劣らずめかし込み、化粧もヘアスタイルも念入りで、それぞれ折り目のついたズボンをはいた従順そうな夫の腕にすがりついている。この女たちはとにかくかしましく、冗談ばかり飛ばしていて、いわゆる〝なんでもＯＫ〟の女たちに見えた。そして大歓迎よとアレックスを抱擁したにもかかわらず、すぐに忘れて踊りに行ってしまった。

だがじきに、ジャクリーヌの目的はダンスではなく、別にあることがわかった。マリオという三十前後の男だ。初めからそう言ってくれれば話が早いのにとアレックスは舌打ちした。マリオは石工のようにたくましく、しゃべり方こそぎこちないものの文句なく男らしい。そしてマリオと一緒に五十代のミシェルという男がいた。マリオが石工ならミシェルのほうは中小企業の元社長といったところで、ネクタイをきつく締め、シャツの袖を長く出して自分のイニシャルのカフスボタンで留めている。スーツは淡緑色で、ズボンには黒の飾り紐がついているという凝りようだ。ミシェルに限ったことではないが、こんな服をここ以外のどこで着るのだろうと首をかしげてしまう。そのミシェルがジャクリーヌにぞっこんなのはすぐにわかったが、残念ながらマリオと並ぶとかなり老けて見える。そしてジャクリーヌはミシェルのことなど眼中にない。アレックスはあまりにもわかりやすい三角関係を観察しながら、このダンスホールに渦巻く人間関係をひもとくには初歩の動物行動学があれば足りそうだと思った。

ホールの一隅にはバーが、というより駅で見かけるようなスタンドがあり、あまり人気のない曲になると人々が集まってきて会話を楽しむ。男が女を誘う場所でもある。時にはここに人が集まりすぎて、フロアで踊っているのはほんの数組になり、それがウエディングケーキの上の人形のように見えていっそう哀れを誘う。そうなると指揮者も少しテンポを上げ、さっさとその曲を終わらせて次の曲で勝負しようとする。

深夜二時を過ぎるとさすがに客も少なくなった。ダンスフロアも、残り時間でなんとか口説こうとする男が女にしがみついているだけになった。

マリオも帰ってしまい、残ったミシェルが送っていこうと言ったが、ジャクリーヌはタクシーに乗るからと断った。だが帰る前にも儀式があり、ジャクリーヌはまた人々と抱き合い、いい夜だったわと言い、また今度ねとかなんとか意味もない約束を山ほど交わして回った。

タクシーのなかで、アレックスはほろ酔い気分のジャクリーヌにミシェルのことを訊いてみた。するとジャクリーヌは、誰が見てもわかることをさも大事な秘密のように打ち明けた。

「わたしはね、若い男にしか興味がないの」。そして、チョコレートに目がないと打ち明けたかのように、ちょっと口をすぼめてみせた。まあ、どちらも金で買えるから似たようなものかもしれないとアレックスは思った。ジャクリーヌは早晩マリオを手に入れるつもりだろう。だがそれがどういう方法にせよ、高くつくことは間違いない。

「退屈だったかしら?」

ジャクリーヌはアレックスの手を取って握りしめた。その手は妙に冷たく、かさかさして長細く、爪も長かった。だが眠気と酔いが許す範囲の感情は込められていた。

「いいえ、とんでもない」とアレックスは首を振った。「面白かったです」

だがもう明日発つと決めていた。それも朝早く。列車の予約はしていないが、それはなんとでもなる。

ホテルに着いた。ハイヒールのジャクリーヌは足元がおぼつかない。さあ、もう遅いから、と二人は音を立てないようになかに入り、玄関ホールでおやすみのキスを交わした。また明日ね？　アレックスはすべてにええと答えて自分の部屋に上がった。そしてスーツケースを持ってすぐまた下に降り、フロントに置き、ハンドバッグだけ提げてカウンターの後ろを通り抜け、ジャクリーヌの客間のドアを開けた。

ジャクリーヌはすでに靴を脱ぎ、ウイスキーの入った大きなグラスを手にしていた。一人になってようやく自分に戻ったのか、一気に百歳老けて見えた。

アレックスを見ると微笑み、なにか忘れ物でもと言いかけたが、アレックスはそれを待たずに片手で黒電話をつかみ、右のこめかみ目がけて力いっぱい振った。ジャクリーヌは衝撃でよろめいて倒れ、グラスが部屋の隅まで飛んだ。アレックスは相手が顔を上げようとするのを待ち、今度は黒電話を両手で持ち上げて脳天に振り下ろした。これがアレックスのやり方だ。頭を殴る。武器がないときはこれが手っ取り早い。できるだけ両手を高く上げ、電話の重みを使って三回、四回、五回と殴ると、それで用が足りた。ジャクリーヌの顔はもうぼろぼろだったが、まだ死んではいない。それが頭を狙う第二の理由で、相手は動けなくなるが、最後のお楽しみは残せる。さらに二回殴ると、ジャクリーヌが入れ歯だったことがわかった。樹脂製の入れ歯が口から斜めにはみ出し、前歯がほとんど折れていた。鼻から血が流れている。アレックスはそっと後ろに下がり、電話のコードで手首と足首を縛った。こうしておけばジャクリーヌが少々動いたとしても心配ない。

アレックスはいつも鼻と顔を守るべく細心の注意を払う。できるだけ遠くから腕を伸ばし、片手でジャクリーヌの髪をつかみ、もう片方の手で硫酸を口に流し込んだ。用心したのは幸いで、硫酸が入れ歯の樹脂と反応して激しく泡立った。

舌、喉、首と順に溶けていくあいだ、ジャクリーヌは獣がうなるような低い叫び声を上げ、腹が風船のようにふくらんだ。その叫びは単なる反射運動によるものかもしれない。そのあたりはアレックスにもわからないが、とにかく苦しんでほしいと思った。

アレックスは中庭に面した窓を開け、客間のドアも少し開けてしばらく空気を通した。換気が終わるとドアを閉め、窓は開けたままでベイリーズを探したが見つからず、ウォッカを味見するとまあまあだったので、それを持ってソファーに戻り、腰を落ち着けた。横目でちらりとジャクリーヌを見た。死んでいる。全身が脱臼《だっきゅう》したかのように伸びている。だが顔に比べれば体のほうはどうということはない。顔は、いや顔の残った部分はひどいありさまで、肉が酸で溶けて血と混ざり、どろどろになっている。

うぇ……。

どっと疲れが出た。

アレックスは雑誌を手に取り、クロスワードパズルを始めた。

35

なにもかもが足踏み状態だった。予審判事も、天気も、捜査もうまくいっていない。ル・グエンでさえいらいらしている。そしてあの女については……いまだになにもわからない。カミーユは報告書を書き終えたものの、家に帰る気になれずにぐずぐずしていた。早く家に帰りたいと思ったことなど一度もない。ドゥドゥーシュが待っているから帰るだけのことで、そうでなければ……。

みな毎日十時間働いている。毎日数十の証言をとり、数十の報告書と調書を読み、情報を突き合わせて正確を期し、細部や時間を確認し、必要な問い合わせをしている。それにもかかわらずなにも出てこないとなると、これは深刻な事態だ。カミーユは考え込まずにはいられなかった。

ルイはヴェルーヴェン班長のオフィスがまだ明るいのに気づいてちょっとのぞき込み、邪魔ではなさそうなので入ってみた。デスクの上に紙が散らばっていた。見てもいいですかと目で問うと、班長がうなずいたので、紙を裏返していった。裏面はどれも今追っている女のスケッチだった。鑑識が苦心したモンタージュもよくできていて、目撃者がみな彼女だと認めたほどだから実物によく似ているのだろう。だがモンタージュの女には血が通っていない。一方、班長が想像を頼りに描いたこれらのスケッチは、その女に命を吹き込み、生きた人間として再構築したものだ。ここに描かれた女は相変わらず名無しだが、確かに生きている。班長はもう何十枚も描いたのではないだろうか。まるで親しい女のように細部までよく描けていて、表情豊かだ。たとえば、テーブルに座った女。どこかのレストランだろう。両手を顎の下で組んでいる。誰かの話に耳を傾けているのだろうか、輝く目が笑っている。かと思うと泣いているのもある。はっと顔を上げた瞬間だろうか、言葉を失って唇が震えている。見る者の胸をえぐる表情だ。通りを歩いている姿もある。腰をひねってショーウインドーのほうを見ていて、そこに映った顔が自分を見て驚いている。班長の手にかかると人物が魔法のように動き出すから不思議だ。

ルイは感動し、素晴らしい絵だと言いたかったが、班長が同じようにイレーヌの絵も描いていたことを思い出して口をつぐんだ。やはりデスクで何枚も何枚も描いていた。見るたびに新しい絵ができていたし、電話をかけながらでも手が動いていて、無意識の産物かと思えるほどだった。

だからルイは絵のことには触れなかった。代わりになんでもないような言葉をちょっと交わし、まだ帰らないのかと訊かれて、「ええ、もう少し残ります。やりかけの仕事があるので」と答えた。班長はうなずいて立ち上がり、コートをはおり、帽子をかぶって出ていった。

カミーユはオフィスを出てから廊下でアルマンと一緒になった。アルマンがこんなに遅くまで残っていることはめずらしいので驚いた。両耳に煙草をはさんでいて、すり切れた上着の胸ポケットからは四色ボールペンの頭がのぞいている。なるほど、この階のどこかの部署に新入りが来たとみえる。アルマンの嗅覚はそうした獲物を逃したことがない。新入りは庁舎に足を踏み入れるや否や、面倒見のいいベテラン刑事と偶然出会うことになる。その先輩はわざわざ庁舎内の迷路を案内してくれて、面白い話やうわさ話を聞かせてくれる。とにかく親切で、若い新人の気持ちをよくわかってくれる。カミーユはたまたまその場面を見かけたりすると、ミユージックホールの出し物でも見ているようで楽しくてたまらなくなる。運の悪い客が舞台に引っ張り上げられ、二言三言会話をするあいだに時計だの財布だのをとられてしまう、あれとそっくりだ。パリ警視庁の新入りも、親切なアルマンと会話しているあいだにいつの間にか煙草を渡し、ボールペンを渡し、手帳、パリの地図、地下鉄の切符、昼食券、駐車券、小銭、新聞、クロスワードパズルの雑誌といったものを差し出さざるをえなくなる。アルマンは初日にできるかぎりのものを巻き上げる。二日目ではもう遅いからだ。

カミーユはアルマンと一緒に庁舎を出た。ルイとはいつも朝だけ握手を交わすが、逆にアルマンとは晩にだけ握手を交わす。その際言葉は交わさない。

カミーユは実は〝習慣の奴隷〟といってもいいほどで、始終新しい習慣を作り出しては、無意識のうちに周囲に押しつけている。それは周知の事実だが、誰もあえて口に出さない。

そうした決まり事はカミーユにとっては習慣以上のもので、もはや儀式に近い。互いを認め合うための手段と言えばいいだろうか。そしてカミーユは、人生を終わらない儀式のようなものだと感じている。その儀式は死ぬまで延々と続くのだが、それがなんのための儀式なのか誰にもわからない。さらに別の面から言えば、そうした決まり事はカミーユにとって言語活動の一つでもある。眼鏡をかけるという動作一つとっても、それは単に「よく見えない」という意味だけではなく、その時々の状況に応じて「ちょっと考えさせてくれ」になったり、「そっとしといてくれ」になったり、「おれも年とったな」になったり、「早く定年にならんもんかな」になったりする。つまり眼鏡をかけるという動作は記号体系に属し、ルイが前髪をかき上げるのと似たような意味をもつ。だが結局のところ、カミーユがそんな習慣ないし言語を身につけたのもやはり低身長のせいかもしれない。そういうことでもしなければ、自分をこの世につなぎとめておけないような気がするのだ。

そんなわけで、アルマンはカミーユと握手を交わすと、なにも言わずに地下鉄の駅へと走り去った。カミーユは理由もなくその場に立ち尽くした。ドゥドゥーシュは本当に優しい猫で、猫なりにできることをすべてしてくれているのだが、それでも、晩に家に帰るのが猫のためだというのはあまりにも……。

カミーユはどこかでこんな言葉を目にしたことがあった。《望みを捨てたそのときに、救いの手が差し伸べられる》

そのとき起きたことはまさにそれだった。

いったん上がっていた雨がまた激しく降りだした。突風で帽子が飛ばされそうになり、カミーユは慌てて手で押さえてタクシー乗り場に向かった。だが車は一台もいない。黒い傘をさした男が二人いらいらしながら待っていた。時刻どおりに来ない列車を待ちわびる乗客のように、二人は車道に身を乗り出して遠くを見つめている。カミーユは時計を見た。まだ地下鉄の最終に間に合う。そこできびすを返して駅に向かったが、すぐに足を止め、またタクシー乗り場のほうを向いてじっと見た。タクシーが一台、専用レーンの外側をゆっくり走っている。あまりにもゆっくりで、目立たないように客を誘っているような感じだ。と思ったらウインドーが下がった……。その瞬間、カミーユは答えを見つけたと思った。理由はわからない。単にほかの選択肢がすべて行き詰っていたからかもしれない。あの女が倉庫から逃げたとき、バスは時間的に無理だった。地下鉄も監視カメラがあちこちにあるし、乗客が少ない時間帯には必ず誰かの目に留まるから無理だったはずだ。タクシーも近くから見られてしまうので普通は無理だ。

だから。

だから、そういうことだ。カミーユはそれ以上考えず、帽子をぐいと目深《まぶか》にかぶって走りだし、車に近づこうとしていた客を失礼と言って追い抜くと、開いた窓から首を突っ込んだ。

「ヴァルミー河岸までいくらだ？」

「十五ユーロくらい」運転手が答えた。

東欧訛りだ。だがどの国かはわからない。そういう知識はカミーユにはない。後部座席のドアを開けて乗り込むと、運転手は車を出し、ウインドーを上げた。前がジッパーになった手編み風のニットのカーディガンを着ている。こんなのは自分のを捨てて以来、少なくとも十年は目にしていない。数分過ぎた。カミーユはため息とともに目を閉じた。

「悪いがヴァルミー河岸はやめる。オルフェーヴル河岸へ戻ってくれ」

運転手は驚いてバックミラーを見た。

カミーユは身分証を出し、バックミラーにはっきり映るようにかざした。

カミーユが獲物を連れて本部に戻ると、ルイがちょうど帰り支度をしていた。アレキサンダー・マックイーンのコートをはおりかけたところで、カミーユを見るとそのままの格好で目を丸くした。

カミーユはルイに「ちょっといいか?」と声をかけ、答えも待たずに運転手を取調室に連れ込んで座らせ、自分も向かいの椅子によじ登った。

時間をかけるつもりはなかった。運転手にもそう言ってやり、こう続けた。

「同じ立場の者同士ってのは、なんのかんのいっても仲よくなるものなんだろ?」

だが〝同じ立場の者〟というのが五十歳のリトアニア人にはわかりにくかったようだ。そこでカミーユは作戦を変え、もっと初歩的で確実な、あからさまな言葉を使うことにした。この相手ならそのほうが早い。

「こっちはな、つまり警察のことだが、なんでもできる。北駅、東駅、モンパルナス駅、サン゠ラザール駅周辺を一斉に取り締まることもできる。なんなら空港行きリムジンが停まるアンヴァリッド駅も入れるか? 一時間もありゃ、市内の白タクの三分の二を検挙して、残りの三分の一を二か月営業停止にできる。捕まえた連中はここに連れてきて、滞在許可証のないやつ、偽造してるやつ、期限切れのやつに分類した上で、車の値段くらいの罰金を科してやる。もちろん車は没収だ。悪いがな、それが法律だからしょうがない。わかるな? そして半分は、ベルグラードだろうがタリンだろうがヴィリニュスだろうが、飛行機に乗せて送り返してやる。ああ、心配するな、飛行機の予約はこっちでするから。そしてだ、残りの半分は二年入ってもらう。というわけなんだが、どうだ？」

　運転手はフランス語を追うのにも苦労していたが、大筋は理解したようで、青ざめた顔でカミーユの手元に置かれた自分のパスポートを見つめた。カミーユは先ほどからそのパスポートを手刀でこすっていて、それもまた運転手の不安をあおる役に立った。

「これは預からせてもらおうか。出会いの記念に。だがな、こっちは返してやる」

　そう言ってカミーユは携帯電話を差し出した。そしてがらりと表情を変え、冗談の余地などみじんもないことを示し、鉄製の机の上にたたきつけるように携帯を置いた。

「さあ、片っ端から電話をかけろ。白タク仲間を大慌てさせるんだ。こっちが探してるのは女で、二十五から三十。けっこう美人だが、ふらふらの状態で、しかも不潔だったはずだ。おまえたちの誰かが十二日の水曜にパンタン教会とパンタン門のあいだでこの女を乗せた。知りたいのはどこで女を降ろしたかだ。二十四時間やる」

36

　あの檻の体験で自分が心身ともにどれほどの痛手を負ったか、アレックスはもうはっきり自覚していた。それは思った以上のダメージで、アレックスはいまだにその後遺症を引きずっている。あのままネズミに食われて死んでいたかもしれない……そう思っただけで身の毛がよだち、われを失い、めまいがしてまっすぐ立っていられなくなる。体もまだ節々が痛み、筋肉がつって目を覚ますのも毎夜のことで、それはまるで苦しみの記憶がアレックスのなかに居座り、消されることを拒否しているかのようだった。列車のなかでも同じことで、夢にうなされて悲鳴を上げかけた。人間の脳は悪い思い出を排除し、いい思い出だけを保つようにできていて、だから人は生きていけるのだと聞いたことがある。確かにそうかもしれないが、それには時間がかかるのではないだろうか。なにしろアレックスの場合、少し目を閉じるだけであのいまましいネズミたちが現れ、恐怖がよみがえり、胃の腑が締めつけられるのだから。

駅を出たときは正午に近かった。車内で夢にうなされながらパリに着いたので、こうしてにぎやかな通りを歩いていても頭がしゃんとせず、まだ夢のなかでもがいているようだった。

鉛色の空の下、アレックスはキャスター付きのスーツケースを引いてモンジュ通りのホテルに入った。空いていた部屋は中庭に面していて、かすかに煙草のにおいが染みついていた。すぐに服を脱いでシャワーを浴びた。まず熱い湯で、それからぬるくして、最後は冷たい水にする。そしてお決まりのタオル地のバスローブをはおれば、貧乏人にとっては三流ホテルも豪華ホテルになる。あちこちが痛い上に空腹で、体に力が入らない。アレックスは濡れた髪のまま鏡の前に立った。自分の体で気に入っているのは胸だけだ。髪を乾かしながら鏡のなかの胸を見つめた。胸がふくらみはじめたのは誰よりも遅くて、自分でもあきらめかけたころだった。十三歳、いや十四歳だったろうか。それまでは文字どおり〝ぺったんこ〟で、小学校でも中学校でもそう言われた。同級生たちが襟ぐりの深い服やタイトなセーターを着こなすようになり、時には驚くほど乳首が目立つようになっても、アレックスの胸は平らなままだった。〝洗濯板〟

とも言われたが、アレックスはそれがどんなものか知らなかったし、まわりの誰も知らなかった。それでもこの言葉を聞くと、誰もがまっ平らな胸を思い浮かべる。

胸以外の部分はもっと遅かった。体全体が女らしくなったのは高校に入ってからで、十五歳のときに突然すべてが変わった。すべてがあるべき形に整い、胸はもちろん笑顔も、腰つきも、目つきも、全体のボディーラインも女になった。歩き方まで変わった。それ以前のアレックスははっきり言って醜かった。遠回しに言えば〝魅力がない〟ということだろうが、要するにどうなればいいのかわからずにいるような体、中途半端で、なにも連想させず、愛嬌も個性もなく、ただ女の子だという以外の何者でもないような姿だった。母親は「かわいそうに」とまで言い、悲しむようなそぶりを見せたが、実はその不毛な肉体こそ母親が思うとおりのアレックスだった。つまり失敗作だ。初めて化粧をしたとき、母親はなにも言わずにただ大笑いした。アレックスは浴室に駆け込んで顔をごしごし洗い、鏡を見た。恥ずかしかった。化粧を落として下の階に戻っても、母親はなにも言わなかった。ただ口元に薄笑いを浮かべていて、それが言葉以上に雄弁に語っていた。そして、その後アレックスが美しく変わりはじめると、母親は気づかないふりをした。

遠い過去の話だ。

アレックスはとりあえずショーツとブラだけ身につけ、スーツケースのなかを探しはじめた。どこにやったか思い出せない。でも捨てたりはしていないから絶対どこかにあるはずだ。とうとうベッドの上でスーツケースをひっくり返し、中身を全部出し、サイドポケットも見てみたが、ない。そこで目を閉じて記憶をたどった。あの通りでタクシーを拾って……あの日はなにを着ていたっけ……と、そこで思い出した。アレックスは服をかき分けてお目当てのポケットを見つけ、手を突っ込んだ。

「あった!」

ちょっとした勝利だ。

「さあ、おまえは自由な女よ」

名刺はよれよれで、斜めに大きな折れ目がついていて、角も折れていた。受け取ったときからこうだ。番号を押し、相手が受話器を取るなり名刺を見ながら言った。

「もしもし、フェリックス・マニエール?」

「どなたです?」

「わたしよ……」

しまった。なんという名前にしたのか思い出せない。

「ジュリア? もしもし、ジュリアか?」

フェリックスはほとんど叫んでいた。アレックスはほっと胸を撫で下ろした。

「そう、ジュリアよ」

フェリックスの声は聞き取りにくかった。

「運転中?」アレックスは訊いた。「邪魔しちゃったかしら?」

「いや、ああ。いやいや……」

フェリックスはかなりうれしそうだ。それでしどろもどろになっている。

「もう、いったいどっちなの?」アレックスは笑いながら訊いた。

このパンチは効いたが、相手の負けっぷりもよかった。

「きみならいつだって歓迎だよ」

アレックスはそこで間をとった。相手の気の利いた答えを評価し、その意味を味わうのに十分な時間をかけた。

「優しいのね」

「どこにいるんだい？　家？」

アレックスはベッドに座り、脚をぶらぶらさせた。

「ええ。あなたは？」

「仕事中……」

それに続くちょっとした間はある種の迷いを意味し、どちらも相手の出方を待つという感じだった。だがアレックスには自信があった。しくじったりはしない。

「ジュリア、きみがかけてきてくれるなんてうれしいよ」フェリックスが先に折れた。「感激だ」

それは聞くまでもない。うれしいのはわかってるわよとアレックスは心のなかで言った。声を聞いたら相手の姿がいっそうはっきり浮かんできた。人生に息切れし、体重が増えはじめ、脚がちょっと短い男。そしてあの顔……。アレックスを動揺させるあの顔。どこか悲しげな、遠くを見るような目。

「仕事って、今日はなにしてるの？」

アレックスはそう訊いてベッドに寝そべり、開け放した窓の外を見た。

「今週の売り上げのまとめだ。明日から出張だからね。ちゃんと見とかないと戻ってきたときどうなってるか……」

フェリックスはそこで話を止めた。アレックスはなんだかおかしかった。こちらが相づちを打たずにいると、なにかまずいことを言ったと感じてフェリックスも話を止める。これが電話じゃなくて顔を合わせていたら、それこそ少し微笑み方を変えるだけで、あるいはほんの少し首をかしげるだけで、フェリックスは話を途中でやめたり、あるいは内容を変えたりするだろう。電話でさえすでにそうなのだから。

「ま、そんなことどうでもいいさ。それできみは？　なにしてるんだい？」

アレックスは男をその気にさせる方法をいろいろ知っている。前回レストランを出て少し歩いたときもその技の一部を披露した。ちょっとだるそうに、肩を落としぎみにして歩く。少しうつむき、目を無邪気に見えるくらい大きく見開き、相手の視線を引きつけておいて唇を湿らす……。あのときのフェリックスの、ベッドインしか頭にない間抜け面が目に浮かぶ。性的欲求不満が毛穴という毛穴からにじみ出ていた。だから今回も造作ない。

「わたし？　寝転がってるの。ベッドの上よ」

やりすぎたりはしない。かすれ声や甘ったるい声にはしない。余分な色はつけず、ただ相手の戸惑いを引き出すだけでいい。声音はただの情報、意味は深長、それがいい。そしてまた沈黙……。フェリックスの頭のなかで神経の雪崩《なだれ》が起きたのが聞こえるようだった。結局フェリックスは返す言葉も見つけられずに間抜けた笑い声を上げ、それにアレックスが反応せずにいると、その笑いも尻すぼみになってぷつりと切れ、壊れかけた人形のように最後の言葉を繰り返した。

「ベッドの上……」

アレックスにはフェリックスの精神がその瞬間体から抜け出したのがわかった。そして街を飛び交う電波に乗ってジュリアのもとへ飛び、空気となってジュリアの体内に入り、その締まったウエストをそっとふくらませ、そのウエストの先には白いショーツがあって、それは小さいはずだと想像し、とうとうそのショーツになり、ショーツの生地になり、また空気に戻り、あるいはちりやほこりになって、ジュリアを取り巻き、包み込む。だからなにも言えない。しゃべるどころではないだろう。アレックスは静かに笑った。フェリックスがそれを聞きつけた。

「なにを笑ってるんだい？」

「だって、フェリックス、あなたったらおかしいんだもの」

前にも名前で呼んだことがあっただろうか？　いずれにせよ、ここはそうすべきタイミングだ。

「え……」

フェリックスは意味をつかみかねているようだ。

「今夜はなにか予定でも？」アレックスは話を前に進めた。

「なにも……」

フェリックスは二回唾をのんだ。

「じゃあ夕食をおごってくれない？」

「今夜？」

「あら」アレックスは素っ気なく言った。「やっぱり迷惑だったわね。ごめんなさい……」

そしてフェリックスが慌てて「いや違うんだ」と言い、そのあと謝罪、弁明、約束、説明、理屈、理由などを連ねるのを笑いをこらえながら聞き、腕時計で七時半だと確認した上で相手を遮った。

「八時でどうかしら？」

「わかった、八時だね」

「場所は？」

アレックスはこれじゃ簡単すぎるとやや拍子抜けして目を閉じ、ベッドの上で脚を組んだ。フェリックスは一分以上考えてからようやくレストランの名前を言った。アレックスはナイトテーブルにかがみ込んで住所を書き取った。

「すごくいい店だよ」フェリックスが言った。「いや、たぶん……ま、とにかく来てくれればわかるから。気に入らなかったらほかへ行けばいいし」

「いい店ならなぜほかへ行く必要があるの？」

「そりゃあ……好みの問題もあるからさ……」

「だったら、フェリックス、あなたの好みを見るのが楽しみだわ」

アレックスは電話を切り、猫のように伸びをした。

37

ヴィダールは全員召集に固執した。仕方なく、またル・グエンを筆頭にカミーユ、ルイ、アルマン、その他の刑事が雁首《がんくび》そろえて予審判事の登場を待ち受けた。捜査は相変わらず足踏み状態だった。

いや、足踏み……というわけでもない。事件そのものは動いた。それも大きく動いた。だからヴィダールもル・グエンに全員集めるように言ったのだろうし、そこでなにを言いたいかもカミーユにはよくわかっている。ヴィダールが姿を見せるや否や、ル・グエンが牽制の視線を投げてきた。だがカミーユはすでにストレスがじわじわと体全体に広がりつつあるのを感じていて、おとなしくしていられるかどうか自信がなかった。背中に回した手をこすり合わせて落ち着こうとしてみたものの、これじゃ手術に臨む外科医だなと思い、ますます緊張した。それにしても、この事件の当初からのヴィダールのやり方を見ていると、議論で相手を打ち負かすことが知性の証しだと思い込んでいる節がある。もちろん今日も負けるつもりなどまったくないだろう。

本日の判事殿のいでたちはというと、これまたそつがなかった。地味なグレーのスーツに、地味なグレーのタイ。思慮深き正義とはわたしのことだと言わんばかりのコーディネートだが、見ようによってはチェーホフのようでもあり、さては芝居を打つ気だろうかとカミーユは思った。だが、そうだとしたらわざわざ演じるまでもない。すでに判事の役どころは決まっていて、芝居のタイトルはさしずめ『予告された新たな殺人の記録』といったところだろう。なにしろなにが起きたかはもう全員知っているのだから。そしてその筋書きをまとめれば、「おまえたちはそろって間抜けか？」となる。なぜなら、カミーユが主張していた説が強烈なブローを食らって揺らいでいるからだ。

トゥールーズのホテルの女主人、ジャクリーヌ・ザネッティが殺された件で一報が入ったのは四時間前だった。頭部を何度も殴られ、手足を縛られた上、高濃度の硫酸を喉に流し込まれていた。

カミーユはすぐドラヴィーニュに電話した。ドラヴィーニュは二十年来の刑事仲間で、どちらもまだ若手だったころ同僚だった男だ。今はトゥールーズ署の殺人課課長になっている。二人はこの四時間で七、八回話をした。アルベール・ドラヴィーニュという男は率直で、世話好きで、信義に厚く、しかも旧友のカミーユのことをひどく心配している。そのおかげで、カミーユは午前中いっぱいかけて初動捜査の第一報や関係者の聞き取りの内容を電話で聞くことができ、パリにいながらにして現場と同じ量の情報を仕入れていた。

「間違いないでしょう」とヴィダールが言った。「同一犯による犯行です。どれも手口がほぼ同じですからね。報告書によれば、ザネッティ夫人が殺されたのは金曜日の早朝ということですね」

「あのホテルはうちの署内じゃ有名でね」と今朝の電話でドラヴィーニュが言った。「いわば売春宿だよ。口が堅い《ディスクリート》ホテルってとこだな」

そうだったとカミーユは思い出した。ドラヴィーニュは昔から会話に英語をちりばめるのが好きだった。そういうやつだ。カミーユにとっては耳障りなこと甚だしい。

「女は火曜にトゥールーズに入った。駅前のホテルにアストリッド・ベルマという名で宿泊していたことがわかったよ。だが翌日ホテルを変えた。水曜日にジャクリーヌ・ザネッティが経営する〈ホテル・プレアルディ〉にチェックイン。そのときの名前はローラ・ブロック。そして木曜の深夜、つまり金曜の早朝、ザネッティを電話機で何度も殴った。顔面を直撃だ。それから硫酸でとどめを刺し、ホテルのレジを空にして姿を消した。とったのは二千ユーロほどだな。それにしても、次々と名前を変えてるようだな……」

「ああ、そのとおり」

「移動手段もわからない。車か、電車か、飛行機か……。鉄道の駅、バスターミナル、レンタカー会社、タクシー、全部当たってるところだが、まだ時間がかかるぞ」


「犯人の指紋がたくさん出ていますね」ヴィダールはその点を強調した。「宿泊した部屋からも、ザネッティ夫人の客間からも。つまりまったく気にしていない。警察のデータにないことを承知の上でこういう行動をとっている。挑発ととれなくもありません」

予審判事と部長がいてもなお、ほかの全員はカミーユのルールを守っていた。連絡会議は立って行うというルールだ。カミーユ自身も立ったまま、ドアに背をもたせかけてヴィダールの話の続きを待った。

「ほかにわかったこと？　そうさな」ドラヴィーニュが言った。「木曜の夜、女はザネッティに連れられてダンスホールに行った。〈ル・セントラル〉と呼ばれてる場所だ。これがかなり珍奇《ピクチャレスク》なところでな……」

「どういう意味で？」

「年輩の孤独な連中が集まる場所なんだ。ハイミスとか、ダンス愛好家とか。しかも服装が派手でね、白の《ファニー》スーツ、蝶ネクタイ、ちゃらちゃらしたドレスとかがうようよ……。おれなんかはまあ笑えるなと思うだけだが、おまえならげんなりするだろうよ」

「なるほど」

「いや。たぶんまだわかってないな……」

「そんなにひどいのか？」

「おまえには想像もつかんだろう。〈ル・セントラル〉は確か日本人向け観光スポットの超目玉《ピナクル・オブ・アチーヴメント》になってるんだ！」

「アルベール！」

「どうした？」

「英語はやめてくれ。いらいらする」

「了解《オーケー、ボーイ》」

「それはまだましだ……。それで、そのダンスホールと殺人は関係があるのか？」

「いや、とりあえずはなさそうだ。今のところダンスホールでの目撃証言から殺人がらみの話は一つも出てきていない。その晩は〝にぎやかで〟〝楽しかった〟そうで、なかには〝最高だった〟と言ったやつもいて、要するにうんざりするような集まりだったんだろうさ。だが、問題は起きなかった。口論一つなかった。ただしこういう場所だから、男女の駆け引きのごたごたはいつもあるわけだが、女はそれに加わらなかったそうだ。おとなしくて控えめだった。ザネッティを喜ばせるためについていっただけらしい」

「二人は知り合いだったのか？」

「ザネッティは姪だと言っていたそうだ。だがザネッティに兄弟姉妹がいないことはすぐにわかった。姪なんかいないのは、売春宿にうぶな女がいないのと同じくらい確かだね」

「うぶな女についちゃわからんだろうが……」

「いやいや！　その点はトゥールーズのポン引き連中が断言してる」

「警部がトゥールーズ署を通じてすべての情報を把握していることは知っています」とヴィダールが言った。「しかし重要なのはそのことではありません」

そらおいでなすったとカミーユは思った。

「重要なのは、これまで男ばかりを殺してきた犯人が、今回は女を狙ったということで、これは警部の仮説にはまりませんね。仮説というのはもちろん、この殺人の動機は性的なものだというヴェルーヴェン警部の考えのことです」

「その点については判事も同意されていましたが」

そう言ったのはル・グエンだった。ル・グエンも少々うんざりしているらしい。

「そのとおり！」とヴィダールが認めた。そして微笑んだ。満足しているかのように。「われわれはみな間違っていたんです」

「いや、間違いなんかじゃありません」カミーユが言った。

全員の視線がカミーユに集まった。


「というわけで二人の関係はわからんが」とドラヴィーニュが続けた。「とにかく二人は一緒にダンスホールに行った。だから被害者《スマイリー》の友人知人からごっそり証言がとれたわけだ。それによると、女はいかしてて、にこにこしてて……おっとすまん《ソーリー》……あんたが送ってきたモンタージュの女に間違いなさそうだ。美人で、スリムで、緑の目、とび色の髪。ただし、あれはかつらだろうと言ったのが二人いる」

「ああ、たぶんそうだろう」

「ザネッティと女がダンスホールを出てホテルに戻ったのはもう三時ごろだった。殺されたのはほぼその直後だろう。まだ推測だぞ。司法解剖の結果を待たんとな。今のところ解剖医は死亡推定時刻を三時半ごろとみてる」

「もめ事か？」

「かもしれんが、だとしたら相当派手なもめ事だぞ。硫酸で決着をつけるなんざ……」

「物音を聞いた客は？」

「誰も《ノーワン》……おっとすまん《ソーリー》……。だが三時半だからな。誰も起きちゃいない。それに電話で顔面を殴ったとなると、声も音もそれほど出ないだろ」

「そのザネッティっていうのは独り暮らしだったのか？」

「友人の話じゃ時期によるらしい。男がいたりいなかったり。で、ここんとこは独りだった」

「いや、警部、仮説がどうのこうのはもうけっこう。お望みならいつまででもその説にしがみついたらいいでしょう。しかしそれでは捜査は進まないし、結果も得られない。今われわれが相手にしている犯人は行動が予測不能で、すばやくかつ頻繁に移動し、男女の別なく殺し、しかも警察にデータがないので自由に動き回ることができるわけです。こうなると、わたしの質問は一つだけ、それも単純なものです。ル・グエン部長、どうやって犯人を捕まえるつもりですか？」

38

「そうね、三十分だけなら……。で、帰りも送ってくれるのよね？」

フェリックスはもちろんうなずいた。アレックスがなにを言ってもすぐにうなずく。しかも、フェリックスはこのデートがなんとなくうまくいっていないこと、自分の話がそれほど受けていないことに気づいているようで、その分焦りがあるのでなおさらのことだ。前回レストランを出て一緒に歩いたときもアレックスのほうが何枚も上手だったし、今日の電話も互角の勝負にはほど遠かった。まあ、フェリックスの立場ではほかにどうすることもできなかっただろうけどとアレックスは思った。突然電話をもらって舞い上がり、信じられないと思っているうちに会話が進んだのだから。それでもどうにか食事にこぎつけたのでフェリックスは必死だった。だがその店というのが……。まあ仕方がない。今ベッドの上よと言ってのける女から、今夜どう？　場所は？　と言われておろおろし、ぱっと思いついたレストランの名前を口にしたのだろう。

アレックスのほうはせっせと薪に油を添えた。出かける前からどうやって興奮させてやろうかと考え、服も吟味してきた。効果のほどはわかっていたが、案の定フェリックスはアレックスを見たとたん、顎が外れそうなほど驚いていた。アレックスはすかさず「こんばんは」と言って親しげに肩に手をのせ、頰に軽くキスをした。フェリックスはその場でとろけそうになり、と同時に不安も見せた。なにしろそれは「今夜はＯＫよ」ともとれるし、同僚同士の「いいお友達でいましょうね」にもとれるようなキスだったから。アレックスはそのあたりを微妙に加減したのだ。

そのあとはフェリックスに自由にしゃべらせた。仕事のこと、スキャナーのこと、プリンターのこと、会社のこと、昇進の機会のこと、自分の足元にも及ばない同僚のこと、先月の売り上げのこと。そしてアレックスが「まあ」と感嘆の声を上げてみせると、フェリックスは胸を反らし、これで巻き返せたと思ったようだ。

だがアレックスが興味を覚えたのは話ではなく、顔だった。アレックスの強い感情を呼び起こし、心をかき乱す顔。とりわけ、その顔に強い欲望が表れる瞬間が面白かった。そのためにこそアレックスは今ここにいる。フェリックスの顔にはこの女を物にしたいという欲望がはっきりと出ていた。いや顔どころか全身からにじみ出ていて、あとひと押しで爆発しそうになっている。アレックスが微笑みかけるたびに、フェリックスの興奮が高まり、テーブルを持ち上げかねないほどになる。そういえば前回もそんな印象を受けなかっただろうか。早漏かしらとアレックスは思った。

　レストランを出て、フェリックスの車に乗った。アレックスが服の裾を少し上げぎみにして座ると、フェリックスは十分も走らないうちに太腿に手を伸ばしてきた。それもかなり上のほうに。アレックスはなにも言わずに目を閉じ、心のなかで笑った。目を開けると、フェリックスは運転中とは思えないほど興奮していて、可能ならこのまま環状線《ペリフェリック》で事に及びかねない雰囲気だった。そのとき、あ、とアレックスは気づいた。車はちょうどラ・ヴィレット門を過ぎたところだ。トラリユーの父親がセミトレーラーに轢かれたのはこのあたりだろう。アレックスはすっかりうれしくなった。そこへフェリックスが手をずらそうとしたので、アレックスはすぐに止めた。といっても手首にそっと触れて押しとどめただけで、禁止というより約束だ。フェリックスの我慢は限界に達している。このままでは家までもたないかもしれない。二人とも黙っていたが、車内の空気は熱く張りつめ、沈黙が火薬の上の炎のようにくすぶっていた。フェリックスは飛ばしたが、アレックスは怖くなかった。やがて車は高速道路を出て集合住宅地区に向かい、寒々とした建物の列のあいだに入っていった。フェリックスはブレーキを鳴らして駐車し、すぐ助手席のほうを向いたが、アレックスはすばやく車から降り、服の皺を伸ばすふりをした。フェリックスと並んで建物に向かうあいだも、ズボンの前がいかにもきつそうなことには気づかないふりをした。アレックスは建物を見上げた。二十階以上はありそうだ。

「十三階だ」とフェリックスが言った。

建物はかなり古く、壁が黒ずみ、卑猥な言葉で覆われていた。郵便受けもいくつかこじ開けられたままになっている。フェリックスは赤面した。ホテルに誘えばよかったと後悔しているのかもしれない。だがどうせ勇気がなくて、そんなことは言い出せなかっただろう。アレックスは気にしてないわというように微笑んでみせた。そして安心させるために肩に手をのせ、フェリックスが鍵を探しているあいだに、顎のすぐ下の敏感なところに短く熱いキスをプレゼントした。フェリックスは一瞬動きを止めたが、なんとかこらえて鍵を開け、電気をつけ、「入って。ここでちょっと待っててくれ」と言った。

いかにも独身者のアパルトマンだった。あるいは妻と別居中の男の。フェリックスは慌てて寝室に入っていった。アレックスは上着を脱いでソファーに置くと、寝室の入り口まで行ってなかをのぞいた。ベッドはまだ整っておらず、というよりも部屋中が整っておらず、フェリックスが大慌てで片づけていた。アレックスが見ているのに気づくときまり悪そうに照れ笑いし、ごめんと言ってさらに慌てた。とにかくなんとかしよう、この場を乗り切ろうと必死になっている。なんの趣《おもむき》もない部屋で、女っ気のかけらもない。古いデスクトップ、脱ぎ捨てた衣類、ひと時代昔のアタッシュケース、はるか昔のサッカーのトロフィー、ホテルの客室にありそうな水彩画のポスター、吸い殻があふれそうな灰皿が複数、そしてベッドの上に膝をついてシーツをかけているフェリックス。アレックスはそっと近づいた。そしてフェリックスの真後ろに立ち、サッカーのトロフィーを両手で高く上げ、後頭部目がけて振り下ろした。その最初の一撃で大理石の台座の角が少なくとも三センチはめり込んだ。空気の振動のような鈍い音がして、衝撃でアレックスも一瞬横によろめいたが、すぐに戻ってもっと殴りやすい角度を探した。そしてもう一度トロフィーを持ち上げ、狙いを定めて全力で振り下ろした。今度は台座の角が頭蓋骨を突き破り、フェリックスは前のめりに倒れた。体がぴくぴく動いている……。十分だ。これ以上力を使うことはない。

引き攣りは自律神経系によるもので、もしかしたらもう死んでいるのかもしれない。アレックスは近づいて身をかがめ、どうなのかしらと肩をつかんで少し横向きにしてみた。どうやら気を失っただけでまだ生きているようだ。かすかにうめいているし、息もしている。時々まぶたも動くが、これは反射だ。頭蓋骨が陥没した状態で、臨床的には半分、あるいは三分の二死んでいる。

逆に言えばまだ完全に死んだわけではない。

ちょうどよかった。

それに頭がこの状態なら、もう危険はない。

アレックスはフェリックスを仰向けにした。重かったが、相手はなんの抵抗もしないから楽だ。それでも念のため、近くに転がっていたネクタイとベルトで手足を縛った。

アレックスはソファーに戻ってハンドバッグを拾い上げると、キッチンに寄ってフォークを取って寝室に戻った。そしてバッグから硫酸の容器を取り出し、フェリックスに馬乗りになり、電気スタンドの台座で歯を何本か折って無理やり顎をこじ開け、折り曲げたフォークを口に入れてつっかえ棒にした。そこまで準備ができるとフェリックスから少し離れ、腕を伸ばして容器の先を喉に突っ込み、半リットルの硫酸を静かに流し入れた。

フェリックスは一瞬意識を取り戻した。

もちろん長くは続かなかった。

このあたりの集合住宅は日中は騒がしいはずだ。だが夜は静かで、十三階からのながめは意外なことに美しかった。なにか目印になる建物でもないかと思ったが、暗いのでよくわからない。だがすぐ近くに高速が通っているのはわかった。来るときはこんなに近いとは思わなかった。そしてそれが見えているということは、パリは反対側だ。アレックスは方向感覚にも自信がある。

アパルトマンのなかはどこも汚くて、フェリックスはほとんど掃除をしたことがないようだった。だがノートパソコンだけは大事に扱っていたようで、小ぎれいなかばんのなかに書類や筆記用具、電源コードなどと一緒にきちんとしまわれていた。アレックスはパソコンを開いて電源を入れ、インターネットに接続し、閲覧履歴を見てみた。やはりアダルトサイトやオンラインゲームばかりだ。寝室のほうを振り向いて、「やだやだ、フェリックスったら」とつぶやき、次は自分の名前を打ち込んで検索した。何もヒットしない。警察はまだ素性をつかんでいないらしい。アレックスはくすくす笑い、パソコンを閉じかけたが、そこでふと思いついてもう一度開き、今度は《警察　捜索　殺人》と入れてみた。検索結果をざっと見ていくと、あった。警察が複数の殺人の重要参考人として女を追っていて、目撃情報を求めているとある。アレックスのことは《危険人物》と書かれていた。隣の部屋のフェリックスの状態を思えば、そう呼ばれても仕方がない。モンタージュは正直なところなかなかよくできている。トラリユーが撮った写真をもとにしたのだろうが、それにしてもいい出来だ。目の焦点が定まらないところは死人のようだが、モンタージュとはそういうものだろう。だが髪型と目の色を変えれば別人になれる。このあとも髪と目を変えるつもりでいるので、なんとかなるだろう。よし、とばかりにアレックスは勢いよくパソコンを閉じた。

アパルトマンを出る前にもう一度寝室に行った。ベッドの上にトロフィーが転がっていて、台座の角に血と髪がこびりついている。台座の上の彫像はゴールシュートを決めようとしているストライカーだ。だがそのときの勝者も、こうしてベッドの上に伸びているとあまり誇らしげには見えない。喉だった部分は硫酸ですっかり溶け、白と赤のどろどろした肉塊になりはてている。少し力を入れて引っ張れば頭がもげそうだ。目は大きく見開かれたままだが、すでにその上を死霊が通ってベールをかけてしまったので、まなざしが消えている。ガラスの目玉のようなものだ。アレックスは子供のころに持っていたクマのぬいぐるみの目を思い出した。

アレックスはフェリックスの上着のポケットを探って車のキーを見つけ、アパルトマンを出て駐車場に下りた。

セントラルロックを解除してすぐに乗り込み、五秒で発車した。車に染みついた煙草臭に耐えられず、ウインドーをいっぱいに下げて風を入れた。でも、とそこで思った。フェリックスはこれで煙草をやめられたことになるし、彼にとってもよかったじゃない。

パリ市内に戻る前に少し寄り道をして、運河沿いのあの総合鋳造所の倉庫の向かいで車を停めた。闇に沈む巨大な建物は先史時代の恐竜のようだ。あのなかでどんな目にあったかを思い出すだけで背筋が寒くなる。ドアを開けて車を降り、数歩歩き、フェリックスのノートパソコンを運河に投げ込み、また車に戻った。

時間も遅かったので、そこからパンタン門近くのシテ・ド・ラ・ムジークの駐車場まで二十分もかからなかった。

アレックスはそこの地下二階に駐車し、排水溝に車のキーを投げ捨て、メトロの駅へ向かった。

39

パンタンで女を乗せた違法タクシーが見つかるまでに三十六時間かかった。期限を十二時間オーバーしたが、それでも結果が出たのは幸いだった。

結局のところ、女が降りたのは誘拐現場からさほど離れていない場所だったとわかり、カミーユは不安になった。あの晩、何時間もかけて周辺の聞き込みをしたが、なにも成果が上がらなかったのはなぜなのか……。

「あのとき、おれたちはなにか見落としたのか?」カミーユはルイに訊いた。

「そうとはかぎりません」

それにしても……。

その運転手はスロバキア人だった。カミーユとルイがそのタクシーに乗り込み、アルマンと残りのメンバーが覆面パトカー三台に分乗して後ろに続いた。運転手は顔の長細い男で、顎が刃のようにとがり、目に落ち着きがない。三十前後だろうが、後頭部に修道士のような若禿げがある。運転手はモンタージュを見てこの女だと言った。ただし目が違うと。それはそうだろう。これまでも青い目だの緑の目だのと証言が一致せず、色付きのコンタクトレンズを使っていることはすでに明らかだ。だがとにかく、この女だと運転手は断言した。

白タクで、しかも刑事を乗せているとあって、運転手はおかしなほど慎重に運転した。カミーユは我慢できず、ひと言いってやろうと、えいとばかりに前の座席の背に飛びついた。するとようやく足が床についたが、車が四駆で座席が高いので立っているような感じになり、ますますいらついた。それでもどうにかこらえて運転手の肩に手を置き、声をかけた。

「急いでくれ。スピード違反で捕まえたりはしないから」

すると運転手は動揺したのか、いきなりアクセルをめいっぱい吹かし、カミーユは後部座席に飛んでひっくり返った。だがなにをやってんだとどなる前に運転手はやりすぎたと気づき、スピードを緩めておろおろと謝った。給料でも車でも妻でも差し出すから見逃してくれと言う。それを聞いてカミーユはますます頭にきて、飛びかからんばかりになったが、それをルイが腕に手をかけて止め、そんな場合じゃないでしょうという目でこちらを見た。いや、ルイはそんな言い方はしないなとカミーユは思い直した。むしろこうだろう。たとえ一時的なものであっても、今は怒りに身を任せている暇はないのではありませんか？

ファルギエール通り。そしてラブルースト通りへ。

女を乗せたときの様子はここへ来るまでのあいだに聞いた。乗せたのはパンタン教会のタクシー乗り場の近くで、二十五ユーロで話がついた。女はドアを開けて崩れるようにシートに座り、なにもしゃべらずにぐったりしていた。疲れはてた様子で、汗なのか体の汚れなのかわからないが、とにかくひどいにおいがした。睡魔と闘っているかのように時々頭を振る。とんでもない客を乗せちまったと運転手は思った。ひょっとしてヤク中か？　ラブルースト通りに着いたので車を停め、女のほうを振り向くと、女は運転手ではなくもっと前を、フロントガラス越しに通りの先をじっと見ていた。それから後ろを向いた。なにかを探している、あるいは急に場所がわからなくなったというように前後を見ている。そしてこう言った。

「ちょっと待つわ……あそこに停めて」

そう言って右手のほうを指差した。冗談じゃない。待ち時間なんか料金に入っちゃいない。運転手は腹を立てた。

その話しぶりから、カミーユにもそのときの車中の雰囲気がよくわかった。女は後部座席で黙っている。運転手は頭にきている。客にだまされたことが何度もあり、またこけにされてたまるかと思う。それも女ごときに。

だが女は運転手のほうを見もせずにこう言っただけだった。

「馬鹿にしないで。待てないって言うなら降りるわよ」

金も払わないとつけ加えさえしなかった。「待てないって言うなら警察を呼ぶわよ」と言うこともできただろうが、女はそうは言わなかった。それがなにを意味するのか互いにわかっていた。どちらも立場が微妙だということで、つまり互角だ。運転手は仕方なく車を出し、女が指示した場所まで走らせて停めた。

「人を待ってるの。長くはかからないから」と女は言った。

異臭を放つ女を乗せて、そんなふうにただ待つというのは不愉快極まりない。いったいなにを待つのか。停まったのは通りを見わたせる場所で、女は前のほうをじっと見ていた。(そう言って運転手も前のほうを指差したが、それが具体的にどこを指しているのかはわからない。ただ前のほうだったというだけだ)。人を待つ？　こんな時間に待ち合わせ？　ありえないと運転手は思った。だが女自身が危険だとは思えなかった。むしろ女は不安気で、なにかを恐れているようだった。

カミーユは話を聞きながら、きっとこいつは手持ちぶさたで女のことをいろいろ想像したんだろうなと思った。たとえば嫉妬とか、振られたとか。それで男を待ち伏せしている。あるいは恋敵の女を。あるいは男に家族がいたとか。そうだ、そうしたもめ事は世の中にいくらでもあると思いながら、改めてバックミラーで女を見る。醜くはない。ちゃんとすればけっこう美人かもしれない。だがこれだけ疲れきっているというのは、いったいどこから出てきたんだ？　そんなことをあれこれ考えたに違いない。

女は長いあいだ通りをうかがっていた。なにかを警戒しているようだったが、なにも起きなかった。

もちろんカミーユには女がトラリユーを警戒していたのだとわかる。自分が逃げ出したことに気づいて、家の近くで待ち伏せしているかもしれないと思ったのだろう。しばらくすると、女は十ユーロ札を三枚出し、なにも言わずに降りた。女はそのまままっすぐ歩いていった。だが運転手は女がどの建物に入ったか見届けたわけではない。真夜中にこんなところで長く停車しているのは危険なので、急いで車を出した。

カミーユたちも同じ場所で車を降りた。誘拐があった晩、このあたりも聞き込みの範囲だったはずだ。どういうことだろう？

後ろの三台からも警官たちが降りてきた。カミーユは前方を指差してルイに言った。

「女はここから入口が見える建物に住んでいるはずだ。ルイ、あと二班追加で手配しろ。で、おまえたちは……」

カミーユは警官たちに仕事を割り振った。全員すぐ仕事にかかった。カミーユはタクシーのドアに寄りかかり、頭を整理した。

「あのう……もう行っていいですか？」運転手が蚊の鳴くような声でおそるおそる訊いた。

「なんだと？　だめだ、おまえは残れ」

カミーユは運転手のうんざりするほど長い顔を見て、思わず笑った。

「出世だ。警察の指揮官のお抱え運転手にしてやる。この国には出世のチャンスってもんがあるんだよ。知らなかったか？」

40

「きれいな人でしたよ」食料品店のアラブ人が言った。

そこはアルマンの担当だった。アルマンは商人相手の聞き込みを率先して引き受けることにしている。なかでも食料品店は絶好のチャンスなので決して逃さない。警察だと言っても、相手はホームレスのような服装を見てたいてい眉をひそめるが、それを無視して棚のあいだをぶらつく。なにか憂慮するふりをして相手を怖気《おじけ》づかせ、その隙にそ知らぬ顔で品物に手を伸ばす。こっちでチューインガム、あっちでコーラの小瓶。そして大きな声で質問する。相手は店の商品が次々とアルマンのポケットに消えていくのを見ながら、なにも言えない。板チョコ、キャンデー、クッキー、チョコバー……。アルマンは甘い物にも目がない。アラブ人は肝心の女についてほとんどなにも知らなかったが、それでもアルマンは粘った。なんと名乗った？ 支払いは現金？ カードや小切手は一度も使わなかったのか？ ここによく来てたのか？ 服装は？ で、その晩はなにを買った？ そしてポケットがいっぱいになると、協力に感謝すると言って店を出てすぐに車に戻り、トランクに戦利品をしまった。そこにはこういうときに備えて、使い古しのスーパーのビニール袋が何枚も入れてある。

ゲノード夫人を見つけたのはカミーユだった。六十歳くらいで、ヘアバンドをしていて、太って血色がいいところは肉屋のようだ。カミーユと目を合わせようとせず、デートに誘われた女学生みたいに困ったわ困ったわと体をくねくねさせている。警官をてこずらせるタイプだ。と同時に、この手合いは家主面をして、ちょっとしたことですぐ通報してくる。いいえ、ただの隣人ってわけじゃ……とゲノード夫人は言った。ああでもないこうでもないと言うわりには、女を知っているのかどうかもはっきりしない。どっちつかずの返答ばかりで要領を得ない。

それでもカミーユは、四分でゲノード夫人の化けの皮をはいだ。ガブリエル・ゲノードという女をたたけば嘘、不正、偽善、そして悪意がいくらでも出てきそうだった。もともとは夫と二人でパン屋兼菓子屋をやっていたそうだが、そこへ二〇〇二年一月一日、ユーロへの移行という形で神が降臨した。その神は肉体をもつや否や惜しみなく奇跡をばらまきはじめ、かつてのパンと魚を増やす奇跡（新約聖書）に続いて、今度は金を増やす奇跡を起こされた。それも七倍に。神は偉大なり。

その後夫を亡くして一人になると、ゲノード夫人は残された財産をすべてもぐりで貸しはじめた。だが、「それはあくまでも好意でしたことですから。だって一人で持ってたって、ねえ……」と言い訳した。

誘拐のあった晩にはジュヴィジーの娘のところに行っていて、ここにはいなかった。事件のことを知ったのは戻ってきてからで、警察が探している女というのがつい数日前までいた借家人によく似ているとは思ったが、通報しなかった。「だって、似てるってだけで確かなことはわかりゃしませんから。そんな、わかってたらもちろん知らせましたよ……」

「なんなら塀の向こうに入ってもらってもいいんですがね」カミーユが言った。

ゲノード夫人は青くなった。脅しが効いたようだ。そこでこうつけ加えた。

「かなり貯め込んでおられるようだし、金があれば刑務所の食堂でも好きなものが食えますよ」

ゲノード夫人はようやく話しはじめた。女はここではエマと名乗っていた。いまさら驚くまでもない。ナタリー、レア、ローラときて、このあといくつ増えてもおかしくない。動揺したゲノード夫人は、モンタージュを見るのに椅子に座らなければならなかった。いや、座るというよりも、くずおれた。「ええ、そう、この人よ。間違いありません。やだわ、もう、なんてこと……」そして心臓のあたりを押さえた。カミーユはこのまま亭主のいる悪人の天国に旅立つつもりかと思った。エマがここに住んでいたのは三か月だけで、そのあいだに誰かが訪ねてきた様子もないし、エマ自身も留守がちだったという。先週もまさにそうで、出張から戻ってきて間もなかったのに、急に引っ越すことになった。そのときは出張先で——確か南のほう——転んだとかで、首が痛そうだった。急で申し訳ないけれど家の事情でと言って、家賃を二か月分払ってくれた。ゲノード夫人はカミーユを満足させようと必死になり、思い出したことを片っ端から並べ立てた。この調子だと金まで差し出しかねないなとカミーユは思ったが、さすがに夫人も金で話がつく相手ではないとわかっているだろう。話は前後してわかりにくかったが、カミーユがどうにかまとめ直した。すると、それを聞いていた夫人がふと思い出したようにサイドボードの引き出しを指差した。エマの転居先を書いたメモが入っているという。カミーユはどうせ偽の住所だろうと思ったが、それでも一応携帯を取り出しながら引き出しを開けた。

「彼女が書いたものですか？」

「いえ、わたしです」

「でしょうな……」

カミーユは電話でその住所を読み上げながら、サイドボードの上の額縁入りの絵をながめた。明るい緑の森にシカがたたずんでいる。

「なんとも間抜けな顔だな、このシカは……」

「娘が描いたんですけど」ゲノード夫人がおずおずと言った。

「母娘そろって……」

ゲノード夫人はまた記憶の底をさらおうと必死になった。確か銀行に勤めてて……さあどこの銀行だったか、そう外資系で……。カミーユはさらに問い詰めたが、相手がそれ以上知らないことはわかっていた。ゲノード夫人は女にうるさく訊かない代わりに高い家賃をとっていたのだ。それがもぐりの場合の暗黙の了解だろう。

転居先の住所はやはりでたらめだった。カミーユは電話を切った。

ルイが鑑識官を二人連れてきた。ゲノード夫人にはもう立ち上がる元気もなさそうだったので、ルイたちは勝手に上階へ上がっていった。幸いエマが借りていたアパルトマンはまだ空いたままで、そこからレアの指紋、ローラのＤＮＡ、ナタリーの痕跡が出てくることはもう間違いない。

カミーユは戸口へ向かいながらとどめを刺した。

「言い忘れてましたが、殺人の共犯としても取り調べを受けてもらいますよ。それも複数の……」

ゲノード夫人は座っていたにもかかわらず、倒れるようにテーブルの端にしがみついた。大汗をかいて、顔を引きつらせている。

「あ、待って！」夫人が叫んだ。「引越し業者を知ってるわ！」

カミーユはすぐ引き返した。

荷物は段ボールがいくつかと、分解した家具が少しだけだったという。大したものは持ってませんでしたよと言って、ゲノード夫人は口をすぼめた。物持ちかどうかで人の価値が決まると思っているのだろうか。早速引っ越し業者に電話を入れたが、電話に出た女性秘書はのらくらして協力しようとしない。いきなりお電話いただいたって……お客様の情報を勝手にお出しするわけにいきませんよ……。

「けっこう」カミーユは言った。「わたしがそっちに行って自分で探す！　だがこれだけは言っとくぞ。こっちが行くからには、一年は営業停止にしてやるし、あんたが幼稚園に入ったくらいの年までさかのぼって税務調査が入るようにしてやるし、あんた自身についちゃ司法妨害でしょっぴいて、子供がいるなら養護施設に送りつけてやるからな！」

とんでもないはったりだったが、これが功を奏し、女性秘書は慌てて倉庫業者の住所を言った。女が荷物のすべてを預けた先だ。契約者の名前はエマ・セックリー。

カミーユはスペルを確認した。

「頭がSとZで始まるSZEKELY《セックリー》だな？　その荷物を誰にも触らせるな、わかったな？

誰にもだ！　いいな？」

場所は車で十分のところだった。カミーユはすぐ本部に電話を入れ、どなった。

「もう一班まわしてくれ。大至急！」

そして階段へ飛び出した。

41

アレックスは用心のためにエレベーターではなく階段で地下駐車場に降りていった。クリオのエンジンは一発でかかった。座席が冷たい。バックミラーで顔を見ると、やはりかなり疲れが出ている。人差し指を目の下に当てて笑い顔だのしかめっ面だのを作り、最後にぺろりと舌を出し、それから車を出した。

だが安心するのは早かった。出口でカードを機械に通し、最後のランプを上がっていくと、赤と白の遮断機は上がったが、そこで急ブレーキを踏まなければならなかった。制服警官が一人立っていて、両脚を開いて片手を高く上げ、もう一方の手でアレックスのほうを指差して停止を命じたのだ。そしてすぐに背を向けて両腕を水平に広げ、アレックスはそのまま待たされた。するとそこへけたたましいサイレンが聞こえてきて、覆面パトカーが何台も目の前を走り抜けていった。

ほんの一瞬、そのうちの一台の後部座席の窓枠ぎりぎりのところに禿げ頭が見えた。まるで大統領の一行みたいとアレックスは思った。そして警官が行っていいと合図するのを待って、通りに出てすぐに右折した。

そのとき発進がやや急になり、トランクのなかの《私物》の段ボールが動いた音がしたが、アレックスは慌てなかった。硫酸の容器はしっかり固定してあるので、なんの心配もない。

42

夜の十時になろうとしていた。カミーユはがっくりきていた。どうにか落ち着きを取り戻したものの、そこに至るまでが大変だった。しかもその落ち着きも、あのトランクルームの管理人のへらへらした顔を思い出しただけで失われそうだ。なまっちろい顔の、瓶底眼鏡の馬鹿野郎め、とまた悪態をついた。

その管理人とは会話からして噛み合わなかった。女、どの女? 車、どの車? 段ボール、どの段ボール? と万事がこの調子で、なかなか前に進まない。ようやく女が借りたスペースが開けられたときは捜査員全員が興奮した。そこに女のすべてがあるとみんな思った。ガムテープで封をした段ボール箱が十個と分解した家具類。被疑者の荷物、被疑者の私物だ。だからみんなで飛びついた。カミーユはすぐにでも開けてなかを見たかったが、手続きというものがある。押収品目録も作成しなければならない。予審判事に電話して上を通してもらい、なんとかその場を切り抜けてすべてを本部に持ち帰った。大して重くもない荷物だったが、それでもみんな期待した。なにか個人的なものが出てきて、とうとう女の身元がわかるはずだ、これで事件は急展開を遂げるのだと。

その前にもう一つ期待したことがあったのだが、それはその場で打ち砕かれた。倉庫の各階に取りつけられていた監視カメラのことだ。これについては会話が嚙み合うかどうか以前の問題で、カメラそのものがダミーだった。

「ちなみに、これは飾りなんで」と言って管理人は大笑いした。


本部に戻ってから押収品の目録を作り、鑑識が必要なものをすべて採取するのに夜遅くまでかかった。まずは家具類をやっつけた。本棚、四角いキッチンテーブル、ベッドの木枠とボトム、マットレス。どれもありふれた品で、どこでも売っている。鑑識チームが綿棒とピンセットを手に早速作業に取りかかったところで、カミーユたちは段ボールの中身に移った。スポーツウエア、ビーチウエア、夏服、冬服……。

「どれも世界中で大量に売られているものばかりですね」とルイが言った。

本はほぼ二箱分あった。ペーパーバックばかりだ。セリーヌ、プルースト、ジッド、ドストエフスキー、ランボー。カミーユはタイトルを目で追った。『夜の果ての旅』、『スワンの恋』、『偽金づくり』……。ルイは考え込んでいる。

「どうした?」カミーユが訊いた。

だがルイはまだ考えている。『危険な関係』、『谷間の百合』、『赤と黒』、『グレート・ギャツビー』、『異邦人』……。

「高校生の本棚みたいですね」ルイがようやく言った。

確かにどれも厳選された名著ばかりだ。すべて読んだ形跡があり、多くは繰り返し読まれたようで、なかには文字どおりぼろぼろになっているものもある。各所に下線が引かれていて、それが最後のページまで続いているものもある。また感嘆符や疑問符、大小の×印も書き込まれているが、ほとんどは青インクで書かれていて色あせてしまっている。

「読むべきものを読む。なすべきことをきちんとやろうとする。勤勉。それはつまり、情緒的に未熟だってことか?」カミーユは思い切って推理を飛躍させた。

「どうでしょうね。心理学でいう〝退行〟かもしれません」

ルイは遠回しに言うことがあるのでカミーユは時々わからなくなるのだが、ポイントはわかった。要するに、これだけで女を判断してはいけないということだ。

「イタリア語も少しわかるようですね。英語も。外国文学の古典に手を出していますが、読み終えてはいません」

その点にはカミーユも気づいていた。イタリア語版の『いいなずけ』、『住所不定の恋人』、『薔薇の名前』、そして英語版の『不思議の国のアリス』、『ドリアン・グレイの肖像』、『ある婦人の肖像』、『エマ』がある。

「そういやマシアクの事件で、女が外国訛りだったという証言があったな?」

外国語に関しては、荷物のなかから観光案内のパンフレットが出てきたことからもうなずけた。

「女は馬鹿じゃない。勉強していて、流暢《りゅうちょう》とまではいかないまでも二か国語を話せる。だとしたら語学研修旅行に行った可能性もあるな……。そういう女がパスカル・トラリユーといるところを想像できるか？」

「あるいはステファン・マシアクを誘惑するところを？」

「あるいはジャクリーヌ・ザネッティを殺すところを？」

ルイが急いでメモをとった。ここにある印刷物から、女がいつどんなところに旅行したか断片的にでもわかるかもしれない。旅行代理店のパンフレットには日付が入っているものもあるから、それを突き合わせていけばいい。ただしこの種の書類には名前は入っていない。そこが問題だ。押収した荷物のなかには名前が出てくるような公文書のたぐいは一つもなかった。個人を特定できるものがまったくない。

そして夜も更けたころ、カミーユはある結論に達した。

「女は分類したんだ。そしてこっちには個人を特定できるものを一つも入れなかった。万が一警察の手に渡った場合に備えていた。つまり、いくら探しても意味がないってことだ」

二人は腰を上げ、カミーユは上着をはおった。ルイはまだ迷っている様子で、結局もう少し残ると言った。もう少し見てみますと。

「無理するな……。女はすでにかなりのことをやってのけたが、あのやり方を見るかぎり、これからもまだ続くぞ」

ル・グエンも同じ考えだった。

土曜の夕方。ヴァルミー河岸。

二人は〈ラ・マリーヌ〉のテラスにいた。ル・グエンが晩飯を食おうと電話してきて、ここで落ち合った。運河沿いだからか、二人とも魚料理の気分になり、辛口の白ワインを頼んだ。ル・グエンは腰かけるときかなり慎重になっていた。今日の椅子は問題なかったが、巨体を支えられない椅子もたまにあるからだ。

二人が職場を離れて外で話をするときは、まずはとりとめのない話を延々として、仕事の話は最後の最後に二言三言交わすだけ、というのがいつの間にか決まりになっている。

カミーユが今日持ち出した〝とりとめのない話〟はオークションのことだった。

「なに？　一枚も残さんのか？」ル・グエンが驚いたように言った。

「ああ、全部手放す」とカミーユは答えた。「全部誰かにやる」

「やる？　売るんじゃないのか？」

「絵は売る。誰かにやるってのは絵の売り上げのほうだ」

いつからそういうつもりになったのかカミーユ自身にもわからない。だがいつの間にかそう思っているということは、熟慮の末と同じことだろう。ル・グエンはそれについてなにも意見を述べなかったが、ごく当然の質問をした。

「誰に？」

そこまでは考えていなかった。絵の売り上げは誰かにやってしまいたい。だが誰にやればいいのだろう？

43

「犯人は事を急いでるんじゃないか？ おれの思い過ごしか？」ル・グエンが訊いた。

「いや、女にとっちゃこれが予定どおりだろう」とカミーユは答えた。「こっちがそれについてってないだけだ」

さらりとそう言ってのけたものの、状況は最悪だった。今度はフェリックス・マニエールという男が自宅で殺された。マニエールが自ら招集した〝重要な会議〟に本人が現れなかったので、同僚が心配して探したのだが、結局見つかったときにはまさに死んでいるとしか言いようのない状態だった。首が硫酸で溶けて、頭が胴からもげかかっていた。すぐカミーユに連絡が入り、続いてヴィダールからも夕方来るようにと呼び出しがかかった。事態は深刻だった。

今回の犯行はトゥールーズの事件からあまりにも間がない。フェリックス・マニエールの携帯の通信履歴を見ると、最後の通話は殺された日の夕方のもので、モンジュ通りのホテルからかけられていた。調べたところ、問題の女がトゥールーズから戻ってきて、その足でこのホテルに部屋をとったことがわかった。そしてその晩早速マニエールと会う約束をしたわけだ。それについては同僚の証言があり、マニエールはその日デートがあると言って急いで会社を出たという。

モンジュ通りのホテルの受付係はモンタージュを見て、髪型と目の色が違うが、その日宿泊した女性に間違いないと断言した。その客は翌朝チェックアウトしていた。宿泊名簿に残された名前は偽名で、支払いは現金だった。

「それで、フェリックスってやつは何者なんだ？」ル・グエンはそう訊きながら、答えを待たずに報告書に目を落とした。「四十四歳……」

「ああ。ＩＴ関連会社の技術者で、妻と別居し、離婚係争中。当然のごとく酒乱」

ル・グエンは黙ったままフルスピードで文字を追っている。時折うめくように「うーむ」と言うが、この内容なら誰でもうめくだろう。

「このノートパソコンの件は？」

「被害者のノートパソコンがなくなっていた。言うまでもないが、トロフィーで殴ったり、喉に硫酸を半リットル流し込んだりしたのはノートパソコンを奪うためじゃない」

「女が持ち去った？」

「おそらくな。マニエールとメールのやりとりをしていたのかもしれない。あるいはノートパソコンを使ったが、なにに使ったのか知られたくなかった……」

「よし。それで？」

ル・グエンはいつになく苛立っている。ジャクリーヌ・ザネッティの事件ではさほど騒がなかった全国メディアも、今回のマニエールの件でようやく事の深刻さに気づいたようで、ざわざわしはじめていた。トゥールーズのホテルの女主人が殺されたというのは地方の話題にすぎなかったが、今回はパリ近郊だ。それにまたしても硫酸なのだから当然だろう。セーヌ＝サン

＝ドニ県という書割はいささか趣に欠けるものの、硫酸で仕上げるというのは刺激的だ。殺人自体はめずらしくないが、手口が斬新で、いささか風変りとなれば人々の興味をそそる。今のところ被害者は二人で、本格的な連続殺人と言えるかどうかはまだわからない。だからまだメディアの取り上げ方もあるレベルに留まっているが、もう一件起きたらとんでもない騒ぎになる。ニュース番組のトップで伝えられ、ル・グエンは内務省の最上階に呼び出され、ヴィダールは司法省の最上階に呼び出されて、グラヴロットの戦い（普仏戦争最大の激戦）もかくやと思うほど言葉の銃弾を浴びせられることだろう。そこへさらに過去の二件、ランスとエタンプの件も同一犯によるものだということがマスコミに漏れたら……。それはもう考えたくもない。テレビ画面にフランスの地図が登場し（カミーユがオフィスの壁に貼っているのと同じように、色のついた押しピンが刺してある地図）、被害者の感動的な人生が紹介され、アメリカ映画にありそうな連続殺人行が続くと予告される。そして人々は興奮し、歓喜するに違いない。

ル・グエンは今のところ〝上からの圧力〟を受けている程度で、まだ最悪の事態にはいたっていないようだった。それでもつらそうなのはわかる。その点ではル・グエンはいい上司で、上層部との厄介事を一手に引き受け、そこで食い止めてくれる。部下たちには抱えきれなくなってあふれた分が見えるにすぎない。だが今日はそれがかなりの量だった。

「上からうるさく言われてるのか？」

その質問でル・グエンのつっかい棒が外れてしまった。

「カミーユ、なに寝ぼけたこと言ってるんだ？」

なにしろ長年連れ添った夫婦のようなコンビなので、こういうやりとりも毎回似通ったものになる。

「女が誘拐されてネズミと一緒に檻に閉じ込められた。誘拐犯は飛び降り自殺して環状線《ペリフェリック》が何時間も通行止めになった……」

わかりきったことがわざわざ繰り返されるこの場面にしても、二人はこれまで少なくとも五十回以上は演じてきた。

「……女は救出される前に自力で脱出し、その女がなんと硫酸で三人も殺していたことがわかった……」

カミーユはこれじゃまるでブールバール劇（軽喜劇）だと言おうとしたが、ル・グエンは止まらなかった。

「……そしてこっちが事件の関連を読み解こうとしているうちに、女はトゥールーズのホテルの女主人を天国に送り、パリに舞い戻った……」

カミーユは最後まで待つことにした。

「……そして、おそらくはただ女を抱くことしか考えていなかった男をたたきのめし、それなのにおまえは……」

「……上からうるさく言われてるのかと訊いた」とカミーユは締めくくり、うんざりして立ち上がり、さっさと部屋を出ようとした。

「どこへ行く気だ！」ル・グエンが叫んだ。

「お叱りを受けるんなら、ヴィダール判事殿のほうがいい」

「そりゃ趣味が悪すぎるだろ」

44

アレックスはトラックを一台、二台、三台とやりすごした。クリオを停めているところから、セミトレーラーがずらりと並んだ荷積み場の様子がよく見える。一時間半ほど前からフォークリフトが忙しく動き回り、山のように荷物を載せたパレットをトラックに積み込んでいたが、午前六時を前にして、今そのトラックが次々と配送センターをあとにしはじめている。

下見は昨夜のうちにすませておいた。塀の上からのぞくしかなかったので、車の屋根を踏み台にしてなんとかよじ登った。誰かに見られたらおしまいだとどきどきしたが、幸い数分は塀の上に留まることができた。どの車体にも右前にステンシルで行き先と整理番号が入っている。行き先はケルン、フランクフルト、ハノーヴァー、ブレーメン、ドルトムントといずれもドイツだ。アレックスが探していたのはミュンヘン行きで、それを見つけるとナンバープレート、整理番号、その他前から見て識別できる特徴をすべてメモした。フロントガラスの最上部に《BOBBY》という横長のステッカーが貼ってあるのがわかりやすくて、なんとも心強い。だが番犬がにおいを嗅ぎつけてやってくるのがわかったので、アレックスは急いで塀から降りた。

そのあと、配送センターが開く朝四時ごろまで自分の車のなかで眠った。積み込み作業が本格的に始まったのはその三十分後で、そこからは休みなく作業が続いた。アレックスは緊張した。この機会を逃したら次はない。失敗したら計画そのものがだめになり、みじめな結末を迎えることになる。ホテルの部屋で逮捕されて終わりかもしれない。

五時半を過ぎたころに運転手の姿も確認できた。運転席に上がって自分の荷物を置き、書類を手に取るのが見えたのだ。五十歳前後の背が高くてやせた男で、青いサロペットをはいている。髪を短く刈り上げ、デッキブラシのような口ひげをたくわえている。だが外見がどうだろうが関係ない。要は自分を拾ってくれるかどうかだ。男はエンジンをかけるといったん車を降りた。

次に男が現れたのは六時少し前で、ふたたび書類を確かめ、フォークリフト運転手とほかの二人のトラック運転手と冗談を交わし、それから運転席に乗り込んだ。アレックスにとってはそれが行動に移る合図だった。クリオを出て、後ろに回ってトランクを開け、リュックを取り出した。そしてほかの運転手に見られないようにクリオの陰に身を潜め、セミトレーラーの動きを見張り、一台、二台、三台とやりすごし、ここだというタイミングで配送センターの出入り口に向かって走った。

「路上でヒッチハイクすることはないんです。危険すぎるから」

男はなるほどとうなずいた。そりゃ女性は用心するに越したことはないと。だがそれにしても、ドイツとの輸送が専門の配送センターの前で待ってるなんてと男は感心した。

「それにこれだけトラックがいりゃ、どれかに拾ってもらえるのは確実だしな！」

話をすればするほど、男はそりゃすごい、頭がいいんだなと驚き、アレックスのことを褒めた。いや、男にとってはアレックスではなく〝クロエ〟だ。

「おれはロベール」と男はアレックスのほうに手を伸ばして握手した。そしてステッカーを指差して「でも〝ボビー〟で通ってる」とつけ加えた。

ボビーはヒッチハイクそのものにも驚いていた。今どきそんなことがあるのかと。

「最近じゃ飛行機も安いだろ？　ネットで探せば四十ユーロで買えるそうじゃないか。まあ、とんでもない時間に飛ぶんだろうが、でも時間があるならそんなの問題じゃないしな」

「向こうで暮らすために少しでも節約しようと思って。それに、旅って、人との出会いがあってこそでしょ？」


ボビーは気さくで親切だった。アレックスがトレーラーに走り寄ると、迷うことなく乗せてくれた。だがアレックスは乗せてくれるかどうかだけではなく、どういう態度で乗せてくれるかに注目した。いやらしい目つきでもされたらどうしようと思っていた。かなりの時間乗るのに、そのあいだずっとドン・ファンの相手をするのはごめんだ。だが幸いそういうことはなかった。それどころか、ボビーはバックミラーにマリア像をぶら下げているし、ダッシュボードには小さいデジタルフォトフレームが置かれていて、スライドショーで家族写真が次々と映し出される。画像が切り替わるパターンもいろいろあって、フェードイン、フェードアウトはもちろんのこと、画像がブラインドのように下りてきたり、ページのようにめくれたりとせわしなく、しばらく見ていたら目が疲れてしまった。ボビーはそれをミュンヘンで三十ユーロで買ったそうだ。ボビーの話にはしょっちゅう物の値段が出てくる。でもそれは自慢するためではなく、正確を期すためのようだ。几帳面な性格らしい。スライドショーが一巡するのに三十分もかかり、そのあいだボビーは説明しつづけた。これがおれの家族、これがおれの家、これがおれの犬……。いちばん多いのは三人の子供たちの写真だった。

「男が二人に女が一人。上からギヨーム、ロマン、マリオン。九歳、七歳、四歳だ」

こういうところも正確を期する。だがボビーは自制することも知っていて、家族の思い出話をやたらに差しはさんだりはしなかった。

「人の家族の話なんか、どうせつまらんだろ?」

「そんなことないわ。とっても面白い……」とアレックスは言った。

「あんたは優しいね。育ちがいいんだな」

その後もボビーとはうまくいき、トラックの乗り心地も驚くほど快適だった。

「眠かったら寝てな。遠慮はいらないぜ」そう言ってボビーが親指で運転席の後ろの仮眠スペースを指差した。「おれは仕事だが、あんたは……」

アレックスはその言葉に甘え、一時間以上眠った。目が覚めると髪を整え、それから助手席に戻った。

「今どのあたり?」

「お目覚めかい? よく寝たね。もうサント=ムヌーまで来たぞ!」

アレックスは驚いたふりをしてみせた。もうそんなに来たのと。眠ったといっても熟睡はできなかった。だがそれは例の悪夢や不安のせいばかりではなく、悲しみのせいでもあった。国境へと向かうこの旅は、つらい転換点でもあるからだ。それは逃亡の始まりであり、終わりの始まりだから。

会話が途切れたら、あとはラジオのニュースや歌を聴く。だがアレックスはラジオよりも、車がいつ停車するかを予測することに神経を注いだ。ボビーは次の休憩をいつとるだろうか。いつコーヒーを飲みたくなるだろうか。魔法瓶やちょっとした食べ物など、必要なものはみな車内にあったが、それでも時々は車を停めて休憩しなければならない。ぶっ通しで運転するのは危険極まりない。ボビーが車線変更や減速の気配を見せたら、アレックスは標識に注意し、それがパーキングエリアなのかサービスエリアなのかを見極める。そしてパーキングエリアなら眠ったふりをする。人が少ないので目立ってしまうからだ。サービスエリアならその危険も少ない。アレックスも降りて体を動かし、ボビーにコーヒーをおごる。二人はもういい旅の道連れになっている。ついさっきもそんなふうにコーヒーを飲んでいるときに、ボビーに旅の目的を訊かれた。

「あんたは学生かい?」

と言いながら、ボビーはまさかという顔をしていた。当然だ。アレックスは若く見えるが、それでも三十歳だし、疲れてもいるので、さすがに学生では通らない。そこでアレックスは笑ってみせた。

「違います。看護師なの。向こうで仕事を見つけようと思って」

「なんでまたドイツで? おっと、それは秘密か?」

「いいえ、ドイツ語が話せないからよ。勉強になるから」アレックスは説得力があるようにときっぱりした口調で答えた。

だがボビーは理解できなかったようで、笑いながらこう訊いてきた。

「だったら中国でもいいってことか？　それとも中国語は話せるのか？」

「中国語も話せないわよ」とアレックスも笑った。「実は、彼がミュンヘン出身で」

「ああ……」

ボビーは謎が解けたという顔をした。大きくうなずいたので口ひげも揺れた。

「それで、彼はなにをしてるんだ？」

「IT関連の仕事」

「ドイツ人？」

アレックスはうなずいた。この調子ではこの先なにを訊かれるかわからない。相手が会話をリードしているというのが気に入らない。そこで先手をとろうとした。

「あなたの奥さんは？　働いているの？」

ボビーはカップをごみ箱に投げ捨てた。それは気分を害したからではなく、つらかったからだった。それがわかったのはふたたび走りだしてからで、ボビーはトラックを高速道路に戻すと、スライドショーの画面を送って妻の写真で止めた。髪がぺたりとした四十歳くらいの平凡な女性で、病人のように見える。

「多発性硬化症だ」とボビーが言った。「子供もいるのに、これからどうなると思う？　今じゃもう神にすがるしかなくてな」

そう言って、バックミラーの下で静かに揺れているマリア像を指差した。

「マリア様がなにかしてくれると思うの？」

そんなことを言うつもりはなかったのに、勝手に言葉が出てしまった。ボビーがこちらを見た。だがその目はアレックスの言葉を責めているのではなく、当然じゃないかと訴える目だった。

「罪を悔い改めれば神はお赦《ゆる》しになる。そう思わないのか？」

それは……アレックスにはよくわからない。宗教はどうもぴんとこない……。そういえば、マリア像だけではなく、ダッシュボードにこんなシールも貼ってある。《イエスはふたたび来られる。準備はいいか？》

「あんたは神を信じてないんだろ？」ボビーが笑いながら言った。「訊かなくてもわかるよ」

だがそれもまた決して咎めるような口調ではなかった。

「でもおれは、信仰がなかったらとても……」

「でも」とアレックスは言い返した。「その神様はあなたをひどい目にあわせてるのよね。それに腹が立たないの？」

ボビーは、ああわかってる、何度もそう言われたことがあるよという身ぶりをした。

「神は試練を与えたもう」

「その点は否定できないけど……」アレックスは口ごもった。

そのあとは二人とも黙り込み、並んで高速道路を見つめていた。

しばらく走ってから、ボビーが次のサービスエリアで仮眠をとると言った。

「いつもそこでちょっと寝るんだ」ボビーは微笑んだ。「一時間だけだけどな」

それは一つの町のように大きなサービスエリアだった。メッスの出口まであと二十キロの地点にある。

ボビーはまず車を降りてゆっくり体をほぐし、深呼吸した。煙草は吸わない。それから駐車場をちょっと走ったり、腕を回したりといろいろ運動した。自分が見ているからかもしれないとアレックスは思った。一人でもこんなことをするのだろうか？　それからようやく車に戻ってきた。

「悪いな」とボビーは簡易ベッドに上がった。そして「心配するな、目覚まし時計はここに入ってるから」と言って頭を指差した。

「わたしはちょっと散歩してくるわ。電話もかけなきゃ」

「おれからも彼氏によろしく」と冗談を言って、ボビーはカーテンを閉めた。


アレックスはトラックの列のあいだを歩いていった。一人で歩きたかった。

時間とともに気が重くなってくる。天気が悪いからだろうか？　いや、そうではない。旅のせいだ。パリからの移動のことではなく、もっと長い旅のせいだ。

今自分がここにいることには、たった一つしか意味がない。それは、この計画が終わりに近づいたということ。

その終わりのことを、アレックスはずっと怖くないと自分に言い聞かせてきた。だがそれは嘘だ。最後の最後は恐ろしい。しかもそれは今夜のことで、先ではない。

アレックスは静かに泣いた。ずらりと並んだトラックは大きな昆虫が身を寄せ合って眠っているように見える。そのトラックのあいだに立ち尽くし、腕を胸の前で組んで、アレックスは泣いた。人は自分の人生から逃れることができない。逃げようとしても、それは必ず追いかけてくる。どうしようもない。

アレックスはその言葉を頭のなかで繰り返し、はなをすすり、かんだ。そして深く息を吸い、なんとか胸のなかの重いかたまりを追い出そう、疲れてしおれそうな心をもう一度奮い立たせようとした。だが、それは本当に難しかった。とにかく終わらせてしまおう。そうすれば楽になれるからと自分に言い聞かせた。勇気を出せ。終わってしまえばあとはもうなにも考えなくていい。なにも問題はなくなる。まさにそのために、すべてに決着をつけるために、自分は今ここにいるのだから……。そう考えたら少し心が軽くなってきた。アレックスはまた歩きだした。冷たい風が心地いい。その冷たさが動揺を静め、活力を引き出してくれるような気がする。さらに何度か深呼吸すると、だいぶ元気が出てきた。

飛行機が飛んでいる。空が曇っていて姿は見えないが、点滅する光が三角に配置されているのでわかる。

アレックスは長いあいだその光を目で追った。地上から見るとじれったいほど遅い動きだが、それでもいつの間にか遠ざかり、やがて消えていった。

それにしても、とアレックスは思った。飛行機を見るとなぜ人は物思いにふけるのだろう？

そこは上下線共通のサービスエリアで、道路上に架けられた橋を渡って反対側にも歩いていけるようになっている。つまり橋を渡ればパリに向かう車が停まっている。どちら側にも軽食堂、新聞雑誌販売店、小型スーパー、その他さまざまな店が並んでいる。アレックスはセミトレーラーに戻り、助手席に上がり、ボビーを起こさないようにドアをそっと閉めた。ボビーの寝息が一瞬止まったが、数秒するとまたゆっくりした規則正しい寝息が聞こえてきた。それは波のようで、息を吐くたびにシューと小さい音がする。

アレックスはリュックを引き寄せ、中身を確認した。ジャケットも手に取り、なにか落としたものはないかとポケットを全部確認した。だいじょうぶ。必要なものはすべてそろっている。

それからシートに膝をつき、そっとカーテンを開けた。

「ボビー……」とささやいた。

飛び起きてしまっては困るので、大きな声は出せない。だがずいぶん眠りが深いようだ。アレックスは振り返ってグローブボックスを開けたが、なにもなかった。それを閉じ、助手席の下を手で探ったが、やはりなにもない。続いて運転席の下を探るとプラスチックの工具箱があったので、それを引っ張り出した。

「ボビー？」顔を近づけて声をかけた。

今度は前よりうまくいった。

「ん？」

だが完全に目覚めたわけではない。反射的に口が動いただけで、意識はまだ浮上してきていない。仕方がない。アレックスはドライバーを短刀のように握り、一気に右目に突き立てた。狙いを外さない正確な動きだった。でも看護師なのだから、できて当然……。その上力も入れたので、ドライバーはかなり深く入った。脳まで届いたかと思えるほどだったが、もちろん実際はそこまではいかない。それでもボビーの動きをある程度封じることができた。ボビーは当然のことながら起き上がろうとし、脚をばたばたさせたが、アレックスが困るほどではなかった。ボビーは叫んだ。そこでアレックスは二本目のドライバーを喉に突き立てた。これも正確だったが、やはり称賛に値するほどではない。なにしろじっくり狙いを定めることができたのだから。狙ったのは喉仏のすぐ下で、これで叫び声もごぼごぼいう音にすぎなくなった。アレックスはこの人ったらなに言ってるのかしらと眉をひそめて顔を近づけてみたが、そこでさっと身を引いて、鞭のように動くボビーの腕をよけた。それはもう人の腕というよりも獣のようで、一撃で牛でも倒せそうだ。

じきにボビーは息を詰まらせはじめた。こんな場面でも、アレックスは考えていたとおりに淡々と作業をこなす。右目のドライバーを無理やり引き抜くと、少し身を引き、今度は首の横から突き刺した。すぐに血が噴き出した。そうしておいてから、アレックスはゆっくりとリュックのほうにかがみ込んだ。慌てなくてもボビーは逃げない。ドライバーが首に刺さった状態でどこに行けるというのだろうか。逃げるどころか、アレックスが硫酸の容器を持ってまたボビーのほうを向いたときには、もう死にかけていた。まだ呼吸しているがそれもかろうじてのことで、ぜいぜいあえいでいる。筋肉はほぼ麻痺状態で、手足を縛るまでもない。問題はどうやって口を開けるかだ。ハンマーでも使わないことには一日かかってしまいそうだ。ならハンマーを使えばいい。その工具箱はすぐれもので、なんでも入っていた。アレックスは上下の前歯をハンマーで折ってちょうどいい大きさの穴を開け、そこに硫酸の容器の首を突っ込んだ。

ボビーはどう感じているのだろう。それはわからない。こんな状態では質問しても答えてもらえない。硫酸が口から入ってきて喉に流れ込むというのが実際のところどういう体験なのかは、結局のところ誰も知ることができないし、そもそもその答えは重要ではない。答えではなく、問うことに意味がある。よく言われるように、大事なのは気持ちなのだから。

仕事を終えると、アレックスはさっさと荷物をまとめはじめた。こんな方法で人を殺して汚れないわけがない。頸動脈から血が噴き出したときに、よけたとはいえ少しかかったので、リュックに入れてあった別のTシャツに着替えた。そしてペットボトルの水の残りで手と腕を洗い、脱いだほうのTシャツでふいて、それを座席の下に捨てた。最後にもう一度だけボビーのほうを振り返った。神の恵みに感謝するために旅立ったボビー。ひどいながめだった。頸動脈が切れて数分で大半の血を失ったので、顔は真っ白だ。いやそれは顔の上半分のことで、下半分は……血まみれのどろどろとしか言いようがない。そして簡易ベッドは深紅に染まっている。この血が固まったら、これまたものすごいながめになるだろう。アレックスは車を降り、リュックを担いで橋を渡り、反対側のサービスエリアに入った。

ぐずぐずしてはいられないので、速そうな車を探した。そしてナンバーがオー＝ド＝セーヌ県内のものを。それなら確実にパリまで戻れる。アレックスは車のメーカーだの車種だのには詳しくないが、これなら間違いなく速いだろうと思える車を見つけ、持ち主が戻ってくるのを待った。するとやってきたのは若い女だった。細身で、優雅で、褐色の髪の三十くらいの女で、不愉快になるほど金のにおいがする。女は満面の笑みを浮かべ、即座にいいわよと言った。アレックスが後部座席にリュックを投げ入れて助手席に座ったときには、女はもうハンドルを握っていた。

「出していいかしら?」

アレックスは微笑んで手を差し出した。

「わたしはアレックス」

45

配送センターの近くに舞い戻ってクリオに乗ると、アレックスはその足でロワシー＝シャルル・ド・ゴール空港まで行った。そして出発ロビーの運航掲示板をながめながら、行き先をどこにしようかとずいぶん考えた。南アメリカは予算オーバーだし、アメリカは警官だらけだ。あとはどこ? ヨーロッパしかない。ヨーロッパといったら、そう、スイスがある。スイスがいい。ベストチョイスだ。国際的な拠点で、人の出入りが多く、匿名性が重んじられる国。つまり自分を作り変えることができる国。麻薬資金だろうが戦争犯罪人だろうがロンダリングできてしまう国。殺人者を迎えてくれる国。アレックスはチューリッヒ行きの航空券を買った。明日の朝、八時四十分発の便にした。そしてせっかく空港に来たのだからと店をのぞき、いいスーツケースを買うことにした。アレックスは本当の贅沢品を買ったことがない。これが初めてだし、これ以上の機会は二度とないだろう。いろいろ迷ったが、結局スーツケースではなく、組み合わせ文字が浮き出た植物なめし革の旅行かばんにした。馬鹿高かったが、とても気に入ったので思い切って買った。免税店でボウモアも一本手に入れた。どちらも銀行のカードで払った。頭のなかで計算し、ぎりぎりだがなんとかなると思った。

空港を出るとヴィルパントに向かった。空港のすぐ近くの工業地区で、どこまでも工業団地が広がっていて、ビジネスホテルもたくさんある。これほど個性がなく、かつ孤独な場所といったら、ほかには砂漠くらいしかないだろう。アレックスは〈ホテル・ボリュビリス〉にした。〝至便性とくつろぎ〟が売り文句のありふれたホテルチェーンで、その〝至便性〟とはすなわち百台分の駐車場を、そして〝くつろぎ〟とは百室のまったく同じ作りで前払いの客室を意味する。つまり〝信頼〟は契約に含まれていない。アレックスはここでも銀行のカードを使った。空港までの時間を訊くと、フロント係が言い飽きたという口調で二十五分と答えた。アレックスは余裕をみて、明日の朝八時にタクシーを頼んだ。

エレベーターに乗ると、鏡にくたびれはてた女が映っていて、それが自分だとはすぐにはわからなかった。

部屋は四階だった。廊下のカーペットはアレックスと同じようにくたびれていた。室内もこれまた描写するに値しない。この部屋でどれほどの客が孤独な夜を過ごしたことだろうか。あるいは不安な夜を、眠れぬ夜を。どれほどの数のカップルが、許されぬ愛の炎にかられてこの部屋で抱き合い、人生を台無しにしたと後悔して出ていったことだろうか。そして今夜は自分の番だ。アレックスはとりあえずドアの近くにリュックを下ろし、胸が悪くなるような内装をながめ、どうしたものやらとしばし途方に暮れた。

ちょうど夜の八時だった。時計を見たわけではないが、右隣の部屋から八時のニュースのオープニングが聞こえてきたのでわかった。シャワーはあとにして、まずはブロンドのかつらを外し、リュックから洗面道具を取り出し、深い青色のコンタクトレンズを外してトイレに流した。そしてだぶだぶのジーンズと薄いセーターに着替えた。それから荷物を全部ベッドの上に出し、空になったリュックを肩にかけて部屋を出ると、廊下を抜けて階段を下りていった。地階に近づくと階段の途中で足を止め、フロント係が持ち場を離れるのを待ってすばやく駐車場に出た。外はもう真っ暗だった。思いがけない寒さで、鳥肌が立った。頭上でとどろく飛行機の爆音も、足早に流れていく厚い雲に遮られ、少しくぐもって聞こえる。

ごみ袋は前もって買っておいた。車のトランクを開けると、流したくもない涙がこみ上げてきた。《私物》と書かれた二つの段ボールの蓋を開け、なにも考えるなと自分に言い聞かせながら、中身を片っ端からごみ袋に移していった。聞きたくもない嗚咽《おえつ》が漏れてくる。考えちゃいけない。見ないこと。とにかく手当たり次第ごみ袋に放り込めばいい。中学校時代のノート、手紙、日記、メキシコの硬貨。時々袖の折り返しで涙をぬぐったり、はなをすすったりしなければならなかったが、やめるつもりはなかった。やめるわけにはいかない。最後までやり遂げるしかないのだから。そう、すべてにけりをつける。だから全部捨てる。安物のアクセサリーも、写真も、全部。数えたり、思い出そうとしないこと。小説の好きなページを切り取ったものも、黒い木彫りの頭像も、赤いゴム紐で束ねたひと房のブロンドの髪も、ハート型で《ダニエル》と書かれたキーホルダーも……。ダニエルは小学校のときの初恋の相手で、もう文字が消えかかっている。一気に作業を終え、これでよしと三つ目のごみ袋の口を閉じたものの、やはりアレックスにはつらすぎた。それはきつすぎ、重すぎた。とっさにごみ袋から手を放して腰から崩れ、トランクの床に額をこすりつけんばかりに身をかがめ、顔を両手で覆って泣いた。そうしてもいいのなら叫びたかった。そうする力がまだ残っているのならわめきたかった。そこへ車が一台駐車場に入ってきたので、アレックスはすぐ立ち上がり、トランクのなかのものを探しているふりをした。車は通り過ぎ、ホテルの入り口に近いところに駐車した。誰だって歩く距離は短いほどいい。

アレックスはごみ袋を三つとも地面に下ろした。そしてトランクを閉め、鍵をかけ、ごみ袋を拾い上げ、きっぱりした足取りで駐車場を横切った。道路との境のスライドゲートは何年も開けたことがないようで、厚いペンキがはがれてさびていた。時間が遅いので工業団地の通りは人気がない。アレックスがすれ違ったのは、ホテルがわからなくなって迷っているような車数台とスクーター一台だけだった。歩いている人はどこにもいない。それも当然で、アレックスのような立場でもないとしたら、いったい誰がこんな寂しい通りを歩くだろうか。このあたりは似たような通りがくねくねと続いているだけで、どこに行き着くというものでもない。歩道を行くと、どの会社の前にもごみ収集容器が並んでいた。何十とあるので、どれにするか迷ってしまう。だがアレックスは数分歩いたところでここと決め、容器の蓋を開けてごみ袋を投げ込み、空のリュックも放り込んだ。蓋を乱暴に閉め、ホテルに引き返した。アレックスの人生ここに眠る……。不幸で、残忍で、きちょうめんで、弱く、セクシーで、途方に暮れ、逮捕歴のない女、ここに眠る。今夜のアレックスは大人だ。だから涙をぬぐい、深く息を吸い、しっかりした足取りで歩く。ホテルに着くと、アレックスはテレビに夢中になっているフロント係の横を悠々と通り抜け、部屋に上がり、服を脱ぎ、熱いシャワーを浴びた。そしてもっと熱くして、噴き出る湯の下で大きく口を開けた。

46

人の決断というのは得てして不可解なもので、たとえばこの夜なぜ急に母のアトリエに行く気になったのか、カミーユには説明できない。

この日の夕方、カミーユは事件のことを考えていて、この女は逮捕されるまでにあと何人殺すだろうかと思った。また女自身についても長々と考えた。数えきれぬほど描いた女の顔についてで。あるいは女によって自分がどれほど生きる力を取り戻したかについて……。そして、自分がどこで間違えたのかに気づいた。女はイレーヌとはなんのかかわりもないのに、状況が似ているというだけでカミーユは二人を重ねてしまった。それは単に誘拐事件だったからではなく、捜査の前線に立たされたことでイレーヌのときと同じような動揺と恐怖を感じ、それが当時の罪悪感まで呼び起こしたからだ。それこそまさに、刑事は個人的にかかわりのある事件を担当してはいけないとされている理由だ。だが同時に、今回の件で自分は罠にはめられたのではなく、自らこの状況を作ったのだということにもカミーユは気づいていた。ル・グエンはつまるところ、そろそろ現実と向き合っちゃどうだと背中を押してくれたにすぎない。カミーユは降りようと思えば降りることもできた。だがそうしなかったということは、結局のところル・グエンが差し出した機会はカミーユが望んでいたものであり、必要としていたものだったのだ。

カミーユは靴を履き、上着をはおり、車のキーを取った。そして一時間後にはもうクラマールの森の近くを走っていた。

スピードを落として寝静まった町並みを抜け、右折し、それから左折して、そこからは高い木々のあいだをまっすぐに行く。前回、つまり四年前にここに来たときは、膝のあいだに拳銃をはさんでいた。

五十メートルくらいまで近づいたところで家が見えた。汚れた窓がヘッドライトに反射した。工場の屋根にあるような、縦長のガラスを並べた窓だ。カミーユは車を停め、ヘッドライトを点けたままエンジンを切った。

この日、カミーユはひょっとしたら自分になにか変化が起きるのではないかと思っていた。だがもし思い違いだったら……？

車を降りると、寒かった。ここはパリより気温が低い。それとも自分が冷えきっているだけだろうか？　カミーユは車のドアを開けたまま家に近づいた。四年前、ヘリコプターが突然木々の上に現れたとき、カミーユはちょうどこのあたりにいて、轟音と旋風で地面になぎ倒されそうになった。だがすぐに起き上がって走った。あの瞬間まだ拳銃を手にしていたかどうか記憶がない。たぶん持っていただろう。はるか昔のことのようで、細かいことは覚えていない。

アトリエは平屋で、かつてこの近くにあった大邸宅の管理人小屋だった建物だ。遠目にはロシア風のログハウスのようで、ロッキングチェアが似合いそうな柵付きのベランダが張り出している。カミーユが今たどっている道は、子供時代にも青春時代にも、母に会うため、母が絵を描くところを見るため、そして母に絵を教わるために何百回と通った道だ。子供のころカミーユは森があまり好きではなく、ほとんど足を踏み入れなかった。家にいるほうが好きだからと言い訳し、孤独を好む少年を装っていた。だがそれは必要を美徳に変えていただけで、一緒に遊ぶ友達を作れないから逃げていただけだ。背が低いことをからかわれるのが嫌で、独りで遊んでいたにすぎない。森のこともそうで、実は森が怖かっただけだ。そして……もうすぐ五十になるというのに、カミーユはいまだに大きな木々が怖い。もはやゲーテの『魔王』におののく年ではないが、身長が十三歳の少年と変わらない身としては、どんなに勇気を出しても、この夜に、この森に、そこにぽつんと建つこの小屋にある種の恐怖を抱かずにいられない。しかもこの小屋は、母が仕事をした場所であり、イレーヌが殺された場所でもあるのだから。

47

アレックスは腕を組んで考えた。兄に電話しなければならない。妹からだとわかったらすぐこう言うだろう。「おまえか？　まだなにか欲しいのか？」。いつも初めから突っかかってくる。だが仕方がない。アレックスは部屋の電話の受話器を外し、そこに貼ってある説明を見て、ゼ口を押せば外線に切り替わることを確認した。待ち合わせの場所にはこの工業地区に近いところを選んである。その住所をメモした紙を手元に置き、呼吸を整えてから番号を押した。ところが留守電になっていたので驚いた。兄は夜中でも携帯を手放さず、仕事が命だからと言っていたのに。トンネルに入っているのか、それとも玄関脇の台にでも置き忘れたのだろうか。だが、これならがなり立てられずにすむからかえってよかったと思い、メッセージを残した。

「アレックスです。急ぎで会いたいの。今夜十一時半に、オルネー＝スー＝ボワのジュヴネル通り一三七番地に来て。わたしが遅れても待ってて」

そこで受話器を置こうとしたが、もうひと言加えた。「でもそっちは遅れないでね」

みじめさとやるせなさが漂うホテルの部屋で、アレックスはベッドに寝転がり、しばらく夢想にふけった。時間がゆっくりと流れ、幻想や思い出が次から次へと浮かんできた。隣の部屋のテレビの音がまだ聞こえている。それがどれほど大きい音か、どれほどまわりの迷惑になっているか、隣の客は気づいてもいないだろう。でも静かにさせるのは、こちらがその気になれば簡単だ。部屋を出て、隣の部屋をノックする。客がドアを開け、驚いた顔をする。それは平凡な男だろう。アレックスがこれまで何人も手にかけてきたような平凡な男に違いない。結局何人殺したっけ？　五人？　六人？　あるいはもっと？　アレックスはできるだけチャーミングに微笑み、出てきた部屋のほうにちょっと頭を振って、隣の部屋の者ですけどと言う。そして、わたし一人なんだけど、お邪魔してもいいかしらと訊く。男は呆然としながらも、後ずさってアレックスを部屋に入れる。アレックスはさらに続けて、脱ぎましょうか？　と言う。カーテンを閉めてくださらない？　と言うのと同じようにさり気なく言う。男はあんぐり口を開ける。男は腹が少し出ているが、三十過ぎればみんなそうだ。アレックスが殺した相手もみんなそうだった。パスカル・トラリユーでさえ――あの間抜け、地獄の責め苦を味わうがいい――ビールのせいでそうだった。アレックスはバスローブの前を開き、どうかしら？　と訊く。実際にそんなことができたら、一度でもできたらよかったのにとアレックスは思う。バスローブを脱ぎ捨てて裸になり、返事を承知の上でわたしはどうかしらと訊き、相手が腕を開き、自分はその胸に飛び込む。そんなことが可能だったら……。でも実際にはそうはならない。別の展開にならざるをえない。アレックスがテレビを消してくださらない？　と言うと、男はすまんとかなんとか口ごもりながら慌ててテレビのほうを向く。馬鹿だ。そして電源オフのボタンを探してリモコンと格闘する。思いがけないチャンスに興奮し、指が震えている。男はこちらに背を向けて前かがみになる。あとは、ベッドサイドのアルミ製のスタンドでもつかんで頭を殴ってやればいい。スタンドを両手で持ち、力いっぱい右耳の後ろに振り下ろす。そして相手がふらふらになったら、あとは赤子の手をひねるようなものだ。どこを殴れば次のステップへの時間を稼げるか、アレックスはその急所も知っている。そして次のステップとは、シーツで縛り、硫酸を半リットル分喉に流し込むこと。それで一件落着。テレビの音に悩まされることはなくなり、ぐっすり眠れる。

アレックスは目を覚ましたまま、夢を見るようにそんな場面を思い浮かべていた。手を首の後ろで組んでベッドに横になり、思いが漂うままに身を任せた。過去のいろいろな場面も浮かんでくる。アレックスはなにも後悔していなかった。殺人についても、結局のところああするしかなかったと思っている。アレックスにはそうする必要があった。彼らに苦しみを味わわせ、息の根を止める必要があった。だからまったく後悔していない。もっと殺してもよかったくらいだ。もっとたくさん。それが彼らの運命だったのだから。

さて、そろそろ酒を飲む時間だ。歯磨き用のコップで飲もうかと思ったが、ボウモアに合わないと思い、仕方がないのでらっぱ飲みすることにした。そしてふと、煙草も買っておけばよかったと思った。なにしろ今夜は祝宴だ。アレックスはもう十五年くらい煙草を吸っていない。なぜ急に吸いたいと思ったのだろう？　煙草をおいしいと思ったことは一度もないのに……。いや、それは煙草の問題ではない。誰もがすることをしてみたいという思いが、アレックスの心の片隅にあるからだ。若い娘たちが追う夢を自分も追ってみたかった。みんなと同じようになりたかった。アレックスはウイスキーに弱いので、少し飲んだだけで浮かれた気分になってきた。そして歌詞のわからない歌を口ずさみながら、荷物を片づけはじめた。服を一枚一枚丁寧にたたんで、旅行かばんにきれいに詰めていく。アレックスは物が片づいているのが好きだ。だからこれまでに暮らしてきたどのアパルトマンも、いつも完璧に片づいていた。例外はあのシャンピニーの家のときだけ。

それからバスルームに行き、クリーム色の小棚の上に化粧品、歯磨き、歯ブラシを置いた。その棚には煙草の焼け焦げがあり、しかもぐらついていたので、気をつけて並べなければならなかった。化粧ポーチのなかから精神安定剤用のピルケースを取り出した。なかには毛髪が一本入っている。ベッドの近くに戻って蓋を開け、その毛髪をつまみ、手を高く上げてから放すと、枯れ葉のように舞い落ちた。もっとたくさんあればよかったと思った。手にひとつかみ分くらいあったら、雨みたいに、あるいは雪みたいに降らせることができたのに。子供のころ友達の家の庭でそうやって遊んだ。芝生の上で、散水ホースで水をかけ合う遊びだ。そんなことを思い出したのもウイスキーのせいだろう。アレックスはこうした作業のあいだも飲みつづけていて、少しずつとはいえ、酔いの回りは早かった。

荷物の整理が終わったころには足元が少し怪しくなっていた。もう何時間も食事をとっていないせいで、少しのアルコールでもすぐ足にくる。さすがのアレックスもそこまでは考えていなかった。そのことがおかしくてアレックスは笑いだした、それは苛立ちと、緊張と、不安からくる笑いだった。いつもそうだ。アレックスはいつも不安でたまらない。だがそれは習い性で、生まれつきこうだったわけではない。残忍性も同じことで、こんなにも残酷な大人になるなんて、子供のころのアレックスには考えられもしなかった。アレックスは旅行かばんを作り付けの棚に載せながら、子供のころ優しい子だねとよく言われたことを思い出した。大人たちはかわいいねとも言ってくれたが、それは嘘だった。アレックスはやせっぽちで醜かった。だから大人たちはなにか一つくらい正直に褒めようとして、優しいと言ったのだ。

そんなことを考えるうちに夜が更けていった。

アレックスはちびり、またちびりとウイスキーをなめながら、結局のところずいぶん泣いた。まだこんなに涙が残っていたのかと驚くくらい、いくらでも泣けた。

なぜならそれは、あまりにも孤独な夜だったから。

48

カミーユが足を乗せたとたん、乾いた音が銃声のように響いた。ポーチの木の階段が朽ちていて、そこを踏み抜いてしまったのだ。どうにか転ばずにすんだものの、右足が割れた板にはさまった。そのままでは痛くて引き抜けないので、階段に座った。すると思いがけず、アトリエを背にして車のヘッドライトと向き合うことになり、その瞬間また時間が四年前に飛んだ。あのときもここにこうして座り込んでいたのではなかっただろうか。ふいにヘッドライトで照らされ、顔を上げたらそれが救急車だったのでは？　そして救急隊員たちが降りてきて、すでにわれを失っていたカミーユを抱え上げて救急車に乗せてくれた。いや、もしかしたらもう少し上の、ベランダの手すりの近くに立っていたのかもしれない。

カミーユは右足を慎重に引き抜いてから立ち上がり、今度は用心しながらベランダに上がってみた。一歩踏み出すたびに板がぎしぎし鳴り、今にも穴が開きそうだ。だがあのとき自分がどこにいたのか、正確に思い出すことはできなかった。

それにしても、自分はなんのためにそんな細かいことを思い出そうとしているのだろう？いや、その答えはわかっている。時間を稼ぐためだ。いきなり家に入る勇気がないから、こうしてぐずぐずしているだけだ。

カミーユはようやく扉のほうを向いた。板を釘で打ちつけて開かないようにしてあるが、そんなものはなんの意味もない。玄関脇の窓が二枚とも完全に壊されて、ガラスがひとかけらも残っていなかった。カミーユは窓枠をまたいでなかに入った。六角形のレンガ風の床石が、以前と変わらずがたついているのが足の感覚でわかる。目が徐々に暗さに慣れてきた。

鼓動が速く、強くなり、脚が震えはじめた。カミーユは数歩進んだ。

漆喰の壁が落書きだらけになっていた。人がここに入り込み、無断で住んでいたようだ。床に破れたマットレスと皿が二枚置かれていて、何本ものろうそくが燃えつきた跡があり、あちこちに空き瓶や空き缶が転がっている。壊された窓から風が遠慮なく吹き込んできて渦を巻く。アトリエの一画の傾斜した屋根が崩れ落ち、そこから森が見えている。

あまりにも殺風景な光景だった。心のよりどころとなるものがなにも残されていない。悲しみを乗り越えるための支えがなにもない。悲しみそのものが変わってしまっている。そのとき不意に、頭上から石でも落ちてきたかのように、あの凄惨な場面がよみがえった。

イレーヌと胎児の死体……。

カミーユは膝を折って泣き崩れた。

49

部屋のなかでアレックスはゆっくりと踊った。裸で、目を閉じ、片手に持ったTシャツを新体操のリボンのように、あるいは軍旗のように振りながら、ゆっくりとその場で回った。すると次々と人の姿が浮かんできた。アレックスが手にかけた死者たちの姿だ。彼らは一人ずつかわるがわる現れたが、どういう順番なのかアレックスにもわからない。ほらまた一人。アレックスが壁を撫でるようにTシャツを大きく振ると、ランスのビストロの店主が現れた。名前も覚えていない。むくんだ顔、驚愕に見開かれた目。アレックスはさらに回った。どんどん回った。今度はあのトラック運転手が現れた。恐怖で引きつった口。今度は名前を覚えている。ボビーだ。ここでTシャツが武器になり、アレックスは手にTシャツを巻きつけて部屋のドアまで行き、ドアノブを握ってゆっくりひねった。目にドライバーを突き立てて、それをさらに深く刺し込もうとするように。その力にドアノブが悲鳴を上げ、抵抗する。それでもなおひねると、ドライバーがずぶりと深く入り、そこで消えた。アレックスはうれしくなり、またぐるぐる回った。Tシャツを手に巻きつけたまま踊り、笑い、そしてまた殺し、さらに殺し、次々と人が死ぬのを見た。だが踊り子はやがて疲れ果て、踊りをやめた。あの男たちは本当に自分を求めていたのだろうか？　アレックスはベッドに腰かけ、膝のあいだにウイスキーの瓶をはさみ、男の欲望とはどういうものかと考えた。するとひょっこりフェリックスが現れた。熱っぽい目。そう、フェリックスは飢えていた。あの男が今ここにいるなら、唇を少し開けてその目をじっと見つめ、こんなふうにしてやるのに……とアレックスはTシャツを巻きつけたままの手をウイスキーの瓶に伸ばし、それをペニスに見立ててゆっくりと、巧みに愛撫した。これでフェリックスは爆発するだろう。実際爆発したようなものだ。舞い上がったところで爆発し、頭が吹っ飛んだ。そして肉体はロケットのように切り離された。

アレックスは想像のなかで血まみれになったTシャツを放り投げた。それはドアの近くのくたびれた椅子の上に、海鳥のようにふわりと舞い降りた。

夜が更けた。隣室の客もとっくにテレビを消して眠っている。アレックスの隣の部屋にいながら生きているというのが、どれほど奇跡的なことか知りもせずに。

アレックスは洗面台に向かい、できるだけ全身が映るように体を離して立った。真剣な、あるいはやや厳粛な面持ちの全裸の女。アレックスは自分を見つめた。なにをするでもなく、ただじっと見た。

要するにこれがアレックス。これが自分のすべてだ。

人は本当の意味で自分自身に向き合うとき、涙を流さずにはいられない。

アレックスのなかでなにかにひびが入り、そこが崩れてアレックスをのみ込んだ。

鏡のなかの姿はあまりにも強烈で、あまりにも悲しかった。

アレックスはすばやく向きを変えると、鏡を背にして膝をつき、迷うことなく後頭部を洗面台の端に打ちつけた。勢いよく、一回、二回、三回、四回、五回。もっと強く、さらに強く！頭蓋骨の同じところを正確に。全力でぶつけたので、銅鑼《どら》のような大きな音がした。最後の一撃を終えたとき、アレックスは気を失いかけ、涙にあえいでいた。頭のなかがひび割れ、壊れている。だがそれは今ではなく、ずっと前から壊れていたのだ。アレックスはよろよろと起き上がり、ベッドまで行って仰向けに倒れた。頭の痛みは尋常ではない。しかも短い周期で食い込むように襲ってくる。アレックスは目をきつくつむって痛みに耐えながら、枕に血が流れているのだろうかと思った。左手に全神経を注いで睡眠薬の入った容器をつかみ、それを腹の上に載せ、落とさないように注意して（それがどれほど難しいことか）中身を全部手のひらに移し、口に放り込んだ。そしてどうにか肘をついてナイトテーブルのほうを向くと、思うように動かない手でウイスキーの瓶をつかみ、力の入らない手に無理やり力を入れて持ち上げ、息が続くかぎり飲んだ。そして半分近くを飲んだところで力尽き、手を放した。瓶がカーペットの上に転がる音が聞こえた。

アレックスはベッドの上にぐったりと倒れた。

吐き気をこらえるのに必死だった。

涙がとめどなく流れたが、アレックスにはもうそれさえわからなかった。

体はまだここにあるが、意識はもはやここにない。

アレックスは身をよじった。これまであらゆるものがアレックスの人生に巻きついてきた。だが今ここに残った体はもうそれ自身に巻きつくしかない。

脳が突然恐怖に襲われた。それももはや神経細胞の反応にすぎない。

これから起きることはすべて、抜け殻となった肉体の現象にすぎない。最後の数秒、もう引き返せない数秒。アレックスの意識はすでにほかのところにいる。
ほかのところがあるのなら……。

50

その朝〈ホテル・ボリュビリス〉は大騒ぎになった。出入り口が封鎖され、駐車場にも規制線が張られ、回転灯を点けた警察車両が何台も停まり、制服警官が動き回っている。これが夜なら宿泊客たちもテレビドラマのようだと面白がったことだろう。ドラマではこういう場面はだいたい夜と決まっている。だが朝の七時で、チェックアウトのピークともなれば、客たちも見物気分ではいられない。支配人は一時間前から客の対応に追われ、謝罪を繰り返し、だいじょうぶです、もう少々お待ちくださいと言っていたが、なにがだいじょうぶなのか誰にもわからなかった。

カミーユとルイが着いたとき、支配人は入口で警察の責任者の到着を今か今かと待ち受けていた。その様子に気づいたルイがすばやく先に立った。こういう場合の対応はいつもルイがやる。カミーユがやると三十分でけんかになってしまう。

ルイがいかにも物わかりのいい警官という態度で支配人と話しはじめ、少し離れた場所に誘導したすきに、カミーユは入口を通り抜けた。そしていちばんにここに駆けつけたという所轄の警官に案内させ、部屋に向かった。

「捜索令が出ていた女だとすぐにわかりました」

その警官は褒めてもらえると思ったのか、わざわざ立ち止まってそう言った。だがカミーユがなにも言わなかったので、少しうなだれてまた歩きだした。カミーユはエレベーターを断って階段を上がることにした。あまり使われていないらしいコンクリートの階段で、大聖堂のなかのように足音が響いた。

警官がもうひと言つけ加えた。

「部屋にはまだ誰も入れていません。警部殿の到着をお待ちしていました」

だとすると、やや特異な状況だ。鑑識もまだ来ていないし、ルイは下で支配人の相手をしている。つまりカミーユが一人で死者と対面することになる。これじゃまるで近親者として駆けつけ、亡骸と静かに対面できるように周囲が気を遣ってくれているようじゃないかと思いながら、カミーユは部屋に入った。

ビジネスホテルのような陳腐な場所では、死もまた陳腐に見えてしまうのが常で、女も例外ではなかった。女はシーツにくるまっていたが、最後の痙攣できつく体に巻きついたようで、ミイラにされる古代エジプトの女性のようにも見えた。細い片手がベッドの端から垂れていて、それがいかにも女らしく、人間らしかった。顔には苦しみの跡が残っていた。うつろな目が天井を見上げている。口の端にわずかに嘔吐の跡があるが、ほとんどは口のなかに残っているようだ。この光景そのものに苦しみが宿っていた。

死者がいる場所ではいつでもそうだが、ここにもなにかしら神秘的な感じが漂っている。カミーユは女が見えるところまで近づいただけで、それ以上は入らなかった。鑑識を待ったほうがいい。いずれにせよ、カミーユは死体には慣れっこだ。数えきれないほど目にしてきた。刑事になってからの二十五年間で何体見たか数えたら、一日かかるだろう。つまり一つの村の人口くらいは見てきたということだ。だが不思議なことに、死体がカミーユに訴えかけてくる場合と、なにも訴えかけてこない場合があり、どちらになるかは無意識の領域で決められる。この部屋の死体はカミーユに苦しみを訴えてきた。それがなぜなのかはわからない。

カミーユがまず思ったのはまた遅かったということだ。いつも遅い。だからイレーヌは死んだ。勘が働かず、自分の思い込みに固執し、そのために遅れ、見つけたときにはもう死んでいた。だが……。いや違う、そうではない。同じことがただ繰り返されるということはない。すべての死はそれぞれに異なり、イレーヌと混同してはいけないのだ。そもそもイレーヌは純粋な被害者だった。だがこの女は単なる被害者からはほど遠い。

それでもカミーユは女を見るのがつらかった。その理由は説明できない。

まだ自分には理解できていないことがあるとカミーユは感じていた。この事件は最初からずっとその連続だ。そしてこの女はとうとう秘密を抱えたまま逝ってしまった。カミーユはもっと近づいて、上からかがみ込んで女をよく見たかった。そして理解したかった。

ずっとこの女を追ってきたのに、ようやく会えたと思ったら死んでいて、しかもなにもわからずじまいだ。いったい何歳なのかも、どこの出身なのかも。

そしてなんという名前なのかも。

近くの椅子の上にハンドバッグが置いてあった。カミーユはポケットからゴム手袋を出してはめ、ハンドバッグを手に取り、開けた。若い女性なら誰もが持ち歩くような品々が入っていた。そして、なんと驚いたことに身分証もあった。

三十歳と書いてある。そして写真。

死者の顔は生きていたときの顔とは別物だ。カミーユは身分証の写真とベッドの上の死に顔を見比べた。とても同一人物とは思えない。しかも、この数週間カミーユが描いてきたスケッチとも違う。どれが本当の顔なのだろうか。証明書の写真？　だがこれはかなり古そうだ。おそらく二十歳前後のときのものだろう。髪型が流行遅れで、女は微笑みもせずまっすぐ前を見ている。あるいは容疑者としてのモンタージュ？　冷たく、硬く、いかにも危険人物といった感じの、何千枚も刷られたあの顔？　それとも今目の前にあるこの死に顔？　魂の抜けた若い女。ここに取り残された肉体だけが説明のつかない苦しみを訴えている。この顔が本当の顔なのだろうか？　そういえば、フェルナン・ペレの絵画『犠牲者　あるいは窒息死した女』に驚くほど似ているなとカミーユは思った。襲いかかる死が生んだ思いがけない偶然だろうか。

カミーユはしばらく女の死に顔に見入っていたが、ふと名前のことを思い出し、慌てて身分証をのぞき込んだ。

アレックス・プレヴォ。

カミーユは口に出してみた。

アレックス。

ローラでも、ナタリーでも、レアでも、エマでもない。
アレックス。
女はアレックスというのだ。
いや、アレックスといったのだ。

第三部

51

予審判事のヴィダールはご満悦だった。この結末は自分の分析力と、手腕と、不屈の精神がもたらしたものだと言わんばかりの顔だった。運や偶然まで自分の才能が為せる業だと考える、それがうぬぼれ屋というものだ。しかも、カミーユとは対照的に、ヴィダールはこの結末を喜んでいた。もちろんあからさまに顔に出しはしないが、控えめであればあるほど、内心どれほど勝ち誇った気分でいるかが周囲にはわかる。カミーユが特にそれを感じたのは、口元や肩への力の入り方、防護服を丁寧に身につけるしぐさからだった。青いキャップと靴カバーを着けて外科医のようになったヴィダールは、いささか滑稽だった。

鑑識作業がすでに始まっているのだから、廊下からなかをのぞくだけで帰ってもいいだろうに、ヴィダールはそれでは満足しない。連続殺人の犯人がいるとなれば、しかももう死んでいるとなればなおさらのこと、近くでじっくり見なければ気がすまない。狩猟の獲物を確認するのと同じことだろう。いざ部屋に入るときの面持《おももち》ちはまるでローマ皇帝のようで、ベッドに近づき、死体のほうに身をかがめると、よしよしと言うように口を少し動かした。そして部屋から出てきたときにはすでに〝一件落着〟という顔で、部屋のほうを指差してカミーユに言った。

「早急に結果をまとめてください。いいですね？」

記者会見を開きたいという意味だ。それも一刻も早く。カミーユは承知しましたと答えた。

「言うまでもありませんが、事件の全容解明も必要です。それも急ぐように」とヴィダールは命じた。

「もちろんです。全容を解明します」

ヴィダールは防護服を脱ぎながら次の言葉を考えている。カミーユには銃に弾を込める音が聞こえるようだった。

「いい加減でけりをつけるべきときでした。誰にとっても」ヴィダールが言った。

「特にわたしにとってとおっしゃりたいんですな」

「率直に言えば、そういうことです」

キャップと靴カバーが言葉の重みにそぐわず、ますます滑稽に見える。

「ヴェルーヴェン警部」帰り支度を整えたヴィダールが言った。「今回の事件では、頭の冴えがまったく見られませんでしたね。なにもかも後手に回ったじゃありませんか。被害者の身元さえ、明らかにしたのはあなたではなく女自身だった。ここで終了のゴングが鳴ったからいいようなものの、解決にはほど遠い状態でした。もしこの幸運な……」とヴィダールは部屋のほうに首を振った。「〝出来事〟がなかったら、まだこの事件を担当していたかどうか怪しいところです。今回の仕事は、どうやらあなたの……」

「身の丈に合わないものだった？」相手が言いにくそうなので、カミーユのほうから言った。

「どうぞご遠慮なく。口から出かかっていましたよ」

ヴィダールはむっとした顔で廊下を歩きだした。

「あなたらしい」とカミーユはその背中に声をかけた。「考えたことを口にする勇気がない。口にしたことの意味を考える誠実さもない」

「そこまで言うなら、こちらが考えていることをはっきり言いましょうか……」

「これはまた恐ろしや」

「あなたにはもう重大事件は無理ではないでしょうか」

そこでヴィダールは少し間を取った。それはよくよく考えた上での発言だと印象づけるためであり、自分は地位の重さをわきまえていて、軽々に論じることはないと暗に示すためだった。

「警部、復帰後の仕事ぶりがどうも芳しくないようですね。この際、第一線から少し身を引かれたほうがいいのではありませんか？」

52

新たに見つかったアレックス・プレヴォの私物は、すべてまず鑑識に回され、それからカミーユのオフィスに運び込まれた。見つけたときはそうは思わなかったが、改めて見るとかなりの量で、並べるには大きな台が必要だった。何人かでカミーユのデスク、外套掛け、椅子、肘掛け椅子などをすべて部屋の隅に押しやり、大きなテーブルを二台運んできた。そこにアルマンがテーブルクロスを掛け、その上に私物を並べていった。だがどれも子供じみたものばかりで、三十歳の女性のものとは思えない。どこかで成長が止まっていたのだろうか？　安物の髪留めや映画の半券をこれほど長く取っておくというのは、どういうことだろうか？

　これらの私物が見つかったのは、アレックスの死体が発見された日のことだった。


　十月五日の朝、カミーユは〈ホテル・ボリュビリス〉の部屋でアレックスの死体を確認し、それから一階に降りた。するとアルマンが食堂でフロント係から事情を聞いていた。フロント係は若い男で、髪を片側に寄せてジェルで固めていて、たった今平手打ちを食らったように見えた。場所が食堂というのは、もっぱら実用的な理由でアルマンが選んだに違いない。ちょうど宿泊客たちのためにビュッフェ形式の朝食が並んでいて、アルマンは質問の合間に「ちょっといいか？」と言ったかと思うと、答えも待たずにコーヒー、クロワッサン四個、オレンジジュース、コーンフレーク、ゆで卵、ハム二切れ、プロセスチーズ数切れを取ってきた。そして次々と頬張りながらもきちんと質問をし、答えを注意深く聞いている。注意深くというのは、相手の言葉に細かい突っ込みを入れていることでわかる。

「さっきは二十二時三十分と言わなかったか？」

「あ、ええ」フロント係は痩せこけた刑事がもりもり食べる様子に目を丸くしながら言った。「でも、三十分か三十五分かっていうあたりは、正確にはわかりませんよ……」

　アルマンは了解と手で示した。このあとアルマンが聞き取りの最後にどうするか、カミーユには見届けるまでもなかった。

「紙箱かなんかないか？」

と訊くに決まっている。そして返事も待たずに紙ナプキンを何枚か広げ、その上に菓子パンをバスケットごとひっくり返して載せ、四隅を寄せてきれいに結び、プレゼント用の小さい包みのようにし、不安気な顔のフロント係にこう言うだろう。

「昼の分だ……。この事件で食べに出る暇もないからな」

朝の七時三十分。

カミーユはフロント係をアルマンに任せ、ルイが聞き取りをしている会議室に入った。ルイは死体を発見した掃除婦から話を聞いているところだった。五十歳くらいの血色の悪い女で、やつれた顔をしている。いつもは夜勤で、夕食後の清掃をして帰宅するが、人手が足りないときは朝六時にまた戻ってきて朝の掃除もしなければならないとこぼしていた。女はずんぐりしていて、腰痛を抱えているようだ。

客室の掃除をするのはだいたい昼近くで、何度もノックをし、なにも物音がしないことを確認してから入るという。以前、うっかり開けたらとんでもないものを見てしまったそうだ。女はその話をしようとしたが、カミーユのほうをちらりと見ると、ぎょっとしたような顔をしてその話をやめた。カミーユは部屋に入って立ったままじっと見ていただけなのだが、女はなにに驚いたのだろう？　コートを着たままで、ポケットに手を突っ込んでいたのがいけなかったのか。いや、要するに背が低いからだろう。そういえば、ここに来てからまだ一度もコートを脱いでいなかったとカミーユは気づいた。女は客室の掃除の話に戻った。今朝は早朝にチェックアウトした客がいて、その部屋番号を渡されたので、早速掃除をしに行ったという。ところが部屋を間違えてしまった。渡された紙には《317》と書かれていたのだが、それを読み違えた。

「字が汚いもんだから、《314》って読めたんですよ」と女は言った。

かなり憤慨した口ぶりで、こんな騒ぎになったのは自分のせいじゃない、こんなことで責められちゃたまらないと言いたいようだ。

「ちゃんとした字で書いといてくれたら、こんなことになりゃしなかったのに」

女の動揺がなかなか収まらないのを見て、ルイが手入れの行き届いた手を女の腕にそっとかけて目を閉じた。するとそれだけで女は落ち着きを取り戻した。ルイはまるで枢機卿だなとカミーユは思った。女は落ち着いただけではなく、このときようやく自分の失敗を責められているわけではないと気づいたようだ。大事なのは死体のことであって、部屋を間違えたことではないのだと。

「死んでることはひと目でわかりましたよ」

そして口をつぐみ、言葉を探すように考え込んだ。

「……げんこつを食らったみたい、って言うのかしらねえ……とにかくショックで!」

女はその場面を思い出したのか、口に手を当てた。ルイがなにも言わずに同情を示した。カミーユもなにも言わず、女を見つめ、待った。

「あんなきれいな娘さんがねえ。元気そうに見えたのに……」

「あなたには元気そうに見えたんですか?」

そう訊いたのはカミーユだった。

「いえ、そりゃ、部屋では違いますよ……。そういうことじゃなくって……」

カミーユもルイも辛抱強く待った。こういうときに急《せ》かせてはいけない。女が警察に協力しようとしているのは見ればわかる。部屋を間違えたことはアレックスの死とはまったく関係ないが、それでも女はなにか責められるのではないかと怯えていて、そうならないように協力しようとしている。だから待ったほうがいい。

「昨日の晩見かけたときは元気そうだったたって意味ですよ。元気というか、勇ましいというか……とにかくそういう足取りで歩いていったんですから。もう、なんて言えばいいのかわたしにゃわからないけど！」

女はまた苛立ちを見せた。ルイが静かに言った。

「昨夜あなたが見たとき、どこを歩いていましたか？」

「そこの、ホテルのすぐ前の通りですよ。ごみ袋を持ってて……」

そこまで聞いた瞬間にカミーユとルイは駆け出した。

カミーユは走りながらアルマンと制服警官三人にも声をかけた。六人そろって通りに飛び出すと、右にも左にも五十メートルくらい先にごみ収集車が停まっていて、作業員が収集容器を引っ張ってきていた。その容器を後部リフトに載せると自動的に反転してごみがのみ込まれるが、そうなってからでは遅い。六人は一斉に叫んだ。だが距離があるので作業員はなかなか気づかない。カミーユとアルマンが手を大きく振りながら右側に走り、ルイが左側に走った。三人とも身分証を振り回し、制服警官三人は力いっぱい笛を吹いた。すると作業員たちがようやく気づき、全員その場で手を止めた。収集車まで全力疾走した警官たちは全員息を切らしていたが、無我夢中で収集容器に手をかけた。驚いたのは作業員たちで、警察がごみを逮捕しに来たのかと目を丸くした。

それからルイが取って返し、先ほどの掃除婦を通りに連れ出し、どこで見ましたかと訊いた。女は路上で警官たちに囲まれ、レポーターやファンに囲まれた新人女優のように目を輝かせた。そして、夕べあの若い娘さんとすれ違ったのはここですと指差した。

「家からスクーターで来て、あっちから、で、ここで見ました。ここって言ってもだいたいですけどね。そんな、正確な場所なんてわかりゃしません」

カミーユは二十個ほどのごみの収集容器をホテルの駐車場に集めさせた。気づいた支配人が飛んできた。

「やめてください！　ここでそんなこと……」

支配人がそう言いかけたのを、カミーユが遮った。

「そんなこととは？」

支配人は苦虫を嚙み潰したような顔をしたが、結局あきらめた。自殺だけでも大騒ぎなのに、その上駐車場にごみ箱とはと、顔を真っ赤にしていた。

三つのごみ袋を見つけたのはアルマンだった。

勘と経験の為せる業だった。

53

日曜の朝は猫のために窓を開けることから始まる。朝市を見せてやるためだ。ドゥドゥーシュは活気あふれる市の様子にいつも夢中になる。その日もそうしてやり、それから朝食をとったが、食べ終わってもまだ八時になっていなかった。夕べもよく眠れなかったが、それはカミーユがまた〝ためらい〟の世界に迷い込んでいるからでもあった。選択肢にこれといった優劣がつけられず、なにかをすることにも、しないことにも、同じくらい意味があると思えてしまう状態のことだ。カミーユはいつもなにかしらそうした〝ためらい〟を抱えてきた。だがその状態がつらいのは、実は自分がなにを選択するのか初めからわかっているからだ。あれこれ迷うのは、議論の余地のない選択をごまかしの理屈で覆い隠して、見ないようにするための手段にすぎない。

この日の午前中に母の絵がオークションにかけられる。行かないと決めてはいたが、それでも内心迷いつづけてきた。そして先ほどから、もう当日なんだから、いまさら迷いようがないだろうと自分に言い聞かせている。

カミーユは気持ちを切り替え、もうオークションは終わったことにして、その先のことを考えようと思った。その先というのはオークションの売り上げのことであり、それを手元に残さず、寄付するという計画のことだ。たとえば癌《がん》研究のために、あるいは人道支援のために。これまで売り上げがいくらになるかはあえて考えないようにしてきた。今も考えたくはないが、脳はもう勝手に数字をはじき出している。ルイのような金持ちになることはありえないものの、それでもかなりの金額になるだろう。十五万ユーロ、あるいは二十万ユーロくらいになるかもしれない。そういう計算をしてしまう自分に腹が立つが、だれが計算せずにいられるだろうか。前のアパルトマンはイレーヌが死んでから保険金でローンを返済し、売却した。そしてそれを元手に今のアパルトマンを購入したが、その際に不足分は新たなローンを組んだ。オークションの売り上げがあればそれを一括返済できる。だがそういうことを一つ考えると当初の計画にひびが入り、どんどん広がっていく。少なくともローンは返済して残りを寄付しよう。いや、ローンを返済し、車も買い換えて、残りを寄付すればいい、といった調子で条件が増えていく。そうなると寄付金は減る一方で、蓋を開けてみたら寄付したのは二十万ユーロではなく二百ユーロだったということになりかねない。

さて、とカミーユは頭を振って迷いを払った。絵のことはこれくらいにして、大事なことに集中しよう。

十時ごろにドゥドゥーシュを残して家を出た。朝市を通り抜けていく。寒いが気持ちのいい天気で、カミーユはオルフェーヴル河岸まで歩くと決めた。かなりの距離だが、歩きつづければいつかは着く。そして短い脚が許すかぎりの速足で歩いたが、結局続かなかった。途中で勇ましい決意を捨て、地下鉄に乗った。

日曜だったが、ルイも午後一時ごろには出てくると言っていた。

カミーユはオフィスに入ると、またテーブルに並んだこまごました遺品をながめ、一つ一つの物と無言で対話した。相変わらず、どこかの少女がガレージセールに出した品々といった印象が拭えない。

アレックスの死体が発見された日、つまりおとといの夕方、法医学研究所でアレックスの兄が遺体を確認したあと、カミーユは母親のプレヴォ夫人をここに呼び、このなかに見覚えのあるものがないか見てもらった。

プレヴォ夫人はかなり小柄ながらエネルギッシュな女で、角ばった顔と、白髪と、着古した服がなにやら哀れな調和を生んでいた。服装も含めて、なにもかもが「下流の出です」と訴えている。プレヴォ夫人はコートを脱がず、バッグも置かず、とにかく早く帰りたがっていた。

「すぐにはのみ込めないようなことを一度に聞かされたんだし、しょうがないさ」とアルマンは言っていた。呼び出されたプレヴォ夫人がやってきたとき、最初に迎えて事情を説明したのはアルマンだった。「昨夜、娘さんが自殺しました。そのまえに娘さんは少なくとも六人を殺していました……。そう言われたら、だれだって愕然とするだろ？」

カミーユはプレヴォ夫人をオフィスへ案内するまえに、廊下で時間をかけて心の準備をさせた。これから娘さんの持ち物をいろいろ見ていただきます。子供のころから思春期のころまでのちょっとした品々ですが、娘さんを亡くされたあなたにとっては目にするだけでもつらいかもしれませんと。プレヴォ夫人は覚悟を決めたような顔で、涙を見せずにわかりましたと言った。だがいざオフィスに入ってテーブルの前に立つと、やはり泣き崩れてしまった。そばにいた刑事が椅子を差し出した。見ている側にとってもつらい瞬間で、刑事たちは体重をかける足を変えながら、ただじっと待つしかなかった。プレヴォ夫人は椅子に座ってもなおバッグを手放さず、すぐに失礼しますという態度を崩さない。そして座ったまま、娘の遺品を指差してぽつぽつと語りはじめた。だがほとんどは見たことがないか、あるいは記憶にないものだったようで、自分の知らない娘の存在を突きつけられて当惑し、首をかしげてばかりいる。プレヴォ夫人にとって、それらは部品のようなもので、娘をこんな部品に分解してしまうなんてひどいと感じたようだ。動揺が憤慨に変わり、プレヴォ夫人はしきりに首を振った。

「それにしても、こんなくだらないものをなんで取っといたんだか。本当に娘のものなんですか?」

カミーユは両手を広げてみせた。プレヴォ夫人の反応は耐え難い現実に対する自己防衛だ。ショックを受けた人々はしばしばこうした攻撃的な態度を見せる。

「ああ、これ。これはそうです。娘のものです」

プレヴォ夫人はそう言って黒い木彫りの頭像を指差した。そしてそれにまつわる話でもするかのように口を開けたが、すぐにつぐんでしまった。次に指差したのは小説のページを切り取ったものだった。

「娘はいつも本を読んでいました。いつも」

ルイが現れたのは午後二時少し前だった。早速二人で小説のページに目を通しはじめた。『明日の戦いでは私のことを思え』、『アンナ・カレーニナ』。いくつかの段落に紫色の下線が引かれている。『ミドルマーチ』、『ドクトル・ジバゴ』。ルイならどれもみな読んでいるだろう。『オーレリアン』、『ブッデンブローク家の人びと』。以前、サンドリーヌ・ボントンが〝ナタリー〟はデュラスを全作品持っていたと言っていたが、今回デュラスは『苦悩』の数ページがあるだけだった。ルイはこれらの作品の共通点を無理に探すようなことはしなかったが、おおざっぱに言えばロマン派的傾向が見受けられますねと言った。それは驚くようなことではない。若い娘も大量殺人犯も、壊れやすい心の持ち主だというところは変わらない。

カミーユとルイは昼食をとりに出た。食事の最中に、今朝のオークションを取り仕切ってくれた母の友人から電話がかかってきた。カミーユは改めて礼を言ったが、こういうときにどうすればいいのかわからず、お礼を差し上げなければといったことをほのめかしてみた。すると相手は、それはまた後日、それにこれはモーのためにしたことだから気にしないでほしいと言った。ほかに取り立てて話すこともないのでカミーユは困ってしまい、そのつもりもないのに近々会いましょうと話をまとめて電話を終えた。売り上げは二十八万ユーロだった。予想をはるかに上回る額だ。しかもあの小品の自画像にさえ一万八千ユーロの値がついたそうだ。

その話をしても、ルイは驚かなかった。ルイは美術品の相場を知っていて、自らオークションに参加したこともあるようだ。

それにしても二十八万ユーロとは！　カミーユは驚きを隠せなかった。給料何か月分になるか計算したいところだ。かなりの月数だろう。急にポケットが重くなったような気がして居心地が悪かった。いや、ポケットではなく肩の重荷だ。カミーユは少し肩を落とした。

「やはり、全部売るべきじゃなかったかもしれんな」

「そうともかぎりませんよ」ルイは慎重に答えた。
それでもカミーユは考え込まざるをえなかった。

54

丁寧にひげを剃った四角い顎、むきになったような表情、鋭い目、肉感的な厚い唇、オールバックにした波打つ褐色の髪。背筋を伸ばして立ったところは、髪型が違えば軍人を思わせたかもしれない。銀のバックルのベルトで腹の出っ張りが強調されている。本人はそれを社会的地位の象徴と考えているのだろうが、その地位とは、要するにビジネスランチか結婚かストレス、あるいはその三つを表しているにすぎない。四十過ぎに見えるが、実はまだ三十七歳。身長は百八十センチを超え、肩幅が広い。ルイも背は高いが、横幅が違うので、並んで立つと青年に見える。

カミーユがトマ・ヴァスールに会うのはこれが二度目だった。三日前のアレックスの遺体確認のときに法医学研究所で会っている。そのときトマは悲痛な、だが場をわきまえた面持ちでステンレスの解剖台の上に身をかがめた。なにも言わず、ただうなずいて妹だと認め、すぐまたシーツが掛けられた。

法医学研究所では言葉を交わさなかった。悔やみを言おうにも、死者が六人も手にかけた連続殺人犯となると、なんと言えばいいのかわからない。葬儀の参列者という立場ではないのが幸いだった。

そのあと本部に戻ってからも、カミーユは黙っていた。するとルイが廊下で言った。

「あいつはもっとおどけたやつでしたよ……」

そうだった、とカミーユは思い出した。ジャン＝ピエール・トラリユーの通話相手を調べたときに、ルイはトマ・ヴァスールに会っている。

そのトマ・ヴァスールを今日は警視庁に呼んだ。

十月八日月曜日、午後五時。犯罪捜査部の取調室。

ルイが机に向かっている。今日の服装はブリオーニのスーツ、ラルフローレンのシャツ、フォルツィエリの靴。その横にアルマンが座っている。靴下がよれよれで、くるぶしのあたりまで下がっている。

カミーユは二人から離れ、取調室の隅で椅子に腰掛け（例によって足が床に届かない）、事件とは無関係という顔で下を向き、せっせと手を動かしていた。アレックスの私物のなかにあったメキシコの硬貨を思い出しながら、グアダルーペ・ビクトリア初代大統領の気難しそうな顔を描いている。

「遺体はいつ返してもらえるんですか？」

「もう少しです」とルイが言った。「もうすぐですよ」

「でももう三日目ですが……」

「ええ、そうですすね。どうしても時間がかかるものなのです」

ルイはこの手の聴取が掛け値なしにうまい。こうした非の打ちどころのない同情の表し方は一朝一夕に身につくものではない。それは家族の遺産であり、階級の遺産だ。カミーユはヴェネツィア総督の姿をした聖マルコをルイの顔で描いてみようかと思った。

おつらいでしょうから、形式的聴取はなるべく早く終わらせましょうという顔で、ルイが手帳と捜査資料を手に取った。

「では、お名前はトマ・ヴァスール。一九六九年十二月十六日生まれで間違いありませんね?」

「そこに書いてあるでしょう」

攻撃的とまではいかないものの、横柄な口調だった。明らかに苛立っている。

「ええ、そう、そのとおりです」ルイは心の底から同情するように言った。「記入が正確かどうかを確認するだけですから。この事件を終わらせるためですよ。それだけです。こちらで把握しているかぎり、妹さんは男性五人、女性一人、合計六人を殺害しています。そして妹さんの死によって、一連の事件には謎が残されたままになっています。おわかりでしょうが、被害者のご遺族になんらかの説明をしなければなりません。もちろん予審判事にも」

そうだ、判事だ、とカミーユは思い出した。ヴィダールの頭には記者会見しかなかった。そしてすばやく上層部の承認を取りつけた。上層部の誰もが一刻も早く公表したかったのだから、取りつけるのになんの苦労もない。もちろん犯人の自殺で解決したとなると勝利とは言えない。本来は逮捕でなければならない。しかし治安、公安、国内平和等々の見地から言えば歓迎すべきことだ。犯人は死んだ。大事なのはそれだ。中世に例えるならオオカミが死んだとふれ役が告げるようなもので、それで世の中がよくなるわけではないものの、村人たちは胸を撫で下ろし、偉いお方がわしらをお守りくださるという気分になる。そうなれば〝偉いお方〟も安心してのんびりできる。ヴィダールは渋々という態度で記者たちの前に表れた。その説明を聞いて、犯人は警察によって追い詰められ、もはや自首か自殺しかなかったと誰もが思ったことだろう。その記者会見の様子を、カミーユとルイはビストロのテレビで見た。ルイはあきらめ顔で、カミーユは心のなかで笑いながら。そしてその栄光の瞬間が終わると、ヴィダールは静かになった。判事はカメラの前では長舌を振るったが、結局のところ後始末はすべて捜査チームの仕事というわけだ。

その後始末には被害者の家族への説明も含まれる。ルイの説明を聞いて、トマ・ヴァスールはうなずいた。だが苛立ちが消えたわけではなかった。

ルイはしばらく書類に目をやってから顔を上げ、左手で前髪をかき上げた。

「さて、一九六九年十二月十六日生まれでいいんでしたね？」

「ええ」

「ゲーム機をレンタルする会社で営業部長をなさっている」

「そうです。スロットマシーンのようなゲーム機をカジノやパブ、ナイトクラブなどに貸し出すんです。フランス中に貸してます」

「結婚されていて、お子さんが三人」

「ええ、もう全部書類のとおりですよ」

ルイは熱心になにか書き留め、それからまた顔を上げた。

「つまりあなたは……妹さんより七歳年上ですね？」

トマは今度はうなずいただけだった。

「妹さんは父親に会ったことがないんですね」とルイが言った。

「そうです。わたしの父は早くに他界しました。母がアレックスを出産したのはだいぶあとのことで、その相手とは再婚しなかったんです。アレックスの父親は姿を消しました」

「ということは、妹さんはあなたを父親代わりにして育ったんですね？」

「ええ、よく面倒を見ましたよ。大変でしたがね。手がかかったもんで」

ルイは黙っていた。しばらく沈黙が続き、それからトマが続けた。

「子供の時からそうだったんです。つまりその、情緒不安定で」

「なるほど、情緒不安定ですか」ルイが言った。「お母様もそうおっしゃっていました」

トマは軽く眉をひそめた。

「しかし、精神疾患があったという記録はありませんね。入院したとか、観察下に置かれたといった記録は見つかりませんでした」

「病気なんかじゃありませんよ！　精神が不安定だっただけです」

「父親がいなかったからでしょうか？」

「というより性格ですよ。小さいころから友達を作れず、いつも一人で閉じこもっていて、あまりしゃべりませんでした。それに、行儀が悪かった」

ルイはわかりますとうなずいた。そしてトマがそれ以上なにも言わないので、こう言って続きを促した。

「しつけの必要があったと……」

それは質問のようであり、また確認のようでも、解説のようでもあったが、トマは質問ととったようだ。

「そういうことです」

「そしてお母様の手には負えなかった」

「女親に男親の代わりは務まりませんよ」

「妹さんは父親のことをどう言っていましたか？　つまり、質問をしましたか？　会いたいと言いましたか？」

「いや。必要な人間は家にいましたから」

「あなたとお母様が」

「そう、母とわたしが」

「つまり愛と権威が」

「まあそういうことです」


ル・グエンはなんとしても自分があいだに立つと決めていた。だからカミーユの計画をヴィダールに納得させる役目もすぐに引き受けた。二人のあいだに立ち、遮蔽板の役を貫きとおすつもりだ。自分にはそのために必要なものがある。体格と打たれ強さと忍耐。どれもカミーユにはない。ヴィダールについては皆それぞれに思うところがあるだろう。確かに感じのいい人間ではない。だがカミーユもやりすぎだとル・グエンは思う。困ったものだ。

犯人の自殺がわかってから、カミーユに関する陰口があちこちから聞こえてくるようになった。たとえば、ヴェルーヴェンはもう以前のヴェルーヴェンじゃないとか、もう仕事は無理だとか、大きな事件の指揮はとれないといった話だ。事件が注目を浴びているだけに、それも致し方ない面がある。二年半で六人も殺され、しかもその手口が残虐極まりないというので庁内もこの話でもちきりだ。すると必然的に、ヴェルーヴェンはなにをしていたんだ、なにもかも後手に回ったそうじゃないか、最後の最後まで、ということになってしまう。

ル・グエンはカミーユの報告書を読み直した。この件でカミーユとは一時間前に会ったが、そのとき念のためにこう訊いた。

「やろうとしていることに自信はあるんだな？」

「もちろん」とカミーユは答えた。

ル・グエンはうなずいた。

「おまえがそう言うなら……」

「なんならおれから話しても……」

「いかんいかんいかん！」ル・グエンはカミーユの言葉を遮った。「おれがやる！　おれが予審判事に会って話をする。結果はあとで知らせるから」

カミーユは降参の印に手を上げた。

「それにしても、いったい判事連中になんの恨みがあるんだ？　毎度こうだろうが。すぐにぶつかる。毎度だ！　なにかよんどころない理由でもあるのか？」

「それは向こうに訊いてくれ！」

ル・グエンには察しがついていたが、はっきりとは言えなかった。まさか面と向かって、おまえは背が低いから権威に楯突きたくなるんじゃないのかと言うわけにはいかない。

「それで、パスカル・トラリユーとは中学で知り合ったんですね」

トマ・ヴァスールは上を向き、ろうそくを吹き消すようにふっと息を吐いた。そうやって我慢しているんだと態度で示し、その上で「そうです」と答えた。それは強い調子の無愛想な「そうです」で、それ以上の質問を退ける響きをもっていた。

だがルイはすかさず、今度は書類も見ずに次の質問をした。一か月ほど前にトマから話を聞いたのはルイ自身なので、断然こちらが有利だ。

「あのときあなたはこう言いましたね。『パスカルのやつったら、そのナタリーとかいう女の話ばっかりで！　なにしろあいつにとっちゃ一生に一度のことだろうから』」

「それが？」

「そのナタリーは、結局あなたの妹さんのアレックスだったわけですね」

「あのときはそんなこと知りませんでしたよ」

ルイが黙っていると、トマは説明を求められていると思ったようで、話を続けた。

「だから、パスカルってやつは頭が単純で、女ができるなんてめったにないことだったんですよ。ホラを吹いてるんじゃないかと思ったくらいで。それに、ナタリーの話ばっかりしてるわりには誰にも会わせないし。だからみんなで笑ってたくらいでね。わたしも真面目にとったことなんかありませんでしたよ」

「でもあなたが妹さんをパスカルに紹介したんでしょう？」

「いや違います。それにあいつは友人なんかじゃない！」

「ほう、ではなんですか？」

「はっきり言っときますがね、パスカルは正真正銘の間抜けなんです。ミジンコ並みのＩＱしかないんだから。あいつとは中学が一緒だっただけで、子供時代の友人と言えば友人だけど、そのあとはたまにすれ違う程度だし。そんなの友人じゃないですよ」

そう言ってトマは大笑いした。あまりにも馬鹿げていると強調するためだろう。

「たまにすれ違うだけだった……」ルイが繰り返した。

「時々カフェで見かけて、やあと声をかけるとかね。クリシーにはまだ知り合いが多いんで。わたしはクリシーの生まれで、あいつもそうですから。だから学校も一緒だったんです」

「クリシーで」

「そう。だからいわゆる〝同郷の仲間〟みたいな。わかりますよね？」

「ええ、とてもよくわかります」

ルイは気掛かりなことがあるかのように、また書類に目を落とした。

「パスカルと妹さんも〝同郷の仲間〟だったんですか？」

「いや、だから違うって。あいつらは〝同郷の仲間〟なんかじゃないですよ！　同郷、同郷って、むかつくなあ……。いったいあんたね……」

「静かに」

カミーユが初めて口を出した。普通の声で言っただけだ。だがそれは、おとなしくお絵かきしていてねと言われ、部屋の隅で静かにしていた子供が突然口を利いたようなもので、部屋は静まり返った。

「こちらが質問し、あなたはそれに答える」カミーユは続けた。

トマがこちらを振り向いたが、カミーユは顔も上げず、手も止めなかった。そのまま絵を描きながらこう言った。

「ここはそういう場所です」

そこでようやく目を上げ、腕を伸ばして描いた絵をながめ、その絵をわずかに傾けてトマの目をとらえ、そのまま視線を動かさずに言った。

「また始めたら、官憲不敬罪（実際には存在しない罪）で逮捕します」

カミーユはゆっくりと絵を机の上に置き、また下を向く直前につけ加えた。

「おわかりいただけたでしょうな」

ルイはひと呼吸置いた。

トマは啞然とし、口を閉じるのも忘れてカミーユとルイを代わる代わる見つめた。部屋には夏の夕暮れのような雰囲気が漂った。つまり——突然雷が鳴る。だがまだ嵐は襲ってこない。不意に誰もが雨傘の用意もなく出てきてしまったと気づく。空はみるみる暗くなり、家まではまだ遠い。トマはぶるりと身を震わせ、上着の襟を立てる——そんな場面が目に浮かぶ。少なくともトマはそう感じたはずだ。

「それで？」とルイが話を戻した。

「それでって、なにがです？」トマが面食らって訊き返した。

「パスカルと妹さんも〝同郷の仲間〟だったんですか？」

こういう緊張を強いられる場面でも、ルイは決してリエゾン（次の語とのつながりで語尾の子音を発音すること）を忘れない。いつでも完璧かつ優雅な発音でフランス語を話す。カミーユはスケッチしながら感心のあまり首を振った。まったくすごいやつだ、ルイは。

「いや、アレックスはクリシーでずっと育ったわけじゃないんでね」トマが答えた。「妹が四つか五つのときに、引っ越したんです」

「では、妹さんはどうやってパスカル・トラリユーと知り合ったんでしょう」

「さあねえ」

ルイはまた少し待ち、それから言った。

「ということは、妹さんがあなたの〝同郷の仲間〟であるパスカル・トラリユーと出会ったのは、まったく偶然ということになるんでしょうか……」

「そうとしか考えられませんよ」

「そして妹さんはアレックスではなくナタリー＝シャンピニー＝シュル＝マルヌでパスカルを殺しました。それもすべてあなたとはなんの関係もない？」

「なにが言いたいんです？　パスカルを殺したのはアレックスで、わたしじゃない！」

その声は一気に高くなり、そこでぴたりと止まった。そしてトマは極めて冷やかに、ゆっくりと続けた。

「そもそも、なぜわたしを取り調べるんです？　なにか疑いでもあるんですか？」

「いいえ」とルイがすぐに答えた。「こう言えばおわかりになるでしょうか。パスカルが失踪し、父親のジャン＝ピエール・トラリユーはあなたの妹さんを捜した。そして妹さんを見つけ出し、自宅近くで拉致し、監禁し、痛めつけた。殺すつもりだったと思われます。妹さんは奇跡的に逃げ出すことができた。そのあとはご存じのとおりです。しかしここに興味深い点があります。まず、なぜパスカルに対して偽名を使ったのか。なにを隠さなければならなかったんでしょう？　さらに興味深いのは、ジャン＝ピエール・トラリユーがどうやって妹さんを見つけたかです」

「さあ、わかりませんね」

「そうですか。でもこちらは仮説を立てました」

こういうところは自分なら目いっぱい凄みを利かせるなとカミーユは思った。たっぷり含みをもたせ、脅迫ないし糾弾としてずしりと響くように言うだろう。だがルイはそれを単なる情報としてさらりとぶつける。皆それぞれに独自のやり方を身につけている。ルイの強みはイギリスの士官のようなところだ。つまり、一度決めたらやりとおす。ルイがいったん決意したら、もう誰にも邪魔はできないし、止められない。

「仮説を立てた？」トマが訊き返した。「そりゃまたどういう？」

「ジャン＝ピエール・トラリユーはわかるかぎりの息子の友人を訪ねて回りました。そして全員に息子とナタリーが一緒に写っている写真を見せた。つまりアレックスが写っている写真です。しかし訪ねた相手のなかで、その写真をアレックスだと見分けることができたのはあなただけだったろうと思われます。実際そうだったのではありませんか？　妹さんの住所をトラリユーに教えたのはあなたですね」

トマはなんの反応も見せなかった。

「一方」とルイが続けた。「トラリユーが躍起になっていたことと、ナタリーに対する明らかな敵意からすれば、住所を教えれば、妹さんに重大な危害が及ぶのは明らかだったはずです」

ルイの唱える〝情報〟がゆっくりと部屋に広がった。

「わたしがなぜそんなことをしなきゃならんのです?」トマはわけがわからないという顔で訊いた。

「まさにそこを知りたいのですよ、ヴァスールさん。パスカルのことを〝ミジンコ並みのIQしかない〟と言われたが、父親もそれほど頭がよかったわけではない。ですから考えていることは手に取るようにわかったはずです。ということは、あなたは妹さんが重大な危害を受けてもかまわないと思ったことになります。いや危害どころか、殺されるかもしれないとわかったはずです。そうなればいいと思ったんですか? 妹さんが、アレックスが殺されればいいと?」

「証拠でもあるんですか?」

「おおおっ!」カミーユは叫んだ。喜びの叫びとして始め、感嘆の笑いで締めくくった。「おっほっほっほ、こいつはいい!」

トマがぎょっとした顔で振り返った。

「証拠があるのかと訊くのは……」とカミーユは続けた。「内容そのものを否定できず、あとは逃げ道を探すしかないときですよ」

「はあ?」

トマはそこでこの状況にどう対処すべきか考えたようで、机の上に静かに両手を載せて指を広げ、それをじっと見つめたまま言った。

「わたしはなんのために呼ばれたんです？　説明してもらいましょうか」

腹の据わった声で、命令調で終わった。カミーユは椅子から飛び降りた。スケッチも策略も証拠うんぬんもここまでだ。そしてトマ・ヴァスールの前に歩み出てまっすぐ立った。

「アレックスをレイプしはじめたのは、彼女が何歳のときからです？」

トマは顔を上げた。

「え、そういう話？」トマは薄笑いを浮かべた。「もっと早く言ってくださいよ」

カミーユたちはすでにアレックスの日記に目を通していた。日記といってもかなり気まぐれで、こちらに数行、あちらに数行書いたかと思ったら、そのあとはかなり日にちが飛ぶ。ごくたまにしか書かれていないし、どこに書くかもばらばらだ。アルマンが見つけた三つのごみ袋のなかからノートや手帳のたぐいが何冊か出てきて、そのなかに少しずつ書かれていた。最初の六ページしか埋まっていない雑記帳。あるいは表紙の硬い手帳。その表紙の図柄は夕日に向かって駆けていく馬。

子供らしい拙《つたな》い筆跡だった。

カミーユが目を留めたのはこの一節だ。

　トマがわたしの部屋に来る。ほとんど毎晩。ママも知っているトマは立ち上がった。

「さて、もうこのあたりで失礼します……」

そう言って歩きだした。

「いやあ、そういうふうにはいきませんねえ」カミーユが言った。

トマが振り返った。

「はあ？　じゃどういうふうにいくんです？」

「あなたはまた座り、わたしたちの質問に答えるんです」

「どういう質問に？」

「あなたが妹さんに性的虐待を加えていたことについて」

トマはまたカミーユとルイを代わる代わる見つめ、少し不安気な顔で訊いた。

「どういうことです？　妹が訴えたんですか？」

そしてそこからは大いにおどけてみせた。

「まったく冗談が好きな人たちだなあ。そんな手に乗るもんですか。それもあなたたちを喜ばせるためになんか……」

そして腕を組むと、インスピレーションを待つ芸術家のように首をかしげ、優しげな声で言った。

「正直に言えば、妹のことを愛していましたよ。本当に。とても深く。それはもう愛らしい少女でしたからね。まあちょっとやせすぎで、顔も平凡だったけど、でもかわいくてね。情緒が不安定でしたから、厳しさが必要でしたが、愛情もたっぷり注ぐ必要があった。女の子はだいたいそういうもんじゃないですか？」

トマはルイのほうを向いて両手を広げ、微笑んだ。

「そう、まさにあなたが言ったように、わたしが父親代わりみたいなもんでしたから」

そして満足したように腕を組み直した。

「それで、アレックスが強姦罪でわたしを訴えたわけですか？　告訴状の写しを見せてもらいましょうか」

55

カミーユは雑多な要素を根気よく突き合わせて計算し、トマが〝部屋に来る〟ようになったとき、アレックスはまだ十一歳になっていなかったとはじき出していた。トマのほうは十七歳。この結論に至ったのは、数多くの仮説と推測を経た上でのことだ。異父兄で、保護者。そして、そこに暴力があったのだとカミーユは考えた。だが、周囲は言うのだ、カミーユの推論こそ乱暴だと……。

アレックスに考えを戻した。そのころのものらしい写真が何枚かあるが、日付がない。写っているものから判断するしかない。たとえば背景の車とか、人々の服装などをヒントにする。

またアレックスの背や体格を比べ、次第に大きくなるように並べてみる。

家族についても何度も考えてみた。母親のキャロル・プレヴォは准看護師で、一九六九年、二十歳のときに印刷工のフランソワ・ヴァスールと結婚。同年トマを出産。一九七四年にフランソワが死亡。トマは五歳だったので、おそらく父親のことは覚えていないだろう。アレックスが生まれたのは一九七六年。

アレックスの父親が誰かはわからない。

「大したたまじゃありませんでしたから」プレヴォ夫人は臆せずに言い切った。ユーモアのセンスはまったくないようで、それが駄洒落になっていることに気づきもしない。もっとも娘が六人も人を殺したとなれば、冗談など言っている場合ではないが。

アレックスの持ち物のなかにあった数枚の写真はプレヴォ夫人に見せないことにして、例の陳列テーブルからは取り除いておいた。逆に、プレヴォ夫人には事前にアレックスの写真を見せてほしいと頼み、かなりの枚数を持ってきてもらった。カミーユはルイと手分けしてそれらを分類し、プレヴォ夫人に訊きながら撮影された場所、年、一緒に写っている人々の名前を記録していった。トマにも写真を頼んだが、返ってきたのは持っていないのひと言だけだった。

写真を見ると、子供のころのアレックスはひどく痩せていて、頰もこけていた。頰骨ばかりが目立つ顔で、暗い目をして、薄い唇をきつく結んでいる。どれもいやいやポーズを取らされているようだ。たとえば浜辺で撮った写真。ビーチボールやビーチパラソルが写っていて、逆光だ。南仏のル・ラヴァンドゥーだとプレヴォ夫人が言った。兄妹で写っている。アレックス、十歳、トマ、十七歳。当然のことながら、トマは背も体格もアレックスをはるかにしのいでいる。アレックスの水着はビキニだが、トップが必要な体型ではない。恰好をつけさせられたのだろうか。手首が折れそうなほど細く、大人なら二本の指でぐるりとつかめそうだ。脚も細すぎて膝ばかり目立っていて、つま先が少し内側に向いている。しかも表情が暗い。そうでなければ発育の悪さもここまで病的には見えないかもしれない。痩せた肩を見ただけでもぎょっとする。事情を知った上で見ると痛ましい。

　トマがアレックスの部屋に来るようになったのはだいたいこの写真のころだろう。その少し前かもしれないし、少しあとかもしれないが、大差はない。それに続く何枚かの写真でもアレックスの表情は暗いままだ。たとえば十三歳のときの家族写真。母親をはさんでアレックスが右手、トマが左手。場所は郊外の戸建て住宅のテラス。親族の誰かの誕生日パーティーらしい。「今は亡き兄の家です」と言って、プレヴォ夫人はすばやく十字を切った。そんなちょっとしたしぐさから新たに見えてくるものもある。プレヴォ家は信心深い。あるいは信心深かった。少なくとも十字を切る程度には。だがその十字はアレックスにはなんの助けにもならなかった。その写真のアレックスは少し成長している。だが背が伸びただけで、ひょろひょろしたところは変わらない。自分の体に戸惑って、居心地悪そうにしている。守ってやりたいと思わずにはいられない姿だ。アレックスだけ少し後ろに下がっている。写真の裏には大人の筆跡で《皇太后》と書かれていた。だいぶあとでアレックスが書いたのだろう。だがプレヴォ夫人には王家の風格などみじんもない。せいぜい着飾った家政婦といったところで、その家政婦は息子のほうを向いて微笑んでいる。

「ロベール・プラドリーは？」

ルイと交替してアルマンが質問を始めていた。驚いたことに、アルマンはトマの答えを新しいボールペンで新しいメモ用紙に書き留めている。この取り調べがヴェルーヴェン班にとっての正念場だということがこんな形で表れるとは。

「さあ、知りません。妹が殺した相手なんですか？」

「そうです」とアルマンが言った。「トラックの運転手でね。東へ行く高速道路のサービスエリアで、トラックのなかで殺されていたんです。アレックスは目と喉にドライバーを突き立て、それから口に半リットルの硫酸を流し込んだんですよ」

トマは考え込むような顔で言った。

「妹のやつ、キツいな……」

アルマンはにやりともしなかった。これがアルマンの特技だ。相手の答えに集中していながら、なにも聞いていない、あるいはなにもわからないふりをすることができる。

「まあね」とアルマンが合いの手を入れた。「かっとなる性質だったんですかね」

「女ってやつは……」とトマが応じた。

要するに、女がどんなものか、あなたもご存じでしょうと言いたいのだろう。トマはなにか卑猥なことを言っては周囲を見回し、同意を求めるタイプのようだ。好色な老人や性的不能者や倒錯者によく見られる特徴だが、まあ広く男性一般にもそういう傾向はある。

「それでロベール・プラドリーですがね」とアルマンが話を戻した。「ほんとになにも思い出せませんか？」

「いえまったく。わたしが知ってるはずなんですか？」

アルマンはそれには答えず、捜査資料に目をやった。

「じゃあ、ベルナール・ガテーニョは？」

「そうやって一人ずつ全部訊くつもり？」

「全部といっても六人だから、すぐ終わりますよ」

「それがわたしとなんの関係があるんです？」

「まあそれはね……。たとえばベルナール・ガテーニョ。あなたは彼を知っていた」

「嘘言うな！」

「いやいや。ほら、思い出して！　ガテーニョだよ。エタンプの自動車修理工場の。そこでバイクを買ったでしょ……」アルマンは資料を見た。「一九八八年に」

トマは少し考えて、ああという顔をした。

「そうだったかもしれない。ずいぶん古い話ですよ。一九八八年って、まだ十九歳でしたからね。そんなの覚えてるわけ……」

「いやそれだけじゃないんでね……」

アルマンは資料を一ページずつめくっていった。

「あった、これだ。ガテーニョの友人の一人があなたのことをよく覚えてましたよ。当時どちらも大のバイクマニアで、一緒にわいわいやったり、ツーリングしたりしていた……」

「いつのことです？」

「八八年、八九年あたり……」

「じゃあ訊きますけど、あなたは一九八八年に知り合った人を全部覚えてます？」

「いや。でもこれはわたしじゃなくて、あなたに対する質問なんでね」

トマはもううんざりだという顔をした。

「なら、いいですよ、そういうことにしときましょう。一緒にツーリングね。二十年前に。それから？」

「そうなると、あとは芋づる式につながるんですよ。あなたはプラドリーを知らなかった。でもガテーニョを知っていた。そしてそのガテーニョはプラドリーを知っていた……」

「そんな、知人の知人をたどっていったら、誰だってつながるでしょうが」

アルマンはそこでちょっと詰まり、ルイのほうを見た。それに気づいてすぐにルイが引き受けた。

「そうですね。もちろん〝スモール・ワールド現象〟（知人をたどっていくと簡単に世界中の人とつながるという仮説）のことは知っていますよ。とても興味深い仮説ですね。ですが、ここでの質問の内容とは関係ないようですが」

カミーユは二日前に話をしたトゥビアナ嬢のことを思い出していた。〝嬢《マドモワゼル》〟といっても六十六歳なのだが、自分は未婚であると念を押し、〝マドモワゼル〟と呼ぶことをカミーユにも求めてきた。しかもそんな年齢とは思えないほど元気で、その日も市営プールから出てきたところをつかまえて、その向かいのカフェで話を聞いたのだ。濡れた髪にはかなり白髪が交じっていたが、年を重ねることをむしろ楽しんでいるようで、それこそ自分の生命力を示すチャンスだと思っているようだった。「年々、教え子の名前と顔を一致させるのが難しくなってきましてね」と言ってトゥビアナ嬢は笑った。道で親たちとすれ違って子供の話を聞かされると、熱心に耳を傾けはするものの、もうどの生徒のことなのか覚えていないし、そもそも以前ほど興味がない。「お恥ずかしい話ですけど」と続けた。だが、アレックスのことは比較的よく覚えていて、そうそう、このやせっぽちの子ですよと写真を指差した。「とても優しい子で、よくわたしの部屋に出入りしていました。休み時間にやってくるんです。わたしたちは気が合っていました」。確かにアレックスは口数が少なかった。それでも友達はいたし、楽しそうに遊んでいたという。ただ時折、不意にふさぎ込むことがあったそうだ。トゥビアナ嬢は「本当に突然、火が消えたように暗い顔になるんです」と言い、その一分後にもまた「急に放心状態になって、穴にでも落ちたような、おかしな感じでした」と繰り返した。そしてなにかちょっと戸惑ったりすると、どもることがあったそうだ。トゥビアナ嬢は「言葉がうまく出てこなくなる」と表現した。

「でもそのことにすぐには気づきませんでした。不思議です。生徒たちのそういう面には気をつけていたはずなのに……」

「それは初めからではなく、どこかの時点でそうなったのではありませんか？」とカミーユが訊いた。

トゥビアナ嬢はそうだったと思うとうなずいた。カミーユは髪が濡れたままでは風邪を引きますよと気遣ったが、トゥビアナ嬢はどうせ秋には毎年風邪を引くからかまわないのだと答えた。「ワクチン接種の代わりです。ここで引いておけばそのあと一年は健康でいられますから」

「それで、アレックスのそうした変化の原因はなんだったとお考えですか？」

トゥビアナ嬢は写真を見つめたまま、わからないと首を振った。急に言葉も考えも出てこなくなったかのように。知らないのか、なにも考えていないのかわからないが、いずれにせよ、それまでトゥビアナ嬢が身近に感じていた少女は、不意に遠ざかってしまったようだ。

「そのことをアレックスの母親に話しましたか？　言語療法士に相談しましたか？」

「いいえ。一時的なものだと思っていましたから」

カミーユは老嬢の顔をまじまじと見た。頭のしっかりした人間に見える。子供のそうした変化を見てなんの察しもつかないとは思えない。なにかがしっくりこないが、それがなにかはわからない。そこで兄のトマのことを訊くと、よく学校まで迎えに来ていたという。プレヴォ夫人が「いつも妹の面倒をみていました」と言っていたことと符合する。「ええ、あの背の高い、ハンサムな少年のことですね」とトゥビアナ嬢は言って微笑んだが、カミーユは笑みを返しはしなかった。当時トマは技術高校に通っていた。

「トマが迎えに来ることを、アレックスは喜んでいるようでしたか？」

「いいえ、まさか。あの年頃の少女たちは背伸びをしたがるものです。登校も下校も一人がいいし、あるいは友達と一緒がいいんですよ。お兄さんはもう大人でしたから、アレックスにとっては……おわかりでしょう？」

カミーユは思い切って言った。

「あなたがクラスの担任だったころ、アレックスは兄のトマから性的虐待を受けていました」

カミーユは言葉の爆弾を投下したつもりだったが、不発だった。トゥビアナ嬢はもう目を合わせようとしなかった。誰かと待ち合わせでもしているようにきょろきょろして、カウンターだの、テラスだの、通りだのを見ている。

「アレックスはそのことであなたに相談しませんでしたか？」

トゥビアナ嬢は虫でも追い払うように、その問いを手の甲で払った。

「ええ、少しはね。でも、子供たちの言うことをいちいち気にしていたらきりがありませんよ。それに家庭内の問題ですから、わたしには関係ありません」

「ええっと、トラリュー、ガテーニョ、プラドリーと……」アルマンが満足気にうなずいた。

「よし……」

そしてまた資料をめくった。

「で、次はステファン・マシアク。この人も知りませんか？」

トマは黙っている。話の方向を見極めようとしているようだ。

「ランスのビストロの店主ですよ」アルマンが続けた。

「ランスには行ったこともないんでね」

「その前はエピネ＝シュル＝オルジュでカフェをやっていた……。あなたの勤務先のディストリフェア社の記録によれば、そのカフェは一九八七年から一九九〇年まであなたの担当地域に入っていました。あなた自身がピンボール二台のリース契約をとってます」

「まあ、そういうこともあったかもしれない」

「いや、かもしれないじゃなくて、事実なんですがね。間違いないんです」

するとトマは作戦を変えた。ちらりと腕時計を見て、計算でもするようにちょっと天井を見上げると、改めて椅子の背に身を預け、腹の上で腕を組み、話がはっきりするまで何時間でも待つという構えを見せた。

「要するになにが知りたいんです？　はっきり言ってくれれば、こっちだって協力しないわけじゃないんで」


それは一九八九年の写真だった。アレックスとレネット・ルロワが写っていて、背景にはいかにもノルマンディー地方らしい家が見えている。レネットによれば、場所はエトルタとサン＝ヴァルリーのあいだだそうだ。レンガと石の造りで、屋根はスレート。家の前には緑の芝生が広がり、ブランコベンチが置かれていて、果樹も植えられている。ルロワ一家が集う場所だ。父親は〝ル・ロワ〟（国王）ではなく一語で〝ルロワ〟だと、誰も訊きもしないのに念を押すのが口癖だったそうで、大げさな物言いを好む人物だったらしい。日曜大工用品の商売に成功して財をなし、相続争いで売りに出されていたこの家を買い、以来領主のように鼻を高くしていた。しばしば従業員たちを招いてバーベキューパーティーを開いたが、それも招待というより召喚のようだったし、市長の座を狙っていたのも政治に興味があるからではなく、単に箔をつけるためだったという。

そして娘の名前がレネット。これまた〝レーヌ〟（王妃）を思わせる名で、まったくあの父親ったらなにを考えていたんだか……とレネットは、カミーユが訊きもしないのに、ひとしきり父親のことをこき下ろした。

その写真は、ある天気のいい週末にその父親が撮影したもので、アレックスとレネットが笑いながら肩を並べ、互いに腕を回している。暑い時期だったそうで、実際二人の後ろではスプリンクラーから噴き出した水が大きな扇を描き、きらきら光っている。だが写真としてはフレーミングからしてセンスがない。ルロワ氏には商才以外に取りえがなかったようだ。

カミーユがレネットを訪ねたのは、モンテーニュ通りに近いRLプロダクションズのオフィスだった。レネットはテレビドラマの制作を仕事にしている。父の死後、ノルマンディーの家を売り、その金で制作会社を設立した。そして今ではテレビ業界に君臨し、まさに〝王妃《レーヌ》〟と呼ばれるようになっている。つまりますます父親に似てきているのだが、そのことに自分では気づいていないらしい。

カミーユが案内されたのは会議室も兼ねた広い応接室で、そのフロアでは若いエリート社員たちが忙しそうに立ち働いていた。ここでは誰もが〝仕事がすべて〟という顔をしている。

カミーユは肘掛け椅子の座面の奥行きを見ただけで座るのをあきらめ、立ったまま、説明抜きでその写真を見せた。裏にはアレックスの字で《大好きなレネット。わたしの心の王妃様《レーヌ》》と書かれている。例によって子供らしい筆跡で、線が太くなったり細くなったりする。インクは紫だ。遺品のなかにあった万年筆で書かれたものと思われる。カミーユが胴軸を外してみたら、空になった紫色のインクカートリッジが残っていた。紫色のインクの安いボールペンもあったので、当時少女たちのあいだでこの色が流行したのかもしれない。あるいはアレックスのほかの持ち物同様に奇抜さを狙ったのだろうか。

当時二人は中学生で、クラスメートだった。アレックスは十三歳。レネットは一年留年していた上に誕生日の違いもあってほぼ二歳年上で、十五歳になろうとしていた。写真のレネットはきっちり編んだ三つ編みを頭の回りに巻きつけたヘアスタイルで、ウクライナの少女のようだ。現在のレネットはそれを見て嘆息をもらした。

「なんてみっともない……」

その年頃の娘たちによくあるように、二人も大親友だった。

「四六時中一緒にいましたよ。学校も放課後もべったりで、夜も何時間も電話したりして。親に電話を取り上げられたこともあるくらい」

カミーユはいろいろ質問した。レネットは口が達者で、刑事の質問にも物怖じしない。

「ああ、トマのこと？」

カミーユはもう口にするのも嫌だった。この件で話を聞いて回れば回るほど疲れがひどくなる。だが仕方がない。

「トマは一九八六年から妹をレイプしていました」カミーユは言った。

レネットは煙草に火をつけた。

「つまりあなた方が親友だった時期です。アレックスからなにか聞いていましたか？」

「ええ」

はっきりした返事だった。それは、なにを言いたいのかはわかるけど、手短にしてちょうだいという意味の「ええ」だった。

「ええ……だけですか？」

「それ以外になにか？　わたしが代わりに被害届を出すべきだったとでも？　十五歳で？」

カミーユは言い返さなかった。言いたいことは山ほどあるが、疲れがひどくてその気になれない。それでも情報だけは手に入れなければならない。

「アレックスはなんと言っていましたか？」

「トマが嫌なことをすると。そのたびに痛い思いをすると言っていたわ」

「あなた方は親密だったようですが、それはどの程度に？」

レネットは微笑んだ。

「なんのことよ……一緒に寝ていたとでも？　十三歳で？」

「アレックスは十三歳でしたが、あなたは十五歳だった」

「まあね。ええ、そうです。いうなれば、わたしが手ほどきしましたよ」

「そういう関係はどれくらい続きました？」

「よく覚えてませんけど、そう長くはなかったと思うわ。アレックスはあまり……積極的ではなくて。わかるわよね？」

「わかりません」

「彼女にとっては……単なる気晴らしだったの」

「気晴らし？」

「つまり……本当に興味があったわけじゃないのよ」

「でもあなたは相手をさせた」

そのひと言がルロワ王妃の癇に障ったようだ。

「アレックスの自由意志よ！　強制なんかしてません！」

「十三歳で？　自分の兄とも？」

「それはありがたい」とルイが引き継いだ。「まさにそのとおりで、あなたが協力してくださればずいぶん助けになるんです」

だがそこでルイは少し眉をひそめ、こう続けた。

「ですがその前に、一点だけ。あなたはエピネ＝シュル＝オルジュでカフェをやっていたマシアクさんを覚えていないと言いましたね。でもディストリフェア社の記録によれば、あなたは四年間で少なくとも七回この店に行っています」

「そりゃ顧客回りはしてましたよ。それこそあちこち……」

ルロワ王妃は煙草の火をもみ消した。

「実際のところなにがあったのかは知りませんけどね、ある日アレックスが消えたんです。そして何日も経って戻ってきたと思ったら、人が違ったみたいになってて、もうわたしには声もかけてくれなくて……。その後わたしは両親の仕事の関係で引っ越したので、アレックスと会うこともなくなりました」

「それはいつのことですか？」

「さあ、そんな昔のこと……。そうねえ、年末じゃなかったかしら。たぶん一九八九年の。それ以上のことはなんとも……」

56

カミーユは取調室の片隅で耳を傾けながら、相変わらずスケッチを続けていた。記憶のなかの写真を頼りに、十三歳のころのアレックスの顔を描いていた。ノルマンディーの家の前で親友の腰に手を回し、もう片方の手にプラスチックのコップを持ってポーズをとっている。カミーユはあの写真のアレックスの笑顔を再現したかった。とりわけまなざしを。いちばんわからないのがまなざしだ。ホテルの部屋で見たアレックスはすでに目の光を失っていたので、どんなまなざしだったのかわからない。

「では」ルイが言った。「次はジャクリーヌ・ザネッティです。この人ならよく覚えているのではありませんか?」

返事はなかった。包囲網は閉じられようとしている。ルイは今や田舎の公証人のように注意深く、丁寧に、綿密かつ丹念に取り調べを進めている。つまり、相手がうんざりするように。

「ヴァスールさん、ディストリフェア社にはいつから勤めていますか?」

「一九八七年から。そんなことわかってるでしょう。言っときますがね、勝手に社長に会いに行ったとでもいうなら……」

「ほう。行ったとでもいうなら?」カミーユが口をはさんだ。

トマが振り向いた。怒りで青ざめている。

「社長に会いに行ったとでもいうなら、とあなたは言った」カミーユは繰り返した。「脅しかなにかのように聞こえましたがね。さあ、続きをどうぞ。興味があるもので」

だがトマに答える余裕も与えず、ルイが訊き直した。

「何歳でディストリフェア社に入社しましたか？」

「十八で」

そこでカミーユがまた口をはさんだ。

「ところで……」

トマはルイのほうを向いたり、カミーユのほうを振り返ったりを何回か繰り返した挙句、とうとう立ち上がってわざとらしく椅子の向きを斜めにし、首だけ動かせばどちらも見えるようにした。

「なんです？」

「その当時、アレックスとはうまくいっていましたか？」カミーユが訊いた。

トマは鼻で笑った。

「アレックスとはいつもうまくいってましたよ、警視さん」

「警部です」カミーユは正した。

「警部だろうが警視だろうが、こっちはそんなこと知りゃしないよ！」

「そしてあなたは研修に行きましたね」とルイが質問を続けた。「会社の社員研修です。それが一九八八年で……」

「ああ、もういいよ。けっこう。そう、知ってるよ、ザネッティ。一度だけ寝たよ。それがなんだってんだ！」

「トゥールーズの研修には三回参加していますね。それぞれ一週間ずつ……」

トマは口をとがらせた。そんなこと知らねえよ、覚えてるわけないだろうがという顔だ。

「ほら、覚えていませんか？」とルイが励ますように言った。「これは事実ですよ。確かめましたから。一週間ずつ三回です。最初が十七日から……」

「わかったよ、ＯＫ、三回だろ、わかったって！」

「静かに……」またカミーユが言った。

「いったいなんなんだよ、時代遅れのコントみたいなこの茶番は」とトマが言った。「お坊ちゃまみたいのが書類を繰って、貧乏人が質問し、ガキが教室の隅でお絵かき……」

カミーユはかっとなり、椅子から飛び降りてつかつかと歩み寄った。ルイがすばやく立ってカミーユの前に片手を出し、わたしも我慢していますと言いたげに目を閉じた。それはルイがカミーユに対してよく使う手で、模範的な態度を示すことでカミーユにも自制を促すのだが、今回はその程度では怒りが収まらない。

「じゃあそっちの茶番はどうなんだ。はいはい、妹が十歳のときからヤってました。すんごく気持ちよくって、だろ？　それがどういうことかわかってんのか？」

「そんな……そんなこと言ってませんよ！」不当に傷つけられたかのようにトマの声が裏返った。「言ってもいないことをそんなふうに……」。こりゃひどいな」

そして静かに、だが大いに不満を込めた声で言った。

「そんなおぞましいことを言った覚えはありません。わたしが言ったのは……」

今やカミーユは立っていて、トマは座っているのだが、それでもトマの頭のほうが上にある。あまりにも滑稽だ。トマはゆっくりと、一語一語に力を込めて続けた。

「わたしが言ったのは、妹を愛していたということです。とても深く。それのどこが問題なんです？　少なくとも法律で禁じられてはいない。そうでしょう？」そして驚いたような表情でつけ加えた。「それともなんですか、兄妹愛が法に触れるんですか？」

トマの言葉にはおぞましさへの嫌悪が表れていた。だがその薄笑いには、まったく違うものが表れていた。


トマの誕生日の写真。これは正確な日付がわかる。裏にプレヴォ夫人の文字で《トマ　一九八九年十二月十六日》と書かれている。二十歳の誕生日。写真は家の前で撮ったもので、トマとアレックスが車の横に立っている。

「セアト社のマラガです」プレヴォ夫人は誇らしげに車種を告げた。「もちろん中古の。そうでなきゃ買えませんよ」

革シートが写るようにするためか、ドアが大きく開けられていて、トマがそのドアに片肘を掛け、もう一方の手でアレックスの肩を抱いている。兄として妹を守るかのようなしぐさだが、事情を知る者にはまったく違って見える。写真は小さく、アレックスの表情を見るにはルーペが必要だった。カミーユは昨夜なかなか眠れず、その写真を思い浮かべてアレックスの顔を描こうとしたのだが、うまくいかなかった。その写真のアレックスに笑みはなく、冬なので分厚いコートを着ているが、それでもひどく痩せているのがわかる。十三歳だった。

「トマとアレックスの関係はどうでしたか？」カミーユは訊いた。

「それはもう仲がよくて」と夫人が答えた。「トマはいつも妹の面倒を見ていました」

――《トマがわたしの部屋に来る。ほとんど毎晩。ママも知っている》


トマは苛立ちもあらわに腕時計を見た。

「お子さんが三人ですね……」カミーユが言った。

風向きが悪いと感じたのか、トマは慎重に言葉を選ぶようになってきた。

「ええ、三人」

「確か、そのうち二人が娘さん……」

カミーユはルイの前に広げられた資料のほうに身をかがめた。

「そう、二人ですね。カミーユ、おや、わたしと同じ名前だ！　そしてエロディ……。このおちびちゃんたちは今いくつです？」

トマは口を一文字《いちもんじ》にして黙り込んだ。するとルイが硬直した試合を前に進めようとするかのように、その前の話を持ち出した。

「つまりザネッティ夫人は……」だがそこまでしか言えなかった。

「九歳と十一歳！」とカミーユが大声で言ったからだ。

カミーユは資料に人差し指を突き立て、顔を引き締めてトマのほうを向いた。

「娘さんたちのことを、ヴァスールさん、あなたはどのように愛していますか？　もちろんご安心を。父性愛は違法じゃありません」

　トマが歯を食いしばっているのが顎の筋肉でわかった。

「娘さんたちは情緒不安定ですか？　厳しさが必要ですか？　小さい子供たちには愛情も必要でしょう。世の父親は皆知っている……」

　トマはしばらくカミーユをにらみつけていたが、急に肩の力を抜くと薄笑いを浮かべて天井を見上げ、長い溜息をついた。

「鈍いなあ、警部さん……。小柄だから頭はいいのかと思ったら。わたしがそんな挑発に乗ると思ってるんですか？　あなたに一発お見舞いして、口実を与えるようなばかなことをするとでも……」そしてそこから対象を三人に広げた。「あんたたちはやり方がひどいだけじゃない。能無しだよ」

　そう言ってトマは立ち上がった。

「ここから一歩でも出てみろ……」カミーユが言った。

　その瞬間、全員がわれを忘れた。一気に緊張が高まり、ルイまで立ち上がっていた。行き詰まりだ。

　だがルイは冷静に突破口を探した。

「あなたがザネッティ夫人のホテルに宿泊していた当時、フェリックス・マニエールが夫人の恋人でした。マニエールのほうがひと回り近く若かった。そしてあなたも、十九か二十歳だった」

「回りくどい言い方はやめにしましょうや。ザネッティはとんでもない好色ばばあでしたよ！

考えてることといったら、若い男と寝ることだけでね。宿泊客の半分くらい相手にしてたに違いないんだ。わたしにだって、ドアを開けたとたんに飛びかかってきたんだから」

「つまり」とルイがまとめにかかった。「ザネッティ夫人はフェリックス・マニエールを知っていた。先ほどの話に戻ると、あなたはガテーニョを知っていて、そのガテーニョはプラドリーを知っていた。ここでも同じです。あなたはザネッティ夫人を知っていて、そのザネッティ夫人はマニエールを知っていた」

そこでルイはカミーユのほうを向き、ちょっと眉を寄せて訊いた。

「わかりにくいでしょうか、説明が……」

「そうだな。わかりやすいとは言えないな」カミーユもわざと眉を寄せて答えた。

「そうですよね。ではもっとわかりやすくします」

ルイは改めてトマのほうを向いた。

「直接か間接かは別にして、あなたは妹さんが殺した相手を全員知っていました。というのでどうでしょう？」とルイはまたカミーユのほうに首を回した。

カミーユは首を少しかしげて言った。

「ルイ、うるさく言うつもりはないんだが、まだ明解とは言い難いね」

「そうですか？」

「ああ」

トマはまたルイとカミーユを交互に見ながら、なんだこいつらはという顔をしている。

「では代わろうか？」カミーユが言った。

ルイは騎士のようなしぐさでカミーユに出番を譲った。

「それで、ヴァスールさん、妹さんのアレックスのことですが……」

「なんです？」

「何回売りました？」

沈黙が流れた。

「ガテーニョ、プラドリー、マニエール……。まだほかにもいるのかもしれない。そうでしょう？　だからあなたの協力が必要なんです。なにしろあなたが仕切っていたわけですから、当然覚えているでしょう。いったい何人に声を掛け、アレックスに相手をさせたのか」

トマが憤慨して言い返した。

「妹を娼婦扱いするのか？　死者への冒瀆だぞ！」

だがすぐに落ち着いてまた薄笑いを浮かべ、続けた。

「それで、あなた方はそれをどうやって証明するんです？　アレックスに証言させるんですか？」

そしてそのジョークが十分浸透するまで待ち、さらに言った。

「あるいはその客たちを証人として出廷させる？　そいつは難しそうだなあ。その客たちときたら、あまり体調がいいとは言えないようですがねえ」

ノートにしろ手帳にしろ、アレックスの日記には日付がない。文章もあいまいで、はっきり書くのが怖かったようだ。いや、そもそもそういう言葉をまだ知らなかったのかもしれない。

木曜日、トマが友だちのパスカルを連れてきた。二人は前に学校が一緒だった。パスカルはすごくまぬけな顔をしていた。トマはパスカルの前にわたしを立たせ、いつもの目つきでわたしを見た。パスカルは笑っていた。そのあと、部屋のなかでも笑っていた。パスカルはずっと笑いつづけた。トマがちゃんとこいつの言うことを聞くんだぞと言った。そのあと、部屋で二人になってから、パスカルはわたしの上になって笑っていた。わたしが痛がっても、笑うのをやめられないみたいだった。わたしは泣くもんかと思った。

頭の弱いパスカルが笑いながら少女を犯すところが目に浮かんだ。パスカルにいろいろ吹き込むのは難しくなかっただろう。妹のやつはそれが好きなんだと言ったのかもしれない。だがこの日記は、パスカル・トラリユー以上に、トマ・ヴァスールについて多くを語っている。

「それはともかく」とトマは太腿をたたきながら言った。「もう遅いし、そろそろいいですよね？」

「よろしければあと一、二点だけお願いします」とルイが言った。

トマはこれみよがしに腕時計を見て、しばらく考え、それからようやくうなずいた。

「わかりました。じゃ手っ取り早くお願いします。家族が心配しますんで」

そして聴いてやるよとばかりに腕を組んだ。

「こちらの仮説の要点をまとめておきたいんですが」とルイが続けた。

「そりゃけっこう。わたしもものごとははっきりしてるほうがいいですよ。特に仮説についてはね」

その点はトマも気に入ったようだ。

「あなたが妹さんとベッドを共にするようになったとき、妹さんは十歳、あなたは十七歳でした」

そこでまたトマは不安顔になり、まずカミーユの顔色を、次いでルイの顔色をうかがった。

「これは……単にそちらの仮説の要点をまとめているだけ、ということでいいんですよね？」

「もちろんですとも」ルイがすぐに言った。「これはこちらの仮説ですから、そこにもし矛盾が含まれていたり、あるいはありえない点があるなど、問題点がありましたらぜひご指摘いただきたいんです」

その言い方はわざとらしく聞こえるほどだったが、実はこれがルイの普通の話し方だ。

「わかりました」とトマは答えた。「それで、そっちの仮説っていうのは……」

「まず第一の仮説は、あなたが十歳になったかどうかの妹さんに性的虐待を加えたということです。これは刑法第二二二条により懲役二十年に処せられます」

トマは教師のように人差し指を立てて指摘した。「もし告訴され、その上で事実だと証明されれば、ということですね。そしてもし……」

「ええ、もちろん」ルイが表情一つ変えずに遮った。「これは推測です」

トマは満足したようだった。なにごとも型通りに進めば満足というタイプらしい。

「第二の仮説は、その後あなたが妹さんをほかの男性に貸した、おそらくは金を取りさえした、ということです。このような加重売春斡旋《あっせん》は刑法第二二五条により十年の懲役に処せられます」

「あ、ちょっと待った！　今〝貸した〟と言いましたね。でもさっきあの人は」とカミーユのほうに顎をしゃくった。「〝売った〟と……」

「〝金をとって貸した〟がいいでしょう」ルイが言った。

「いや〝売った〟だ！　というのは冗談です。ええ、けっこう、〝金をとって貸した〟にしたらいいでしょう」

「では、ほかの男性に金をとって貸したということで。まず、中学時代の友人のトラリユー。それからツーリング仲間だったガテーニョ。仕事上の顧客だったマシアク。カフェにピンボールも貸していましたから、マシアクは二重の意味で顧客だったわけですね。そして、あなたが提供する素晴らしいサービスを、ガテーニョがプラドリーにも勧めたんでしょう。またホテルの女主人であり、あなたと親密な関係になったザネッティも、その素晴らしいサービスを年下の恋人、マニエールに紹介した。おそらくは自分につなぎとめておくために」

「それじゃ一つの仮説どころか、仮説の山じゃないですか！」

「やはりすべて事実無根ですか？」

「ええ、わたしが知るかぎり、まったくの事実無根です。とはいえ筋は通ってますね。大した想像力だ。アレックスも感心するでしょうよ」

「なににですか？」

「あなたたちが払っている努力に……」トマはルイとカミーユを交互に見た。「本人にとってはもうどうでもいいことなのに」

「お母様にとってもどうでもいいのでしょうか？　あなたの奥さんにとっては？　お子さんは？」

「いや、それは違う！」

トマはまたルイとカミーユを交互にじっと見た。

「いいですか、こんなふうに証拠も証人もなしに罪を並べ立てて、こりゃどう見たって中傷ですよ。名誉毀損で訴えることだってできますよ？」

トマは、そいつは猫の名前のやつだから、おまえもきっと気に入るぞと言った。その人のお母さんが旅行のお金を出すからとも言った。でも、その人の顔はぜんぜん猫に似ていなかった。その人はわたしのことをじっと見ていた。なにも言わず、ただにやにやしていて、その笑い方が変なので、まるで頭を食べちゃうぞと言ってるみたいだった。そのあと、その人の顔と目がなんどもなんども夢に出てきた。

手帳にはフェリックス・マニエールのことはそれしか出てこなかった。だがノートのほうにあった。だがそれも短い。

猫がまた来た。前と同じように、にやにやしながらわたしのことをじっと見ていた。そのあと、姿勢を変えろと言って、それからとても痛いことをした。わたしがすごく泣いたので、その人もトマも不満そうだった。

アレックスが十二歳、フェリックスが二十六歳のときだ。

また緊張が高まり、沈黙が長引いた。少ししてからルイが口を開いた。

「この仮説の〝山〟について、はっきりさせなければならない点はあと一つです」

「さっさと終わらせようじゃありませんか」とトマが言った。

「アレックスは彼らをどうやって見つけたのでしょうか？　なにしろこれらの出来事があったのは二十年近く前です」

「出来事って、あくまでもそっちの仮説ですよね？」

「ええ、そうです。こちらの仮説では、これらの出来事は二十年ほど前に起きています。ですからアレックスはすっかり変わっていましたし、偽名も使いました。アレックスは時間をかけて準備し、計画的に行動したんです。六人との出会いも工夫し、それぞれにふさわしい相手を演じました。たとえばパスカル・トラリユーには少し太っただらしない女を。フェリックス・マニエールにはいわゆる典型的な美女を……。ただしそこで疑問が浮かびます。アレックスはどうやってこの六人を見つけたのか」

トマはカミーユのほうを向き、それからルイのほうを向き、またカミーユのほうを向いた。どちらを向いたらいいのかわからないくらい呆れたという顔で。

「まさか……」とトマは大げさに目をむいてみせた。「まさかその点は仮説がないとか？」

カミーユはくるりとトマに背を向けた。カミーユの体格でこの仕事をする以上、めいっぱい体を使うしかない。

「いえ、ありますよ」ルイがさり気なく言った。「これにも仮説があります」

「なんだ……。なら早く言ってくださいよ」

「パスカルの父親に妹さんの住所を教えたのと同じように、あなたが妹さんに六人の名前や居所を教えたという仮説です」

「しかしその時点で、つまりアレックスがその六人を殺す前に、どうしてわたしに居所がわかります？　わたしが昔その六人を知っていたと仮定して……」とトマは人差し指を立てて注意を促した。「二十年も経っていたのに、どうしてわたしに六人の居所がわかったっていうんです？」

「まず一つには、何人かは二十年前からずっと同じ場所にいたからだと説明できます。それからもう一つ、名前と当時の住所を教えれば、あとはアレックスが自分で調べただろうと考えられます」

トマは称賛するように軽く拍手をしたが、その手を止めると言った。

「それにしても、なぜわたしがそんなことをしなくちゃならないんです？」

57

プレヴォ夫人はどんなことにも耐えてみせますという顔でやってきた。背を伸ばし、ぐいと顎を引いて腰掛けたその姿からは、多くの主張が読み取れた。庶民の出です。地味な暮らしをしてきました。女手一つで二人の子供を育て上げました。誰にも迷惑なんかかけちゃいません……。要するに、簡単に言いくるめられるつもりはないという構えだった。

十月八日月曜日の午後四時。

息子のトマの尋問が始まる一時間前のことだ。

時間を調節したのはカミーユだった。二人が口裏を合わせることができないようにするためだ。

プレヴォ夫人に初めて会ったのは三日前で、そのときはアレックスの遺品を確認するために任意で来てもらったが、今回の出頭は命令によるものだった。任意と命令ではまったく事情が異なる。だが夫人の態度は前回と変わらなかった。この女は人生を難攻不落の城のように築き上げてきたのだろうとカミーユは思った。そして守りたいものを城壁の内側に隠している。一筋縄ではいきそうにない。三日前、プレヴォ夫人は遺体確認を息子に任せ、法医学研究所には来なかった。あまりにもつらいので遺体との対面はできないと言っていた。だが今、改めてこの女を前にしてみると、そんな弱さなど持ち合わせていないのではないかと思えてくる。とはいえ、動揺しているのは確かだった。取り澄ました顔、妥協のないまなざし、反抗的沈黙といった強情な態度をもってしても、パリ警視庁の取調室という場所からくる動揺は隠しようがない。そしてその動揺は場所だけではなく、カミーユにも原因があるようだった。なにしろ背の低い刑事がすぐ横の椅子に座り、床から二十センチも浮いた足をぶらぶらさせながら、目をじっと見て質問しているのだから。

カミーユは訊いた。

「トマとアレックスの関係は、実際のところどのようなものでしたか?」

プレヴォ夫人は驚いて、兄と妹の関係に〝実際のところ〟もなにもないだろうというように眉を上げた。そしてすばやく瞬《まばた》きした。カミーユは少し待ってみたが、待っても意味がないのはわかっていた。なぜならカミーユは答えを知っているし、相手もこちらが答えを知っていることを知っているのだから。そんな状況での沈黙は耐え難い。カミーユは早々にしびれを切らした。

「実際のところ、あなたの息子さんは何歳からアレックスをレイプしていましたか?」

夫人は抗議の叫びを上げた。まあそういう反応をするしかないだろう。

「プレヴォさん」カミーユは微笑んで見せた。「なめてもらっては困りますね。むしろ積極的に協力したほうがいいと申し上げておきましょう。それとも、息子さんを死ぬまで刑務所にぶち込みましょうかね」

この脅しは効いたようで、自分はどんな目にあってもいいが、息子に手出しはさせないという心理が働くのが見て取れた。だが、プレヴォ夫人はそれでもなお態度を崩さなかった。

「トマは妹をとても愛していました。そんな大事な妹に手を出したりするもんですか。髪の毛一本触れていないはずです」

「髪の毛の話じゃないんです」

と返してみたが、カミーユのユーモアはプレヴォ夫人には通じなかった。夫人はとにかく違いますと首を横に振った。だがそれが知らないという意味なのか、知っているが言いたくないという意味なのかはわからない。

「事情を知っていて、その上で放置したのだとしたら、あなたは加重強姦の従犯で罪に問われますよ」

「トマは妹に手を出したりしてません！」

「なぜそう言えるんです？」

「息子のことはわかってますから」

堂々巡りだ。どこにも行き着かない。この件は誰からも訴えが出されておらず、証人もいない。つまり犯罪行為は行われていない。被害者がいないのだから、加害者もいない。そういうことになってしまう。

カミーユはため息をつき、まあいいでしょうとうなずいてみせた。

――《トマがわたしの部屋に来る。ほとんど毎晩。ママも知っている》

「では娘さんは？　娘さんのこともよくわかっていましたか？」

「世間の母親と同じくらいには」

「そりゃどうだか……」

「なんですって？」

「いや、なんでも」

カミーユは薄い書類を取り出した。

「解剖報告書です。娘さんのことがよくおわかりなら、ここに書かれていることもすでにご存じでしょう」

カミーユは眼鏡をかけた。それはこの場面では、「くたくたなんですがね、でもやり遂げますよ」を意味した。

「かなり専門的な内容なので、嚙み砕いて説明しましょう」

プレヴォ夫人は身じろぎ一つしない。骨まで固まってしまったようで、筋肉という筋肉が張り、体全体で抵抗を示している。

「娘さんはひどい状態でした」

プレヴォ夫人は正面の壁を見つめている。息まで止めたように見える。

「解剖医によれば」カミーユは報告書を繰りながら言った。「生殖器が酸で焼かれていました。硫酸だと思われます。広範囲に及ぶやけどで、クリトリスが完全になくなり――一種の陰核切除ということかもしれません――大陰唇、小陰唇はもちろんのこと、膣のかなり奥にまで達していました……。かなりの量の酸を流し込んだと考えられます。粘膜の大部分が破壊され、肉が文字どおり溶け、生殖器全体がどろどろになったようです」

カミーユは目を上げてプレヴォ夫人をじっと見た。

「解剖医がそう書いています。《肉が溶けてどろどろになった》と。そしてそれはかなり前のことで、アレックスはまだ少女だったと思われます。心当たりはありませんか？」

プレヴォ夫人は真っ青な顔でカミーユのほうを見て、ロボットのように首を横に振った。

「娘さんはそのことを一度も言いませんでしたか？」

「一度も！」

その言葉は、まるで突風で紋章旗がはためいたかのように強く響いた。

「そうですか。娘さんはそんなつまらないことで心配をかけたくなかったんでしょうか。つまり、ある日思いがけず、誰かが半リットルほどの硫酸を娘さんの膣に流し込んだが、娘さんはなにごともなかったかのように帰宅した。これはまたずいぶんと遠慮深い」

「なにも知りません」

プレヴォ夫人は表情も姿勢も変えなかったが、声だけは低くなった。

「しかしですね、解剖医が一つ妙なことを指摘しているんですよ」カミーユは続けた。「生殖器全体が損傷を受け、神経の末端がつぶれ、膣全体が復元不能なほど変形し、組織が破壊され、溶解した。つまり娘さんは通常の性行為が望めない体になったわけです。子供も望めないのは言うまでもありません。そういう状態だったにもかかわらず、妙なことに……」

カミーユはそこで止め、報告書を置き、眼鏡を外してこれも机の上に置き、両手を組み、プレヴォ夫人を見た。

「尿道だけは、稚拙な方法ながら〝修復〟されていたんです。そうでなければ命を落としていたでしょう。尿道が溶けてふさがったままとなれば、数時間で死に至りますからね。解剖医は

《乱暴といってもいいほど稚拙な方法で》と書いています。尿道を確保するために、外尿道口からかなり奥まで管《カニューレ》を挿入してあったんです」

夫人はなにも言わなかった。

「解剖医によれば、こんな食肉加工も同然の処置で助かったというのは、奇跡に等しいそうです。いやもちろん、報告書にはそういう言葉は使われていませんが、言わんとするところは同じです」

夫人は唾をのもうとしたが、喉がからからだったのか、むせかけた。

「解剖医は、言うまでもありませんが医者ですから、事実を指摘するのが仕事です。一方わたしは警察官ですから、その事実に説明を加えるのが仕事です。そしてわたしが考えた説明はこうです。誰かが応急処置を施した。病院に行かずにすむように。なぜなら病院に行けば、誰がこんなことをしたのかと説明を求められるからです。なにしろやけどの具合から見て、それが事故ではなく故意であることは明らかでしたからね。アレックスは騒ぎにしたくなかった。なんとも健気《けなげ》な少女だ。なにしろ、あなたがよくご存じのように、アレックスは遠慮深かったわけですから、騒ぎ立てるようなことはしなかった……」

夫人はとうとう唾をのんだ。

「それで、プレヴォさん……あなたはいつから准看護師として働いていましたか？」

トマ・ヴァスールは下を向いてじっと耳を傾けていた。ルイが解剖報告書の内容を説明するあいだ、ずっと黙って聴いていた。それから顔を上げてルイのほうを見たが、なんの反応も示さない。

「なにか言いたいことはありませんか?」ルイが訊いた。

トマは両手を広げた。

「ひどい話です」

「知っていたんですね?」

「あいつは」トマは少し微笑んで言った。「兄貴にはなにも隠しませんでしたから」

「ではなにがあったのか、説明していただけますね?」

「いやそれは無理です。話したといっても、アレックスはほのめかしただけで。なにしろ言いにくい内容ですから……。訊いても詳しいことは言いませんでした」

「ではこの件について言うべきことはなにもないと?」

「残念ながら……」

「なんの情報もない……」

「ええ」

「なんの説明もできない……」

「ええ、それ以上のことはなにも」

「なんの推測もしなかったと……」

トマはため息をついた。

「いや、そりゃあ……誰かの機嫌をちょっとばかり損ねたのかもしれないと……。すごく怒らせたとか」

「誰かの……。それは誰ですか？」

トマはふんと笑った。

「まったくわかりませんね」

「誰かの機嫌を損ねたと言われましたね。それはなぜでしょう」

「知りませんよ。ただそんなことじゃないかと思っただけで」

そこまでトマは湯加減を見るように慎重に発言していたが、どうやらちょうどいいと思ったようだ。刑事たちはそれほど攻撃的ではないし、なんの証拠もないので自分を追い込めない。そう読んだのが顔にも態度にも出た。その上、もともと人を挑発するのが好きな性格のようで、こう言い出した。

「いやその……アレックスは手に負えなくなるときもありましたから」

「どんなふうに？」

「ちょっと性格に難があるというか、すぐ駄々をこねるんです」

誰もなにも反応しなかった。するとトマはさらに説明を加えた。

「つまり、相手をしている側からすれば、程度の差はあれ、いつも最後は腹を立てざるをえないような娘だったということです。父親がいなかったせいもあるでしょうが、アレックスにはかなり……反抗的な面がありました。結局のところ権威を嫌っていたんでしょう。機嫌が悪くなって〝嫌〟と言い出したら、もうどう言い聞かせてもだめなんです」

それは説明するというより、ある場面を追体験しているような言い方だった。トマは声の調子を上げて続けた。

「そういう娘でした。これといった理由もないのに急に強情を張る。どうにも手に負えなくなることがありましたよ」

「それが理由だというんですか？」ルイがほとんど聞き取れないほどの小声で訊いた。

「いや、その硫酸によるやけどの件は知りませんよ」とトマは抜け目なく答えた。「その場にいたわけじゃないんで」

そして三人の刑事たちの顔を見て微笑んだ。

「ただ、アレックスはそんな目にあうほど誰かに腹を立てさせるような娘だったと言ってるだけです。とにかく頑固で、強情で……。まわりの人間も最後には怒りを爆発させるしかないような」

一時間前からひと言も発していないアルマンは、その場で固まっていた。

ルイも蒼白になり、冷静さを失いつつあった。いや、失うといっても、ルイの場合はそれさえ洗練された形をとる。

「しかし……ヴァスールさん、これは子供の尻たたきの話ではありませんよ。今わたしたちが問題にしているのは、未成年の少女に対する極めて残忍な虐待であり、しかもその少女は成人男性相手の売春をさせられていたんです！」

ルイは一語一語に力を込めた。それだけで、カミーユにはルイがどれほど衝撃を受けているかがわかった。ところがトマのほうは落ち着いたもので、ルイに逆《さか》ねじを食わせてやると言わんばかりに言い返した。

「でも売春というあなたの仮説が正しいなら、その種の危険もあって当然かと……」

ルイはパンチを食らって言い返せず、目でカミーユを探した。カミーユがすでに薄笑いを浮かべていたので、ルイは余計戸惑ったかもしれない。しかもカミーユは、トマの言い分が理解できるとでもいうかのようにうなずいて見せた。だがその上でこう言った。

「プレヴォ夫人もその件を知っていたんですか？」

「なにを？　あ、いや、知りませんよ！　アレックスはその手のことで母を困らせたくなかったようです。母はすでに山ほど心配事を抱えてましたから……。ですから、母は知りませんでした」

「それは残念でしたね」とカミーユは言った。「プレヴォ夫人ならいい助言をくれたでしょうに。准看護師としてという意味ですよ。応急処置もできたかもしれないのに」

トマはいかにも残念そうにうなずいた。そしてあきらめ顔で言った。

「しょうがないでしょう。過去に戻ってやり直すことはできませんから」

「それにしても、アレックスになにがあったかわかったとき、被害届を出そうとは思わなかったんですか？」

トマは驚いた顔でカミーユを見た。

「え……誰に対してですか？」

カミーユには「なんでですか」と聞こえた。

58

時計は午後七時を回った。気づかないほど少しずつ暗くなっていたので誰も電気をつけようとせず、取調室は薄闇に包まれ、そこでの尋問もなにやらこの世のものとは思えなくなっていた。

トマ・ヴァスールは明らかに疲れていた。徹夜でトランプをしたあとのようにゆっくり立ち上がり、腰に手を当てて身を反らせ、やれやれと長い溜息をつき、脚がむくんだのかその場で足踏みした。三人の刑事は座ったままだった。アルマンは動揺を見せまいとしてひたすら資料を見ている。ルイは手の甲で丁寧に机の上のほこりを払っている。カミーユはひと息つくと自分も立ち上がり、ドアのところまで行って振り向き、疲れた声で言った。

「アレックスはあなたを強請《ゆす》っていた。そこから再開しましょうか?」

「いや、もう結構です」トマはそう言って欠伸《あくび》をした。

いかにも申し訳ないという顔だった。わたしは人を喜ばせたり、人の役に立つのが好きなんですよ。わかるでしょ? でももう無理です、という顔だった。そしてまくっていたシャツの袖を下ろした。

「もう帰らないとまずいもので」

「電話を入れれば……」

トマはもう一軒どうだと誘われたかのように、その申し出を手で払った。

「いや本当にもう……」

「ヴァスールさん、ここは二つに一つです。一つは、もう一度そこに座り、残りの質問に答えること。あと一、二時間といったところです……」

トマは両手を机の上に突いた。

「さもなければ？」

そして頭を下げ、西部劇のヒーローがピストルを抜く直前のように、上目遣いで刑事たちをにらんだ。だがここではなんの効果もなかった。

「さもなければあなたの身柄を拘束します。警察留置（令状なしで一時的に身柄を拘束できるフランスの制度）です。少なくとも二十四時間の拘束が可能で、さらに二十四時間延長することもできます。予審判事はいけにえが大好きでしてね、あなたを少々長く勾留《こうりゅう》することになってもなんの問題もないと考えるでしょうな」

トマは目をむいた。

「え……警察留置って……なんの理由で？」

「理由はいくらでもありますよ。加重強姦、未成年への虐待、売春斡旋、殺人、悪質な傷害等々、より取り見取りだ。どれがいいですかねえ……」

「そんな、なんの証拠もないだろ！　なにも！」

トマはとうとう切れた。今まで我慢してやったのに、ずっと我慢してきたのに、もうたくさんだと爆発した。おまわりどもの職権乱用だ！

「ふざけんな！　もうこれで帰る！」

そこからは一瞬の出来事だった。

トマが跳ね上がるように席を立ち、なにかわめきながら上着をひっつかみ、三人の刑事が動く前にドアまで行って開け、一歩外に出た。だが廊下にいた二人の制服警官に行く手を阻まれた。

カミーユが言った。

「やはり身柄を拘束するのがいちばんのようですな。殺人容疑ということで、いかがです？」

「なんの証拠もないくせに。そうやって無理やり落とそうって腹だろ、え？」

だがトマはそこで目を閉じ、かろうじて自制し、重い足取りで取調室に戻った。なにしろほかにどうしようもない。

「あなたは近親者の一人に電話をかけることができます」カミーユが言った。「医者の診察を受けることもできます」

「いや、それより弁護士に会わせてもらう」

59

警察留置の件は、ル・グエンが予審判事のヴィダールと話し、アルマンが手続きをした。だが警察留置は時間との闘いにほかならない。猶予は二十四時間しかない。

トマ・ヴァスールは逆らわなかった。さっさと終わらせることしか頭にないようだった。とにかくここを切り抜けて、妻にはあとから説明し、すべてを頭の悪い刑事のせいにしようとでも考えているのだろう。だから言われるがままに紐類とベルトを外し、指紋とＤＮＡの採取に応じ、すべての指示に素直に従った。さっさと片づける。そして弁護士が来るまでなにも言わない。事務的な質問以外には答えず、とにかく弁護士を待つ。そう決意したようだ。

そしてトマは家に電話を入れた。

「仕事だ。悪いが今夜は帰れない……いや心配はいらない。ちょっと拘束されてて な……」

だがこの状況で〝拘束〟はまずいと思ったのか、言い方を変えようとし、うまくいかずに言葉に詰まってしまった。こういう言い訳には慣れていないようだ。そして苛立ち、急に高圧的な物言いになり、ごちゃごちゃ質問するんじゃないと妻を叱りつけた。だが妻のほうは疑いを強めただけだったようで、とうとうトマはどなった。

「だから帰れないって言ってんだろ！　その用事はおまえが一人で行きゃいいだろ！」

こいつは妻に手を上げることもあるんじゃないかとカミーユは思った。

「ああ、明日には帰るから」

何時にとは言わなかった。

「もう切るぞ……ああ、おれもだ……わかってる。また電話するから」

それが夜八時十五分で、弁護士が来たのは夜十一時だった。足早に闊歩《かっぽ》してきたその若い弁護士は新顔だったが、仕事はわきまえていた。警察留置の場合の弁護士との接見は三十分と決められていて、その時間で弁護士はトマに教えられるかぎりのことを教えることになる。どう振る舞うべきかを説明し、慎重であるようにと助言するだろう。なによりも慎重が肝心だと。そしてトマの幸運を祈るだろう。ほんの三十分で、しかも捜査資料を見ることもできないという状況では、助言といってもその程度がせいぜいだ。


カミーユはトマと弁護士の接見が始まったところでいったん帰宅し、シャワーを浴びて着替えることにした。タクシーに乗って数分でアパルトマンの前で降りると、頑なに守ってきた掟を破ってエレベーターに乗った。それほど疲れていたということだ。

扉の前に小包が置かれていた。クラフト紙で包んで紐をかけてある。ひと目で中身に察しがついたので、それを持って急いでアパルトマンに入った。ドゥドゥーシュが迎えに出てきたが、もう猫どころではなく、頭のひと撫でですませた。

やはり母の自画像だった。狐につままれたような気分だ。

一万八千ユーロ……。

ルイだ。ルイしか考えられない。そういえば日曜日の午前中はどこかへ行っていて、オフィスに出てきたのは午後二時だった。ルイなら一万八千ユーロなど痛くもかゆくもない。だが、カミーユは困ったと思った。相手がなにを考えてこんなことをしてくれたのかわからないので、対処の仕方がわからない。受け取っていいのか、それとも断るべきか。そもそもなんと言えばいいのだろう。贈り物である以上、やはりなんらかの見返りを想定したものと考えるべきだろう。ルイはなにを期待しているのだろうか。

それから服を脱いでシャワーを浴びるうちに、カミーユはいつの間にかまたオークションの売り上げのことを考えていた。すると今日は、寄付などとんでもないことだと思えてきた。自分の母親に向かって「あなたのものなどなにも欲しくない」と言うようなものではないだろうか。

もちろんそんな感傷に長々と浸るほどカミーユは若くないが、いずれにしても、親との縁というのは厄介なものだ。生きているかぎりそこから逃れることができない。アレックスを見るがいい。死んでもなお親と闘っている。カミーユはバスタオルで体をふきながら改めて気持ちを整理した。

絵の売り上げを手放すのは母を否定するためではない。心を落ち着けるためだ。

それは単に一つの区切りにすぎない。

だがそれにしても、本当にすべて手放すのか?

いや、自画像が残る。カミーユはもう自画像を手元に置くと決めていた。服を着てから改めて手に取り、それをソファに置いて正面からながめた。この絵が戻ってきたことがうれしかった。素晴らしい絵だ。カミーユは母を恨んでいるわけではない。この絵を残したいと思っているのがなによりの証拠だ。若いころからずっと父親似だと言われつづけてきたカミーユが、今初めて、母の自画像を見て自分に似ていると思った。そしてそう思える自分にほっとしていた。カミーユはまさに今、自分の人生を浄化しようとしている。その結果どこに行き着くかはまだわからないとしても。

カミーユはアパルトマンを出る直前にドゥドゥーシュのことを思い出し、キャットフードを一缶開けてやった。

犯罪捜査部に戻ると、ちょうど弁護士の接見が終わったところで、出てきた弁護士とすれ違った。接見終了の鐘を鳴らしたのはアルマンだった。カミーユは取調室に戻り、少ししてトマ・ヴァスールも警官に付き添われて戻ってきた。アルマンが接見のあいだに換気したそうで、部屋は寒いくらいだった。

続いてルイも戻ってきた。カミーユは目で合図を送った。するとルイも目でなんのことかと問いかけてきたので、あとで話そうと身ぶりで伝えた。

トマはかなり緊張していた。顔に疲れが出ていて、ひげが一気に伸びたように見えた。肥料のコマーシャルの植物みたいだとカミーユは思った。それでも口の端には薄笑いが残っていて、なにを言いたいのかはひと目でわかる。消耗戦ってことだろうが、来るなら来い。そっちにはなんの証拠もないし、この先もなんにも出てきやしないんだから。甘く見てもらっちゃ困るね、といったところだろう。そしてトマが口を開いたり閉じたりしながら深呼吸する様子を見て、カミーユはトマが弁護士からなにを言われたのかも読み取った。つまりこうだ。時間を稼いで成り行きを見ろ。焦らずに言葉を選んで答えろ。これは時間が限られた勝負だから、砂時計を見ているつもりで我慢すればいい。二十四時間の勝負で、おそらく延長はないだろう。延長するには予審判事になにかしら新事実を提示する必要があるが、二十四時間で見つけることはできないだろうから……。

人との関係は、最初の出会いの数分間に凝縮されているものだと聞いたことがある。その意味では、三日前、カミーユはトマ・ヴァスールに会った瞬間に嫌悪感を覚えた。そして、その後カミーユが決めた取り調べ方針はその第一印象に大きく依存している。ヴィダールもそれを知っている。

詰まるところ、ヴィダールと自分はそれほど違わないのかもしれないとカミーユは思い、そう思ったことでげんなりした。

ル・グエンによれば、ヴィダールはカミーユの方針に賛成しているという。いまさらなんなんだ！　そのせいでカミーユはかえって戸惑っていた。ヴィダールが味方になったとなると、こちらも態度を改めざるをえなくなる。それもまた懲罰みたいなもので、カミーユの癪に障る。

ギリシャ悲劇の語り手《コロス》のように、アルマンが日時と、取調官の氏名と階級を告げた。

今回は冒頭からカミーユが引き受けた。

「まず言っておきますが、〝仮説〟でごまかすのはもうやめてもらいます」

ここからはやり方を変える。カミーユは考えをまとめながら腕時計を見た。

「さて、アレックスはあなたを強請《ゆす》っていた」

「なんのことでしょう。説明してもらえますか？」とトマが応じた。

弁護士の助言に従い、焦らずに粘る作戦のようだ。

カミーユはアルマンのほうを向いた。アルマンは不意を突かれ、慌てて捜査資料をめくりはじめた。これがまた一枚一枚めくっていくので時間がかかり、付箋《ふせん》やはさんである紙が空中を飛んでいくように見えた。知らない人が見たら、国は警察の職務にふさわしい人間をちゃんと雇っているのかと首をかしげたかもしれない。だが、アルマンは必要なものを見つける。いつも必ず見つける。

「二〇〇五年二月十五日、ディストリフェア社から二万ユーロの借り入れ」とアルマンが読み上げた。「住宅ローンがかなりの額だったので、銀行から借りることができなかった。それであなたは会社を頼った。いまも毎月の報酬から天引きで返済中」

「それが強請《ゆすり》とどうつながるんです？」

「アレックスが泊まっていたホテルの部屋に……」とカミーユが続けた。「一万二千ユーロ残されていました。新札で帯封付きです」

トマは眉をひそめ、口をゆがめた。

「それで？」

カミーユはサーカスの進行役のように大げさな合図をアルマンに送り、アルマンがまた資料をめくった。

「銀行によれば、あなたは二〇〇五年二月十五日にディストリフェア社が振り出した二万ユーロの小切手を持ち込み、十八日に同額を現金で引き出しています」

カミーユは心のなかでアルマンに喝采を送りながら目を閉じ、また開いて言った。

「なんのために二万ユーロも必要だったんですか？」

トマは一瞬躊躇した。覚悟したつもりだったのに、覚悟した以上のことが出てきたので面食らったのだろう。捜査に抜かりはない。ディストリフェア社にも足を運び、話を聞いてきている。身柄を拘束してから五時間弱、つまりトマはあと十九時間以上耐えなければならない。だがそこはさすがに営業マンだ。打たれ強くなるのにこれ以上の職種はないというわけで、トマはここも耐えてみせた。

「賭け事ですよ」

「妹さんと賭け事をして負けたんですか？」

「いや違います……別の人間と」

「それは誰です？」

トマは息をするのも苦しそうだった。

「少し時間を節約しましょう」カミーユが言った。「その二万ユーロはアレックスの手に渡ったんです。ホテルの部屋で見つかった一万二千ユーロですが、帯封からあなたの指紋が出ました」

そんなことまで調べたのかとトマが目を見開いた。そして額に皺を寄せ、手を握りしめた。いったいどこまで調べたんだ？　なにを知っている？　おれになにを言わせるつもりだ？　そういう疑問が頭に浮かんでいるようだった。

カミーユはトマ・ヴァスールが気に食わない。それは職務にふさわしくない感情なので、誰にも言うつもりはない。だがとにかく気に食わない。むしずが走る。殺してやりたいくらいだ。そういえば、数週間前にはヴィダールに対してそう思ったなと思い出した。カミーユは心のなかでトマにこう言っていた。おまえがここにいるのは偶然じゃない。おまえは殺人者なんだ、潜在的に……。

「ええ、そうですよ」トマがようやく言った。「その金は妹に貸したんです。それが違法なんですか？」

カミーユは一本取ったと力を抜き、トマに微笑んでみせた。もちろん感じのいい微笑みではない。

「違法ではないとご存じなら、なぜ嘘をついたんです？」

「そんなのあんたたちに関係ないでしょう」

それは場違いな発言だった。

「ヴァスールさん、この状況で、警察に関係がないことなどあると思いますか？」

ル・グエンから電話が入り、カミーユは取調室を出た。どんな調子だと訊かれた。心配しているようだが、こちらも説明が難しい。結局カミーユは安心させるような言葉を選んだ。

「悪くない。今のところ筋書きどおりだ……」

だがル・グエンはなにも答えなかった。

「そっちは？」カミーユが訊いた。

「遅れている。だがぎりぎりでなんとかなるだろう」

「了解。全力で行こう」

「妹さんは……」

「異父妹だ!」トマが訂正した。

「なにか違いがあるんですか?」

「そりゃ違いますよ。もうちょっと正確にやってもらわないと」

カミーユはルイを見て、それからアルマンを見た。おい聞いたか? なかなかやるじゃないか、え? という顔で。

「では、アレックスと呼ぶことにしましょう。さて、アレックスですが、どうも自殺するつもりだったとは思えないんです」

「でも、実際に自殺したわけですよね?」

「まあね。しかし……誰よりもアレックスのことを知っていたあなたなら説明できるだろうと思ってうかがうんですがね、死ぬつもりだったのなら、なぜ外国に逃げる準備をしていたんです?」

トマは眉を上げた。質問の意味がわからないようだ。

カミーユは今度は小さい身ぶりでルイに合図した。

「妹さん……失礼、アレックスは……」とルイが説明した。「前日に本名で航空券を購入していました。翌日の、つまり十月五日の朝八時四十分発のチューリッヒ行きです。また、空港に寄ったついでに旅行かばんも買っています。このかばんはホテルの部屋で見つかりましたが、すでにきれいに荷物が詰められていて、いつでも出発できるようになっていました」

「そりゃ知らなかった……。だったら、気が変わったんだな、さっきも言ったように、本当に情緒不安定でしたからね」

「アレックスは空港に近いホテルを選び、翌朝のタクシーも予約していました」カミーユが引き継いだ。「ホテルまでは車で来ていましたが、おそらく翌朝に空港でパーキングに手間取ったりして慌てるのが嫌だったんでしょうな。この便に確実に乗りたかったんです。それに、あとになにも残さないようにと、荷物も処分しています。酸が入った容器もね。鑑識が調べたところ、六人の殺害に使われたものと同じ、濃度八十パーセントの硫酸が入っていました。要するに、アレックスはフランスを離れようとしていた。逃げようとしていたんです」

「わたしにどう説明しろってんです？　あいつがなにを考えてたかなんてわかりませんよ。わたしがあいつの代わりに答えられるわけがない。そんなこと、誰ができるっていうんです？」

トマは同意を求めるようにアルマンのほうを向き、それからルイのほうを向いた。だが二人とも無表情だった。

「アレックスの代わりに答えることができないとしても、自分のために答えることはできるんじゃないですか？」

「そりゃ自分でわかってることなら……」

「それですよ。アレックスが死亡した十月四日の夜、あなたはどこにいました？　時間で言えば……そう、夜八時から真夜中までのあいだ」

トマがどうだったかなと考え込む様子を見せたので、カミーユはすかさず言った。

「お手伝いしましょう。おい、アルマン」

するとアルマンが教師に当てられた小学生のように立ち上がったので、これにはカミーユも驚いた。アルマンは場面を盛り上げようと思ったようだ。そして教科書を朗読するようにメモの内容を丁寧に読み上げた。

「あなたの携帯に午後八時三十四分に電話が入りました。あなたは自宅にいました。奥さんは、『主人は仕事の電話が入ったと言いました。緊急だと』と証言しています。しかし奥さんによれば、そんな時間に仕事で呼び出されることはそれまで一度もなかったそうです。そして、『主人はひどく苛立っていました』とのことです。同じく奥さんによれば、あなたは午後十時ごろに家を出て、真夜中過ぎに帰宅しました。帰宅時間については、奥さんは先に寝ていたので確かではないそうです。ただベッドに入ったのが午前零時だったので、それより前ということはないそうです」

トマは頭をフル回転させているはずだ。家にも刑事が来ていた。だとしたらほかはどうだろう。あとはなにが考えられるだろうかと。

「ところが」とアルマンが続けた。「仕事で呼ばれたという点ですが、まったくの嘘であることがわかっています」

「それはまたなぜだね?」カミーユが合いの手を入れた。

「なぜなら、午後八時三十四分の電話というのはアレックスがかけたものだからです。アレックスはその時間にホテルの部屋からかけていて、発信記録にヴァスール氏の携帯電話の番号が残っていました。この点についてはヴァスール氏の側の受信記録も確認する予定ですが、いずれにせよ、その夜ディストリフェア社には緊急の仕事などありませんでした。社長自らなかったと断言し、『そもそも、当社に夜緊急の用件が入るということはまず考えられません。救急医療サービスの会社ではありませんから』とも言っています」

「そのコメントは的確だね」

カミーユはそう言ってトマのほうに向き直った。そして攻め立ててやろうと思ったが、その前にトマがあっさりと認めた。

「アレックスから留守電にメッセージが入ってたんです。会いたいからと言って、時間と場所を指定してきたんですよ。夜十一時半に来てくれと」

「やっと思い出しましたか！」

「場所はオルネー＝スー＝ボワです」

「オルネー、オルネーと……そりゃヴィルパントのすぐ近くですね。アレックスが死んだ場所のすぐ近くですよ。それで、午後八時三十四分にあなたの最愛の妹さんからメッセージが入り、あなたはどうしました？」

「言われた場所に行きましたよ」

「あなた方のあいだでは、こんなふうに急に呼び出すというのはよくあることなんですか？」

「いや、めずらしいです」

「アレックスの用件はなんでした？」

「だから、ここに来てくれと住所と時間を言ってきて、それだけですよ」

トマはそこまで答えを急がず、慎重に言葉を選んでいたが、話が熱を帯びてきたせいでじれてきているのがわかった。懸命に自制しようとしているものの、反射的に言葉が飛び出す回数が増えてきている。

「あなたはどういう用件だと思いましたか？」

「見当もつきません」

「ほう、そりゃまた……見当もつかない？」

「あいつはなにも言ってなかったし」

「繰り返しますがね、アレックスはあなたから二万ユーロを脅し取りました。こちらの考えでは、アレックスはあなたの家族にすべてを話すと脅した。十歳のときからレイプされていたことや、売春を強要されたことをばらして、家庭をめちゃくちゃにしてやると……」

「そんな……なんの証拠があるんだ！」

トマ・ヴァスールは立ち上がって叫んでいた。カミーユはにやりとした。トマが冷静さを失えばこちらに有利になる。

「まあ、座って」カミーユは静かに言った。「〝こちらの考えでは〟と言ったはずです。つまりあなたの大好きな仮説ですよ」

そしてひと呼吸置いた。

「それに、証拠の話が出たついでに言いますが、アレックスは自分が不幸な少女時代を送ったという決定的な証拠を持っていました。彼女の体そのものですよ。ですから、奥さんに会いに行くだけで十分だったでしょう。女同士ならそういう話もしやすいし、どうしてもというならその証拠を見せることもできる。アレックスがほんのちらりとでも酸でただれた傷跡を見せたとしたら、あなたの家庭はとんでもないことになっていたはずです。というわけで、〝こちらの考え〟を最後まで言うとこうなります。アレックスは翌日にはスイスに逃げようとしていた。だが銀行口座は底を突きかけていて、手元にも一万二千ユーロしかない。そこであなたに電話し、また金を要求した。いかがです？」

「留守電のメッセージにはそんな言葉はありませんでしたよ。そもそもあんな遅い時間に、どうやって金を工面《くめん》できるっていうんです？」

「いや、われわれは、アレックスは近々金を用立ててもらうことになるとあなたに伝えたのだと考えています。逃亡先で落ち着いたらまた連絡するから、それまでに用意してほしいと。あなたにも金を工面する時間が必要だと、アレックスにはわかっていたんですよ。なにしろ、それはかなりの金額だったはずですからね。逃亡生活は高くつくんです。ですが、その話はまたあとにしましょう。その前にはっきりさせたいのは、あなたが夜遅くに家を出てからどうしたかです。で、実際のところどうしたんです？」

「だから、言われた場所に行ったと言ってるでしょう！」

「その場所の住所は？」

「ジュヴネル通り一三七番地」

「ジュヴネル通り一三七番地にはなにがありましたか？」

「なにも」

「なにも？　どういうことです？」

「だから、その住所にはなにもなかったんです」

カミーユが合図するまでもなく、ルイがその住所をキーボードで打ち込み、画面に地図が出たところでカミーユを呼んだ。カミーユは画面をのぞき込んで言った。

「なるほど、あなたの言うとおりですね。なにもない……一三五番地は企業で、一三九番地はクリーニング店。そのあいだの一三七番地は売り店舗だ。アレックスは店を買うつもりだったんでしょうか?」

ルイがマウスを動かしてその周囲も見ているが、これといった発見はないことが顔でわかった。

「そんなことありえない」トマが言った。「とにかく、どういうつもりだったのかまるでわかりません。なにしろあいつは現れなかったんだから」

「連絡しなかったんですか?」

「携帯にかけたけど、解約されてたんです」

「確かに。それはこちらでも確認しました。アレックスは三日前に解約していたんです。外国に逃げると決めたからでしょう。それで、その売り店舗の前にはどのくらいいたんです?」

「午前零時まで」

「ほう、なかなか辛抱強い。愛は忍耐なりですな。そのあいだに誰かあなたを見た人はいますか?」

「いや、いないでしょう」

「それは困りましたね」

「困るのはそっちでしょう。なにかを証明しようとしてるのはそっちで、わたしじゃない」

「いや、誰にとって困るという問題じゃなくて、ただ単に厄介だと言ってるんです。目撃者がいないとなると、疑問が生じ、あなたの説明も作り話に聞こえてくるからです。でも、まあいいでしょう。それで、誰も現れなかったので、あなたは家に帰ったんですね?」

トマは答えなかった。その脳をスキャンしたら、どう答えるべきかを探して神経細胞がさかんに動く様子が見えたかもしれない。

「どうなんです? 帰宅したんじゃないんですか?」

さかんに動いたにもかかわらず、トマの神経細胞はいい答えを見つけられなかった。

「いや、ホテルに行きました」

トマにしては思い切った答えだった。

「なんと」カミーユは驚いたふりをしてみせた。「アレックスがどのホテルに泊まっていたかご存じだったんですね?」

「いや、アレックスがかけてきた番号にかけ直してみただけですよ」

「よく思いつきましたね。それで?」

「誰も出なくて、音声メッセージに切り替わりました」

「おお、それは残念! それで帰宅されたんですね?」

今度は左右の大脳半球がぶつかり合う音が聞こえてくるようだった。トマは目を閉じて考えている。これはまずいと思いながらも、どうしたらいいのかわからないようだ。

「いえ」と、とうとう言った。「だからホテルまでは行ったんですよ。でももう閉まってて、フロントにも誰もいなかったんです」

「ルイ？」カミーユが声をかけた。

「あのホテルのフロントは夜十時三十分で閉まります」とルイが説明した。「それ以降は暗証番号を押さないと入れません。宿泊客はチェックインのときにその番号をもらえます」

「ということで」カミーユはトマに視線を戻した。「入れなかったので、帰宅されたわけですね？」

「そうです」

カミーユは部下たちのほうを向いた。

「いやはや、とんだ無駄足だったわけだ！　おや、アルマン……なにか気になることでもあるのか？」

アルマンは今度は座ったまま言った。

「ルブーランジェ氏とファリーダ夫人の証言です」

「その名前は確かなのか？」

アルマンは慌てて捜査資料をめくった。

「あ、失敬。ファリーダはファーストネームでした。ファリーダ・サルタウィでした」

「すみませんね、ヴァスールさん。こいつは外国人名が苦手なんですよ。で、その人たちの証言がどうした？」

「どちらもあの晩の宿泊客で」とアルマンが続けた。「午前零時十五分ごろにホテルに戻ってきました」

「ああ、もういい！　もういいよ！」トマはまた切れた。「もういいって！」

60

ル・グエンは最初の呼び出し音で出た。

「今夜はここまでにする」とカミーユは告げた。

「収穫は？」ル・グエンが訊いてきた。

「いまどこだ？」とカミーユは訊き返した。

ル・グエンは黙った。ということは女の家だ。ということは、ル・グエンは恋をしている。そうでなければ女と寝ることはない。そういうやつだ。ということは……。

「ジャン、前にも言ったがな、次の結婚式の立会人はやらないからな。冗談じゃないぞ！」

「わかってる。心配するな。踏みとどまってるって」

「信じていいんだな？」

「無論だ」

「肝が冷えたぞ、まったく」

「で、そっちはどうだ？」

カミーユは時計を見た。

「妹に金を貸した。妹に呼び出された。妹が宿泊しているホテルに入った。そこまでだ」

「よし。で、やれるか？」
「なんとかなりそうだ。ここからは我慢比べだよ。願わくばヴィダールが……」
「だいじょうぶ、そっちは問題ない」
「そうか。ってことは、今は眠るのがいちばんだな」

もう午前三時だった。だがカミーユはどうしてもそうせずにはいられなかったので、実行した。ぴたりと五回で止めた。カミーユは隣人に嫌われてはいない。それでも、午前三時に壁に釘を打ち込むとなると……。カミーユは息を止め、ハンマーを握った。隣人たちは一打目でびくりとし、二打目で目を開け、三打目で頭が回転し、四打目で頭にきて、五打目で壁をたたいて抗議しようと決め……だが六打目はなく、静寂が戻った。カミーユは母の肖像画をそっと掛けた。釘はしっかり持ちこたえた。カミーユと同じように。

本部を出るときルイをつかまえようとしたのだが、ひと足違いで帰宅したあとだった。明日また会うから、そのときに礼を言おう。だがなんと言えばいい？　カミーユは絵を買ってくれたのがルイだという直感にも、これでいいんだという判断にも自信があった。自分はこの絵を手元に置き、ルイにはきちんと礼を述べ、返済する。いや、場合によっては返済しない。オークションの売り上げ二十八万ユーロをどうするかという問題がまだ頭のなかを巡っている。

それからようやくベッドに入った。独り暮らしに戻ってから、カミーユはいつもカーテンを開けたまま寝ることにしている。朝日で目覚めるのが心地いいからだ。ドゥドゥーシュが身をすり寄せてきた。だがどうやっても眠れなかった。カミーユは仕方なくソファに戻り、そのまま朝まで母の自画像を見つめていた。

トマ・ヴァスールの取り調べはもちろんカミーユにとって試練だった。だが眠れないのはそのせいだけではない。

それは数日前の夜、廃墟となったクラマールの母のアトリエで、カミーユの胸の内に芽生えたもののせいだった。そしてまた、ヴィルパントのホテルの部屋で、アレックス・プレヴォの亡骸を前にしたときにカミーユの胸に迫ってきたもののせいでもある。

この事件があったからこそ、カミーユはイレーヌの死を乗り越えることができたし、母に対する複雑な感情を解きほぐすこともできた。

醜いやせっぽちの少女だったアレックスの姿が浮かび、涙が出た。

あの日記の拙い文字、がらくたのような品々、そして彼女の人生……そのすべてがカミーユの胸を締めつける。

だが突き詰めてみれば、自分もあのアレックスを取り巻く人々と変わらないのではないだろうか。

自分にとってもまた、アレックスは一つの手段だったのではないか。

自分はその手段を利用しただけではないのか。

その後、トマ・ヴァスールは断続的に三回取り調べを受けた。そのたびに留置場から連れ出され、犯罪捜査部の取調室まで連れていかれた。取り調べを担当したのは二回が〝貧乏人〟で、一回が〝お坊ちゃま〟だった。どちらも細かい点ばかり根掘り葉掘り訊いてくる。

貧乏人はトマがトゥールーズに滞在した日付を確認しようとした。

「二十年前の日付なんかどうでもいいだろう！」トマは食ってかかった。

だが貧乏人は無表情のまま、こっちは言われたことをやってるだけなんでねと目で答えた。

トマはそうしたこまごまとした事柄を言われるがままに認め、言われるがままに署名した。

「そっちには有罪にできる証拠なんかないんだろ？」

それに対してお坊ちゃまはこう答えた。

「もしそうなら、ヴァスールさん、なにも恐れることはありませんよ」

二回取り調べが終わったところでかなり時間が経っていた。トマはいいぞと思った。この調子だ。三回目もまた細かい話で、出張先で初めてステファン・マシアクに会ったのはいつかと訊かれた。

「どうでもいいだろ、そんなこと」と言いながらトマは供述書に署名した。

そして壁に掛けられた時計を見た。いいぞ、いいぞ。だれもおれを有罪になんかできやしない。

もうひげも剃っていなかった。身だしなみなどどうでもよかった。


四回目の取り調べはカミーユが担当した。留置場から連れてこられたトマは、取調室に入るなり壁の時計を見た。午後八時。二十四時間が過ぎていた。

トマはご満悦で、どうだという顔で勝利を宣言しようとした。

「警部さん、どうやらこれでお別れのようで、名残惜しいじゃないですか」

がなにも言わなかった。にらめっこだ。

「これで、とは？」

トマ・ヴァスールは頭が悪いわけではない。心がゆがんでいるとはいえ、感受性は鋭い。だからこのときもすぐに風向きを読んだ。口をつぐみ、顔を青ざめさせ、わざとらしく脚を組み、カミーユのほうをじっと見て次の言葉を待った。カミーユのほうもじっとトマを見つめた。だがなにも言わなかった。にらめっこだ。

電話が鳴った。

アルマンが立ち上がって電話に出た。もしもしと言い、じっと聴き、ありがとうございますと言って受話器を置いた。カミーユはトマから目を離さずに淡々と言った。

「ヴァスールさん、予審判事が警察留置の二十四時間延長を認めました」

「そんなばかな……。予審判事に会わせろ！」

「申し訳ありませんねえ、まったくもって申し訳ない。判事も残念そうでしたが、なにしろ職務多忙なものでご勘弁を。というわけで、まだしばらくお付き合い願いますから、名残を惜しむ必要はありませんよ」

トマは笑いをこらえるような顔で大げさに部屋全体を見回した。気の毒なのはおれじゃない、あんたたちだよと言いたいようだ。

「延長してどうするつもりです？」とトマは訊いた。「なんと言って判事を説得したのか、どんな嘘をついたか知りませんがね、今だろうが二十四時間後だろうが同じじゃないですか。どっちみち釈放するしかないんだから。あんたたちのやり方は……」そこでトマは言葉を探した。

「滑稽を通り越して、哀れだよ！」

カミーユはトマを留置場に戻した。あとは放っておく。尋問を続けて参らせるという手もあるが、カミーユはこのほうがいいと判断した。最小限の相手しかしないこと。そのほうが効果がある。だがそれは、トマにとってつらいだけではなく、刑事たちにとってもなかなかつらいことで、集中を切らさないようにするのが大変だった。しかもうまくいかない場合のことをつい想像してしまう。トマがネクタイを締め直し、上着をはおり、にやにやしながら嫌味を並べ立て、大手を振って出ていくところが目に浮かぶ。

翌日の朝、アルマンはいい気晴らしを見つけた。新しく来た実習生二人だ。一人は三階、もう一人は五階に配属された。これでまた煙草だのボールペンだのの調達ができるが、それにはいささかなりとも時間がかかるので、ちょうどいい。

それはカミーユにとってもありがたいことで、午前中からルイと二人きりになるチャンスができた。ところがそこから妙なすれ違いが続いた。カミーユが絵の件を話すためにルイを呼ぼうとすると、なぜかそのたびにルイがほかに呼ばれてしまう。そのせいでますます切り出しにくくなり、カミーユは緊張した。報告書を打ち、時折片目で掛け時計をにらみながらも、ルイがしてくれたことはありがたいが、仕事上の関係はひどく厄介なことになったぞと思いはじめた。礼を言うことはできるが、それでどうなる？　返済することもできるが、そのあとは？　これはもしかしておれに対する一種の干渉か？　そして考えれば考えるほど、ルイがあの絵で教訓を垂れようとしているような気がしてきた。

午後三時になって、ようやく二人きりになれた。カミーユはそれ以上ごちゃごちゃ考えるのをやめ、素直にありがとうと言った。

「ありがとう、ルイ」

そのあとになにか続けなければならない。それだけですませるわけにはいかない。

「あれは……」

だがそこでやめた。ルイのきょとんとした顔を見て、とんでもない勘違いをしたとわかった。絵の件はルイじゃない。

「ありがとうって、なんですか？」

カミーユはとっさに言葉を変えた。

「全部だよ、ルイ。いつも助けてくれて……いろいろ」

いえ、そんな、とルイは驚いていた。確かにこれまで、こんな言葉を交わすような関係ではなかった。

カミーユはなにかもっともらしいことを言おうとしたのだが、思いがけず口から出た言葉が実は本心からのものだと気づき、自分でも驚いた。

「この事件はいわばおれの復帰戦みたいなものだったからな。それにおれは元来、付き合いやすい人間じゃないし……」

カミーユはこのとき、ルイの存在がどれほど大きいかに気づいた。よく知っているつもりでも、実はまるでわからないこの不思議な男が、こうしてそばにいてくれるだけでどれほどありがたいことか。もしかしたらそれは、母の自画像が戻ってきたこと以上に感謝すべきことかもしれなかった。

もう一度トマを取調室に呼び、細部を問いただした。

それからカミーユはル・グエンのオフィスに上がっていき、軽くノックしてすぐに入った。ル・グエンは悪い知らせだと思ったのか、ぎょっとした顔でこちらを見たので、カミーユは即座に手を挙げて安心させた。二人は互いに状況を確認し合った。どちらもやるべきことはやり終えていて、あとは待つしかないという状況だった。カミーユはついでにオークションの話をした。

「なに？　いくらだったって？」ル・グエンが目を丸くして訊き返した。

カミーユが徐々に現実味を失いつつある金額をもう一度言うと、ル・グエンはハムスターのような頬をいっそう膨らませた。

だがカミーユは自画像が戻ってきたことについては話さなかった。それについてはあれからまた考えて、今度こそ誰の好意によるものかわかった。オークションの手配をしてくれた母の友人だ。彼もまたあのオークションでそれなりに利益を得て、感謝の印に自画像を贈ってくれたに違いない。それならお互いさまということで、こちらも気が楽だ。

カミーユはル・グエンのオフィスを出てから母の友人に電話を入れ、留守電にメッセージを残し、それから自分の部屋に戻った。


時間が過ぎていった。

カミーユは午後七時に最後の尋問を始めると決めた。

そして午後七時になった。

トマ・ヴァスールが取調室に入ってきて、座った。そしてこれ見よがしに掛け時計のほうに顔を向けた。

疲労の色は隠せなかった。この四十八時間まんじりともしていないはずだ。目がくぼみ、頬がそげていた。

61

「さて」とカミーユが始めた。「妹さんの……失礼、あなたの異父妹の自殺ですが、いくつか疑わしい点がありましてね」

トマはなかなか反応しなかった。話がどこに向かうのか読もうとしているのだろうが、疲れていて頭が働かないようだ。だが少しすると、案ずることはなにもないという結論に達したようで、深呼吸し、肩の力を抜き、腕を組んだ。そして掛け時計に目をやり、唐突に言った。

「警察留置は午後八時までですよね？」

「妹さんの死などどうでもいいようですね」

トマはまたなにか啓示を求めて天井を見上げた。あるいはレストランで、デザートはどちらになさいますかと訊かれたように。そして口をすぼめ、ようやく言った。

「いや、もちろん悲しいですよ。そりゃもう……。家族とはそういうもんでしょう。強い絆で結ばれてるんです。でも、だからなんなんです？　自殺は心の問題で……」

「わたしが言ったのは死を悼《いた》むという意味じゃありません。どういう死に方だったかです」

トマはなるほどとうなずいた。

「そう、バルビツール酸系の睡眠薬ね。あれはひどい。あいつは夜眠れなくて、あれがないと目を閉じることさえできないと言ってましたよ」

〝目を閉じる〟のところは大げさなほど深刻な口調だった。疲れているとはいえ、トマは自分の言葉がどう響くかにも気を配っていて、悪い冗談ととられないように工夫したようだ。

「それが薬ってやつの問題でね、もっときちんと規制すべきでしょう。そう思いませんか？　まああいつは看護師だったから、なんでも手に入れることができたんだろうけど」

そこでトマは急に考え込んだ。

「バルビツール酸系の睡眠薬をのみ過ぎるとどうなるんだか……。引きつけでも起こすんですか？」

「速やかに気管に管《チューブ》を通さないと」とカミーユは説明した。「昏睡状態に陥って気道保護反射が失われ、吐瀉物が肺に入って窒息し、死亡します」

トマはそりゃたまらんなと顔をしかめた。最低の死に方だと言わんばかりだ。

カミーユは同感だとうなずいてはみせたが、トマに対する不快感はつのるばかりで、とうとう指先が震えはじめ、慌てて資料のほうにかがみ込んで息を整えた。

「あなたがホテルに入ったところに話を戻します。アレックスが死亡した夜のことです。時間は午前零時過ぎですか？」

「目撃者がいたんですよね？　だったらそっちに訊いたらいい」

「もちろん訊きました」

「それで？」

「午前零時二十分だったそうで」

「じゃあ午前零時二十分ということで。そのあたりはどうでもいいですよ」

トマは椅子の背にもたれ、ちらちら掛け時計を見ている。なにを考えているのか一目瞭然だ。

「それで」カミーユは話を続けた。「あなたは二人のあとについてホテルに入ったんですね。彼らはたまたまほかの客が同じ時間に戻ってきたのだと思い、気に留めなかった。そしてあなたはエレベーターを待った。彼らの部屋は一階だったので、そのあとあなたがどこに行ったのかはわからない。二人の目撃者はそう証言しています。あなたはエレベーターに乗ったんですね？」

「いや、乗ってません」

「乗っていない？　しかし……」

「乗ってませんよ。だって、エレベーターでどこに行くっていうんです？」

「まさにその点をうかがいたいんですよ。どこに行ったんです？」

トマは眉をひそめた。

「いいですか、アレックスは電話で来てくれと言った。理由はわからない。しかもその場所に来なかった！　だからホテルまで行ってみたけど、フロント係はもういなかった。どの部屋に泊まってるかもわからないのに、どうしろってんです？　百ほどもある客室を全部ノックして回って、妹を探せってんですか？」

「妹じゃなくて異父妹！」

トマは歯を食いしばり、鼻で大きく呼吸し、なにも聞こえなかったふりをした。

「一時間近くも車で待って、それでも来ないから電話をかけてみたら、そこから二百メートルも離れていないホテルに泊まってるらしいとわかった。そしたら誰だってホテルまで行ってみるでしょうが。フロントの宿泊名簿で確認できるかもしれないし、あるいは伝言板かなにかにメッセージでも残されてるかもしれないし……誰だってそう考えるでしょう？　ところが行ってみたら、フロントには誰もいないし、名簿はもちろんメッセージもなかった。しょうがないから家に帰った、そういうことです」

「つまりそれ以上のことは考えなかった」

「ええ、それ以上はなにも思いつきませんでしたよ」

カミーユは顔をしかめて首を横に振った。

「なんなんです。それがどうしたってんです？」トマはむっとした顔で訊いた。

そして助けを求めてルイのほうを向き、次いでアルマンのほうを向いた。

「え？　それのどこが問題なんです？」

だが二人とも身じろぎ一つせず、じっとトマを見ているだけだった。

トマはまた時計を見た。針は確実に進んでいる。トマは落ち着きを取り戻し、笑みを浮かべて言った。

「いいんですね？　なんの問題もないということで。ただ一つだけ言えることがあるとしたら、もし……」

「なんです？」

「もしわたしが部屋を見つけていたら、あんなことにはならなかったかもしれない」

「どういうことです？」

トマはいつも善行を心がけているとでも言いたげに両手を組んだ。

「あいつを助けられただろうと思って」

「だが残念ながら、アレックスは亡くなった」

トマはそれが運命だったんだと両手を開き、また微笑んだ。

カミーユは心を静め、次の言葉に集中した。

「ヴァスールさん」とゆっくり言った。「はっきり言いましょう。鑑識はアレックスが自殺したとは考えにくいと言っています」

「考えにくい……？」

「ええ」

トマがこの情報を消化するまで待ち、カミーユは続けた。

「われわれはむしろ、誰かが妹さんを殺害し、自殺に見せかけたと考えています。ただし、われわれから見ればかなりずさんな偽装ですがね」

「おい、ちょっと……いったいなんの話」

トマは心底驚いたようだった。

「まず……」カミーユは説明した。「アレックスの行動は自殺しようとする人間のものではなかった」

「行動？」トマは眉をひそめて繰り返した。初めてその言葉を聞いたかのように。

「チューリッヒ行きの航空券を購入し、旅行かばんに荷物を詰め、タクシーの予約もしていた。まあ、それだけなら決定的とは言えないでしょう。しかし、ほかにも自殺とは思えない理由があるんです。例えば、アレックスの頭部は浴室の洗面台に激しく打ちつけられていました。それも何度も。解剖で頭蓋骨に損傷が見つかり、かなりの力で打ちつけられたことがわかっています。したがって、われわれはアレックスのほかに誰かいたと考えています。その誰かがアレックスの頭を洗面台に打ちつけた……それも激しく」

「でも……いったい誰が？」

「それなんですがね、ヴァスールさん。われわれはあなたではないかと考えています」

「なんだって！」

トマはまた立ち上がって叫んでいた。

「お座りください」

かなり時間がかかったが、トマはどうにか座った。とはいえ椅子の端に腰を乗せただけで、いつでもまた立ち上がれるように構えている。

「なにしろあなた自身の妹さんのことですからね、こんな話をするのがどれほどつらいことかはお察しします。こちらもあからさまな説明であなたを傷つけたくはないのですが、あえて言わせていただけるなら、自殺する人間はどれか一つの方法を選ぶものです。窓から飛び降りるとか、手首を切るとか。もちろん自分を故意に傷つけることもあるし、薬を飲むこともある。しかし、二つ同時ということはまずありません」

「だから？　それがわたしとなんの関係があるんです？」

その切迫した声には、もうアレックスのことなんかどうでもいい、それどころじゃないという叫びが込められていた。トマの態度は驚きから憤りへと変わりつつあった。

「なんです？」カミーユが訊き返した。

「だから、それがわたしとどう関係するんです？」

カミーユはなぜわかってもらえないのか理解に苦しむという顔でルイとアルマンのほうを見た。そしてまたトマのほうを向いた。

「もちろんあなたは関係しますよ。指紋の件がありますから……」

「指紋？　なんの話だ？　え？　いったい……」

そこで電話が鳴ったが、トマは話をやめず、カミーユが電話に出ているあいだルイとアルマンのほうを向いて言った。

「え？　いったいなんの指紋だ？」

その問いかけに対し、ルイはちょっと口をとがらせ、わたしもわかりませんという顔をしただけだった。アルマンにいたってはトマのほうを見てもいなかった。三本分の煙草の吸い殻を白い紙の上でほぐしてまとめ直し、一本の煙草にしようと四苦八苦していた。

トマは仕方なくカミーユのほうに顔を戻したが、カミーユは視線をそらし、窓のほうを見ながら電話に集中した。カミーユはその電話でもっぱら聴く側だったので、取調室にはしばらく沈黙が流れた。そしてようやく電話を終えると、カミーユはさてなんでしたっけという顔をトマに向けた。

「いったいなんの指紋の話です?」トマが改めて訊いた。

「そうそう、指紋でしたね……。まず、アレックスの指紋の件です」

トマは飛び上がった。頭がこんがらがったのだろう。

「なに? アレックスの指紋?」

確かに、カミーユの話は決してわかりやすくはない。

「あいつが泊まってた部屋にあいつの指紋があるのは当たり前だろ?」

トマは笑った。大笑いした。カミーユは拍手した。

「そう、そのとおり!」そして拍手をやめ、続けた。「ところが、アレックスの指紋はほとんどありませんでした」

トマは目を細め、それはどこか変だが、なにが変なのかわからないという顔をした。

そこでカミーユはお助けしましょうと優しい声で続けた。

「そう、アレックスの部屋からは彼女の指紋がほとんど出ませんでした。つまり、誰かが自分の指紋を消そうとして、一緒にアレックスの指紋も消してしまった。もちろん全部じゃありませんよ。しかし、指紋がないことが大きな意味をもつ場所もありますからね。たとえばドアノブです。アレックスの部屋を訪ねてきた人間がいたとすれば、その人間はドアノブを触る……」

トマはその点は理解したようだが、だからどうなるのか見当もつかないようだった。

「いいですか、ヴァスールさん、自殺する人間は自分の指紋を消したりしません。そんなことをする意味がない！」

頭のなかで大混乱が起きているようで、トマはごくりと唾をのんだ。

「というわけで、アレックスの死亡時に、誰かほかの人間が部屋にいたと考えられるわけです」

カミーユはここでもまたトマに消化する時間をやろうとしたが、顔を見るかぎり相当時間がかかりそうだった。そこでさらに、嚙んで含めるように説明した。

「指紋については、ウイスキーの瓶からも疑問が生じました。アレックスはウイスキーを半リットル近くも飲んでいました。バルビツール酸系の睡眠薬は、アルコールを同時に摂取するとその効果が著しく高まり、ほぼ確実に死に至ります。ところが瓶にはほとんど指紋が残っておらず、丁寧にふき取った跡が見られました。肘掛け椅子にTシャツが置かれていたんですが、その繊維が瓶に付着していたんです。さらにおかしなことに、わずかに残っていたアレックスの指紋は文字どおりつぶれていました。まるで誰かがアレックスの手に無理やり瓶を握らせたかのように。おそらくは死後にそうしたんでしょう。アレックスが自分でウイスキーを飲んだと思わせるためです。どうです？　なにか言いたいことはありませんか？」

「そんな……だって、なんにも知りませんよ。そんなことわたしが知ってるわけないでしょうが！」

「いいや、知っている！」カミーユは容赦せずに叫んだ。「知っているはずですよ、ヴァスールさん。なぜならあなたはそこにいた！」

「冗談じゃない！　あいつの部屋には行ってない！　さっきも言ったでしょう？　家に帰ったって！」

カミーユはひと呼吸置いて立ち上がり、精いっぱい背伸びをしてトマを見下ろし、静かに言った。

「ではヴァスールさん、部屋にいなかったのなら、なぜあなたの指紋があそこにあったんです？　説明してもらえますか？」

トマは言葉を失った。カミーユはまた座った。

「アレックスが死んだ部屋にはあなたの指紋が残されていた。ですからわれわれは、あなたがアレックスを殺したと考えています」

トマの腹と喉のあいだのどこかで悲鳴がつかえたような音がした。それからようやく声が出た。

「指紋なんかあるわけない！　部屋に行ってさえいないんだぞ！　どこだ、え？　わたしの指紋がどこにあった！」

「睡眠薬の容器です。妹さんを死に至らしめたバルビツール酸系の睡眠薬が入っていた容器ですよ。どうやらそこはふき忘れたようですね。動揺していたんでしょう」

トマの頭がニワトリのように前後に動いた。あまりにも多くの言葉が押し寄せて、口から出られず押し合いへし合いしているようだ。と思ったら突然叫んだ。

「知ってる！　その容器だ！　ピンクの錠剤が入ってるやつ！　触ったよ！　アレックスといたとき！」

支離滅裂でよくわからない。カミーユは眉をひそめた。トマも相手にわかるように説明したいようだが、パニックになっているのでそれができない。トマは目を閉じ、拳を握り、大きく息を吸った。どうにか頭のなかを整理しようとしている。

カミーユもトマを励ますようにうなずき、待った。

「アレックスと会ったとき……」

「ええ」

「……最後に会ったときに……」

「それはいつのことです？」

「はっきり覚えてないけど、三週間前か……いやもっとだ。一か月以上前かもしれない」

「それでいいですよ。そして？」

「あいつがその容器を取り出したんです！」

「ほう。どこでですか？」

「カフェで。仕事場の近くの。〈ル・モデルヌ〉っていう」

「いいですよ。ではそのときのことを説明してください」

トマは息を吐いた。ようやく開いた窓に希望をつないだようだ。だいじょうぶ、ちゃんと説明すればわかってくれる、睡眠薬の容器くらいで起訴できるはずがないと自分に言い聞かせるようにうなずいている。そしてゆっくりと話しはじめたが、喉につかえてうまくいかない。結局一語ずつ途切れ途切れに出てきた。

「ひと月くらい前に、アレックスが、会いたいと言ってきました」

「金の要求ですか？」

「いや」

「ではなんの用です？」

トマははっとした顔でわからないと言った。妹がなんの理由も言わなかったことに、今ようやく気づいたようだ。二人はほんの少し話をしただけだった。アレックスはコーヒーを飲み、トマはビールを飲んだ。そのときアレックスが薬の容器を取り出した。トマはなんだそれはと問いただした。説教をしてやるつもりで少々きつい口調になったとトマは認めた。

「あいつが恥ずかしげもなくそんなものを取り出すのを見て……」

「あなたは妹さんの健康状態がひどく気掛かりだった……」

カミーユは遠まわしに攻めてみたが、トマは聞こえないふりをした。とにかく必死の形相で、窮地を脱することしか頭にないようだ。

「中身を確認しようと思ってその容器を取り上げたんです。この手に取った！　だからわたしの指紋がついた！」

カミーユはその続きを待った。だがトマはなにも言わず、驚いた顔をしている。どうやら刑事三人がすぐになるほど、そうでしたかとうなずくと思っていたようだ。

「その容器に入っていたのはなんの薬でしたか？」

「薬品名なんか見てませんよ！　ただ容器を開けたら、ピンクの錠剤が見えて、それであいつにこれはなんだと訊いたんです。それだけです」

刑事三人は同時に肩の力を抜いた。となれば話は別だ。

「そうですか」カミーユが言った。「ということは、それは同じ容器じゃありませんね。アレックスが飲んだのは青い錠剤です。ピンクじゃありません」

「錠剤の色なんかどうでもいいでしょう？」

「いいえ、錠剤が違うということは、同じ容器ではなかった可能性がある」

トマはまたパニックになった。人差し指を忙しく動かして、違う、違う、違うと繰り返しながら早口で言った。

「そんなの通りませんよ。そんなでっち上げなんか、成り立つもんか！」

カミーユは立ち上がった。

「では整理しましょう。いいですね？」

そして指を折って数えながら要点を挙げていった。

「第一に、あなたには強い動機がある。あなたはアレックスに強請られ、すでに二万ユーロ払わされていた。しかも今回、海外での逃亡生活のために、新たに金を要求されていたと考えられる。第二に、あなたには確かなアリバイがない。電話のことで奥さんに嘘をついて家を出た。アレックスに呼び出されたと主張しているが、その場所にあなたがいるところを見た人はいない。第三に、あなたはアレックスが泊まっていたホテルに行った。これはあなたも認めているし、目撃者も二人いる」

カミーユはトマが全体像を把握し、それがどれほど自分に不利であるかを理解するまで待った。

「でも証拠がないだろ！」

「すでに、動機があり、アリバイがなく、現場にいたことがわかっています。それに加えて、アレックスの頭部が激しく打ちつけられていたこと、アレックスの指紋がふき取られていたこと、逆にあなたの指紋がはっきり残っていたこと……これだけそろえばほぼ確定的ですよ」

「いや、そんなはずはない！　それだけじゃ証拠にならない！」

トマは人差し指をさかんに振ったが、その断定の裏にはすでに自信の揺らぎが見えていた。

カミーユはそれを感じ取り、一気にとどめを刺した。

「ヴァスールさん、現場で採取された毛髪からあなたのＤＮＡが検出されました」

トマはぴたりと動きを止めた。

「アレックスのベッドの近くで採取された毛髪です。あなたは自分の痕跡を消そうとしたんでしょうが、掃除が行き届かなかったようですね」

カミーユは立ち上がり、トマの前に立った。

「さあ、どうでしょう。これでＤＮＡもそろいましたから、十分な証拠になるんじゃありませんか？」

トマ・ヴァスールは顔や態度にすぐ反応が出るほうだ。ここまでの取り調べでもずっとそうだった。つまり、こんなふうに糾弾されたら、椅子から飛び上がってもおかしくない。ところが今回はそうはならず、トマはなにも言わずにじっと考え込んだ。ここが取調室だということさえもはや頭にないようだ。両肘を膝に乗せ、両手の指を開いて突き合わせ、その指先が震えてぶつかり合っている。まるで指先で拍手しているようだ。視線は床の上を忙しく動き回り、つま先が神経質に床を叩いている。その状態が続いたので、カミーユは席に戻って見守った。

刑事三人はどうしたものかと戸惑い、やがてトマの精神状態を心配しはじめた。すると突然トマが立ち上がり、カミーユをじっと見て、突っ立ったまま言った。

「あいつがわざとやったんだ……」

独り言のように思えた。だが次の言葉で刑事たちに話しかけているのだとわかった。

「あいつがおれに罪を着せるためにすべて仕組んだんだ……だろ？　そうなんだろ？」

どこかに飛んでいたトマの意識がまた取調室に戻ってきた。その声は興奮で震えている。普通であれば、その興奮は刑事たちにも少しは伝わったことだろう。刑事たちもトマの説に興味を示し、話を聞いたかもしれない。だが今回はそうはならなかった。ルイは捜査資料を丁寧に整理しはじめた。アルマンはクリップの先で爪の手入れに余念がない。カミーユだけはトマの話を聞いていたが、もはや質問はしなかった。机の上に両手を重ね、ただじっと待った。

「あいつに……アレックスに平手を食らわせた……」トマが言った。

それはくぐもった声で、カミーユのほうを見てはいるものの、自分に語りかけているようだった。

「あのときカフェで、あいつが薬を取り出したのを見てかっとなった。そしたらあいつはおれをなだめようとして、髪のなかに手を差し入れてきた。そしたら指輪が引っかかって……。あいつが手を引いたとき、痛かった。引っかかった髪が抜けたからだ。それで反射的に平手を食らわせた。あのとき髪が……」

トマは放心状態から徐々に抜け出した。

「最初からあいつが全部仕組んだんだ、そうだろう？」

トマは救いを求めて三人の刑事の目を順にとらえた。だがカミーユもアルマンもルイも、ただ単に見返しただけだった。

「あんたたちにはわかってんだろ？　罠だよ、罠。わかるだろうが！　チューリッヒ行きの航空券も、旅行かばんも、タクシーの予約も……逃げるつもりだったと思わせるための芝居だ。すべて自殺する気なんかなかったと思い込ませるためなんだよ！　そして誰も来ないようなところにおれを呼び出し、自分で洗面台に頭をぶつけ、自分で自分の指紋をふき取り、おれの指紋がついた容器を残し、おれの髪の毛を床に落とした……」

「それを証明するのは難しいでしょうなあ。われわれはあくまでも、あなたが現場にいたと考えています。あなたはアレックスが邪魔だった。だからアレックスの頭を洗面台に打ちつけ、それからアルコールとバルビツール酸系の睡眠薬を無理やり飲ませた。あなたの指紋とＤＮＡがこの説を裏づけています」

カミーユは立ち上がった。

「さて、いい知らせと悪い知らせがあります。まずいい知らせから。あなたの警察留置は解かれました。次は悪い知らせです。あなたは殺人容疑で逮捕されました」

カミーユは笑みを浮かべた。トマは崩れるように椅子に腰を落としたが、すぐに顔だけ上げて噛みつくように言った。

「おれはやってない！　あいつの芝居だってあんたたちはわかってるよな？　わかってんだろ！」

その次はカミーユだけに向けた言葉だった。

「あんた……あんたは完全にわかってるよな……」

カミーユは笑みを崩さなかった。

「あなたはブラックユーモアがお好きなようだから、この際わたしも一つ披露しましょうか。以前はあなたがアレックスを犯《べぜ》したが、今回はアレックスがあなたをぶっつぶ《べぜ》した」

部屋の反対側で、アルマンが完成した手巻き煙草を耳にはさんで立ち上がった。そしてドアを開けに行き、制服警官二人を招き入れた。カミーユは最後にもう一度トマに向かい、恐縮して言った。

「ヴァスールさん、こんなに長くお付き合いいただいて申し訳ない。二日間は長いとこちらもわかっていました。しかし、DNAの照合にはどうしても……。最近では法医学研究所の仕事が混み合っていましてね、最低でも二日かかるんです」

62

なぜかはまったくわからないが、カミーユはアルマンが耳にはさんだ手巻き煙草を見てはっと気づいた。吸い殻を寄せ集めて作った煙草があまりにも貧乏臭く見えたからかもしれない。そしてその発見に天地がひっくり返るほど驚き、思わず足を止めた。そして、これまたなぜかはまったくわからないが、もう一瞬たりとも疑わなかった。ほかに答えはない。そこに理屈はなかった。

ルイの後ろから廊下を行くアルマンは、いつものように背を丸め、足を引きずるように歩いていた。靴も磨いてはあるものの、いつもの履き古しで、踵《かかと》がすり減っている。

カミーユは急いで自分のオフィスに戻り、一万八千ユーロの小切手を切った。感動で手が震えた。

それから書類をかき集めてかばんにしまうと、また廊下に出て急いだ。カミーユはただもう感動していた。それがどういう感動なのかは、またあとでゆっくり考えればいい。

そしてアルマンのデスクの前に着くなり小切手を差し出した。

「ありがとう、アルマン。本当にうれしかった」

アルマンは驚いて口を開け、くわえていた爪楊枝を落とした。そして小切手を見て、少しむっとした口調で言った。

「いや、カミーユ、これはだめだ。あれは贈り物だから。贈り物なんだ」

カミーユはにやりと笑い、うなずき、小切手を引っ込めた。そして思わず小躍りした。

それからかばんのなかを探し、前からアルマンにやろうと思っていたあの母の肖像画のはがきサイズの複製を取り出し、差し出した。アルマンは受け取った。

「やあ、こりゃうれしいな。カミーユ、うれしいよ！」

アルマンは心から喜んでいた。


ル・グエンはカミーユより二段下に立っていた。もう時間も遅く、また冷え込んできた。早くも冬の到来を感じさせる夜だった。

「ご苦労でした……」ヴィダールがそう言ってル・グエンに手を差し出した。

それから一段下りて、カミーユにも手を差し出した。

「警部……」

カミーユはその手を握った。

「判事殿、ヴァスールは陰謀だと騒ぐかもしれません。真実を求めると言い張ってます」

「ええ、そのようですね」ヴィダールが言った。

そしてほんの一瞬考え込むそぶりを見せたが、すぐわれに返って言った。

「まあ、真実、真実と言ったところで……これが真実だとかそうでないとか、いったい誰が明言できるものやら！　われわれにとって大事なのは、警部、真実ではなく正義ですよ。そうでしょう？」

カミーユは微笑み、うなずいた。


（了）

謝辞

惜しみない支援をくれたサミュエルに、いつも再読して聡明な意見をくれるジェラルドに、医学面で助言をくれたジョエルに、そしてわたしの心優しいスポンサーであるカティーに、感謝する。

またアルバン・ミシェル社のチーム全員に感謝する。

そしてもちろん、わたしの妻、パスカリーヌにも。

いつものことながら、わたしは作家たちに多くを負っている。

(アルファベット順に) ルイ・アラゴン、マルセル・エメ、ロラン・バルト、ピエール・ボスト、フョードル・ドストエフスキー、シンティア・フルーリ、ジョン・ハーヴェイ、アントニオ・ムニョス・モリーナ、ボリス・パステルナーク、モーリス・ポンス、マルセル・プルースト、そしてここかしこで少しずつ借りのあるその他の作家たちに、心から感謝する。

訳者あとがき

『その女アレックス』（原題 *Alex*）は二〇一一年にフランスで発表された犯罪小説で、フランスのみならず、英米の批評家をも唸らせてきた。フランスでリーヴル・ド・ポッシュ読者大賞ミステリ部門（二〇一二年）を、イギリスでは英国推理作家協会のCWA賞インターナショナル・ダガー（二〇一三年）を受賞している。

この作品を読み終えた人々は、プロットについて語る際に他の作品以上に慎重になる。それはネタバレを恐れてというよりも、自分が何かこれまでとは違う読書体験をしたと感じ、その体験の機会を他の読者から奪ってはならないと思うからのようだ。あるいは、著名なミステリ評論家のオットー・ペンズラーが、この作品は「私たちがサスペンス小説について知っていると思っていたことのすべてをひっくり返す。これは、近年でもっとも独創的な犯罪小説で、巧みな離れわざに私は繰り返し翻弄された。次に何が起ころうとしているのかやっと理解できた、と思ったとたん、足をすくわれるということが二度も三度もあった」（ミステリマガジン二〇一三年十二月号）と表現した体験だと言ってもいい。

そんなわけで、ここでもストーリーについてはほんのさわりに留めることにする。ある晩、パリの路上で若い女（アレックス）が誘拐された。目撃者の通報を受けて警察が捜査に乗り出すが、被害者の行方はもちろんのこと、身元も、誘拐犯の正体も、誘拐の目的もわからない。その後、地道な捜査と思いがけない展開を経て、誘拐事件の謎のベールは少しずつ剝がれていくが、そのときにはすでに捜査の焦点も「その女を救えるのか？」から「その女は何者なのか？」へと変わっていた。

各章が短く、第二部までは章ごとにアレックスの視点と警察の視点が切り替わる形式で、テンポが速い。どちらの視点に立っても謎があり、それぞれに新たな展開がある。この二つの視点がどこでクロスするのかと気が揉めるが、ニアミスは何度かあるものの、なかなかクロスしない。そうこうするうちに、誘拐事件で始まった物語は様相も次元も異なる事件へと発展し、読者を乗せた船は大きく舵を切る（それも一度ならず）。

作者のピエール・ルメートルは一九五一年パリ生まれ。現代フランスのミステリ界を代表する作家の一人であり、脚本家としても知られている。だが作家としてデビューしたのは遅く、二〇〇六年、五十五歳のときだった（それ以前は成人向け職業教育の場で、主に図書館員を対象に文学を教えていた）。以来、二〇一四年までに七冊の小説を発表しているが、そのほとんどが賞を受け、しかも六冊目の *Au revoir là-haut*（天国でまた会おう）はゴンクール賞に輝いた。この *Au revoir là-haut* 以外はすべてミステリで、日本では二冊目の『死のドレスを花婿に』（吉田恒雄訳、柏書房）が紹介されている。

ルメートル作品の面白さは、なんといってもストーリー展開の意外性にある。デビュー作の

Travail soigné（丁寧な仕事）では終盤で、『死のドレスを花婿に』では第一部から第二部に移ったところで、読者を唖然とさせる展開が待っていた。『その女アレックス』も誘拐事件で幕を開けるが、実は誘拐事件の話ではない。作品中に「モンタージュをさかさまに見たら不意に別の顔になった」という個所があるが、ルメートル作品には常にそんな驚きが仕掛けられている。そうした驚きは小説そのものの切り口にも表れていて、たとえばゴンクール賞を受けた*Au revoir là-haut*は、第一次世界大戦をテーマにしているにもかかわらず、物語は休戦協定締結のわずか数日前に始まり、その数日を辛くも生き延びた兵士たちの戦後を追う。つまり帰還兵の戦後の生きざまを描くことで、逆に戦争の実態に迫ろうとする試みで、こうした〝ひねり〟のきかせ方はいかにもルメートルらしい。

また、ルメートルはサスペンスタッチの語りにも定評がある。フランスの文芸評論家のベルナール・ピヴォは、「ルメートルは一つの動作や行為の描写に時間をかけるが、それがなんと衝撃的であることか」と評した。確かに描写が細かく、繰り返しが多いところもあるのだが、それにもかかわらずテンポも緊張感も落ちないのは驚きである。さらに、描写が映画的だという点は本人も認めるところで、「頭のなかに映像が浮かんでいて、それを書いているんだから、当然そうなります」と言っている。つまり映像化しやすい小説でもあり、『その女アレックス』も現在ジェームズ・B・ハリスの手で映画化が進められている。舞台をアメリカに移すという当初の案はルメートルの意向により退けられ、パリで撮影されることになったようだ。またルメートル自身が共同執筆の形で脚本に携わっている。ミステリ作家として、また脚本家として磨かれてきたルメートルの技は、ゴンクール賞の審査でも高く評価され、ジャン・ヴォートランやダニエル・ペナックと並び称されるようになった。
ルメートル作品は登場人物にも工夫があるが、なかでも『その女アレックス』は人物の魅力が際立っている。謎に満ちた美貌の三十歳、アレックスはもちろんのこと、警察側の四人組《カルテット》がいい味を出していて、笑わせてくれるし、泣かせてもくれる。小男の警部カミーユ・ヴェルーヴェン（ミステリ史上最小の犯罪捜査官？）と大男の上司ル・グエンは文字どおりの凸凹コンビだが、カミーユの部下も、ハンサムで金持ちのルイと、みすぼらしい上に〝どけち〟なアルマンという奇妙な取り合わせである。凸凹具合は異なるとはいえ、まるでダルタニャンと三銃士だと思ったら、なんとルメートルはアレクサンドル・デュマの大ファンだった。なお、カミーユ・ヴェルーヴェンは次の四作品に登場するが、物語はそれぞれに独立している（ただし、*Sacrifices* だけは *Travail soigné* を読んでいないとわかりにくい部分がある）。

Travail soigné（丁寧な仕事）、長編、二〇〇六年、ルメートルのデビュー作
Alex『その女アレックス』、長編、二〇一一年　本書
Sacrifices（犠牲）、長編、二〇一二年
Rosy et John（ロージーとジョン）、中編、二〇一四年

翻訳に当たっては、伊藤壽彦、白瀬コウ、藤原修の三氏に下訳をお手伝いいただいた。フランス語に明るい男性三人に支えられてなんとも心強く、こんな幸せな翻訳作業はもう二度とないかもしれないと思うと、終わってしまって残念である。

最後になったが、多面にわたりコーディネートしてくださった翻訳家の高野優先生に、また、ピエール・ルメートルという作家の底力を見抜いておられた文藝春秋の永嶋俊一郎氏に、心より感謝申し上げる。

二〇一四年七月二十日

翻訳コーディネート　高野優
ＤＴＰ制作　ジェイ　エスキューブ

ALEX
by Pierre Lemaitre
Copyright © Editions Albin Michel – Paris 2011
Japanese translation rights reserved by Bungei Shunju Ltd.
by arrangement with Editions Albin Michel
through Japan UNI Agency, Inc., Tokyo

本書の無断複写は著作権法上での例外を除き禁じられています。
また、私的使用以外のいかなる電子的複製行為も一切認められておりません。

文春文庫

その女《おんな》アレックス

定価はカバーに
表示してあります

2014年9月10日　第1刷
2014年12月20日　第8刷

著　者　ピエール・ルメートル
訳　者　橘《たちばな》　明《あけ》　美《み》
発行者　羽鳥好之
発行所　株式会社　文藝春秋

東京都千代田区紀尾井町 3-23　〒102-8008
TEL　03・3265・1211
文藝春秋ホームページ　http://www.bunshun.co.jp
落丁、乱丁本は、お手数ですが小社製作部宛お送り下さい。送料小社負担でお取替致します。

印刷・大日本印刷　製本・加藤製本
Printed in Japan
ISBN978-4-16-790196-7

（　）内は解説者。品切の節はご容赦下さい。

ロノ・ウェイウェイオール（高橋恭美子 訳）
人狩りは終わらない
気のいい女友達を拉致した冷血の犯罪者。恩義のある娘を救うべく俺は幼馴染のギャングとともに追撃を開始する。グレッグ・ルッカ、リー・チャイルド絶賛の快作アクション。（小財 満）
ウ-20-2

マーシー・ウォルシュ　マイクル・マローン（池田真紀子 訳）
殺人倶楽部へようこそ
高校時代に書いた「殺人ノート」通りに旧友たちが殺されていく。犯人は仲間なの？　故郷の町の聖夜を熱血刑事ジェイミーが駆け回る。小さな町の人間模様に意外な犯人を隠すミステリ。
ウ-21-1

ジェイムズ・エルロイ（吉野美恵子 訳）
ブラック・ダリア
漆黒の髪に黒ずくめのドレス、人呼んで〝ブラック・ダリア〟の殺害事件究明に情熱を燃やす刑事の執念は実を結ぶのか。ハードボイルドの暗い血を引く傑作。〈暗黒のLA四部作〉その一。
エ-4-1

ジェフ・エドワーズ（棚橋志行 訳）
原潜デルタⅢを撃沈せよ（上下）
ロシア辺境の叛乱勢力がミサイル原潜を奪取し、独立を認めねば米日露に対し核攻撃を行うと宣言した。攻撃を阻止し原潜を葬る手立てはあるか？　氷海に展開する白熱の軍事スリラー！
エ-8-3

ジャック・カーリイ（三角和代 訳）
百番目の男
連続斬首殺人鬼は、なぜ死体に謎の文章を書きつけるのか？若き刑事カーソンは重い過去の秘密を抱えつつ、犯人を追う。スピーディな物語の末の驚愕の真相とは。映画化決定の話題作。
カ-10-1

ジャック・カーリイ（三角和代 訳）
デス・コレクターズ
三十年前に連続殺人鬼が遺した絵画が連続殺人を引き起こす！異常犯罪専従の捜査員カーソンが複雑怪奇な事件を追う。驚愕の動機と意外な犯人。衝撃のシリーズ第二弾。（福井健太）
カ-10-2

ジャック・カーリイ（三角和代 訳）
毒蛇《どくじゃ》の園
刑事カーソンの周囲で連続する無残な殺人。陰に見え隠れする名家の秘密とは？　全てをつなぐ犯罪計画の全貌は精緻かつ意外だ……注目のミステリ作家カーリイの第三作。（法月綸太郎）
カ-10-3

（　）内は解説者。品切の節はご容赦下さい。

ブラッド・ブラザー
ジャック・カーリイ（三角和代 訳）
刑事カーソンの兄は知的で魅力的な殺人鬼。彼が脱走、次々に殺人が。兄の目的は何か。衝撃の真相と緻密な伏線。ディーヴァーに比肩するスリルと驚愕の好評シリーズ第四作！（川出正樹）
カ-10-4

イン・ザ・ブラッド
ジャック・カーリイ（三角和代 訳）
変死した牧師、嬰児誘拐を目論む人種差別グループ。続発する怪事件をつなぐ糸は？　二重底三重底の真相に驚愕必至、ディーヴァーを継ぐ名手が新境地を開いた第五作。（酒井貞道）
カ-10-5

ノンストップ！
サイモン・カーニック（佐藤耕士 訳）
その朝、友人からの電話をとった瞬間、僕は殺人も辞さぬ謎の勢力に追われることに……。開巻15行目から始まる24時間の決死の逃走。これぞノンストップ・サスペンス！（川出正樹）
カ-13-1

IT（全四冊）
スティーヴン・キング（小尾芙佐 訳）
少年の日に体験したあの恐怖の正体は何だったのか？　二十七年後、薄れた記憶の彼方に引き寄せられるように故郷の町に戻り、IT（それ）と対決せんとする七人を待ち受けるものは？
キ-2-8

ドランのキャデラック
スティーヴン・キング（小尾芙佐 他訳）
妻を殺した犯罪王への復讐を誓った男。厳重な警備下にいる敵を倒せる唯一のチャンスに賭け、彼は行動を開始した……奇想天外な復讐計画を描く表題作ほか、卓抜な着想冴える傑作集。
キ-2-27

いかしたバンドのいる街で
スティーヴン・キング（白石 朗 他訳）
道に迷った男女が迷いこんだ田舎町。そこは非業の死を遂げたロックスターが集う〝地獄〟だった……。傑作として名高い表題作ほか、奇妙な味の怪談から勇気を謳う感動作まで全六篇収録。
キ-2-28

メイプル・ストリートの家
スティーヴン・キング（永井 淳 他訳）
死が間近の祖父が孫息子に語る人生訓（「かわいい子馬」）、意地悪な継父を亡き者にしようとするきょうだいたちがとった奇策（表題作）他、子供を描かせても天下一品の著者の短篇全五篇。
キ-2-29

（　）内は解説者。品切の節はご容赦下さい。

ブルックリンの八月
スティーヴン・キング（吉野美恵子　他訳）
ワトスン博士が名推理をみせるホームズ譚、息子オーエンの所属する少年野球チームの活躍を描くエッセイなど、〝ホラーの帝王〟だけではないキングの多彩な側面を堪能できる全六篇。
キ-2-30

シャイニング
スティーヴン・キング（深町眞理子　訳）（上下）
コロラド山中の美しいリゾート・ホテルに、作家とその家族がひと冬の管理人として住み込んだ――。S・キューブリックによる映画化作品も有名な「幽霊屋敷」ものの金字塔。（桜庭一樹）
キ-2-31

ミザリー
スティーヴン・キング（矢野浩三郎　訳）
事故に遭った流行作家のポールは、愛読者アニーに助けられるが、自分のために作品を書けと脅迫され……。著者の体験に根ざす〝ファン心理の恐ろしさ〟を追求した傑作。（綿矢りさ）
キ-2-33

夕暮れをすぎて
スティーヴン・キング（白石　朗　他訳）
静かな鎮魂の祈りが胸を打つ「彼らが残したもの」ほか、切ない悲しみから不思議の物語まで7編を収録。天才作家キングの多彩な手腕を大いに見せつける、6年ぶりの最新短篇集その1。
キ-2-34

夜がはじまるとき
スティーヴン・キング（白石　朗　他訳）
医者のもとを訪れた患者が語る鬼気迫る怪異譚「N」、猫を殺せと依頼された殺し屋を襲う恐怖の物語「魔性の猫」など全六篇収録。巨匠の贈る感涙、恐怖、昂奮をご堪能あれ。（coco）
キ-2-35

不眠症
スティーヴン・キング（芝山幹郎　訳）（上下）
傑作『IT』で破滅から救われた町デリーにまたも危機が。不眠症に苦しむ老人ラルフが見た不気味な医者を前兆に、邪悪な何かが迫りくる。壮大で緻密なキングの力作！（養老孟司）
キ-2-36

1922
スティーヴン・キング（横山啓明・中川　聖　訳）
かつて妻を殺害した男を徐々に追いつめる狂気。友人の不幸を悪魔に願った男が得たものとは。〝ダークな物語〟をコンセプトに巨匠が描く、真っ黒な恐怖の中編を二編。
キ-2-38

（　）内は解説者。品切の節はご容赦下さい。

スティーヴン・キング（高橋恭美子・風間賢二 訳）
ビッグ・ドライバー
突然の凶行に襲われた女性作家の凄絶な復讐——表題作と、長年連れ添った夫が殺人鬼だと知った女性の恐怖を描く「素晴らしき結婚生活」の2編収録。巨匠の力作中編集。
キ-2-39

スティーヴン・キング（白石 朗 訳）
アンダー・ザ・ドーム（全四冊）
小さな町を巨大で透明なドームが突如封鎖した。破壊不能、原因不明、脱出不能のドームの中で、住民の恐怖と狂乱が充満する……。帝王キングが全力で放った圧倒的な超大作！（吉野 仁）
キ-2-40

トマス・H・クック（鴻巣友季子 訳）
緋色の記憶
ニューイングランドの静かな田舎の学校に、ある日美しき女教師が赴任してきた。そしてそこからあの悲劇は始まってしまった。アメリカにおけるミステリーの最高峰、エドガー賞受賞作。
ク-6-7

トマス・H・クック（村松 潔 訳）
石のささやき
あの事故が姉の心を蝕んでいった……取調室で「わたし」が回想する破滅への道すじ。息子を亡くした姉の心に何が？ 衝撃の真実を通じ、名手が魂の悲劇を巧みに描き出す。（池上冬樹）
ク-6-16

トマス・H・クック（村松 潔 訳）
沼地の記憶
悪名高き殺人鬼を父に持つ教え子のために過去の事件を調査しはじめた教師がたどりついた悲劇とは…。「記憶シリーズ」の哀切、ふたたび。巻末に著者へのロングインタビューを収録。
ク-6-17

アガサ・クリスティー 他（中村妙子 他訳）
厭な物語
アガサ・クリスティーやパトリシア・ハイスミスの衝撃作からロシア現代文学の鬼才による狂気の短編まで、後味の悪さにこだわって選び抜いた〝厭な小説〟名作短編集。（千街晶之）
ク-17-1

夏目漱石 他
もっと厭な物語
読めば忽ち気持ちは真っ暗。だが、それがいい！ 文豪・夏目漱石の掌編からホラーの巨匠クライヴ・バーカーの鬼畜小説まで、後味の悪さにこだわったよりぬきアンソロジー、第二弾。
ク-17-2

文春文庫　最新刊

十津川警部　陰謀は時を超えて　リニア新幹線と世界遺産　西村京太郎
世界遺産・白川郷。そこで渦巻く製薬業界と高速鉄道をめぐる陰謀とは

夢に見た娑婆　縮尻鏡三郎　佐藤雅美
鳥肉料理好きの鏡三郎は、不運な飼鳥屋・新三郎のため一肌脱ぐことに

羅針　楡周平
昭和37年、「栄進丸」で北洋漁業に出た関本源蔵。海の男を描く骨太の物語

死霊の星　くノ一秘録3　風野真知雄
松永久秀の茶器「平蜘蛛の釜」を手に入れよ——蛍の新たなミッション！

秋山久蔵御用控　**島帰り**　藤井邦夫
かつて久蔵が島流しにした男が戻ってきて……。書き下ろし最新刊

侠飯《おとこめし》　福澤徹三
就活中の大学生と抗争中の組長が六畳間で繰り広げる任侠グルメ小説

ソクラテスの妻　柳広司
ギリシアの神々と哲人たちに材を取る哲学的ショートストーリーズ

信長の血脈　加藤廣
信長の守役・平手政秀自害の真の原因は？　スリリングな歴史ミステリー

国境　上下　黒川博行
「疫病神コンビ」こと二宮と桑原は北朝鮮に潜入。シリーズ最高傑作

ほむら　有吉佐和子
女犯で寺を追われた僧侶の十年。人間精神の血飛沫を描く初期傑作短篇集

時をかけるゆとり　朝井リョウ
バスローブで百キロハイク、美容師との心理戦。抱腹絶倒、初エッセイ集

愛の言葉　渡辺淳一
独自の文学表現に挑んだ偉大なる作家の魂がここにあります

悩むが花　伊集院静
桑田佳祐も、読者のあなたも、悩んでいる人はぜひ！　大人気人生相談

言葉尻とらえ隊　能町みね子
ニュースやブログでひっかかる言葉。その「モヤモヤ」の正体を明らかに！

「美」も「才」も　うぬぼれ00s　林真理子
新世紀にもフル稼働のミーハー魂とプロ精神。エッセイ傑作選第三弾

もういちど村上春樹にご用心　内田樹
村上春樹を司馬遼太郎の後継者と位置付け、世界性を獲得した理由に迫る

女子学生、渡辺京二に会いに行く　渡辺京二　津田塾大学三砂ちづるゼミ
子育てから仕事の悩みまで、老歴史家に女子学生が問う奇蹟のセッション

ショージ君の「料理大好き！」　東海林さだお
カツオのたたきならぬ「たたかず」など和洋中のユニーク料理を紹介

はるまき日記　偏愛的育児エッセイ　瀧波ユカリ
愛娘「はるまき」との日々をキレイごと抜きで描いた爆笑育児日記

おやじネコは縞模様　群ようこ
お腹すかしの外ネコしまちゃん他、犬やサルも登場。ご近所動物エッセイ

遙かなるセントラルパーク　上下　トム・マクナブ　飯島宏訳
LAからニューヨークまでの大陸横断マラソン。ランナー達の熱いドラマ

風をつかまえた少年　14歳だったぼくはたったひとりで風力発電をつくった　ウィリアム・カムクワンバ　ブライアン・ミーラー　田口俊樹訳
廃品を利用し風力発電に成功したアフリカの少年。解説・池上彰